EL LAGO DE LA PERDICION

EL LAGO DE LA PERDICION

La Maldicion Del Reino

Rogelio Juarez

Número de Control de la Biblioteca del Congreso: 2011912019

ISBN:	Tapa Dura	978-1-4633-0130-9
	Tapa Blanda	978-1-4633-0131-6
	Libro Electrónico	978-1-4633-0132-3

Este Libro fue impreso en los Estados Unidos de América.

Para ordenar copias adicionales de este libro, contactar:
Palibrio
1-877-407-5847
www.Palibrio.com
ordenes@palibrio.com
345521

ÍNDICE

UN REINADO

EL LEGADO DE UN REY

EL MAL REINADO

UNA MALA RESPUESTA

UN CAMBIO

LA MALDICION

VENGANZA DE MUERTE

LA ESPERANZA

Recién está amaneciendo, mis hombres están agotados por la falta de descanso pero he sido retado y ofendido, amenazado a perder mi reino. Yo no puedo permitir que eso pase, no dejaré que me quiten mi reino, por el cual he sufrido mucho; ahora la guerra no es contra ninguno de los otros reinos, no es en contra de mi propio pueblo, es en contra de un hombre que me ha desafiado casi directamente y que ha jurado matarme. En esta ocasión la guerra es contra los Halflings; una nueva raza hibrida que tiene como único objetivo tomar y conquistar todo éste mundo, el mundo de Fanderalm, ¡Mi mundo!; y no puedo permitirlo.

La noche se pasó en vela aguardando el ataque de aquellos hombres pero no sucedió nada y ahora lo único que haré será esperar el ataque por la mañana. Si en este lapso de tiempo no aparecen, entonces la Hada Neiredy me ha engañado . . .

Aún así, dudo mucho que ella me mintiera con algo tan serio e importante para mí . . .

Solo me queda esperar y morir o vencer con dignidad defendiendo lo que es mío, lo que me pertenece . . .

Neodor Remdra
Rey de Andagora

UN REINADO

EL LEGADO DE UN REY

El Reinado De Leodor

Hace muchísimos años, antes de que la mayoría de las personas perdieran la creencia de *Seres Mágicos* y *Extraordinarios*, nosotros convivíamos con ellos dentro de una hermosa amistad que había sido forjada desde hace miles de años. Se había creado una amistad fraternal inquebrantable de la cual todos obtenían provecho . . . pero la decadencia vino en las últimas eras, cuando el mundo se cubrió de una sombra que provenía del mismo corazón de los hombres, cuando las eras de sombras y tristezas fueron traídas por la ambición de los HUMANOS; eras de dolor y miedo que también cubrieron a estos *Seres Mágicos* . . . eras que nunca aparecieron en ningún tipo de escrito ni en la historia de la humanidad porque fueron destruidas . . .

Cuando la tierra era un solo continente, con algunas grandes islas alrededor que distaban de él a muchos kilómetros. Fue en este continente donde se formaron cuatro *"Mundos"* separados unos de otros por una gran cadena montañosa llena de monstruos que aterraban hasta al más fiero de los hombres, y peligros que acababan con todos aquellos que habían querido alcanzar el otro extremo de esa cadena. O en algunas otras partes se erguía una gran masa de roca sólida que se elevaba a gran altura, hasta donde un hombre no podría alcanzar jamás, donde sus fuerzas le fallarían sin siquiera poder ver la cima, era casi imposible llegar al final de ese muro de roca.

En el centro de este continente, un poco al Oeste; se formo el mundo conocido por los hombres de antaño como FANDERALM.

Por su parte, los demás mundos rodeaban a éste. Al Este HEILIA era separado de Fanderalm por el muro de roca; al Sudoeste se encontraba ARNUK separado de Fanderalm por el mismo muro de roca gris, mundo que también se encontraba conectado en su frontera Norte a BURDUAN; dividiéndolos simplemente una gran área de pantanos y tierras inexploradas a las cuales los hombres no entraban por temor a los monstruos que las habitaban . . . Pero fue principalmente en Fanderalm donde sucedió. Fue en Fanderalm donde ocurrió toda la desgracia que casi llevó a ese mundo, y a los demás, a su destrucción y el principal causante de la separación del *Mundo Mágico* y el de los Humanos . . .

Fanderalm era un mundo rodeado, al Norte y al Sur, por montañas enormes que se elevaban al cielo hasta rozar un poco las nubes, cuando éstas estaban bajas, y al Este y Oeste por el enorme muro de roca. A diferencia de los otros mundos, Fanderalm, no tenía conexión alguna con el mar de los alrededores, solo lo compensaba con un gran lago que estaba en el centro de su territorio; era un lago de gran dimensión, tanto en profundidad como en extensión, del cual se desprendían una gran cantidad de ríos y arroyos que recorrían casi todo el territorio, como las venas al cuerpo humano; este lago era conocido por los hombres y *Seres del Bosque* como EL LAGO GORGAN y apodado por los hombre como EL LAGO DE LA PERDICIÓN, ya que había muchas historias acerca de él: se decía que si un hombre pescaba o se zambullía en sus aguas, jamás era vuelto a ver. La tierra era verde, fértil y próspera para los hombres que ahí vivían. Tenía una gran diversidad de climas: desiertos, bosques, montañas, pantanos y praderas verdes. Además de que los hombres convivían entre ellos, también convivían con ellos una gran variedad de *Seres Mágicos* y cada uno de ellos tenía conexiones con los hombres que más próximos a ellos podían encontrar, tanto para intercambiar productos como para beneficiarse el uno al otro.

Cuando el mundo dejaba atrás los señoríos de los feudos y daban lugar a los grandes reinados y a la edificación de los grandes Castillos, se unificaron reinos fuertes que subyugaron a los pueblos pequeños que quedaron de las épocas pasadas o que no lograron, como ellos, un rápido crecimiento. Llegando así a formarse grandes *Reinos Humanos* que poseían grandes extensiones de tierra y recursos naturales.

Al Norte se formó el reino de ALAMUS, conocido como el *Reino de los Guerreros*; pues los más famosos vivían ahí. Era un reino de guerreros y hombres que, desde jóvenes, solo tenían en la mente formarse como caballeros, campeones, ballestas o jinetes. Se especializaban para ser los mejores en estrategias militares y preparación para la guerra, y es que desde hacía años, cuando Alamus era un pueblo de unos cuantos hombres y de un solo señor, fueron arduamente atacados, casi exterminados y consumidos por su contrincante más cercano, *"Los Ademals"*, guerreros que eran guiados por el hermano gemelo del señor de Alamus; un hombre que no consentía la paz con los pueblos débiles y que en vez de pensar por la paz pensaba en subyugara a cuantos hombres débiles creyera que le pertenecían. Pero el gobernante de Alamus se reveló ante los ideales de su hermano y durante años sostuvo batallas en donde casi siempre perdió, hasta que la suerte le fue favorable y en una batalla en los campos del Noreste, donde el hermano del señor de Alamus residía, por fin pudo acabar con su hermano teniendo como única alternativa quitarle la vida para que éste no pudiera reponerse y contraatacar con más fuerza.

Al Sur se encontraba MACRAGORS o el *Reinado de las Montañas* o mejor dicho, pueblo, ya que aún no se edificaba solidamente por culpa de los bárbaros que la habían tenido ocupada desde hacia muchos años. En un principio Macragors había sido un pueblo de hombres y mujeres trabajadores, las cuales habían podido trabajar la minería y la roca, logrando así hacer construcciones talladas sobre la misma roca que mostraban una majestuosidad enorme y una gran habilidad arquitectónica para aquellos tiempos, pero después; llegaron aquellos que no tenían un lugar estable y que por años habían viajado errantes. Al ver desprotegidos y ocultos, como ratones, a los hombres de Macragors . . . Llegaron como hombres honestos, trabajadores y maltratados de la vida; se aprovecharon de la hospitalidad de aquellos hombres y mujeres y poco a poco los consumieron hasta dejarlos bajo su mandato a cuesta de la fuerza y la tortura.

Al Oeste se encontraba VASTIGO o *Reinado del Sol*, que debía su nombre al desierto que ellos ocupaban pues ahí la gran parte del territorio era un desierto. Pero los Humanos solo ocupaban la mitad del territorio hacia el Sur pues al Norte se encontraba la roca de *"Los Hombres Grifo"* o GLIFERS, una raza de hombres alados que adoraban a los GRIFOS, de los cuales eran protegidos. Los Humanos respetaban SOLARIUM, como llamaban los Glifers a la parte del desierto que ellos ocupaban; para que los segundos respetaran el territorio de los primeros. Territorio al que los Humanos habían obtenido el privilegio de ocupar tras haber hecho pactos y uniones con los Hombres Grifo, después de que el jefe de los hombres pasara una dura prueba de honestidad que aquellos ocupantes del desierto le pusieron y después de que empuñarán espadas juntos en contra de los NORJS, criaturas deformes y protegidos por la MANTÍCORA y la gigante ARPÍA, que desde hacia años molestaban a todos aquellos que entraran al desierto. Pero por suerte para los Humanos, supieron establecer amistad con los principales y más poderosos enemigos que pudieran haber encontrado en el inhóspito desierto.

Al Este podíamos ver los Castillos de UTOPIR o el *Reino Encantado*. El primer Castillo no era una maravilla, pues había sido construido por los hombres pero el segundo era un Palacio magnifico que siempre relucía con la luz del sol y que parecía triste cuando el astro se apartaba de él. Éste Palacio se encontraba muy pegado al muro de piedra, después de que se extendiera un gran pueblo ocupado únicamente por aquellos hombres que había logrado hacer maravillas, como algunos *Seres del Bosque*. Hombres sabios a los cuales los hombres llamaban *"Los Magos"*. Utopir nunca fue un pueblo problemático en sus inicios ni en el tiempo de transformación al reinado, de hecho, era el reino más pacifico pero el que, al parecer, era más difícil de conquistar, inclusive para Alamus.

Pero también existían otros pequeños pueblos como REMOV lugar de los DUENDES. NATIA hogar de los ENANOS y las grandes minas subterráneas. Pero para el tiempo que los hombres aún se edificaban como pequeños pueblos, ya existía un reino conocido por pocos Humanos, en los inicios, pero que después fue muy hablado en boca de todos por algunos pocos años y es que FARERIN era reino de las HADAS, guardianas principales del equilibrio en el mundo. Pero también en tres puntos inclinados a los puntos cardinales se podían encontrar *"Las Regiones Espectrum"*, hábitat de las NINFAS, ONDINAS y GENIECILLOS; los cuales vivían como pueblos armonizados con la naturaleza a los que también se les llamaba ESPECTRUM. Pero estos eran de una importancia un poco menor al reino antes mencionado pero que, en verdad, representaban una importancia realmente grande ya que ayudaban a las Hadas para que todo funcionara en el bosque; como las Ninfas que eran las encargadas de que las aguas de los ríos siempre se encontraran azules, limpias y cristalinas; las Ondinas se encargaban de mantener la belleza de los bosques y lo verde de los campos; pero los Genios no tenían habilidades por si solos, pero se encontraban a las ordenes de las Ninfas y Ondinas de las cuales obtenían sus dotes de poder controlar la naturaleza y así poder ayudar en el mantenimiento del mundo completo, además de que eran de los pocos *Seres* que más contacto tenían con los Humanos puesto que a ellos les encantaba admirar el desarrollo de éstos y su crecimiento al pasar los siglos. Esto ayudaba mucho pues mantenían informadas a las Ninfas, Ondinas y Hadas de lo que sus vecinos hacían.

Dentro de Fanderalm, todos los caminos Humanos que unían a los reinos del Este con los del Oeste y a los reinos del Norte con los del Sur, siempre llegaban directo o pasaba a un lado de ANDAGORA; *Reino Central* que era muy respetado y admirado por el despliegue militar y tecnológico que había mostrado en los inicios del reinado. Se podría decir que los mejores guerreros y estrategas militares e incluso los movimientos económicos estaban más fuertemente cimentados en éste reino, pero a pesar de eso eran humildes y por muchos años no mostraron hostilidad ni superioridad ante los demás reinos. Pero de momento algo sucedió y Andagora entró en conflictos con los bárbaros del Sur y los habitantes de Vastigo, desatándose una gran guerra que inundó al Sur y al Oeste de una gran mancha de sangre que se vió correr sin detenerse, una guerra que duró varias generaciones hasta que un día . . . Después de grandes batallas y un sin numero de victorias, muertes y derrotas por parte de los reinos involucrados, el hijo primogénito y único del rey ARTANHER TENORET; GANATOR TENORET, se decidió a terminar con el horror que su familia había desatado hacia ya cuatro generaciones y fue él quien, una vez muerto su padre y sido proclamado rey, firmó pactos e hizo uniones con los reinos afectados pero . . . después de algunos años algo sucedió de nueva cuenta . . .

Cuando el reinado de Andagora pertenecía a NEFESO TENORET, hijo de Ganator y padre de LEODOR TENORET. Nefeso ataco sin ninguna advertencia a Macragors, territorio montañoso que, como se dijo, aún no se edificaba completamente como reino, pero que ya para ese momento era conocido como tal. Eso era porque estaba ocupado en su mayoría por los bárbaros que regían por leyes, leyes que ponían su autoridad bajo el sacrificio y la mutilación de los que por alguna tontería recibían castigos sobrehumanos. Así que los dos reinos sostuvieron varias batallas donde Nefeso salió siempre victorioso, lamentablemente para su mala fortuna, sus reservas de alimentos y armamento disminuyeron misteriosamente mientras sitiaba los limites del reino de Macragors, esto lo orilló a que retirara sus tropas y las regresara a Andagora. Su plan era volver a abastecerse y atacar nuevamente a Macragors, con más fuerza y con un número mayor de hombres pues había atacado sin prever nada, ni fuerzas armadas, ni recursos; cosa que tal vez lo llevó a la retirada.

Pero la suerte o la desgracia, junto con el fin de la guerra estaba en manos de las personas que intercedían en ella y en estos casos se debe de tener muy en cuenta que importa mucho a quien le tiendes la mano y en quien puedes confiar, cosa que Nefeso no vió y . . . un día, un joven, errante y sin hogar, que desde que lo encontraron vagando en Macragors fue reclutado en el ejercito andagoriano. Ahora se presentaba al trono de Andagora y veía de frente al rey. Este joven dio noticias al rey de que los macragorianos atacarían Andagora, que en su recorrido matutino pudo presenciar un poco como se preparaba un gran ejército para entrar en los territorios del reino y matar a todos; de este modo convenció al rey de dejarlo vivir en el *Castillo Andagora* y cederle el sublime honor de pertenecer a la guardia real, la cual estaba destinada únicamente a la protección del Castillo y el rey. Esta compañía junto con la de caballería eran comandadas por el veterano y viejo *"Capitán en General de Caballería"* RUGEN REMDRA; el cual se apoyaba fuertemente en el *"Comandante en Jefe de Arquería"*, GLADIER, que no era más que un ELFO que prestaba sus servicios al rey de Andagora desde hacia años y era, él mismo, quien se encargaba de entrenar a los arqueros y ballesteros.

El nombre del joven que le trajo las noticias, de los hombres del Sur, al rey era NÉDOR . . . pero Nédor era un traidor, fue quien en secreto robó el alimento y las armas que los soldados resguardaban para ellos en Macragors. Y en un asalto nocturno al pueblo del castillo Nédor abrió la puerta, que había en el muro que rodeaba al Castillo, para sus aliados de Macragors quienes aprovechando esa oportunidad invadieron todo, desde el mercado hasta el patio de armas e incluso el mismo Castillo. Viéndose atrapado, Nefeso, una vez que los bárbaros lograron abrir la puerta principal del Castillo gracias al número de hombres que traían. El rey ocultó a Leodor en un compartimiento secreto tras los muros del Castillo que estaba cubierto por un manto rojo de poco valor y un muro falso de madera. Estando ahí Leodor pudo ver como un sujeto de apariencia grotesca y lleno de lodo derrotaba humillantemente a su padre, en un combate, para después cortarle la cabeza. El joven príncipe ya no quiso seguir viendo y sentado en la fría roca cubrió su cara y se puso a llorar en silencio mientras en la habitación contigua su madre era abusada por ese sujeto.

Después de varias horas de gritos y choques de espadas, después de que los ojos del príncipe parecieron guardar sus lágrimas, cuando ya no escucho ningún ruido; salió lentamente de su escondite encontrando los cuerpos de sus padres, tendidos sobre el suelo de roca, empapados en sangre tibia que aún emanaba de los cuerpos. El pequeño no pudo soportar la impresión y gritó hasta más no poder mientras salía corriendo hacia las afueras del Castillo, pero antes de que saliera al exterior fue abrazado por un sujeto que, entre las sombras que se formaban en los pasillos, solo se distinguía por su cabello largo y un gran arco que colgaba de su espalda. Al sentirse seguro, el joven príncipe siguió llorando al momento que se aferraba a esos brazos que ahora lo protegían.

A la mañana siguiente, los dos reyes fueron llevados al cementerio donde fueron colocados dentro de una cámara octagonal subterránea, que se encontraba al Norte del cementerio para los pueblerinos. La entrada a esta cámara se encontraba en las paredes de un gran bloque de piedra sobre el cual se encontraba la estatua de un gran hombre, alto, de bigote y rostro fuerte que vestía como un bárbaro, de cabello largo y un casco vikingo sobre la cabeza. Este hombre había sido el creador del reino y su esqueleto aún descansaba bajo esta tumba que ahora todo mundo conocía como *"La Tumba de los Reyes"*. Después de la entrada principal, tenían que bajar por unas escaleras hechas de mármol que eran aluzadas por una hilera de antorchas que ardían en las paredes que rodeaban ese pasaje. Al pasar las escaleras seguían un poco más al frente en un pasillo hasta llegar a otra puerta la cual estaba cerrada con llave. Tanto el rey como la reina habían sido transportados sobre una especia de cama transportable hecha de madera de pino, con hermosos arreglos tallados a mano. Después los colocaron sobre una base rectangular de piedra, que se encontraba en la parte central de la cámara octagonal, adornada con muchas flores blancas y cubiertos con una hermosa y larga tela de ceda bordada con flores blancas, ahí permanecerían por dos días, rodeados de sus seres queridos y de hierbas que al quemarse producen un aroma relajante y agradable, además de que los iluminaban con cuatro grandes velas colocadas en pebeteros ubicados en las esquinas de la base de piedra. Después de esos dos días fueron incinerados, sus cenizas fueron colocadas en un recipiente de oro con algunas incrustaciones de plata que daban la forma de un corazón atravesado, por la parte superior, por una espada y tenía los nombres gravados con oro, dentro del corazón, en letra manuscrita. Esta vasija fue colocada en un estante que se encontraba al cruzar una puerta, que se encontraba al frente de la entrada, era una cámara llena de estantes de piedra donde ya se encontraban más vasijas muy parecidas pero, que a diferencia de esta, todas eran de bronce o madera. La colocaron con el grabado viendo hacia las afueras y después tras hacer una gran reverencia salieron todos del recinto y lo cerraron para ser olvidados por los hombres . . .

Después de eso pasaron varios años hasta que Leodor pudo tomar el reino, él contaba con escasos 15 años para ese tiempo y lo primero que hizo fue mandar traer un Mago de Utopir y un guerrero de Alamus los cuales llegaron varios días después. Ante el joven rey se presentaron dos jóvenes con una edad superior en cinco años a la de él. En ese momento, Leodor estaba en la habitación del trono en la cual el asiento del rey se encontraba casi al final pero no pegaba a la pared, a su derecha había cuatro asientos mas, todos eran de oro y estaban forrados de terciopelo en los lugares donde el rey descansaba, a las espaldas de él se encontraba la bandera de Andagora. La habitación era cuadrada pero las columnas dóricas que la sostenían tenían una formación circula pero no cubrían la entrada, la cual no tenia puerta pero estaba vigilada por dos centinelas por fuera y una fila de tres durante el pequeño corredor y otros dos en la parte interior y por ultimo cinco arqueros tras el rey y dos centinelas más en cada orilla de los tronos; y en las cuatro esquinas de la habitación había una estatua de algún rey viendo hacia el trono.

Al estar frente al muchacho, los dos recién llegados, se miraron el uno al otro sin cruzar palabras y después dirigieron la mirada hacia Leodor quien de inmediato se puso de pie.

–¿Cuáles son sus nombres? –les pregunto.

–Yo señor –dijo uno que vestía una armadura brillosa cubierta con la vestimenta de Alamus pero que al no traer el casco sobre su cabeza dejaba ver sus ojos azules y un cabello rubio, algo corto y un color de piel blanca pero que parecía haber sido oscurecida por los rayos del sol. Con su manos izquierda ocupada por el casco dorado y con una mano colocada sobre su pecho se inclinó un poco– Soy LABJU ZAKNER capitán del segundo y primer batallón en Alamus.

–Mi nombre alteza es ALUKER EULDER –dijo el otro inclinándose un poco mientras apoyaba su peso sobre una bastón de madera que lo superaba en tamaño y, quitándose el sombrero de punta que lo distinguía, terminó de presentarse haciendo al mismo tiempo una reverencia–. Mago de primer nivel.

–Muy bien, mi nombre es Leodor Tenoret y los mande llamar porque necesito su ayuda . . . Aluker, serás mi consejero real y tú Labju serás el nuevo general de los recién formados hombres de armas . . . Si aceptan quedarse, la paga será muy gratificante.

–Si, su majestad. Mis servicios ahora le pertenecerán –dijo Labju, levantando la mirada un poco, aceptando el trato pues había pasado de ser Capitán a General.

–Trabajaras con NEODOR REMDRA y Gladier. También quiero que te encargues de eliminar al prisionero Nédor. Puedes retirarte Labju –Labju solo volvió a hacer una corta reverencia y dio un paso hacia atrás para volverse y retirarse a paso constante de la habitación. Leodor volvió su mirada al Mago–. Tú . . . ¿También te quedaras?

–Más que por la paga mi señor, mi honor como Mago y mis servicios como consejero están a tus ordenes . . . –Aluker se inclino nuevamente– Estoy a tu disposición.

Así comenzó un nuevo reinado donde Leodor se basaba en las predicciones de Aluker mientras Labju las hacia pasar a Neodor, el nuevo general de los hombres de caballería, un joven que a pesar de sus 20 años sorprendía a todos por su habilidad, facilidad de aprender y por la facilidad con la que creaba estrategias. Todo esto sorprendió a Labju y se vió fácilmente superado por este hombre que había pasado de simple soldado a comandar toda la caballería cuando Rugen, su padre, había muerto en la invasión. Y Gladier, aún con su experiencia, notaba los dones que Neodor poseía pero aún así no dejaba de sorprenderse de Labju al ver la facilidad con que podía maniobrar a los hombres siguiendo las estrategias de Neodor, parecía que los dos se complementaban muy bien mientras que él servía de apoyo y así, juntos los cinco, vieron la posibilidad de acabar con Macragors.

Pero antes de que Leodor pudiera cobrar venganza tendrían que transcurrir días de grandes batallas, batallas en las cuales se ocuparon muchos recursos, tanto de alimento como de armamento pues habían atacado en temporada de lluvias y el agua de las nubes y el lodo de la tierra mojada hacían que las armaduras se oxidaran rápidamente y que las espadas perdieran la fuerza que al inicio mostraban, incluso parecían perder el brillo. Para los guerreros de Andagora, esta fue la peor batalla que pudieran haber sostenido durante sus años de existencia ya que dentro de las filas del ejercito solo se veían hombres desganados, faltos de fe y realmente sucios a causa del lodo sobre el cual tenían que dormir; mientras que el rey solo enviaba ordenes desde Andagora, cosa que molestaba a los hombres y jefes, a excepción de Gladier y no mucho a Labju, pero Neodor siempre se la pasaba maldiciendo al rey y gritándole a todo mundo. Pero al fin llegó el día . . . el día que sería la batalla final, el rey decidió acudir personalmente, él crearía una estrategia para obtener la decisión final, la batalla iba a dar inicio en las colinas, indicadoras de que el reino de Macragors comenzaba. La batalla seria después de un día lluvioso, como todos los días anteriores, así que los guerreros que recién llegaban ahora se encontraban con todos los pies enlodados y les era algo difícil caminar. Desde lo lejos se escucharon los cascos de los caballos que se hundían entre el lodo y aplastaban la creciente maleza. Los guerreros que iban a pie vestían un traje azul rey para cubrir su cuerpo, la armadura solamente cubría los pies hasta las rodillas y después le seguía una falda de tiras metálicas que además de cubrir les permitía moverse fácilmente, el peto cubría todo el pecho y la espalda, de esta gran lamina de acero sobresalían un par de hombreras que no eran muy largas y que solo eran unidas al peto por una pequeña cinta de cuero, permitiéndoles así poder levantar la mano para ejecutar fuertes golpes y el casco cubría toda la cara menos en la parte frontal que estaba casi descubierta; en la parte de arriba, el casco, portaba una pequeña hilera de pequeños picos, los cuales además de adornar eran eficaces en algunas ocasiones, en el ataque, y un falso visor adornaba la parte frontal. Las manos estaban cubiertas por unos guantes que cubrían hasta la mitad del antebrazo y en los dedos solo cubrían la primera división, además de que eran flexibles para que pudieran empuñar su espada o la lanza o incluso el arco. La llegada de estos hombres fue muy bien vista por Labju, Neodor y Gladier, quienes rápidamente se incorporaron a las filas comandadas por el rey, el cual se diferenciaba de los demás por vestir sobre la armadura una capa roja que colgaba de sus hombros y que era sostenida por una cadena dorada que desaparecía entre los pliegues de la capa.

En cuanto se internaban más a las colinas, un grupo de arqueros, que estaban escondidos en algunos pequeños matorrales, los recibió sorpresivamente y una flecha alcanzó al rey cayendo este del caballo. De inmediato lo cubrieron sus guardias protegiéndose con sus escudos rectangulares mientras los arqueros reales respondían al ataque enemigo. Inesperadamente el rey se puso de pie y señalo a los atacantes.

–Mátenlos a todos –les ordeno Leodor y enseguida los arqueros bárbaros comenzaros a ser menos cada vez. Acabados los arqueros, de entre las colinas se acercaba un grupo de guerreros que solo llevaban como armadura una placa metálica en el pecho y un pobre casco que en algunos no cubría muy bien y su ropa solo consistía en un par de brazaletes de cuero, botas hechas con piel de anímales y cuero, atadas por lazos; pantalones de manta y pieles de animales como camisa, sus armas solo eran lanzas, espadas, hachas y se defendían con escudos circulares de bronce y madera. Por órdenes de Gladier los arqueros se posicionaron frente a toda la infantería, prepararon sus arcos y al atacar sus tiros eran muy certeros, todas las flechas tenían su punto de intercepción en el cuello o la cabeza incluso en los que traían casco pues varios arqueros eran Elfos y SILFOS. Pero cuando los bárbaros se acercaron lo suficiente y las flechas ya no eran tan necesarias los arqueros se hicieron a un lado dando paso a que las filas de guerreros salieran a atacar. Leodor no pudo descansar para recuperarse de la herida por la flecha, solo se alejo un poco de la batalla donde lo custodiaban sus dos generales . . . pero los bárbaros comenzaron a avanzar y a mezclarse entre los guerreros, llegando hasta donde se encontraba Leodor. Sus generales se retiraron por unos instantes pero lo suficiente para que un jinete atacara a Leodor, por suerte este uso su espada para protegerse del ataque pero al choque de los sables Leodor fue derribado del caballo y cayo al suelo llenándose inmediatamente de lodo.

–Labju . . . Neodor . . . ¿Dónde están? –gritaba Leodor mientras se quitaba el exceso de lodo de la mita de su cara y el jinete regresaba para atacarlo de nueva cuenta pero al acercarse, una flecha le atravesó el pecho haciéndolo caer del caballo. Leodor miró al hombre que lo había salvado, viendo que nuevamente había sido Gladier.

–¿Se encuentra a salvo señor? –le pregunto Gladier.

–Si, te lo agradezco –Leodor se acerco al hombre que lo había atacado y se llevo una gran sorpresa cuando vio la cara del hombre–. Tú . . . ¡tú mataste a mis padres!, mataste a Nefeso y a Corey. Los reyes de Andagora.

–Si . . . y . . . lo disfruté mucho –el hombre rió burlándose–. Sobre todo a tu madre –el sujeto rió más fuerte haciendo enojar al joven rey, volviendo a recorrer lágrimas por sus mejillas; el sujeto creyó tener la oportunidad de matar al rey y de una forma quieta volvió a empuñar su espada pero Leodor se le adelantó y le dio muerte clavando la punta de su espada en el pecho del viejo bárbaro.

Después de que murió el jefe de los bárbaros, Leodor se levantó y movió sus manos de un lado a otro dando la señal para que la caballería comenzara su ataque, de inmediato Neodor vió como su tropa comenzaba a moverse como él les había ordenado e intentaron rodear a los bárbaros quienes al verse superados y derrotados comenzaron a retroceder internándose nuevamente en las montañas, donde les perdieron el rastro. Pero los guerreros de Andagora no los dejarían escapar y adentrándose a un territorio poco conocido, avanzaron lentamente, por los caminos donde sostuvieron mas enfrentamientos con los bárbaros macragorianos y después de varios días pudieron tomar *"El Puente de la Llama Muerta"*, un puente hecho de la misma roca de la montaña, tallado por los antiguos hombres, era una estructura que se elevaba sobre un precipicio por el cual, en su parte baja, corría un río. Tenia algunas cámaras ocultas entre las rocas por las cuales se podía vigilar sin ser visto además de que contaba con un sin numero de grandes antorchas que al ser encendidas todas al mismo tiempo daba una hermosa iluminación nocturna y una gran vista de algo maravilloso. Al tomar este puente lograron controlar uno de los tres contactos del reino con el exterior. Después sitiaron el pueblo principal de Macragors, ELMAD, una ciudadela construida en un llano que parecía haber sido creada cuando retiraron una gran montaña de ese lugar. El pueblo, además de tener una buena muralla, tenía un gran muro que separaba este llano con la cadena montañosa que había tras ellos, y que aun se extendía a miles de kilómetros al Sur, supuestamente por la creencia de que más al Sur habitaba una gran cantidad de monstruos que eran inmortales. Al estar sitiando este pueblo, Leodor pudo obtener una gran vista de la montaña más alta de ese lugar una gran mole de roca que se elevaba a gran altura, tanto que su pico y la mayoría de ella estaba cubierta de nieve, se encontraba al sureste del pueblo a unos cuantos kilómetros de distancia. La gente del lugar la llamaba *"La Montaña Drackonis"*. Pero eso no era lo único que pudo observar, también tuvo frente a sus ojos otra mole de roca casi del mismo tamaño que la montaña pero con una anchura aun mayor, era una montaña de un color café hormiga que mantenía a todo su alrededor en un ambiente seco y caluroso. Las personas de Macragors llamaban a este monte como *"El Volcán Keralú"*. Tres días de sitio y ataques continuos de Andagora bastaron para que los bárbaros macragorianos se dieran por vencidos y abrieran ellos mismos la puerta principal del pueblo de Elmad.

Después de acabar con los bárbaros, Leodor reunió a las pocas personas que vivían en las montañas y frente a todos, estando en la entrada del que era el *Palacio Principal de Macragors*, un lugar que estaba tallado dentro de la misma piedra, sobre una meseta construida por los hombres, esta tenia como entrada un solo cobertizo que cubría del sol, donde se encontraba una silla tallada de la misma piedra donde antes se sentaba el jefe bárbaro. A un lado de esta silla se encontraba una entrada que descendía por escaleras de caracol al centro de la meseta donde se encontraba la cámara del trono y de esta se deslindaban más pasajes hacia las otras habitaciones del Palacio subterráneo. Ahí, de pie frente a todos los hombres y mujeres labradores que quedaban en Macragors, Leodor se adjudicó el territorio montañoso.

–Señores, después de varios días de difíciles batallas hemos ganado la guerra y ahora, Macragors es parte de Andagora. Labju, Neodor . . . acérquense –los generales que estaban tres escalones debajo de la meseta, se acercaron y arrodillaron frente al rey–. Neodor, a ti te concedo ser el nuevo gobernante de Macragors que desde este momento se llamara *Nefeso*, en honor a mi padre. A ti Labju, te nombro como supremo general de los ejércitos de Andagora –después de esta proclamación, Leodor salió a los dos días del territorio de Macragors, en el cual ahora Neodor era el que gobernaba y comenzaba a hacer cambios mediatos en todos los pueblos, cambios que más para mal iban para bien, mostrando una gran habilidad para mandar y gobernar, parecería que lo traía en la sangre pero no . . ., el era un simple soldado . . .

Así fue la dicha de Neodor y Labju hasta que los reyes de Utopir, Vastigo y Alamus se enteraron de lo sucedido y le hicieron ver su inconformidad a Leodor. Le mandaron un mensaje, el cual decía:

LEODOR, rey de Andagora te saludamos.

Al igual que yo, el rey de Vastigo y el rey de Utopir hemos recibido la información de que ha tomado posesión del territorio de

Macragors. Lo cual hace que esté violando el acuerdo que hicimos con su abuelo. "Un reino para cada quien", fueron las palabras exactas de su antecesor y no podemos aceptar que Usted no siga esas sabias palabras de su antecesor y rompa ese pacto. Por tal motivo le damos un plazo de diez días para que retire su ejército y todo aquel hombre que se encuentre dentro del territorio de Macragors a orden suya. Le agradecería mucho que deje a los pueblerinos encargarse de su reinado, de lo contrario tendremos que interceder nosotros por ellos. Espero una pronta respuesta y decisión suya. De antemano le doy mi más sincero agradecimiento por haber liberado a la gente de la opresión bárbara y créame que los demás reyes se lo agradecemos de todo corazón. Enviando saludos y un fraternal abrazo se despide de usted.

Comodor gobernante de Alamus.
Dersor rey de Utopir.
Fenot rey de Vastigo.

Después de leer eso, Leodor mando enviar por Neodor para que se reuniera en una junta secreta, así que siguiendo las órdenes, el virrey se reunió con Leodor, Aluker, Labju y Gladier en un cuarto que parecía una estancia. Este curto estaba al costado derecho de la entrada del castillo y estaba rodeado de banderas, de color azul y rojo, que colgaban desde lo alto de las paredes, más arriba de estas banderas se encontraba una que otra abertura que simulaba a una ventana. El cuarto no tenía ningún arreglo especial, solo estaba adornado con una que otra armadura, de diferentes reinos, vacías pero lo que lo hacía notar era que tenía tres sillones bien forrados y recubiertos con terciopelo color rojo; los sillones miraban hacia el Norte, hacia una gran chimenea, y rodeaban una pequeña mesa cuadrada. Reunidos, ahí, el rey les comento lo sucedido y les dijo que había tomado la decisión de regresar a todos los hombres que se habían establecido en Macragors. Nuevamente tanto Labju como Aluker no reprocharon la decisión de Leodor, solo Neodor.

–No lo haga señor . . . –objetó Neodor poniéndose de pie– Tanto esfuerzo que nos costó adueñarnos del territorio para qué . . . para que en un momento nos diga que retiremos a nuestra gente de Macragors.

–¡Entiende Neodor! –le dijo Labju–. Si no lo hacemos, nos destruirían ellos.

–¡Tú cállate güero! –le dijo Neodor a Labju pues a diferencia de él, Neodor era de piel canela y de cabello oscuro igual que sus ojos. Pero Neodor no tenia intenciones de contradecir a Labju si no al rey, así que prosiguió con tono fuerte y con la exaltación reflejada en su cara y en su voz–. ¡Eh hecho mucho por ese pueblo retrazado, lo he hecho crecer, no saben como lo tenían los malditos bárbaros, no saben todas las modificaciones que tuve que hacer . . . ! ¡Antes, antes no tenían un maldito ejército y ahora tienen desde cuarteles hasta centros de tiro de arco, no tenían leyes y ahora las tienen y son justas! Usted mismo las ha leído . . . ¡Por favor! –Neodor golpeó un poco su frente y le dio la espalda al rey–. ¡Vamos señor! Usted mejor que nadie sabe lo que sufrimos . . . todos los días que estuvimos allá, incluso Usted podo haber perdido la vida allá. Además, podemos usar a la gente de Macragors a nuestro favor.

–Olvídalo Neodor, el rey debe regresar a su gente –le reafirmo la decisión Aluker interviniendo a Labju, pues este iba a decir algo que seguramente era ofensivo en contra de Neodor.

–¡Ustedes no entienden! –Neodor se volvió y los miró a todos–. No lo ven, lo que esos malditos quieren es desalojarnos para entrar, ellos quieren esos territorios, saben que son muy ricos en minerales y quieren sacar todo lo productivo que hay en ellos. No porque lo vean joven, señor, quiere decir que sea débil, demuéstreles que a pesar de su corta edad puede ser tan grande como Comodor o mejor, no esta al frente de un reino mediocre, Andagora; ¡su reino! es el más fuerte de todos, pese a lo que todos digan –Neodor bajó de tono a su voz y dejó la pose de reclamo y el andar de un lado a otro para mantenerse estático en un solo lugar–. Además, sé que esa gente nos ayudará. Ya los tengo bajo mis órdenes y los guerreros recién formados son tan fuertes como los del reino . . .

–Ya lo decidí Neodor –le dijo muy serio Leodor–, regresaré a mi gente –Neodor lo miró muy enojado pero no dijo nada más y salió del cuarto lleno de ira dando un golpe a la piedra, fría y gris que formaba el marco de la entrada.

–¿Qué hacemos Leodor? –preguntó Aluker al rey hablándole de “Tú” pues ya había tomado confianza con el joven rey.

–Lo que decidí . . . retirare a mis soldados de Macragors –Leodor miró hacia lo alto del cuarto mirando hacia la ventana, mirando lo poco del azul del cielo que podía verse–. No lo puedo creer –dijo desairado–. Lo que a mi padre le costo años y la vida misma por intentarlo, yo lo hice en poco tiempo y . . . ahora . . . –volvió su mirada hacia Labju– Sigue con el plan. Ve tú por mi gente, no creo que Neodor lo haga.

–Si señor –Labju salió y monto su caballo y partió de inmediato con destino a Macragors.

–Me voy a mi habitación, Aluker, no quiero que me molesten.

–Entendido Señor –Leodor se dispuso a dirigirse a su habitación mientras Neodor se dirigía hacia la taberna del pueblo en donde, seguramente, desquitaría su odio en una forma poco convencional. Le gustaba entrar a lugares donde hubiera muchas personas e insultaba a todo cuanto lo viera para provocar conflictos y poder golpear a todo aquel que se hacían llamar hombre valiente.

Pero aquella vez no fue diferente como todas, en un principio, ya que, una vez que logró tranquilizarse; salió de la cantina y vio que una mujer estaba junto a su caballo. Neodor se acerco aún con enojo y reclamando a la mujer.

–¿Qué le haces a mi corcel mujer? –una hermosa mujer de cabello castaño, piel cobriza y ojos oscuros lo miró, Neodor solo se fijó en los pequeños labios de la mujer, la nariz fina y el brillo en la mirada de ella. Una mirada retadora que muy pocas mujeres tendrían el valor de lanzar hacia él al ver el emblema real cocido en el costado derecho de su camisa. La mujer solo permanecía de rodillas sujetando un balde de madera lleno de agua y mientras que el caballo tomaba ella lo acariciaba.

–¡Solo doy agua a este pobre animal, estaba sediento! –al escuchar las palabras de la mujer y el tono retador de ésta, su enojo cayó por los suelos rápidamente. La mujer se puso de pie y esto ayudó a que el guerrero pudiera tenerla de pie frente a él. Ella vestía sencillamente con un vestido café, lleno de tierra que a pesar de lo abultado mostraba una bonita figura en el cuerpo de la mujer, y unos pequeños zapatos de piso del mismo color del vestido.

–Disculpa –dijo Neodor llevando una de sus manos a su cuello para tallarlo–, ¿Cómo puedo agradecértelo?

–No descuides tanto a tu corcel –Neodor subió a su caballo, tomó las riendas e hizo que el caballo diera varios pasos hacia atrás, como si bailara.

–¡Ahora se encuentra muy feliz! –Neodor le sonrió a la mujer y ella también sonrió pero al mismo tiempo se sonrojó y bajó la mirada–. ¿Te gustaría dar un pequeño paseo? –preguntó el Jinete y la mujer siguió sonriendo pero le dio una negativa con el simple mover de su cabeza.

–No puedo, tengo que encargarme de los cultivos de mi padre y de las ovejas –pero Neodor no quería perder una oportunidad y volvió a atacarla.

–De acuerdo. GULIK se sentirá muy triste pero . . . ¿Tal ves pondría ser en otra ocasión? –la mujer rió al tiempo que sujetaba el balde con sus dos manos.

–¡Gulik! ¿Ese es tú nombre?

–¡Eh! No, no –Neodor bajó la mirada sonriendo y movió su cabeza negativamente–. No, Gulik es el nombre del corcel al cual acabas de dar de beber.

–Bueno, tal vez después pueda salir a pasear con Gulik. Pero solo si paseamos por mi territorio.

–Bien y dónde es su territorio –la mujer miró la taberna y después hacia varios lados–. ¿Sucede algo malo? –preguntó pero la mujer no respondió.

–Es hacia el Norte. Por el camino que va hacia Andaros. Es la única casa que se encuentra fuera del pueblo.

–¿Y cuándo podemos pasar por Usted?

–En la noche, cuando haya caído el sol ya habré metido a las ovejas . . . estaré libre en ese momento.

–Entonces la veré hoy en la noche.

–¡Lo estaré esperando señor! –la mujer seguía sonrojada pero permanecía con la mirada firme en el guerrero quien ya no soportó más y dando la vuelta a su caballo se alejo a paso lento de esa hermosa joven de 18 años, la cual llegaría, un tiempo después, a ser su esposa.

Pero dentro del Castillo era otra historia, Leodor escribía difícilmente una carta para el señor del Norte, carta que con mucha duda y dolor fue enviada ese mismo día. Leodor envió a un heraldo con el mensaje a Alamus diciendo que Macragors era libre ahora; el mensaje fue recibido algunos días después y seis días después de que el mensaje fuera reenviado, Leodor era informado de que todo estaba entendido y que todo seguía normal, que la alianza permanecía latente por ambas partes.

Después de ese día las cosas siguieron como antes, Neodor siguió viéndose con la joven del pueblo, la cual era dueña de una granja y para su padre trabajaban cerca de 50 hombres pues era comerciante afortunado y obtenía muchos recursos. Había parecido que Neodor y la joven se habían entendido muy bien, Neodor descubrió sentimientos que él no había experimentado antes y descubrió a la joven sensible, amorosa e ilusionada que se escondía tras la joven que había conocido en el pueblo. Esta joven, además de hermosa tenía una gran habilidad con el arco y sabía conversar con las personas, le gustaba la cerámica y era una gran artista y con el paso de los días, Neodor, llegó a enamorarse de esta joven la cual contestaba con el mismo sentimiento. Por su parte, el padre de la joven se había identificado muy bien con Neodor puesto que veía en el joven a un hombre que le auguraba un muy buen futuro. Y Neodor, además de sentirse enamorado por primera vez, pudo sentir un fuego calido dentro de él, una calidez en el hogar de la chica que lo hacia pensar que realmente pertenecía a ese lugar, descubrió lo hermoso que era una familia en donde el padre no se sintiera autoritario como había sido en su hogar; esto lo hacia pasar gran parte de su tiempo en la granja de la muchacha sin importarle lo que sucediera en el Castillo.

Labju, por su parte, viajaba constantemente hacia Alamus para visitar a sus padres y familiares, los cuales se sentían muy felices de lo que había logrado en tan poco tiempo y en Alamus ya no se le hablaba más como capitán. El rey era muy amigo de la familia del guerrero, y era casi seguro que si hubiera tenido alguna hija no hubiera dudado en desposarla con el joven guerrero al cual los heraldos, lo anunciaban gloriosamente con el cargo de General y esto lo hacia sentirse grande y su pecho rebosaba de alegría con ese tipo de recibimiento, lleno de trompetas y voces que gritaban en una sola *"–Viva el General de Andagora, Labju–"*. Pero a diferencia de Neodor, Labju no pensaba en casarse ni se fijaba mucho en la jóvenes, sino que al contrario, las chicas eran las que lo buscaban a él pero ninguna le llamaba la atención . . . hasta que se encontró con ella . . . una hermosa chica de ALEDER, el pueblo donde se erguía el Palacio del rey Comodor. La conoció cuando hacía uno de sus viajes obligatorios en pos de visitar, con sus padres, al Palacio de Alamus; la primera vez que la vió, la joven servia la comida en la mesa real, la muchacha era de piel blanca opacada por el sol, de cabello castaño y de ojos verdes como la esmeralda, el vestido verde que cubría su hermoso cuerpo le combinaba muy bien con sus ojos. Era la primera mujer que llamaba la atención de Labju y no lo disimulo pero solamente su padre y el rey pudieron percatarse de eso pues su madre se entretenía mucho conversando con la esposa del rey y la joven parecía no préstale mucha atención al guerrero. El rey no dijo nada en ese instante pero cuando pudo esta asolas con Labju y su padre, habló sobre la muchacha y dio grandes referencias e incluso incito a Labju a que la invitara a pasear por el reino, a que la llevara al mercado y le comprara algunas cosas, cosa que el general hizo después de darle muchas vueltas a la idea. Labju pensaba que la joven no aceptaría pero resultó ser todo lo contrario, la joven aceptó a la primera propuesta y tanto ella como Labju pasaron grandes momentos juntos desde ese día hasta que se vió obligado a regresar a Andagora.

Aluker, por su parte, tenia prohibido dejar el reino al cual servia así que pasaba su tiempo encerrado, en una de las habitaciones de la cuatro torres del homenaje que tenia el Castillo en las esquinas, leyendo y haciendo todo tipo de experimentos y ritos curioso que le daban más poder y sabiduría pero algo sucedió un día. Aluker por fin había logrado hacer que un libro levitara y toda la mesa junto con él, se sentía feliz y de inmediato salió corriendo apresurado para ir y mostrarle al rey la nueva habilidad que había obtenido cuando al pasar por el cuarto que antes había pertenecido a Nefeso, sintió que una brisa extraña pasó por un costado de él. Esto lo hizo sentir un estremecimiento y detuvo su andar, lentamente se paró frente a la puerta y vió que estaba un poco abierta, así que con las yemas de los dedos empujo la puerta pero esta no se abrió completamente, simplemente se movió mostrando poco del interior del cuarto y después se volvió a cerrar. En la siguiente ocasión, Aluker usó la fuerza de su brazo derecho para empujar la puerta y abrirla completamente, la ventisca de hacia unos instantes le pareció algo curioso pues el cuarto estaba cerrado completamente, no parecía haber alguna ventana o alguna grieta en el grueso muro; de lo que si pudo percatarse era de lo aluzado y limpio que estaba el cuarto, la cama estaba muy bien arreglada y el velo que los protegía de los mosquitos aún estaba blanco, sedoso y transparente; en la habitación no había mas que un especie de estante que sobresalía de la pared izquierda, referida con la puerta, en donde se encontraban algunos adornos de oro. Aluker dio un paso hacia adentro, conteniendo la respiración y con la mayor quietud, pero nuevamente un aire volvió a pasar por su lado moviendo su cabello largo y pasando por entre la creciente barba y el nuevo bigote que ahora adornaban su cara; Aluker miró hacia la parte alta de la habitación y se encontró con un ventanal cubierto por un cristal transparente, el cual tenia algunas partes rotas y otras sin cristal, era por este lugar por el cual entraba el aire y la luz se daba paso para iluminar la habitación. Sintiéndose aliviado, Aluker, exhaló profundamente y se volvió dando la espalda a la cama cuando sintió que algo estaba tras él. Rápidamente se volvió extendiendo sus manos pero no encontró a nadie, así que nuevamente entró un poco mas al cuarto, hasta llegar a la cama, no quitó el mosquitero; solo la observo quietamente y después creyó escuchar algunos susurros tras el muro izquierdo, se acercó al estante y miró lo que ahí se encontraba contenido. Encontró una diadema de oro y rubíes, anillos prominentes, que seguramente pertenecieron al rey, pulseras y brazaletes delicados que debieron pertenecer a la reina. Aluker dio un paso de mas y su pie chocó con el muro pero este produjo un sonido hueco, cosa que de inmediato llamó la atención del Mago y retirándose un poco volvió a golpear el muro, el mismo sonido hueco volvió a hacerse presente, quietamente movió un poco la tela morada que cubría el estante, y que se deslizaba hasta tocar el suelo; encontró una lamina de madera que cubría algo. Quedamente rasguñó la orilla que tenia al alcance y notó que había una ranura que le permitían mover la madera pero se encontró con que ésta estaba sujetada por el otro lado con bisagras, como si fuera una puerta, así que la abrió completamente y se encontró únicamente con vacío, vacío que era iluminado por la luz que entraba por el ventanal y que pasaba a través de los lugares donde Aluker no coincidía con el haz de luz. Dentro notó que algo brillaba y entró gateando un poco para tomar lo que brillaba, después salió al cuarto y volvió a dejar ese compartimiento como lo había encontrado y sentado en la piedra y recargado en la madera pudo observar ese grueso brazalete que tenia la cabeza de un toro en el frente y en las brazas brillaban rubíes, diamantes, esmeraldas y zafiros acomodados, sin ningún orden en especial; junto a este brazalete se encontraba una nota escrita, con tinta negra, en papiro amarillo. La nota se encontraba doblada y atada con un listón morado al brazalete de oro y las únicas letras que Aluker pudo leer fueron:

LEODOR

Leodor recibió, ese mismo día el brazalete de las manos de Aluker, el rey lo miró mientras permanecía sentado en el trono.

–¡Es el brazalete de mi padre! –decía feliz al tiempo que lo elevaba al cielo–. ¡Pensé que lo habían tomado los bárbaros! –Leodor ya no cuestionó a Aluker pues este ya le había comentado en que lugar lo había encontrado.

–También venia esta nota con el brazalete, señor –Leodor se puso de pie y rápidamente tomó la nota de las manos del Mago. El rey desenvolvió rápidamente la nota y leyó en voz alta:

A mi hijo Leodor:
En tus manos dejo este brazalete para darte buena suerte, a mí también me dio muy buena suerte pero ahora que yo ya no estaré te lo dejo a ti.

Tras haber leído la nota, Leodor rió felizmente y agradeció a Aluker lo que había hecho y hasta lo abrazó, esto hizo que el Mago olvidara el susto que hacia unos instantes había sentido dentro de la habitación. Después de esto, Leodor pidió a Aluker que lo dejara solo y después de una reverencia, el Mago se retiró olvidando por completo lo que le tenía que mostrar al rey . . .

Había trascurrido un año y Neodor contrajo matrimonio con la muchacha que frecuentaba constantemente. Labju contrajo matrimonio medio año después con la chica que servia la mesa del rey de Alamus, ambas fiestas se celebraron en distintos lugares. Neodor desposó a la que seria su mujer en el templo de Andagora y solo fue bendecido por la mano del sacerdote mientras que Labju contrajo matrimonio en el templo de Alamus y fue bendecido con la gracia del sacerdote y del rey. El rey Leodor parecía el más desgraciado pues ni siquiera tenia una joven a su lado y esto era porque no se había dado a conocer en el pueblo, desde hacia algo de tiempo el rey ya no salía, se pasaba su tiempo encerrado en su Castillo y no se mostraba a la gente como en otras ocasiones. Estos contratiempos no influyeron en sus hombre allegados y por fin, meses después Neodor llevaba al altar de los dioses a una niña hermosísima para presentarla ante el pueblo y Labju un año después hizo lo mismo pero con un niño, güero como él. Hijos que el rey no contemplo, como debió haberlo hecho, por mantenerse encerrado en el Castillo a causa de razones que nadie comprendía.

Cinco años pasaron y el reino seguía sin problemas pues Leodor sabia llevar muy bien ese cargo y las personas nunca se quejaban de él, a pesar de que ya habían olvidado la cara de su rey, e ignoraban lo solo que se sentía. Leodor, por su parte, solo veía la felicidad con que Labju y Neodor hablaban de sus hijos y les envidiaba. Hasta que llegó un momento en el cual sintió gran desesperación al no tener el amor de una mujer, fue en esos momentos que al hablar con Aluker, éste le dio un gran consejo y Leodor lo llevó acabo: Envió una proclamación a los reyes de los demás reinos para que por medio de un baile presentaran ante él a sus hijas. El recinto principal y el más grande del Castillo, que era el que estaba inmediatamente al cruzar la entrada principal, se llenó de personas venidas de todas partes, fácilmente se encontraban con todo tipo de personas, Condes, Duques, Terratenientes Comerciales, Caballeros, Personas Adineradas y Reyes; todos acompañados de sus hijas . . . y a pesar de que cada una de las jóvenes hizo lo mejor que pudo para agradarle a Leodor y después de haber bailado con todas ellas, él le entregó una rosa roja a LOREN AUGFA de Vastigo que era una mujer de ojos oscuros al igual que su cabello, labios pequeños de los cuales salía una hermosa voz y poseedora de una hermosa tez morena que cubría un hermoso cuerpo. También se veía alegre y siempre de buen humor cosa que Leodor pudo ver en sus ojos y la hizo diferente de las demás, a presar que, al parecer, era la única que nunca hubiera querido estar ahí.

Después del baile, Loren pasó un tiempo compartiendo el Castillo con el rey hasta que sintiéndose seguros y llenos de un dulce amor, que la convivencia diaria fue formando dentro de ellos, se unieron en matrimonio frente a sus dioses y siendo bendecidos por el Sacerdote Mayor de Andagora y el Jefe Supremo de los Magos, fue una día de festejo al cual acudieron personas de todas partes y fue ahí donde los hombres volvieron a ver a su rey, lleno de felicidad y dicha como hacia años.

A los dos años de casados, Loren, le concedió al rey el honor de darle su primer heredero y el día que lo llevaron frente al altar se hizo una gran fiesta, donde después de mucho tiempo de haber estado separados, volvieron reunirse los viejos y antiguos amigos. En la mesa donde se sentaron los reyes, sus amigos se acercaron y del lado del rey tomaron asiento Aluker, Labju, Neodor y Gladier mientras que del lado de la reina tomaron asiento la esposa de Labju con sus dos hijos y la esposa de Neodor con su hija. Esa noche todo el reino festejo en el Castillo, nuevamente en el recinto principal, donde nuevamente se podía encontrar gente de todas partes, incluso de los reinos vecinos, armándose así un gran alboroto de risas y música que duraron casi toda la noche. Al final, cuando los canarios ya volaban por las nubes cantando y el cielo comenzaba a pintarse de naranja a causa de los rayos del sol, y el frío de la noche se elevaba como niebla densa y fría, Leodor despedía a los visitantes con algunas palabras, fueron breves ya que él no tenía la habilidad de hablar en publico como Neodor y Aluker ya que Labju y Gladier también era algo tímido y preferían mantenerse en silencio y escuchar a los demás.

–Señores, señoras, todo el pueblo y visitantes en general –dijo Leodor poniéndose de pie y levantando con su mano derecha una copa–. Yo, Leodor Tenoret, gobernante de Andagora los saludo y les doy las gracias por asistir a la presentación de mi hijo PRECCO AUGFA, espero de todo corazón que todo, absolutamente todo siga como hasta ahora y que los dioses los protejan ahora y en la eternidad –cuando termino de hablar todos aplaudieron y se levantaron de la mesa pero uno que otro rey solo levantó su tarro de cerveza, o su copa de vino, y dieron un "SI" con sus voces viejas y agudas, Leodor con una sonrisa en su rostro siguió conversando y divirtiéndose hasta que la reina sintió sueño y se lo dijo a Leodor hablándole quedamente al oído. Leodor se puso de pie y se despidió de los presentes para después retirarse del lugar abrazando a su esposa mientras la fiesta seguiría, con seguridad, por unas horas más hasta que todos se sintieran cansados y regresaran a sus casas.

En ese mismo instante, Gladier, esperaba a su rey al pie de las escaleras del fondo de la parte izquierda del Castillo, escaleras de piedra que llevaban al rey hasta su habitación. Cuando Leodor lo vio se paró frente a él y le colocó la única mano que traía suelta sobre el hombro.

–¿Qué te sucede Gladier? ¿Por qué esa cara de nostalgia? –el Elfo dejó al descubierto una gran tristeza.

–Puedo hablar con usted señor –al ver el semblante del Elfo, Leodor miró a su mujer y hablándole al oído dejó de abrazarla y ella siguió caminando, subiendo esas escaleras de forma de caracol hechas de piedra. Rodeada de paredes grises que de vez en cuando tenían una abertura que miraba hacia el lado opuesto al que el sol salía, de vez en cuando, Loren podía ver como la sombra del Castillo aún estaba lejos a desaparecer por esa parte y también sentía el calido viento del Oeste, que llegaba a ella, ahora enfriado por las sombras que se extendían a causa del Castillo, era un viento semihúmedo que venia desde su tierra natal. Ella solo suspiraba y veía a su hijo y no decía nada, solo sonreía al sentirse segura dentro de esta fortaleza de piedra y volvía a subir las escaleras reflejando felicidad en su cara.

En tanto, Gladier no hallaba palabras para comunicarse con el rey.

–Es . . . es solo que te quería decir que partiré . . .

–¿Cómo dices?

–Si Leodor . . . –respondió un poco mas tranquilizado– Serví a tu abuelo, a tu padre y te serví a ti, pero al verte así, lleno de felicidad . . . me hace sentir que mi trabajo aquí ya termino.

–¿Por qué?

–Nosotros vagamos durante años trabajando para los diferentes señores Feudales de todo Fanderalm y siempre partíamos al morir el Sr. Cuando llegamos aquí, Ganator dispuso de nuestros servicios, pero cuando él murió . . . Nefeso era aún muy pequeño y su madre nos pidió quedarnos, lo cual hicimos y Nefeso, antes de morir, el mismo día de la invasión; nos pidió quedarnos a cuidarte . . . ahora ya no hay mas guerras, cada reino esta en paz con el otro y no trataran de cambiar nada . . . hay pactos y tratos firmados . . . todo es paz, así que siento que nuestro trabajo esta finalizado . . . –Leordor sintió una gran angustia y no dudo en reflejarla al arquear sus cejas.

–Y . . . ¿A dónde iras?

–Iremos con los Duendes, después nos ubicaremos en algún lugar del Noreste . . . pero recuerda, siempre tendrás nuestro apoyo en lo que se necesites.

–Gracias. Puedes ir en paz –Leodor lo abrazó instantáneamente y Gladier también a él recordando aquel momento, cuando Leodor era aún muy pequeño, cuando Leodor sentía miedo y no encontraba a su padre ni a su madre disponibles, él lo refugiaba entre sus brazos mientras el joven rey se refugiaba en sus brazos.

–¡Que los dioses te protejan Leodor . . . ! –Gladier se dio la espalda y se acercó hacia sus hombres quienes ya lo esperaban y haciéndoles una señal caminaron tras él.

Al salir del Castillo se encontró con Labju y Neodor, parados tras aquella puerta que ahora se cerraba nuevamente, parecía que los guerreros lo habían estado esperando para despedirse.

–¡Así que siempre te vas! –dijo Neodor como si ya hubiera presentido esto.

–Si . . . haré mi pueblo independiente . . .

–Ve con bien Gladier –Neodor abrazó a Gladier y le palmeó varias veces la espalada–. Gracias por todo lo que me enseñaste.

–No hay de que . . . eras un tonto con el arco –Neodor rió un poco y Gladier solo sonrió.

–Yo no te conocí muy afondo pero, créeme que fue un honor conocerte Gladier –dijo Labju colocando una mano en el hombro del Elfo.

–Yo no tenia que enseñarte nada Labju, ya eras un hombre preparado. Me agradó el haberte conocido. Pero pase lo que pase, siempre estaré apoyándolos.

–Gracias –Gladier volvió a hacer la señal con la mano y continuo con la caminata, Labju y Neodor solo los vieron perderse al atravesar la puerta que daba acceso al mercado. Después, los guerreros, entraron al Castillo.

Siete años pasaron desde que nació Precco y ahora él es un jovencito inteligente y lleno de amor. Pero la reina no tuvo la misma suerte y cayó presa de la enfermedad que ahora llamamos Tuberculosis, Leodor mando llamar a Aluker para que la ayudara pero el Mago no pudo hacer nada, era una enfermedad natural y no conocida por él. Leodor furioso ante la impotencia del Mago le pidió que se retirara a gritos, lo insultó y desquito todo el sufrimiento y coraje en contra del Mago quien, decepcionado de si mismo, decidió castigarse e irse al exilio hacia la montaña Drackonis, solo se despidió de sus amigos igual que Gladier y con su cara llena de lagrimas, sus ojos hinchados y con el orgullo y el honor por los suelos, Aluker dejó el lugar que por algunos años le dio paz confianza y felicidad, dejó Andagora por culpa de una enfermedad que él nunca había presenciado y de la cual no tenia conocimiento alguno.

Por su parte, la reina, parecía en ocasiones mejorar y en ocasiones caía presa de la tos que le despedazaba los pulmones, con los días cayó presa de la debilidad y su estado empeoraba cada día más. El rey desesperado y al ver que ninguna persona podía ayudar a su mujer, y cansado de haber intentado todo para que se salvara, la encerró en un cuarto dando la orden de que nadie entrara. Solo él tenía el acceso y la llave a ese cuarto en el cual pasaba gran parte de su tiempo, pasaba casi todo el día y la noche a su lado. Ya fuera dándole de comer o de beber o simplemente sujetando su mano y recordándole heridamente los momentos felices que pasaron juntos y lo felices que eran, pero el rey no soportaba y lloraba haciendo llorar a su mujer la cual no veía salvación. Pero su hijo Precco no entendía nada, solo veía el pasar de los días, sentía la soledad y la angustia de su padre pero no preguntaba nada, solo se mantenía vigilando desde lejos o jugando con los hijos de Labju y Neodor. Hasta que una noche, habiendo terminado de cenar, entró a la habitación de su padre con la intención de llevarle un pedazo de pan para que comiera. Precco encontró a su padre llorando, sentado en el suelo y recargado en un lado de la cama.

–¿Qué tienes papito? –Leodor vió a su hijo y le extendió una mano y Precco se acercó.

–Nada hijito mío –enrolló la mano y lo abrazo.

–¿Entonces por qué lloras? –Precco se alejo un poco haciendo fuerza con sus bracitos sobre el hombro de su padre.

–Por tu madre. Esta muy enferma y no creo que se recupere.

–¿Qué quieres decir con eso?

–Que tu madre puede morir. Tu madre va a estar en algún lugar allá arriba –le señalo con el dedo la parte superior del Castillo, Precco solamente levantó la mirada y vió el techo de piedra, distinguió los bloques fríos y grises que lo conformaban. Desconcertado y con las cejas engarruñadas Precco miró a su padre.

–¡Arriba del Castillo!

–No –el rey bajó la mano y dolorosamente miró a su hijo–. Tu madre va a estar en algún lugar, más allá del cielo, más arriba de donde se encuentran las nubes . . . a un lado de los dioses y desde ese lugar ella nos va a ver y te va a cuidar para que nada malo te suceda.

–¿Pero va a seguir estando con nosotros?

–Solo aquí –Leodor movió frágilmente su mano y la colocó sobre el pecho del principe–. Ahí es donde ella siempre va a estar. En ti y en mi –su hijo lo volvió a abrazar con sus pequeños brazos y lloró junto con su padre.

–¡No llores papi, yo estaré siempre contigo!

–¡Gracias hijito! –sus lagrimas siguieron brotando mientras abrazaba a su hijo, estrechándolo fuertemente contra su pecho.

La reina murió al año y fue un gran golpe tanto para Leodor como para Precco y aún más para los padres de Loren. En Andagora, la misma madrugada que murió la reina, las puertas del pequeño templo, donde se veneraban a los dioses, se habrían de par en par y entre la luz cegante del amanecer y las sombras de los costados del interior del templo se podía apreciar entrar a Leodor con su esposa fenecida en brazos y su rostro lleno de lágrimas, lágrimas que brotaban desde el fondo de su maltrecho corazón. Una vez frente al altar, recostó a su amada sobre el pedestal, se arrodillo ante las cuatro imágenes de sus dioses, les rezó una oración y con palabras cortadas por el llanto y el sufrimiento les pidió paz para el alma de su esposa. Por su parte, los padres de Loren, le pidieron al rey que le devolvieran a su hija pero Leodor no lo hizo, les envió un comunicado por medio de heraldos para decir que al casarse con él, Loren, ahora pertenecía a las deidades de Andagora y que sería sepultada de acuerdo a la tradición Andagoriana y aunque esto no les agradó mucho, se vieron impotentes en contra de la decisión de su yerno, solo se conformaron con orar en su templo.

Días después, en el panteón del pueblo y en el mismo lugar donde antes habían sido sepultados los padres de Leodor, el rey sepultaba el cuerpo, ahora hecho cenizas, de la mujer que en vida le dio su amor. Esta muerte ocasionó que en un lapso consecuente el rey casi enloqueciera por la dolorosa perdida de su mujer, nuevamente como antes se alejó de las personas y de vez en cuando era visitado por Neodor y Labju; quienes, más que por obligación, lo visitaban por placer al tiempo que sus hijos pequeños jugaban con Precco, que era lo único que mantenía vivo al rey y fue Precco lo único que pudo hacer que Leodor recobrara la cordura y fue su inspiración para que se empeñara a hacer algo provechoso para el futuro.

Mientras tanto en un lugar lejano y oculto, dentro del bosque, dentro de un pequeño pueblo de casitas de madera en donde resaltaba lo blanco de las casas y lo hermoso de un pequeño templo de mármol, que brillaba hermosamente con la luz del sol cuando este cubría ese pequeño espacio semiabierto que era ocupado únicamente por hermosas mujeres que vestían de azul. Ese pequeño pueblo era rara vez pisado por los hombres pues nunca se les permitía el paso y sus limites estaban marcados en los árboles, con una especie de tinta azul que formaba la imagen de un copo de nieve, y muy bien resguardados por las Ninfas guerreras que raramente eran vistas pero que estaban dispuestas a matar a cualquiera que no hiciera acaso a sus advertencias, que no eran más que una serie de apariciones espectrales. Ese pueblito fuertemente resguardado de vista ajena era NEFERIN, lugar donde vivían las Ninfas. El suelo de Neferin estaba completamente cubierto por césped completamente verde y de baja altitud, como si alguien se encargara de cuidarlo y mantenerlo siempre perfecto, de vez en cuando se encontraba algún gran árbol sobre su superficie dando sombra a algunas partes del lugar, sombra que disfrutaban mucho aquellas hermosas mujeres de cabellos castaños de diferentes tonalidades y de prendas azules como el mar profundo.

Ese día, el sol brillaba como siempre en primavera, el cielo estaba azul y las nubes, que parecían una sábana blanca, transparente y delgada, se encontraban flotando ayudadas por el frágil viento que soplaba del Sur y que las arrastraba muy lentamente. Las Ninfas disfrutaban de un hermoso día, algunas arreglaban los techos de sus casas, otras las paredes, otras simplemente platicaban bajo las sombras de los árboles u otras simplemente dormían bajo las sombras de los árboles de los alrededores del espacio semiabierto. Pero ese momento de tranquilidad fue suspendido cuando todas las jóvenes mujeres miraron hacia aquellas zapatillas de piso que levemente aplastaban el césped de Neferin, se trataba de una joven Hada que pasaba entre todas las Ninfas sin volver su vista para mirarlas mientras que todas las jóvenes volvían su mirada hacia ella, incluso las que estaban dormidas despertaba exaltadas y rápidamente miraban hacia aquella joven de mirada perdida, de ojos verdes y de cabello rojizo. Esta Hada se limitaba a mantener la vista fija en el templo y sin miramientos subió los cuatro escalones para después pasar al pórtico, donde rápidamente y sin preguntar nada, un par de mujeres que portaban lanzas en sus manos le abrieron las puertas. La joven Hada siguió avanzando hasta estar frente al *"Consejo Supremo"*. Se encontraba en el templo de mármol, el cual tenia algunos ventanales a los costados por lo que entraba la luz del día, había una alfombra azul que conectaba la entrada con el presidium, el cual estaba constituido por cuatro mujeres que vestían con túnicas azules, el cabello de las mujeres era de color café al igual que sus ojos y su piel era blanca como la espuma de mar. Esas cuatro mujeres portaban adornos con zafiros. Esas mujeres tenían el extraño don de predecir el futuro y ahora conocían el futuro de aquella Hada y era su deber anunciar sus predicciones. Cuando tuvieron a la joven Hada frente a ellas, no esperaron más y sin dar tiempo a que la joven se presentara ni a que profiriera alguna palabra, una de las mujeres comenzó.

–Has sido elegida por los dioses para concebir un hijo de un Humano . . . un Humano de corazón noble y bondadoso . . . él nos dará la paz.

–Aquella paz que en un momento dado se perderá por la ambición de los que ahora rebeldes se vuelven y que gracias a su ambición traerán la oscuridad y la destrucción de todos aquellos que les permitan entrara a sus hogares –como la Hada se había colocado a un costado de uno de los ventanales, la luz que entraba hizo ver a una mujer hermosa que vestía un hermoso vestido rojo y largo, pintaba sus labios de carmín al igual que las sombra que llevaba en los ojos, su piel blanca relució con la luz del sol y lo desnudo de sus hombros también pero no el semblante de su rostro al escuchar la noticia que aquellas cuatro mujeres le habían dado. Sin proferir palabra alguna y bajo un desconcierto muy grande, la Hada, salía del lugar dando la espalada a aquellas cuatro mujeres que asombradas vieron la acción de la joven. La Hada casi salía al exterior, una de sus zapatillas ya había pisado el mármol del exterior cuando una de las mujeres le preguntó el nombre. Ella se volvió e inclinándose hasta que las Ninfas no pudieron ver su rostro respondió.

–Naiham NEIREDY. [1]

Había trascurrido dos años después de la muerte de la reina de Andagora, Leodor había logrado tranquilizarse y superar el trauma de perder a su esposa. Y, por un tiempo, mientras transformaban al Castillo en un Palacio, Leodor vivía como un campesino en ANDAROS. Siendo Neodor gobernador de ese lugar, titulo que Leodor le había dado a Neodor en compensación del arrebato que había sufrido en Macragors. Leodor llevaba casi medio año viviendo en aquella casa, una casita que se encontraba a las orillas del rió que pasaba al Suroeste del pueblo, a medio kilómetro del puente que daba paso al bosque del Sur. Él vivía tranquilo y lejos de la gente para mantenerse fuera de problemas, nunca nadie lo visitaba ni nunca visitaba a nadie hasta que un día lluvioso, como todos los días de verano, mientras Leodor hacia la comida dentro de la casa, un ruido proveniente de las afueras llamo su atención y al salir vio a una joven que estaba bajo la lluvia tratando de jalar a su caballo, el cual se negaba a caminar y al jalarse hacia atrás, jalaba a la joven que sujetaba de la rienda. Leodor se acerco a ella y, cubriéndola con una frazada, la llevo a la fuerza hacia el interior de su casa pero la joven se resistía pues quería su caballo y una vez que dejo a la joven dentro de su casa salió por el caballo y lo metió dentro de un pequeño establo que tenia a un costado de su casa.

---

[1] "Mi nombre es Neiredy". Nombre que obtuve de la palabra Nereida, solo cambie la "I" de lugar y la "A" por "Y"

Por su parte, la muchacha había intentado abrir la puerta pero Leodor la había trabado por fuera. Viendo que la puerta no cedía se tranquilizó y miró a sus alrededores mientras permanecía de pie sujetando la manija de la puerta con su mano izquierda, viéndose dentro de una habitación en donde, en el centro había una mesa cuadrada con dos sillas y una lámpara con una veladora encendida, al lado izquierdo de la puerta había un guarda ropa que estaba hecho de barras de madera transversalmente, en toda la caja de madera, en donde había algunas prendas limpias colgadas, frente a la puerta se encontraba una cama grande para dos personas que tenia sus respectivos muebles con dos cajones cada uno, al lado derecho de la cama se encontraba un estante lleno de figuras de madera, piedra y jade. La joven se asustó y exaltándose un poco se alejó de la puerta al tiempo que Leodor la abría.

Una vez dentro, Leodor se sacudió el agua de su cabeza y levantó la mirada hacia la joven.

–Gracias extraño. ¿Cómo puedo agradecértelo? –Leodor miró un poco a la joven, ella vestía sencillamente con un simple vestido de tela verde del cual escurrían delicados filamentos de agua que se encontraban con el piso de madera, ella no lucía adorno alguno pero si se preocupaba por su cabello negro ya que lo traía muy bien peinado y cuidado, parecía que el mismo cuidado lo ponía con sus delicadas manos blancas las cuales adornaba con colores rojos en sus uñas y con su bella cara que parecía salida de un sueño, sus ojos negros y su boca rosa contrastaban muy bien con lo blanco y hermoso de su cara, la cual en conjunto con su cabello y brazos también desprendían hilos delicados de agua. En sus pies calzaba sencillos zapatos de tela y suela de cuero, el vestido estaba adornado por un cinto delgado que se abrazaba a su cintura, la cual era delgada y bien formada, lo normal para una joven de corta edad.

–No tienes por qué . . . cualquier otro te hubiera ayudado –el rey caminó un poco, se sentó sobre el sillón y ella caminó un poco hacia el interior para sentarse también, la chica sonrió ligeramente pero a Leodor le pareció notar algo fuera de lo común en ella, ya que su forma de sentarse mostraba un porte fino y su espalada no tocaba el respaldo del sillón, cosa que no lo hacen las mujeres de campo pero la chica no permitió que Leodor pudiera seguir pensando y lo interrumpió con platica.

–Aquí nadie ayuda. ¡Se ve que eres nuevo en Andaros! Aquí cada uno se las arregla como puede.

–Y el gobernador. ¿Qué hace?

–¡Es curioso que alguien pregunte por él! Solo arregla los problemas que necesiten de su influencia y ya –Leodor acarició un poco su barba y se recargó completamente sobre el sillón pero la chica permaneció con su mismo porte fino.

–Pasando a otra cosa. ¿Qué hacías afuera con éste clima?

–Iba hacia mi hogar pero la lluvia me alcanzo y con el estruendo de los rayos mi corcel se asusto y no quiso caminar más. Te vuelvo a agradecer la ayuda extraño.

–No soy ningún extraño. Mi nombre es Le . . . –el rey no siguió y optó por cambiarse el nombre– Joney y ese muchachito dormido en la cama es mi hijo Petro.

–Y tu pareja, ¿Dónde esta?

–Mi pareja murió hace dos años.

–Lo siento mucho –la joven guardó silenció y bajó la mirada, su cabello oscuro se resbaló y la cubrió un poco cuando de pronto se escucho un gruñido proveniente del estomago de la muchacha.

–Tienes hambre. ¿Por qué no me lo dijiste? –la chica levantó la mirada lentamente y solo se limitó a sonreír mientras se encogía de hombros, Leodor se levanto de donde estaba sentado–. Sígueme –le dijo y entraron a la habitación contigua hacia la izquierda de la puerta y ahí había una mesa rectangular con cuatro sillas y al Norte estaba la chimenea en donde se encontraba una olla que era calentada por el fuego, al lado izquierdo de la puerta estaba la vitrina llena de platos, vasos y tarros y en la esquina contraria a la chimenea había un especie de lavadero y casi enseguida una ventana cubierta por una manta que era sujetada por un barra sostenida por dos ganchos pegados a la pared. Leodor fue muy caballeroso y ayudo a la muchacha a sentarse, él se alejó y tomo un plato y de la olla sirvió un poco de sopa que se calentaba y se lo dio a la chica.

–Perdona, es lo único que tengo.

–No importa, Gracias –la joven tomó la cuchara y tomó una cucharada de sopa pero antes de dar un sorbo, sopló un poco haciendo que el vapor que salía de la cuchara se disipara un poco.

–y . . . ¿Cuál es tu nombre? –la joven no probó la sopa y después de ser interrumpida en un soplido contestó.

–Mi nombre es MENARIA.

–Es un lindo nombre –las palabras del rey hicieron que Menaria no probara la sopa sino que volvió a introducir la cuchara en la plato y mirara a Leodor.

–No me digas eso que me apenó –Menaria cambio un poco de color en su rostro y bajó la mirada para evitar los ojos del rey quien solo sonrió un poco.

–¿De dónde venias? –Menaria ya no intentó enfriar sopa sobre la cuchara sino que permaneció moviendo la cuchara en círculos dentro del plato.

–De ver a una amiga, es del pueblo, nos gusta pasear a caballo. Solo que hoy la extravié dentro del bosque y al buscarla . . . me extravié yo también. Cuando pude salir del bosque vi las nubes y el estruendo de los relámpagos se hizo presente y fue curioso que no lo notara dentro del bosque . . .

–Suele suceder, en algunas ocasiones el bosque te excluye del mundo y más si esta tupido de árboles altos –Menaria sonrió alegre y por fin tomó un poco de sopa –. ¿Qué te parece?

–Es muy buena . . . sabe delicioso.

–¡Gracias!

Una hora después la lluvia cesaba y Leodor salió por el caballo de su nueva amiga y después llamó a Menaria ayudándola a montar.

–¿Te puedo ver de nuevo? –le cuestionó Menaria sin poder evitar lanzar una sonrisa hacia el rey quien también sonrió sin que él pudiera evitarlo.

–Si me encuentras si . . . algunas veces salgo a caminar o a cazar la comida del día.

–Esta bien . . . espero verte pronto.

–Y yo a ti Menaria –La chica hizo cabalgar a su caballo alejándose de la pequeña pero acogedora casa.

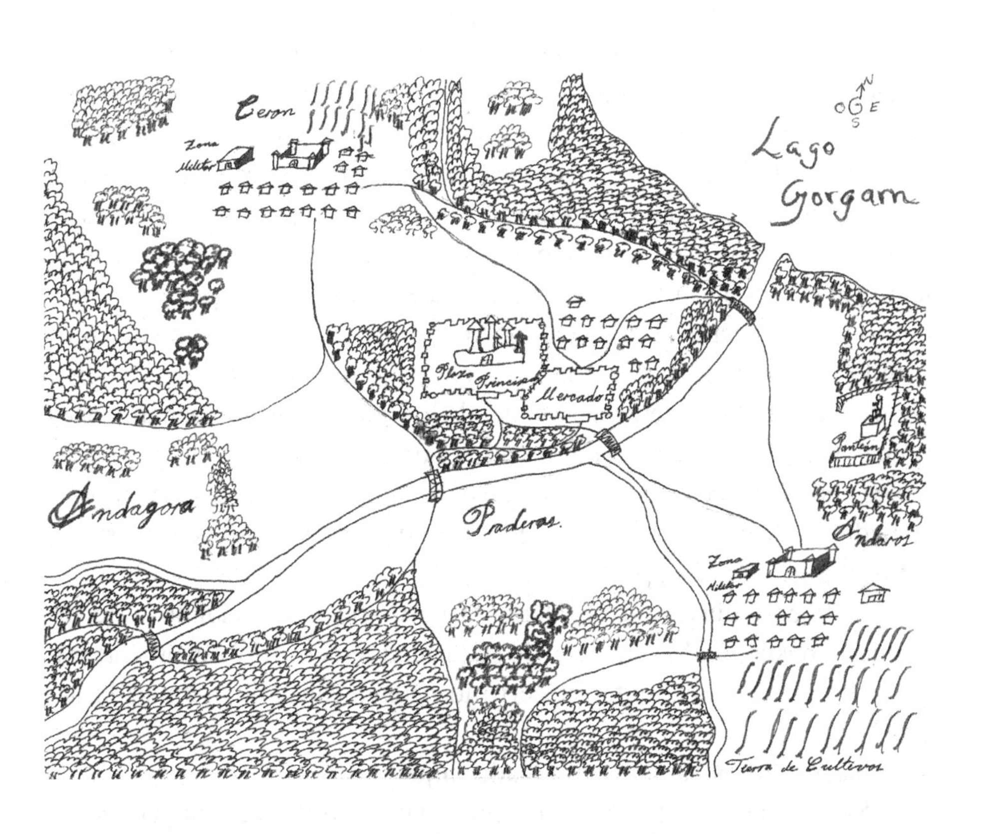
N
O
E
S
Lago Gorgam
Ceron
Zona Militar
Plaza Principal
Mercado
Panteón
Andagora
Praderas
Andaros
Zona Militar
Tierra de Cultivos

La Boda del Rey

A la mañana siguiente cuando la lluvia había partido hacia horas y su rastro aún seguía latente, presente como lodo por todos los pueblos y como gotas frías que resbalaban de las hojas verdes de las plantas; los pájaros que tenían sus nidos sobre los árboles solo se sacudían para desprenderse del pequeño roció que los había alcanzado y los animales del bosque que habían permanecido en sus madrigueras algunos y otros echados bajo el follaje, que los había protegido mientras el cielo lloraba, ahora salían para estirarse y buscar el pasto fresco que había dejado la lluvia tras su visita. Mientras el bosque comenzaba su rutina diaria y el ciclo de la vida se hacia presente frente a los humanos sin que ellos se dieran cuenta, a la casa de Leodor llegaban cerca de cinco guardias que se identificaron como sirvientes del gobernador, golpearon la puerta con sus puños y esta se estremeció haciendo un resonar de madera y uno que otro sonido de la cadena que sujetaba a la puerta pero que, al colgar, también chocaba contra la madera de esta cuando los hombres la golpeaban. Voces roncas y vigorosas acompañaron a los llamados contra la madera, esas voces pedían a Leodor salir pero él estaba aún dormido. Su hijo, al ver a su padre boca abajo y durmiendo placenteramente prefirió no molestarlo y fue él quien abrió la puerta.

–Si, buenos días señores. ¿Necesita algo? –respondió el niño abriendo la puerta hasta donde la cadena de seguridad le permitió y asomando su graciosa cara hacia el exterior cerró los ojos a causa de la amarilla luz que lo cegaba.

–Necesitamos hablar con tu padre hijo.

–Si, sí . . . permítanme un momento –el niño volvió a cerrar la puerta y a paso lento se acerco a su padre, trepó por las sabanas y después se trepó sobre la espalda de Leodor para hablarle quedo al oído, despertándolo diciendo que algunos hombres armados lo buscaban, Leodor casi dormido se sentó en la cama y después de ponerse de pie caminó torpemente hasta que se encontró con la puerta, se dejó chocar lentamente contra el marco y rozando su mano contra su cara se quejó un momento, después abrió de la misma forma que el niño y con voz ronca, los ojos cerrados a causa de la luz y sorbiendo un poco la nariz los cuestionó.

–¿Qué desean señores?

–Le traemos un obsequio de parte de Menaria, la hija del gobernador Neodor.

–¿Qué dice? –preguntó Leodor dejando de tallarse la nariz. Y el hombre que estaba más cercano a él volvió a hablar.

–Si señor . . ., la señorita Menaria nos envía a que le trajéramos este presente para Usted, solo que necesito que habrá la puerta –Leodor miró al hombre de mala gana y después de dudar un poco, soltó la cadena de la puerta y abrió la plancha de madera que crujió y forcejeó por unos momentos. Al ver la puerta abierta, el guardia hizo una señal para que varios hombres entraran con cestas de mimbre tejidas con habilidad y que ahora estaban rellenas con alimentos de toda clase, pero de pronto Leodor vió que eran demasiados productos para que su hijo y él pudieran acabarlos antes de que pasaran a desperdiciarse, pese a eso los aceptó. Una vez cumplida su tarea los guardias salieron de la casa y tras decir palabras que siempre decían como *"Tarea hecha"* o *"Trabajo terminado"*, se retiraron a paso tranquilo y constante.

–¿Qué es todo esto papá? –Preguntó Precco al tiempo que destapaba una de las cestas y veía que estaba llena de manzanas y peras.

–No lo sé hijo . . . no lo sé –la incertidumbre se reflejaba en la cara de Leodor mientras se acercaba a su hijo y del interior tomaba una pera para después morderla y sentir como el jugo de la dulce fruta escurría al interior de su boca.

Al día siguiente cando el sol volvía a asomarse desde lo lejos por la cordillera de piedra, y comenzaba a aluzar el mundo con una luz anaranjada y a las nubes de un color violeta, Leodor, tenía planeado ir al que ahora iba a ser *"El Palacio Andagora"*. Tomó el camino del Norte, atravesó por todas la orilla del pueblo, evitando que los pueblerinos se percataran de su presencia, para después pasar a un lado de lo que era la zona militar, que no era mas que un extenso pedazo de tierra rodeado por una pequeña empalizada que solamente servia para rodear a un cuartel y a una caballeriza o establo y una galería de tiro con arco, lugares que rodeaba a una gran área despejada donde se podía encontrar a los guerreros preparándose o practicando para ser los mejores. Leodor detuvo el caballo y quedó con la vista fija en aquella estructura fría de piedra gris que aún permanecía opacada por las sombras que el sol aún no había disipado, era el Castillo en el cual habitaba Neodor, un Castillo de forma cuadrada que se encontraba sobre una colina de poca altura pero que si sobresalía de entre todo el pueblo, el Castillo tenia torres en las cuatro esquinas y los muros eran tan altos como las mismas torres y desde lo lejos solo se podía presenciar la puerta, una que otra abertura en las paredes de las torres o en los costados del Castillo, aberturas que seguramente servían para ventilar el interior de aquella prisión de roca sólida; y en la punta de cada una de las torres chatas se encontraba una hasta en donde una enorme bandera con el emblema de Andagora ondeaba completa pero débilmente en lo alto. Leodor dio un gran suspiro y siguió su camino, acercándose un poco más al Castillo mientras su sombra lo cubría del sol, el viento cambiante de Este a Norte lo asediaba constantemente y jugaba con las banderas. El rey se acercó al pie de la colina y después siguió por todo el costando derecho del Castillo hasta llegar a su parte trasera para después seguir por el camino que partía desde la puerta enrejada de la parte anterior del Castillo; su trayecto a trotar rápido no fue por mucho tiempo pues la hostilidad de unos hombres dentro del bosque llamaron su atención, detuvo el trotar de su corcel y al acercarse un poco más pudo percibir a una persona que observaba a las sombras que se movían vigorosamente entre la espesura de la verde área encontrada ahí. Se acercó a un costado de aquella persona, que se cubría del frío con un gran abrigo blanco, largo y hecho de algodón, esta persona cubría sus manos con guantes rojos, con los que sujetaban fuertemente de las riendas del corcel negro, Leodor no pudo ver los pies del sujeto pues su abrigo era tan largo que incluso le cubrirá los pies, tampoco pudo ver su cara pues el abrigo tenia un gorro que lo cubría completamente, solo uno que otro cabello negro sobresalía y jugaba con el viento.

–Buenos días –dijo tranquila pero tímidamente, Leodor, el sujeto volvió hacia él sonriendo, Leodor reconoció rápidamente a Menaria, la cual ahora pintaba sus labios con un color carmín y su cara estaba emblanquecida a causa de algún especie de polvo, sus ojos seguían hermosos y su frente ahora estaba adornada con una Tiara que ella usaba como corona, estaba hecha de oro que se adornaba muy bien con un rubí.

–¡Joney! ¿Cómo amaneciste? –Menaria le sonrió al tiempo que hacia a su caballo volverse hacia Leodor.

–¡Muy bien gracias!

–¿Te gustó mi regaló? Fue lo menos que pude hacer por la ayuda de hace algunos días.

–No tenías que hacerlo.

–Ya sé que no pero quise hacerlo. ¿A dónde vas?

–Yo . . . voy al Castillo Andagora.

–¿Te puedo acompañar?

–Si gustas . . . –Leodor desvió un poco su mirada y pudo notar que aquellas sombras, ahora aluzadas un poco por la brillante luz del sol, no eran más que arqueros, que vestían sencillamente, escudriñándose entre los árboles del bosque– ¿Qué hacen esos hombres?

–Cazan a ese venado de allá –Menaria señaló un pequeño venado que corría entre la espesura, no corría libremente pues sus limites ya estaban rodeados por los hombres.

–Vaya que son torpes yo ya lo hubiera matado . . . sólo lo hacen correr –Menaria silbo con poca fuerza, pero el vacío del lugar lo hizo resonar, llamando así la atención de uno de sus hombres. El arquero más próximo fue el que escuchó y se acercó hacia la princesa, ella le dijo al hombre que le diera su arco a Leodor, el arquero le extendió al rey su arco y la única flecha que traía.

–Muestra me cómo lo harías tú –le dijo Menaria en tono de reto y Leodor, después de mirar un poco a la joven princesa, tomó el arco y la flecha; guardó unos instantes y después soltó la fecha para que segundos después e impresionando a los arqueros cayera, el venado, entre la espesura sin vida. Leodor miró a Menaria, quien estaba impresionada y lo demostraba al no parpadear y mantenerse con la mirada puesta sobre el venado y sus hombres que lo tomaban.

–Tuve un buen maestro . . . –Menaria, al escuchar la voz del rey, se volvió hacia él– ¿Nos vamos ya?

–¡Si! –Sin mas palabra de la princesa, y diciendo que avisaran a su padre que había ido a Andagora con un amigo y que no se preocupara por ella, siguió a Leodor.

Después comenzaron la travesía llegando al atardecer al Palacio Andagora. Al acercarse a la puerta Sur, la que conducía directamente a la entrada del Palacio, no era más que una reja metálica, sujetada al muro que siempre había rodeado al Castillo pero que ahora era el doble de gruesa y el doble de alta, alcanzando una altura de dos y medio metros y uno de ancho. A esta muralla se habían agregado la reja por la que entrara Leodor y otra al lado opuesto ya que anteriormente la muralla solo había tenido la entrada al Sureste, la misma entrada que abrió Nédor cuando los Macragorianos atacaron Andagora. Esta muralla se unía a otra que ahora era la encargada de proteger un amplio espacio donde se había colocado el mercado, ahora los hombres de Andagora entraban por puertas enormes de madera que se encontraban viendo al Sur y al Norte mientras se mantenían unidas, a la pared de piedra que las sujetaba fuertemente, con grandes bisagras; eran puertas tan pesadas y gruesa que se requerían cerca de tres hombres para abrir solo una hoja de esta; los hombres solo utilizarían este mercado para intercambia productos o para llevar a los centros recaudadores lo que se había cosechado en el mes o en la temporada y recibir una buena bonificación por su producto Ya que la taberna seguía estando dentro del pueblo y las fondas también.

La fuerte, gruesa y fría reja del Sur fue abierta por tres hombres mientras esta ejercía resistencia al rozar un poco con el suelo y levantar algunas cuantas partículas de tierra mientras se hacían sonar las trompetas. Llegando a la puerta del Palacio, Leodor y Menaria, bajaron de sus caballos. Menaria levantó su mirada al tiempo que sus labios se separaban lentamente mostrando gran admiración al ver lo alto que ahora era aquel Palacio y se deslumbró con las grandes torres que de él se desprendían y lo hermosamente que se veía el resplandor naranja con violeta de la luz del sol poniente que se reflejaba sobre la blanca estructura, estas dos primeras impresiones la dejaron sin palabras . . . después del asombro, entró al Palacio siendo guiada por Leodor. Al pasar la gran puerta principal, que fue abierta por dos centinelas y después de haber recorrido por un pasillo a la derecha de la puerta, llegaron a la vieja sala de estancia que ahora era adornada por una gran ventana que miraba al Este, rodeada de grandes cortinas rojas, y las paredes estaban bien adornadas y pintadas de un color blanco muy hermoso y los muebles eran hechos de madera y tela fina.

–Espera aquí –le dijo Leodor mientras salía de la habitación, Menaria vio que el Palacio era más hermoso que el castillo donde vivían sus padres y ella; así que, movida por su curiosidad comenzó a caminar de un lado a otro de la habitación y después se asomó tímidamente hacia las afueras, encontrándose en la esquina de un pasillo que tendía a ir al Norte y al Oeste, movida por su inquietud y curiosidad, salio de la estancia y movida por sus pies avanzó por el pasillo que miraba al Norte, se movió sigilosamente entre los pasillos alfombrados de rojo que lucían hermosamente con los vitrales que se encontraban en el techo, poco inclinado, y las ventanas pequeñas con hermosas cortinas que adornaban a la pared cada cinco metros; también se encontraba, de vez en cuando, con una pintura que mostraba la cara de algún rey o hermosos paisajes. Los cuadros estaban acomodados alternados entre los espacios que había de ventana en ventana pero que de vez en cuando eran sustituidas por armaduras de reinos distintos que cubrían a muñecos de mármol, también encontró esculturas de Dragones o Grifos que parecían tan reales que la hacían sentir escalofríos o pensar que de un momento a otro pudieran tomar vida. Pese a eso, en si, era lo más hermoso que ella jamás hubiera visto pero su recorrido fue interrumpido por Leodor quien llegó, frente a ella, caminado entre las sombras poco disipadas por la débil luz que el sol ahora producía.

–Menaria . . . nos vamos ya.

–¡Éste Palacio es hermoso! –dijo Menaria extendiendo sus manos y dando unas vueltas en si misma mostrando una sonrisa de felicidad indescriptible.

–Aún no lo terminan –respondió secamente Leodor mirando hacia todos lados del Palacio, especialmente hacia el techo inclinado–. Debemos irnos –volvió a decir y tomando la mano de la joven intentó regresar por donde ella había pasado pero al tratar de irse apareció de la nada frente a ellos el sustituto de Aluker, un Mago viejo llamado Almirk. Menaria gritó mientras se ocultaba tras Leodor.

–¡Almirk, te he dicho que no hagas eso! –replicó Leodor con algo de enojo.

–Disculpe señor y disculpeme señorita –se disculpó el Mago haciendo una reverencia al tiempo que hacia soporte con el bastón–. No era mi intención asustarla.

–¿Que necesitas Almirk?

–Necesito saber a dónde va.

–Voy a Andaros. Si pasa algo me buscan cerca del río.

Sin decir nada más, Almirk desapareció disipándose como pequeñas burbujas de luz evaporándose en el aire. Leodor volvió a tomar la mano de Menaria y al acercarse nuevamente, la puerta les fue abierta por otros dos centinelas que se encontraban dentro. Al abrir la puerta, Menaria sintió como el viento entraba y desprendía el gorro del abrigo de su cabeza, cosa que la obligo a volverse a tapar y sujetarlo con una mano mientras con la otra sujetaba el abrigo para que no fuera a abrirse ya que no lo tenia atado a su cintura con nada. Una vez afuera, el viento desapareció y la chica pudo volver a dejar caer sus manos para después ser ayudada por Leodor a montar su caballo.

–¿Por qué ese Mago te dijo Señor? –cuestionó Menaria al rey al tiempo que se acomodaba sobre la silla de montar y Leodor se alistaba para montar, cosa que no hizo al escuchar la pregunta.

–Porque soy amigo del rey. Soy parte de la familia de su difunta esposa, soy hermano de Loren.

–¿Entonces conoces muy bien al rey? –esta otra pregunta por parte de la joven lo tranquilizó un poco más y Leodor montó su caballo.

–Si, lo conozco bien. ¿Qué acaso tú no? Como hija de Neodor deberías conocerlo . . .

–Lo sé . . . –el semblante de Menaria bajo la oscuridad y las llamas que ardían en los pebeteros que colgaban de la muralla y que ahora estaban ardiendo vigorosamente la hacían verse hermosa pero también delataban su tristeza– Cuando nací, el rey se encontraba sumido en una enfermedad y no pudo verme, como es costumbre. Después, cuando vine al Castillo con mi padre para conocer al hijo del rey, yo no pude verlo pues en esos momentos estaba muy enferma de gripe y lo que menos quería era estar cerca del ruido así que me mantuve alejada del bullicio de la gente y el rey siempre me dio la espalda esa noche. Después, ya no me interesó conocerlo y decidí guardarme mi curiosidad –Menaria suspiró un poco y después guardó silencio manteniendo la mirada fija en Leodor–. Sabias que te pareces mucho a tu hijo.

–¿Qué cosa?

–Tu hijo y tú son muy parecidos.

–No, él se parece más a su madre –Menaria no dijo nada mas y siguió a Leodor en su andar, nuevamente, de la misma forma abrieron la reja pero en esta ocasión ya no rozó mucho con el suelo. Al salir de la muralla se dirigieron al Sureste pasando por los mismos caminos que habían recorrido en la mañana y en vez de despedirlos trompetas los despidió una fuerte luz anaranjada que provenía del fuego que iluminaba la muralla exterior.

Llegaron de madrugada a la casa de Leodor, iban a ser casi las dos de la mañana cuando ellos se detuvieron frente a la choza.

–¿Te vas a ir a tu casa? –preguntó Leodor a la muchacha mientras la miraba directamente a los ojos.

–Si, solo espero poder llegar.

–¿Porqué no te quedas? Digo . . . puede pasarte algo –Menaria se sonrojó y bajó la mirada al suelo y después levantó la mirada un poco decidida.

–¡Tienes razón! –después de dejar los caballos dentro del pequeño y tibio establo volvieron a la entrada de la casa. Leodor abrió la puerta y encontró a su hijo aún despierto y comiendo fruta que sacaba de entre la cesta, un tibio aire inundaba la casa y el candor de las antorchas, colocadas sobre pedestales de madera y encendidas hacía horas, ya habían inundado la casa con un leve toque hogareño. Leodor pareció reconfortarse al sentir ese aire que había sentido hacia mucho tiempo, cuando su esposa aún vivía, por su parte Precco corrió a abrazar al rey en cuanto lo vió parado en la puerta.

–¿Cómo está mi hijo? ¡Eh! –Leodor cargó entre sus brazos a su hijo.

–Muy bien.

–Oye . . . te molesta si se queda a dormir con nosotros –Precco desvió su mirada para ver a Menaria.

–No . . . no me molesta –el niño frunció un poco las cejas–. Es hermosa . . . –volteo a ver a Leodor– Como mamá –Leodor no dijo nada al respecto.

–Anda, sigue comiendo –el rey bajó al niño depositándolo en el suelo.

–Si –el niño siguió comiendo y Menaria se acerco a él sentándose a su lado.

–¿Tú nos mandaste todo esto?

–Si, es como . . . una gratitud por haberme acogido de la lluvia de anteayer.

–¡Oh!, gracias . . . ¿Cómo te llamas?

–Menaria –la chica sonrió y tomó algo de comida del interior de la cesta y el niño no se molestó del acto hecho por la muchacha.

Las horas habían pasado y Precco ya se había quedado profundamente dormido, su pecho parecía ronronear como un gato y de su boca abierta solo salía el aire tibio de su interior. Menaria parecía no ser presa del sueño y Leodor tampoco, se habían hundido en una platica que los había consumido desde hacia varias horas. Menaria sonreía y reía gracias a que Leodor hacia una que otra locura o decía palabras o frases que a ella le causaban risa, Leodor hacia todo esto a propósito pues Menaria le había llamado mucho la atención, tanto, como para proponerle ser su esposa pero no estaba muy seguro de lo que sentía y prefería estar completamente seguro de si mismo antes de cometer un error y herirla.

–¿Cómo es Vastigo? –preguntó repentinamente Menaria al tiempo que se dejaba caer sobre el sillón que ocupaba, Leodor, que estaba frente a ella, la miró seriamente y no dudo en contestar.

–Es un lugar hermoso, al menos cuando hay lluvia o un cielo nublado pues cuando el sol ocupa todo el firmamento se vuelve un infierno y más en primavera y finales de verano. El suelo de Vastigo no se vuelve lodoso después de la lluvia, simplemente se tiñe de un color rojizo y se endurece como piedra pero si quisieras podrías tomar un puño de arena fácilmente –el rey había dicho solo verdad al describir aquel lugar de desiertos púes al poco tiempo de la muerte de su esposa, pasó un año con los padre de Loren y pudo sentir lo que su difunta esposa sentía cuando ella vivía ahí. El había hecho este viaje pues antes de fallecer, su esposa se pasaba horas y horas hablando de lo hermoso que era Vastigo, para ella era como el cielo, le comentaba que el suelo de tierra y arena del desierto era bueno cuando caía la lluvia y malo cuando el sol se encontraba abandonado en el cielo. Que el cielo de Vastigo era de un color azul tenue por falta de algún enorme lago, pues solo se encontraba el manantial que sostenía al reino completo; también le decía que cuando el viento soplaba frió del Norte o de cualquier otro lado siempre traía olores de los lugares por los que había pasado. Según contaba Loren, el mejor viento y el más frío era el que venia del Norte pues el del Sur casi siempre venia tibio a causa del Volcán Keralú mientras que el del Este siempre estaba húmedo y casi siempre le causaba sed. Decía, también, que ella prefería caminar por el pueblo de noche pues de día el sol la molestaba mucho y había algunas veces que llegaba a odiarlo, cosa que a Leodor también le pasó en el año que vivió allá. Todo esto se lo decía Leodor a Menaria mientras mostraba un poco de sentimiento en su cara y sus ojos parecían perderse en los recuerdos mas vagos y felices que pudiera tener.

–¡Ha de ser hermoso! –dijo Menaria suspirando.

–Si es muy hermoso –afirmó el rey suspirando también.

–Pero si es tan hermoso –replicó Menaria al tiempo que volvía a sentarse y fruncía las cejas–. ¿Por qué viniste a vivir aquí? A este lugar donde el verano parece quemarte las espaldas mientras que las lluvias lo único que quieren es crear charcos y lodos que solo te dificultan el caminar por le bosque. ¿Por qué dejar un lugar con un gran espacio abierto rodeado de viento y de suelo duro después de la lluvia? –Leodor miró seriamente a Menaria.

–Porque conocí a la mujer que fue mi pareja.

–¿Era hermosa? –el rey se mordió un poco los labios y en sus ojos se reflejó dolor.

–Mucho . . . era muy hermosa . . .

–¿Quisiera poder ayudarte a olvidar tu dolor? –Leodor no profirió palabra alguna, solo permaneció con la mirada clavada en la joven princesa, viendo el vestido azul rey que había cubierto su cuerpo bajo el abrigo.

–Mejor deberíamos dormir –la joven comprendió de inmediato el significado de esa palabra y de inmediato se lanzó a tomar el hombro de Leodor.

–Discúlpame si te ofendí, no era mi intención . . . yo . . . yo no quise decir . . .

–Lo sé . . . –el rey le sonrió un poco– Sé que tu intención es noble pero . . . –Leodor tapó su boca al tiempo que bostezaba– Realmente tengo mucho sueño ya, ya no soy muy joven como para desvelarme.

–Tienes razón –esas palabras hicieron que Menaria se sintiera menos culpable y le sonrió al rey–. ¿Dónde dormiré yo?

–Su gustas en la cama con Petro . . . –Leodor se puso de pie– Yo dormiré en el sillón donde estas sentada. Buenas noches.

–Que duermas bien –dijo Menaria con voz baja y se dirigió a paso lento para recostarse en la cama junto al niño mientras Leodor se recostaba incómodamente en el sillón grande.

Al amanecer nuevamente, el sol rebosaba en el cielo y la mayoría de las personas ya se encontraban laborando en lo que mas les gustaba hacer, Menaria salía tranquilamente de la choza de Leodor y él nuevamente le ayudó a montar para después alejarse lentamente de aquel hombre que dentro de su corazón ya comenzaba a amar. Menaria se había adentrado al pueblo para pasar a ver a su amiga pueblerina pero fue detenida por dos guardias que le traían noticias de su padre, según los guardias, el gobernador estaba muy enfadado por la ausencia de la chica durante todo el día. Al oír esa funesta noticia, Menaria les dio las gracias a los hombres y tomando fuertemente las riendas de su corcel lo hizo trotar, como nunca antes, para llegar lo antes posible a enfrentar el coraje de su padre. Menaria subía la colina levemente inclinada cuando en el Castillo ya se abrían las puertas para darle la entrada a aquella mole de piedra. Cuando los cascos del caballo entraron golpeando el piso de piedra de ese ensombrecido arco de la entrada, Menaria detuvo al caballo y lo desmontó para ceder las riendas a uno de los guardias que la esperaba mientras que otro hacia una señal para que pasara primero a tomar aquellas escaleras que subían a la segunda planta del Castillo. Al fin de las escaleras y después del ultimo peldaño, una puerta de madera custodiada por dos centinelas que recién iniciaba su turno, ya esperaban a Menaria; la princesa tomó algo de valor pero su semblante aún demostraba algo de timidez, se había acercado a la puerta y los centinelas comenzaban a moverse para abrir la puerta cuando esta se movió estrepitosamente, como si algo grande hubiera chocado contra ella, causando un sobresalto en los centinelas y arrancado un pequeño grito de la boca de Menaria. Pocos segundos después, los centinelas abrieron la puerta y un hombre sin sentido rodó por las escaleras siendo evadido con dificultad por la princesa; Menaria volvió a tomar fuerzas y se acercó más a la entrada de aquella habitación, que no era mas que un cubo de piedra con tres aberturas en la pared izquierda, orientadas por la puerta; que eran las encargadas de dar la luz al recinto, el trono de Neodor no era mas que una silla de madera de fresno, tapizada perfectamente para el gobernador, esta silla se escondía tras una mesa de madera gruesa que estaba cubierta por una manta morada que tenia bordada un dragón dorado en la parte que veía hacia el recinto y tras la silla se encontraba la bandera de Andagora, en la pared, sujetada con clavos y frente a esta mesa se encontraba un gran espacio que era ocupado por una mesa de tamaño mediano rodeada de sillones cómodos que eran utilizados por los generales y consejeros del gobernador mientras se celebraba alguna junta; estos sillones y la mesa se encontraban sobre una gran alfombra hecha de tela morada que le daba una apariencia agradable, la tela tenia bordado un dragón con hilos dorados y amarillos dándole una gran vista al lugar. Pero en esta ocasión, los sillones, la mesa y la alfombra estaban echados hacia la pared donde se encontraban las ventanas.

Menaria pisó el interior y sus zapatillas de piso sonaron huecamente en el interior, llamando así la atención de Neodor quien derribaba a un hombre golpeándolo con la empuñadura de la espada. Al verla Neodor levantó horizontalmente sus manos.

–¡Hasta que apareces! –dijo sarcásticamente. Y después caminó hacia ella aflojando las manos y dejando que estas se columpiaran con naturalidad mientras que Neodor parecía contar sus pasos–. ¿Dónde estabas?

–Te envié a decir con los cazadores que iría a Andagora con un amigo . . .

–¡Amigo! –Neodor parecía que se burlaba de la explicación de su hija y no escondía su sarcasmo–. ¿Por qué nunca me hablaste de tu amigo?

–Lo conocí hace poco.

–¿Cuándo?

–Hace dos días.

–¿Solo hace dos días? Menaria . . . hace dos días que conoces a un maldito hombre y no me lo habías dicho . . . ¿En que piensas niña? –si había algo que hacia enojar a Menaria, y que Neodor sabia de antemano, era que la llamaran niña.

–¡No soy una niña! –y si había algo que realmente le gustaba a Neodor era el ver que tan fuerte eran sus hijas, sobre todo la mayor pues la menor aún no contaba ni con los diez años.

–¡Ah! ¿No eres una niña? Pareces serlo, no recuerdas todo lo que te he dicho de los hombres. Ellos solo buscan los amores de las mujeres y más de las jovencitas y aún más si es un entupido mocoso, como tú.

–¡Él no es un mocoso! –a Neodor, mas que el grito por parte de su hija, le molestó más lo que dijo.

–¿Qué dices?

–Él ya tuvo antes una pareja, pero el cielo se la quitó. Ahora vive junto con su hijo –Neodor no creía lo que sus oídos estaban escuchando y arrojó la espada lejos de él.

–¿Que? –Neodor fijó aún más su mirada furiosa sobre su hija.

–Lo que oíste, es un hombre maduro que me ha respetado y me ha permitido entrar a su casa y convivir con su hijo y con él.

–¡Maldición! –exclamó furioso Neodor al tiempo que le daba la espalda a su hija y tomaba con sus dos manos su pelo ondulado y negro que colgaba hasta sus hombros–. ¿Estas viéndote con un viejo a mis espaladas?

–No a tus espaldas, te envíe decir que tenía un amigo y que iría con él al pueblo de Andagora.

–¡A Andagora! ¿Para qué?

–Paseamos por el nuevo mercado y se portó como todo un caballero. Se comportó como un hombre amable, honesto y sencillo.

–¿Al menos tiene nombre? –replicó Neodor sintiendo que algo dentro de él le molestaba intensamente.

–¡Si, pero no te lo voy a decir, solo te diré que es de Vastigo y que si me pide que me vaya con él lo voy a hacer para alejarme de tus cadenas! –tanto a Neodor como a Menaria les gustaba siempre ganar, así que gustaban provocarse entre ambos.

–Tú no te iras. Tú me perteneces y te casaré con el hijo de Comodor . . . –el gobernador se volvió a ella señalándola con un dedo–. Serás una reina y tendrás que obedecerme.

–¡Si me convierto en reina lo primero que haré será enviarte ejecutar! –en esta ocasión Neodor había perdido, ya no pudo objetar, solo se alejó de su hija y se acercó a su mesa, dio un fuerte golpe a esta y miró a Menaria.

–Lárgate a tu cuarto y no saldrás del Castillo hasta que yo te diga –Neodor no se dio por vencido y ese fue su último ataque.

–¿Pero . . . ? –los ojos de Menaria se humedecieron y como siempre azotó su tiara en el suelo–. No quisiera ser princesa.

–Pero lo eres –dijo Neodor bajando la mirada para ocultar su sonrisa de triunfo.

–¡Eres un monstruo! –Menaria salió corriendo y de una manera rápida bajó las escaleras de piedra y después dobló a la derecha, al bajar el último peldaño, después de un amplio y corto pasillo entró a la parte central del Castillo, la cual estaba abierta al cielo. Menaria la atravesó y llegó hasta el otro extremo en donde encontró sombra bajo un pasillo que rodeaba toda esa parte y que tenía columnas que miraban hacia el hueco central. Subió rápidamente unas escaleras que encontró a su paso y después de una pequeña desviación llegó a otro corredor que también casi rodeaba al Castillo, corrió hacia la derecha y después de pasar tres puertas entró a una, abrió forzosamente una de las hojas de la puerta y después entró para cerrarla por dentro con una tranca.

La habitación de la joven princesa no era muy grande, y solo estaba ocupada por una enorme cama pegada a la pared de la derecha y frente a la puerta se abría un hueco que servia de ventana, y un enorme estante ocupaba la pared frete a la cama, ahí Menaria colgaba su ropa o acomodaba los libros o objetos que le regalaban. En la parte derecha a la puerta, pegado a la pared se encontraba un espejo de cuerpo completo. Pero Menaria no vió nada de esto, después de atrancar la puerta se lanzó a la cama haciendo a un lado rápidamente el mosquitero y ocultando su cara en la almohada, mientras la abrazaba comenzó a llorar de una forma que parecía no tener consuelo.

Pero Menaria no se dejó vencer y en cuanto pudo, envió a una de las diez mujeres que tenia a su servicio, y que solo obedecían sus ordenes, que le digiera a Leodor lo que había sucedido y que no desesperara, que en cuanto pudiera salir del Castillo iría a verlo. La mujer se vistió con ropas harapientas y poco sucias para poder caminara por el pueblo sin que la gente notara que servia al Castillo o de lo contrario le contarían a Neodor que vieron vagando a una dama de la reina o de la princesa y esto traería problemas a la princesa. La mujer llamó a la puerta y en cuanto tuvo a Leodor frente a ella le extendió una nota firmada por la princesa y después le dio las malas nuevas. Por su parte, Leodor solo soportó tres días sin ver a Menaria y sintiéndose desesperado, viajó al Palacio Andagora, el cual ya casi era terminado por su parte anterior y vistiendo con los emblemas de la corona y las vestimentas de telas finas dignas de un rey, tomó su caballo y viajó de inmediato hacia el Castillo de Neodor.

En cuanto la guardia real divisó el corcel y al rey, las trompetas no se hicieron esperar y el rechinar de la puerta de madera, al tiempo de abrirse, tampoco; siendo recibido Leodor por el mismo Neodor. Leodor bajó de su caballo al sentir la sombra del pasillo que había tras la puerta. Un guardia tomó las riendas del caballo de Leodor mientras que los generales de Neodor, y él mismo, se arrodillaron mirando hacia el suelo.

–Vamos Neodor, ponte de pie –el gobernados lo hizo y también sus generales, en Neodor se formó una sonrisa, tal vez de nervios o de felicidad.

–¡Que sorpresa verlo rey! –la voz de Neodor se entrecortaba un poco–. Sobre todo . . . después de tanto tiempo.

–Me da gusto verte Neodor. ¿Solo venia a ver como le hacías para soportar el cargo de gobernador? ¿Sabias que a Labju le está yendo muy bien en Ceron?

–Si, de vez en cuando nos escribimos . . . sé que ha edificado uno de los cuarteles más fuertes de Andagora pero que no hay mucho que cosechar. Que el suelo se ha vuelto un poco duro y seco.

–Si, es extraño, nunca había sucedido nada así antes.

–Señor. ¿Gustaría pasa a un lugar donde pueda estar más cómodo y podamos conversar tranquilos?

–Me parece buena idea –Leodor le sonrió a Neodor y extendiendo la mano, el segundó le dio el paso al primero para que subiera las escaleras hacia la sala del trono.

Dentro de aquella acomodada habitación, Leodor caminó hacia los sillones y se dejó caer sobre aquel que le hacia tener la ventana a su derecha. Neodor por su parte se sentó en el otro que miraba hacia el rey, notando que Leodor estaba muy pensativo.

–¿Qué sucede señor? –preguntó Neodor con respeto pues aunque el rey le hablara a Neodor como un amigo, el gobernador no lo hacia por razones que nadie comprendía y que cuando se lo preguntaban siempre contestaba que Leodor era el rey y debía respetarlo y dirigirse a él como tal. Pero esto a Leodor no le importaba ni le incomodaba pues después de mucho tiempo ya estaba acostumbrado.

–¡Me siento solo Neodor! –dijo el rey dejando escapar un suspiro corto–. Me siento vacío . . . como que me falta algo.

–Creo poder entender por qué se siente así señor. Yo siento que Usted necesita una nueva reina –Leodor se puso de pie y sujetó sus manos tras su espalda, dio varios pasos hacia la ventana y pudo ver un poco hacia el exterior y volvió a suspirar.

–¡No lo sé! No hace mucho que mi pareja murió y Precco . . . no creo que él acepte a una nueva mujer tan fácilmente . . .

–Eso es verdad señor, pero el joven príncipe debe entender que la compañía de él no es suficiente en algunos casos. Debe hacerle entender que su madre ha muerto y que no volverá y que aunque usted tenga una nueva pareja, esta no ocupará nunca el lugar de su verdadera madre dentro de su corazón y pensamiento.

–A ti te ha ido bien. ¿Verdad? –Neodor acarició su barba mientras solo veía la espalda del rey.

–¡No mucho señor! Con el pueblo todo sigue tranquilo pero no en mi familia. Mi hija menor es linda y ella no causa mucho problema pero mi hija mayor. Menaria . . . –Neodor dejó de hablar y Leodor contuvo un sentimiento raro dentro de él para permanecer como había estado hacia unos minutos.

–¿Qué hay con ella?

–Ella . . . es una joven muy linda, a mi parecer, y no me gusta que haga esos viajes al pueblo, no me gusta que se inmiscuya y conozca pueblerinos porque siento que le meten ideas tontas a la cabeza y no es que ella no sea inteligente, sino que por tal de estar en contra mía haría lo que fuera.

–¿Es una muchacha rebelde?

–Yo no la llamaría así, sino que es como mi padre . . . le gustaba andar de un lado a otro y hablar con todo mundo –a Leodor le sorprendió lo que Neodor dijo puesto que, a pesar de la corta edad que Leodor tenia, él podía definir a las personas y lo que recordaba era que el padre de Neodor, Rugen, nunca había sido una persona platicadora; sino todo lo contrario, era un hombre muy callado y se la pasaba el día sentado tras una mesa mientras servia como tesorero del rey–. Y tengo miedo que se enamore de un sujeto del pueblo, mi intención es que ella llegue a ser una mujer importante, tan digna como su belleza . . .

–¿A que te refieres? –Leodor se volvió hacia Neodor.

–En estos momentos estoy planeando presentarla al joven hijo mayor de Comodor. En el baile que se celebrará en siete soles.

–¡Buena elección! ¿Y qué piensa ella?

–Se niega . . . dice que ella no quiere como rey a un hombre inútil . . .

–¡Inútil! –Leodor sonrió un poco, como burlándose del hijo de Comodor o como mostrando gracia por lo que una joven dijo.

–Si, dijo que el hijo de Comodor era un inútil. Y eso que aún no lo conoce . . .

–¡Vamos Neodor! –expresó el rey con un tono más animado que el de hacía unos minutos–. Es una muchacha, ella ha de querer un hombre que sea valiente y apuesto, que le guste participar en torneos y batallas sin tener miedo. Ese joven realmente es un miedoso. Creo que su hermano es mejor que él en muchos sentidos ¡y eso que es el menor!

–Eso cree . . . –los ojos de Neodor mostraban preocupación mientras que el rostro del rey ya estaba mas pacifico y menos sombrío, así que le respondió a Neodor con un movimiento de cabeza– Pero . . . pero yo no quiero que termine casada con un herrero, un ganadero, un granjero o peor un maldito constructor . . . ¡No, no lo soportaría! –Neodor pareció tomarle más confianza al rey y prosiguió después de la pausa y después de que casi había gritado exaltado por sus mismas palabras y las imágenes que habían pasado por su cabeza–. De hecho, en estos momentos . . . la he castigado . . . me duele hacerlo pero será necesario tomar medidas fuertes.

–¿Por qué?

–Me dijo que esta viéndose con un hombre viejo.

–¿Dijo qué . . . ? –a Leodor le dolió algo dentro de su estomago y lo expreso poco tras la pregunta.

–Si, que se esta viendo con un hombre de Vastigo y que hace poco fueron al mercado que se esta construyendo en Andagora. Que él es todo un caballero y . . . amenazó en abandonar el reino si él se lo pide.

–¿Qué hiciste tú?

–Tiene prohibido dejar el Castillo, ni una orden directa de su madre por dejarla salir será valida para los hombres de la guardia.

–¿Y hasta cuándo piensas retenerla?

–No lo sé . . . hasta que lo olvide. ¿Supongo? –Neodor se puso de pie y se acercó al rey para mirar también por la ventana mientras permanecían los dos frente a frente–. ¿Cree que he estado haciendo mal?

–Si Neodor, como padre y amigo tengo que decir que estas haciendo muy mal . . . solo ponte a pensar que tarde o temprano ella lo irá a ver, la vigiles o no y si dices que esta dispuesta a hacer todo por estar a un lado de ese hombre . . . creo que necesitarías dejarla por mucho tiempo encerrada en el Castillo pero esto solo ocasionaría que su rebelión en contra tuya se transforme en odio . . . cosa que creo, no quieres que pase . . .

–¡Claro que no! Ella es mi joya mayor . . . es mi rubí.

–Entonces piénsalo, si un hombre ya ganó su corazón, no la ates a un martirio con un hombre que ella no quiere, no la obligues a traicionar a aquel hombre con el cual la unas para que después pueda ser castigada . . . además de que yo no soportaría que por culpa tuya el reino tenga que enfrentarse con un enemigo de la talla de Alamus. Y no es que no podamos hacerle frente, sino que una guerra contra ellos acarrearía muchas desgracias al pueblo y el derrotarlo nos dejaría casi en la ruina y a merced de los demás.

–Lo sé señor . . . lo pensaré bien.

–Bien Neodor, veo que las cosechas del pueblo crecen y también sé que gracias a lo que aquí se cultiva, los hombres del pueblo de Andagora se sostienen –estas palabras hicieron sentir a Neodor mas tranquilo ya que sabia que ante el rey él llevaba muy bien al pueblo . . . ya que ahora Andaros era la fuente principal para el pueblo de Andagora y para Ceron, ya que el primero casi no producía mucho y la mayoría de las personas se encargaban de vender o comprara para revender en el mercado; y el segundo se encargaba repartirse de lo poco que obtenían en el bosque y se procuraban más por mantener al ejercito unido para si algún día se necesitara, estar dispuestos a todo para defender su patria.

–¡Gracias señor! –Leodor le colocó una mano en el hombro al gobernador.

–Sigue así Neodor –Neodor sonrió y vió como Leodor comenzaba a caminar hacia la salida, el gobernador lo siguió y juntos bajaron las escaleras hasta llegar al descanso, Leodor se detuvo y volvió a honrar a Neodor–. Eres buen gobernador, y me agradó mucho la conversación, sé que puedo confiar en ti. Sé que todo lo que te pueda decir permanecerá en secreto . . .

–Descuide Señor, sé lo que quiere decir y crea que sea lo que sea que lo aqueje siempre podrá contar conmigo . . . –Leodor siguió bajando las esclararas hasta que se encontró con la piedra del suelo y se encontró nuevamente con la sombra de la entrada, su caballo ya estaba listo y el rey no dudó en montar. Haciendo una seña de despedida a Neodor, Leodor se despidió de él y después hizo cabalgar su caballo y se perdió en las lejanías del camino que llevaba al pueblo de Andagora.

Neodor quedó un momento pensativo y después se dirigió hasta la habitación de Menaria. Después de hacer sonar la puerta, la joven princesa abrió al llamado de su padre. Neodor entró y vió a su hija, ahí, estática frente a él y con la cabeza baja. Neodor conocía bien ese ademán de su hija, así es como ella mostraba arrepentimiento pero Neodor ya no vió eso como una victoria sino que su corazón adoleció, dentro de sí, su pecho dolió y tiernamente tomó a su hija ligeramente de la barbilla.

–Hija . . . mírame –Menaria pudo diferenciar su tono de voz y un poco mas confiada levantó la mirada–. Lo he estado pensando y . . . creo que el tenerte en este lugar no seria nada adecuado, puedes salir . . .

–¿Papá? –Menaria miró a su padre y fue él, en esta ocasión, quien bajó la mirada.

–Vamos, ve a decirle a tu madre que ya puedes salir . . . –Menaria se lanzó y abrazó a su padre y este solo colocó una de sus manos en la espalda de su hija para después dejarla libre. Ella corrió por todo el corredor hasta la otra orilla, después siguió sus pasos hacia su derecha hasta que llegó a la última habitación del Castillo, lugar donde encontró a su madre y muy emocionada le dijo lo que había ocurrido, la madre de Menaria se puso igual de feliz que su hija y fue esta dama la que le dio la libertad definitiva con una sola palabra.

–¡Puedes salir hija!

Una vez libre, Menaria subió a su corcel preferido, el percheron café, y cabalgó rápidamente tomando el camino que estaba fuera del pueblo y no se detuvo hasta que llegó a la choza, del que ahora su corazón le decía que era su amado, donde, desgraciadamente, sólo encontró al hijo de Leodor.

–¿Y tu padre? –le preguntó al muchacho en cuanto este abrió la puerta.

–Salió, dijo que no se tardaba.

–¿Puedo esperarlo? –el joven príncipe asintió con un simple mover de su cabeza y permitió que la joven entrara.

Varias horas después llegó Leodor y lo que vio al entrar le recordó mucho a su difunta esposa pues vio a Menaria jugar con Precco, en cuanto Menaria lo vio, de pie y sin habla frente a la puerta, le sonrió y caminó hacia él con paso rápido; Leodor por su parte la recibió con los brazos abiertos y ella aceptó los brazos de él.

–Te extrañé Joney.

–Y yo a ti Menaria –Leodor no pudo evitar besarla pero de pronto algo paso y Menaria perdió el conocimiento soltando completamente su cuerpo, el rey actúo rápidamente al sentir que la chica se le iba de las manos y usando su fuerza la cargo y la llevó hasta la cama.

–¿Qué le pasó papá? –preguntó su hijo mientras permanecía varios pasos alejado de la cama mientras su padre recostaba a la joven.

–No lo sé hijo –una vez que el rey recostó a Menaria en la cama, Precco y Leodor esperaron hasta que Menaria despertó y como si fuera ya el destino, al primero que la joven pudo ver fue a Leodor.

–¡Joney . . . ! ¿Qué . . . qué me pasó? –el rey se sentó en la orilla de la cama y le tomó la mano.

–No lo sé, de pronto perdiste el conocimiento.

–Debí haberme visto como una tonta, ¿verdad? –Menaria volvió su mirada hacia el punto contrario de donde los dos hombres la veían.

–No . . . –respondió Leodor con sentimiento, ayudando a que Menaria tomara fuerzas otra vez y volviera la mirada hacia él–. Y no digas eso otra vez. Tú eres una mujer muy hermosa y no eres tonta, está bien.

–Si –Menaria le sonrió tranquila y placidamente.

Esa tarde Leodor salió a cazar y con él lo acompañaron su hijo y Menaria. Mientras Leodor pescaba, a causa de que no había muchos animales cerca del río, Menaria jugaba con Precco entre el pasto silvestre y el suelo banco de las orillas del río; el sol ya tendía a dormirse y por el Este ya comenzaba a verse una mancha morada que intentaba ocupar el espacio ocupado por aquella sabana roji-naranja que cubría la otra parte del firmamento pero para eso aún faltaban algunas horas. Ya cuando todo el firmamento se tiñó de naranja mientras el sol le dice adiós al cielo y a toda la tierra el agua del río pareció cambiar y tomar un color bronce hermoso, la pradera completa parecía arder y las copas de los árboles parecían estar incendiándose con la luz del somnoliento sol. A los tres eso no les importaba y se la pasaban jugando como niños en la primavera. Menaria solo se divertía con Precco mientras que este le tomaba más y más confianza cada vez. Después de algunas horas que estuvieron jugando asolas, se les unió Leodor en el juego y de lejos parecían una familia feliz, que disfrutaba del campo en la tarde, pero esa felicidad se interrumpió cuando apareció una criatura muy rara, Leodor preparó su arco y cuando lo iba matar vió a un Gogno, que no es más que una criaturilla horrible que parecía ser un mono pero que sus dietes no decían que solo comiera frutas y hojas sino que más bien delataban su dieta carnívora, y es que estas bestias pequeñas tenían la mala reputación de poder usar cerbatanas, con las cuales gustaban de arrojar dardos llenos de su saliva que no era más que un compuesto venenoso para sus enemigos y una segura muerte para quien fuera la victima . . . esta criatura solo levantaba sus manos al cielo y corría de un lado a otro mientras gritaba “Wachub ba”. [2]

–Aléjense un poco y luego diríjanse a la casa –dijo Leodor muy serio y sin quitar la vista de la criaturilla, pues aunque esta cosa pareciera inofensiva, era una verdadera amenaza por su terquedad y mal genio.

Menaria y Precco se alejaron lentamente y luego corrieron, sin mirar a tras, hasta la casa. Ahí esperaron varias horas, seguramente llenas de angustia y preocupación, hasta que llegó Leodor, doliéndose de algunos rasguños y una que otra herida con un arma blanca. Y eso era posible pues los Gognos eran una rara especie parecida a los detestables Gnomos, aunque los primeros habían mantenido su apariencia de antaño para despistar a sus victimas pero; realmente, estas cosas podían construir

---

[2] “Hombre malo”

armas hechas de piedra y hueso, aunque nunca nadie supo como hicieron para aprender esa técnica.

Menaria se ocupó de las heridas de Leodor y mientras lo hacía, en la mente de la chica cruzaron varias ideas, una de ellas era formar una familia con el hombre que tenia frente a ella.

–Parecemos una familia –dijo en voz baja y con tono de tristeza, como si estuviera pensando en voz alta y no pudiera ver ese sueño hecho realidad.

–Pero no lo somos –Menaria dejó de lavar la herida de la espalda del Leodor y después, levemente, volvió a lavar suavemente con la franela verde.

–¡Me gustaría que lo fuéramos! –la voz de Menaria fue de baja intensidad y un poco triste por lo cual Leodor no dijo nada. Después de eso pasaron a sentarse a la mesa y comer algo de lo poco que tenían guardado en los almacenes de la casa de Leodor pues los Gognos habían ganado y se habían quedado con el pescado que Leodor había obtenido. Sentados en la mesa, Menaria los atendió como si tomara el papel de la esposa del rey. Leodor no dijo nada y por un momento, mientras veía servir la comida por Menaria y después la corta conversación de la princesa con Precco para convencerlo de que comiera, Leodor pensó mejor la opción de formar nuevamente una familia . . .

Comiendo, bromeando y platicando se les fueron las horas hasta que llegó la noche y como Menaria no quería pasar de noche por el pueblo, se quedó a dormir en la casa de Leodor hasta el día siguiente cuando Menaria se levantó apresurada.

–¡Mi padre me va a matar! –dijo al tiempo que se ponía de pie después de que abrió sus ojos y sintió que la habitación estaba demasiado iluminada y muy apresurada salió, tomó su caballo y galopó hasta llegar al Castillo donde Neodor ya la esperaba, parado en las afueras del Castillo, a unos pasos de la puerta de madera. El gobernador pudo ver como su hija llegaba desde el interior del pueblo y era cubierta por la luz del sol naciente. Menaria detuvo el caballo cuando tuvo cerca a su padre.

–¡Otra vez llegando tarde! Te deje salir para que fueras a divertirte y no te aburrieras pero no para que te perdieras nuevamente durante todo el día . . . –Menaria bajó del caballo y se paró a un costado de su padre, con sus manos agarradas y los ojos mirando al suelo. Ella sabía que había hecho mal, que había defraudado la confianza que su padre le había conferido, así que aceptó el regaño de su padre . . .

–No debí haberte dejado salir . . . –Neodor miró hacia el pueblo, lleno de casa con techos de teja roja y paredes blancas que se extendía por aquel llano verde, Neodor no pudo ver cuando el pueblo terminaba pues era algo extenso, solo pudo percibir como las casas desaparecían a lo lejos entre una niebla azulosa que hacia mas hermoso al pueblo que él gobernaba–. Quiero que entres y no saldrás por tres meses . . . ¿De acuerdo? –Menaria no respondió, ni se quejó, simplemente movió la cabeza y dio consentimiento a su padre con un “SI”, bajo de tono y tranquilo. Nuevamente Menaria envió a su “dama” para que le avisara a Leodor lo que había sucedido. El rey recibió la noticia e intentó aceptarla pero con el paso de los días la desesperación volvió a llegar a él y después de una noche de desvelo repleta de mares de pensamientos y lluvias de ideas, no soportó más.

A la semana, mientras Neodor no se encontraba, al Castillo se acercaba un hombre sobre un corcel y rodeándolo llegó hasta la ventana hacia la parte trasera del castillo, no era una ventana que estuviera a mucha distancia del suelo. Así que, siguiendo las indicaciones de Leodor, Menaria hizo una soga con las sabanas de su cama y después de atarlas fuertemente a la cama, la chica descendió tranquila y pausadamente hasta que el jinete que venia por ella pudo tomarla y montarla sobre el caballo. Después, el corcel no regresó por el mismo camino, sino que tomó otro mas largo y fue hasta Andagora para después regresar por del otro lado del río para después recorrer toda la pradera para llegar hasta el puente de madera que había al suroeste del pueblo y cruzar para después trotar tranquila y lentamente hacia su choza, durante todo el trayecto, los dos se guardaron sensaciones dentro de sus pechos. Estas sensaciones fueron liberadas por ambos una vez que se sintieron dentro de la casa . . . Menaria fue la primera que suspiró llena de emoción y miedo.

–¡Cuando mi padre se entere va a matarte!

–Lo sé –respondió Leodor muy intranquilo y mostrando desesperación en su mover y en su hablar.

–¿Por qué lo hiciste? –el rey dejó de mirar desenfocadamente a sus pensamientos y centró su mirada en la emocionada pero intranquila joven.

–Porque te extrañé . . . los días que no estuviste se me hacían muy largos. Aunque hayan sido pocos.

–A mí también –lo abrazó llena de una emoción que nunca antes había sentido dentro de ella. Pero su emoción se apagó cuando los guardias del gobernador llegaron pidiendo a Leodor salir. Pero dentro de la choza no se produjo ningún sonido, Leodor y Menaria hablaban en silencio y en los oídos de cada quien. Mientras tanto, los hombres en las afueras daban un sin fin de advertencias hasta que la voz gruesa e imperativa del gobernador resonó fuera de los muros de la casa; esto hizo que Leodor ya no produjera palabras alguna mientras que Menaria solo se pasaba balbuceando "–Mi padre esta afuera–". De momento, en el exterior solo quedó silenció y en interior también, hasta que la puerta se movió bruscamente y tronó fuertemente asustando a la joven quien no pudo contener el grito de susto que aquella embestida hacia la puerta le había causado. Poco tardó la puerta en ceder y tras un fuerte golpe con un gran madero, los guardias entraron intentando tomar a Leodor a la fuerza pero este se resistió y, los hombres armados, se vieron forzados a golpearlo para, después de que lo dejaron un poco desforzado, lo sacaron arrastrando llevándolo hacía Neodor.

–¿Cómo fuiste capaz, maldito infeliz, cómo pudiste robarte a mi hija? . . . ¡Esto te costará la vida desgraciado! –a Neodor le dieron ganas de tragarse sus palabras y su odio se esfumo de una forma rápida cuando vio la cara del hombre que llevaban frente a él.

–¡G-Guardias . . . suéltenlo! De inmediato –los hombres dejaron de arrastrar a Leodor y desconcertados miraron a su gobernante, quien ya se ponía de rodillas ante aquel hombre, levantó poco la mirada y vió que sus hombres aún permanecían en pie–. ¿Qué esperan idiotas? Él es el rey . . . es Leodor . . . –al oír el nombre del rey, los guardias se arrodillaron pero uno se mantuvo de pie y con una mirada suplicante le pidió perdón al rey mientras lo ayudaba a ponerse de pie. Cuando Leodor se irguió ante aquellos hombres, lo primero que hizo fue sacudirse un poco el polvo al tiempo que Neodor comenzaba a hablar.

–¡Disculpe mi señor Leodor, no sabía que era usted! –Leodor miró con un poco de coraje al gobernante pero no lo recriminó mucho pues él también tenía algo de culpa.

–Así es como arreglas los asuntos Neodor, matando a quienes crees que han hecho un crimen.

–¡No mi señor . . . es solo que . . . estaba enojado . . . porque se trataba de Menaria . . . mi hija!

–Lo entiendo Neodor, yo mismo hubiera hecho lo mismo. Puedes levántate.

–Gracias mi señor –Neodor se puso de pie mirando a Menaria pero él rey interrumpió cualquier palabra del gobernador.

–Ahora . . . si tú me lo concedes –Leodor se arrodilló frente a Menaria y tomó su mano derecha–. Me gustaría desposar a tu hija, Neodor . . . me gustaría que tu hija sea mi reina –los oídos de Neodor no daban razón a lo que había oído pero tenia que responder. Así que intentó persuadir al rey.

–¡Mi señor . . . pero ellas es muy joven . . . sólo tiene 17 años!

–Lo sé pero no me importa, yo la amo y necesito tu aprobación –Menaria miró muy emocionada al rey y casi saltaba de alegría.

–¡Puedo aceptar papá . . . ! –le dijo Menaria volviéndose hacia él–. ¡No sabes lo emocionada que estoy porque lo amo, me he enamorado de él! –la voz de Menaria casi no podía salir por la falta de aire que le causaba la impresión, cosa contra la cual Neodor no pudo hacer nada.

–¡Claro hija! –lo dijo con tono triste y la cara viendo al suelo–. ¡Puedes casarte con el rey! –Leodor se puso de pie y abrazó Menaria, quien casi lloraba de la emoción que sentía.

Sin otro tema más que atender Neodor regresó al Castillo siendo seguido por sus guardias mientras que Leodor, por fin regresaba nuevamente al Palacio llevando consigo a su hijo y a su futura reina para que la prepararan para ser reina y para la boda que sería dentro de un mes.

Pero mientras en Andagora sucedía todo esto, en Andaros Neodor llevaba varios días sin dormir, día y noche se reprochaba a si mismo en lo que había hecho mal, en lo que le diría al rey si lo tuviera cerca, además de que el odio y el coraje más grande del mundo embargaba su pecho y le nublaba la vista. Ese día, como todos, él se encontraba en el comedor del Castillo, caminando de un lado a otro con una copa de oro llena de rojo vino en la mano, vino que no degustaba, ni pensaba en tomar sino que simplemente él no podía estar tranquilo si no portaba algo en la mano mientras los nervios lo atacaban.

–¡Primero me humilla frente a todos mis guardias y después me quita a mí hija y yo . . . ! ¡Yo quería desposarla con el hijo de Comodor . . . ! Y ese muchachito entupido que no supo enamorarla . . . ¡Maldición!

–Tranquilízate hermano, ya pensaremos en una venganza –le decía su hermano JAREB. Un joven de tres años menos que Neodor, de cabello oscuro y ojos verdes, tes un poco morena . . . este joven había vivido con Neodor desde que este llegó al Castillo, no era nada, ni guerrero, ni granjero, ni ganadero . . . no tenia oficio más que disfrutar de la vida que su hermano pudiera darle.

–¿Pero qué o cómo podremos vengarnos de él?

–Calmante, ya te dije que te ayudaré . . . bueno, te ayudaremos porque también KENRI nos ayudara. ¡Tú sólo relájate y en poco tiempo serás rey! –Kenri era el hermano menor de los dos, pero se decía que no era hijo de Rugen, púes su tes era blanca y cabellos castaños opacos y de ojos verdes . . . cosa curiosa pues Rugen había sido un hombre de tes morena, ojos verdes y de cabellos castaños como los de Kenri y su madre . . . fue una hermosa mujer de ojos verdes y tes blanca y de cabello oscuro. En este caso el único que era distinto era Neodor pues era de cabello oscuro, tes morena pero de ojos completamente opacos, a diferencia de sus hermanos . . . Pero ellos nunca habían visto las diferencias y se apoyaban él uno al otro. Y hasta habían hecho un lema; esto fue a causa de que un bravucón molestaba mucho a Kenri, que es cinco años menor que Neodor. Este bravucón tenia 10 cuando Kenri tenia cinco y cada ves que lo veía lo golpeaba . . . por semanas no dijo nada y cubría su desgracia con excusas de que había caído en algún lugar o que se había golpeado con algo, hasta que Neodor vió lo que realmente le sucedía mientras salía a jugar con sus amiguitos, los cuales solo se mantenían viendo como lo golpeaba . . . nunca se supo por qué solamente lo golpeaba a él . . . en ese momento, Neodor no actúo; sino que esperó hasta que estuvieron los tres juntos y después de una charla de unas tres horas, idearon un plan para desquitarse. Terminando su conversación con unas simples palabras:

"En las buenas como en las malas los Hermanos Remdra siempre lucharan juntos"

A esto le llamaron *"El Pacto de los Remdra"* y lo habían seguido desde ese momento hasta ahora . . . por eso ahora, ellos maquinaban un plan y a Neodor esto le agradaba mucho y ganas no le faltaron de tallarse las manos pero no lo hizo, sino que simplemente se dejó llevar por una enorme felicidad.

–¡Y a ustedes los nombrare gobernadores, me desharé de Almirk y Labju!

–Por ellos no te preocupes . . . Almirk te dará la corona y Labju será tu general –Jareb, dejó de recargar sus pies en la mesa y acomodándose en la silla tomó una copa llena de vino que tenia cerca y haciendo la señal de "salud" sonrió un poco, se recargó en aquella silla de madera, la cual ni siquiera crujió a causa de la presión, y después bebió el líquido.

Por otra parte en las orillas del lago Gorgan la joven Neiredy usaba algunos de sus poderes con los hombres que pasaban para tratar de cumplir la profecía que le habían dicho las Ninfas pero ninguno caía. Mientras tanto, en las profundidades del bosque, un nuevo tipo de seres errantes había aparecido, ellos habían nacido hace años, al principio con el propósito de servir pero la ambición les ganó y cambiaron su meta en la vida, ahora contaban con el propósito de dominar todo pero . . . el mundo que encontraron para dominar no podía ser conquistado de un día para otro, sino mas bien, se vieron obligados a aguardar hasta poder obtener una sola oportunidad para aparecer y darse a conocer. Al menos en los reinos humanos pues todos *Los Seres del Bosque* ya conocían su existencia. Pero esta raza era muy poco conocida por los Humanos y muy poco tomada en cuanta por ellos . . .

Días habían pasado, en el Palacio Andagora, Menaria era asesorada para ser reina y aunque en algunas veces quería darse por vencida le bastaba con ver a Leodor o a Precco y volvían sus ánimos para seguir adelante. La sorpresiva noticia de la segunda boda del rey de Andagora se escuchó por todo el mundo y Leodor ordenó enviar invitaciones a todos los líderes que cada reino y a los pueblos de Los Seres del Bosque, esto en recuerdo de su gran amigo y mentor, Gladier.

El tiempo pasó mas rápido que de costumbre y el día de la boda llegó. Estando presentes muchas personas y de todo tipo de Seres. En los invitados especiales se encontraba Comodor, Rey de Alamus. MELDO, nuevo joven rey de Macragors. NEDIORY, nueva Reina de Vastigo que contaba con 17 años en ese entonces. OXJE, Príncipe de Utopir e hijo mayor de Dersor; MORDERT, Mago supremo. PRICCILA, representante MONDARUE. Gladier, representante Elfo. RÉNOT, Duende supremo y GORCE, Guía de los Enanos y soberano de Natia. Pero al lado del rey podían encontrarse a Almirk, Labju y Neodor. La boda se realizó en el pequeño templo del reino, el cual había sido hermosamente decorado y sus paredes de blanco mármol fueron adornadas con hermoso adornos coloridos. Ahí Almirk les regaló un par de anillos como símbolo de su unión, cosa que sorprendió a todo mundo pues era la primera vez que algo así sucedía, normalmente, se les unían las manos con un listón de ceda, con bordados en hilo de oro; después de que la pareja se lo atara alrededor de la muñeca, el listón era cortado con tijeras de oro y cada uno conservaba el listón con el nombre de su pareja. Pero no pasó eso con Leodor, Almirk era de una generación de Magos Alquimistas, a los cuales les gustaba idear cosas nuevas y una de sus nuevas invenciones fue el unir a dos personas con hermosos anillos que el uno le entregaba al otro. Menaria vestía un hermoso vestido blanco muy largo, tanto que arrastraba por el mármol del santuario, el velo que cubría su cara por la parte de atrás era tan largo como el mismo vestido, sus manos eran cubiertas por guantes blancos adornados con flores bordadas en los extremos. La ceremonia inició con una misa para los dioses, después una ceremonia en la cual Almirk dio un gran discurso dando algunos pormenores de cada uno de los que se unirían en matrimonio, les auguró lo mejor para el futuro y les dio los anillos y bajo algunas palabras, los bendijo en el nombre de los dioses . . .

Al llegar el momento en el cual Leodor pudo besar por primera vez a Menaria frete aquel hermoso altar decorado con telas finas violetas y copas de oro, todos los presentes gritaron de emoción y uno que otro grito augurando al rey no se hizo esperar, al unísono con las campanas del único campanario. Terminada la ceremonia en el templo, los reyes salieron ante el pueblo que los esperaba en las afueras, todos los presentes gritaban y aplaudían cuando los reyes estuvieron frente a ellos. La fiesta no se hizo esperar y la comida comenzó a servirse en todas las mesas bien colocadas fuera del templo, en el amplio espacio que separaba a aquella estructura de mármol y la primera casa del pueblo. La música de una que otro grupo de músicos, los juglares y la cerveza también se hicieron presentes desde media mañana hasta la mañana del día siguiente cuando todos los representantes regresaron a sus hogares, después de que quedaron muy fatigados y artos de tanto comer.

En una oportunidad Leodor, estando algo ebrio, habló con Neodor quien no se notaba que estuviera en estado de ebriedad, a pesar de que lo habían visto tomar en demasía.

–Neodor . . . –dijo el rey al gobernador mientras se le apoyaba en el hombro– No quiero que me veas como a un enemigo –Leodor se tambaleaba horriblemente y de vez en cuando parecía caerse, cosa que a Neodor no le agradó pues para él, Leodor parecía un cerdo que le había robado a su hija y el verlo así, ebrio y casi desfalleciendo veía con que clase de persona se había unido su hija. Pero esto no lo decía, se lo guardaba y lo acumulaba para él día en que pudiera vengarse–. Y para compensarte me gustaría que viniera a vivir aquí, en tu humilde Palacio ya que ahora somos una familia y las familias deben estar unidas.

–Pero Andaros . . . ¿Qué hago? –puso de pretexto al pueblo para tratar de persuadir al rey pero no pudo.

–Déjaselo a tu hermano o a quien más confianza le tengas –Neodor iba a rechazarlo nuevamente pero raras ideas cruzaron en su mente y después de vacilar un poco respondió un poco mas confiado.

–Está bien mi señor.

–No me digas así, ahora soy sólo Leodor.

–Está bien Leodor, en dos o tres días estaré aquí –Labju y Almirk, se acercaron y ayudaron al rey para que este pudiera llegar con bien a su habitación, pues éste mismo se los había pedido. Mientras Neodor, después de haber visto como Leodor era casi arrastrado por sus hombres, optó por retirarse del Palacio Andagora con una sonrisa de mucha confianza reflejada en sus labios.

Al día siguiente Menaria despertaba a causa de la resplandeciente luz que se filtraba por la enorme ventana, atravesando una delgada cortina verde que colgaba desde lo alto de la ventana. De momento, al abrir bien los ojos sintió que alguien estaba a su lado y se sentó con rapidez encontrando al rey a su lado. Rápidamente recordó lo que, para ella, había pensado que era un sueño y tomando un poco de confianza, se recostó sobre el pecho del rey despertándolo.

–Leodor . . . Leodor . . . ¿Dónde estamos? –preguntaba Menaria al tiempo que en su rostro se formaba una hermosa sonrisa.

–¡Eh! ¡Ah . . . ! –Leodor apenas podía abrir los ojos y lo único que hizo fue abrazar a aquel delicado cuerpo que tenía sobre él–. Estamos en el Palacio . . . ayer nos convertimos en una familia.

–¡Si verdad!

–Si . . . mejor ven y abrazarme porque ahora eres mi reina y nada nos separara . . . nada –Menaria se lanzó a besarlo con pasión y el rey no se quedó atrás, respondió con otro beso un poco más intenso que el de ella. Ese día fue único para ellos ya que lo pasaron en la habitación del rey amándose. Sin pensar siquiera en lo que les depararía el destino, en ese preciso momento, no pensaban a futuro, sino que sus mentes estaban hundidas en el presente y el mudo que ellos conocían parecía reducirse solamente a esa habitación que ambos compartían ahora y que compartirían hasta el final de sus días.

La Tragedia

Mientras el rey almorzaba, una caravana de varias carretas, se encontraba entrando a la plaza central del Palacio. Un guardia llegó hasta el rey y le avisó que Neodor, junto con toda su familia, habían llegado al Palacio; a lo que Leodor dio la orden de que los hicieran pasar hasta el comedor. Cuando Neodor llegó hasta el comedor sonrió un poco mientras se acercaba a Leodor.

–¡Vaya que sí parecen una hermosa familia, todos juntos en la mesa! –Leodor se levantó y lo abrazó dándole unas palmeadas en la espalda.

–Bueno, es que quiero tener lo más cerca que pueda a las tres personitas que más quiero . . . pero siéntate . . . –Leodor extendió su mano y el primero en tomar asiento fue Neodor, después él rey volvió a sentarse y llamó a su sirviente y le dijo que le trajera comida a Neodor y su familia.

Y así, comiendo, riendo y conversando se les fueron las horas y al final, para divertirse un poco más mientras las mujeres hablaban de sus temas, Neodor y Leodor jugaron ajedrez pero Neodor resultó ser un gran contrincante y le ganó cinco veces consecutivas al rey quien no perdía la esperanza y decía que tenia que ganar pero hasta ese momento, cuando jugaban el sexto juego, Leodor no había podido ni darle jaque siquiera a su rival.

–Eres muy bueno para crear estrategias –le decía Leodor a Neodor mientras movía una pieza, un alfil que dejaba hasta el centro del tablero de juego para proteger a un caballo mal colocado.

–Por algo soy general, ¡no! –Neodor tomó el caballo– ¿Sabe qué extraño? Extraño las guerras, extraño atravesar la espada en el cuerpo de mis enemigos.

–Si, yo también pero no hay motivo para iniciar una guerra.

–Lo sé –las palabras de Neodor parecieron ahogarse en la nada y perderse como aliento tibio entre el clima regular de la habitación.

Neodor se levantó y se retiró disculpándose con el rey, Leodor quedo pensativo y luego movió él alfil a un lugar del tablero.

–Jaque mate –pronunciaron sus labios en voz baja y allí, sentado y pensativo, permaneció unos minutos hasta que llegó Precco y lo interrumpió diciéndole que Menaria, a la cual el joven príncipe ahora llamaba de cariño como mamá, quería pasear por el reino. Leodor se puso de pie y colocando una mano en la espalda de su hijo salió de la sala, con su hijo a su lado. Menaria ya esperaba a Precco y a Leodor en el patio de las afueras del castillo, ella montaba su caballo favorito y en su mano portaba la rienda de otro, Menaria también invitó al joven Príncipe pero este no aceptó ir con ellos, prefería quedarse a jugar con la segunda hija de Neodor, la cual tenia más o menos la edad de él.

El rey y la reina cabalgaron tranquilamente, recorrieron un camino, de tierra y piedras blancas, con una hermosa vista de la pradera verde que los rodeaba a cada lado del camino. Los reyes pudieron divisar una que otra familia de conejos correr libremente y una que otra familia de felices venados, el sol no calaba tanto ni el cielo estaba tan despejado . . . si no que este estaba tupido de nubes esparcidas a todo lo largo y ancho de éste, el viento era refrescante y las nubes de vez en cuando tapaban al sol y producían una hermosa sombra que le ayudaba al viento a refrescar a la pareja, Menaria hablaba con Leodor mientras éste solo la escuchaba y la contemplaba bajo estos cambios de luz, en ocasiones veía como su cara brillaba un poco con la luz del sol y sus ojos resplandecían un poco o en otras ocasiones veía como su hermosa cara se ensombrecía con las nubes y se volvía opaca pero le daba a mostrar una hermosura notable. El rey y la reina tomaron como destino a Ceron, que estaba un poco más cerca que Andaros y fácilmente podían ir y venir en un día. Ahí visitaron el Castillo, que era comandado por Labju, pero antes pasaron por el pueblo y conversaron con los aldeanos para preguntar sobre la forma de gobernar del guerrero del cual recibieron muy buena información y ni una queja. Después de una visita corta y agradable con el gobernador, y una vez llegada la tarde, decidieron volver al Palacio, así que tomaron el camino que cruzaba el Norte del pueblo para después bajar al Sur y perderse por un camino que los llevaría directamente hasta el pueblo Andagora. En el camino, que era pintado de naranja por los fallecientes rayos del sol, era marcado por el trotar lento de los caballos y el pisar de los zapatos de los aldeanos que regresaban a sus casas después haber terminado sus deberes. Al verlos, Leodor respiro profundamente.

–¿Qué te pasa? –le preguntó su mujer percatándose de que su esposo había suspirado de una forma completamente fuera de la felicidad. La cara de Leodor miraba hacia las sombras que crecían en el Este mientras que el sol le iluminaba la espalda. El rey miró a su mujer y el sol chocó con esa parte de su rostro y él pudo ver como en la cara de Menaria también el sol chocaba haciendo que a su vista, desapareciera esa parte del rostro de su hermosa mujer.

–Es más divertida la vida de los aldeanos . . . –respondió arqueando las cejas en muestra de tristeza– Trabajar, estar ocupado. Creo que me divertía más como Joney . . . –en las palabras del rey parecía haber mucha ilusión, pero solo para él pues a Menaria no le había agradado ese comentario.

–¿Por qué dices eso?

–Porque es la verdad, estoy cansado que no hacer nada, bueno . . . Excepto cuando estoy contigo –pero Menaria aún seguía intranquila.

–¡Eso quiere decir que estoy haciendo mal mi trabajo como pareja!

–¡No!, no digas eso . . . eres estupenda pareja . . . Eres lo que me da la felicidad a mis días –Menaria se acercó y lo besó torpemente a causa de la distancia de los caballos. No dijeron nada de lo antes sucedido y hablaron acerca de la visita a Labju, la cual había sido muy tranquila:

> *"Los reyes habían sido detectados por los guardias de las torres y los gritos de: "–Se acerca el rey y la reina–", no se habían hecho espera por parte de los heraldos que alertaban a los centinelas mientras en el interior las trompetas callaban al crujido de las cadenas que abrían la reja metálica del interior y, también, al rechinar de las puerta de madera cuando eran forzadas a ser abiertas por dos hombres a cada lado. Esta puerta estaba bajo un arco de medio punto de algunos metros de profundidad y los guiaba con un camino empedrado hasta que llegaban a un área abierta al cielo en donde se podía contemplar la mole de piedra que no era muy diferente a la de Andaros. Y frente a la puerta, ya los esperaba Labju, junto*

con su familia; los reyes se acercaron hasta ellos y mientras el guerrero rubio les deba la bienvenida y, junto con su familia, hacia reverencia, los reyes descendían de sus caballos.

–Su presencia me horra señor –Labju levantó la mirada para ver al rey que era dejado a la vista gracias a que los guardias habían tomado las riendas de los caballos–. A mí y a toda mi familia.

–No tiene que ser para tanto . . . además del rey, soy tu amigo –Menaria también se refería a Labju como "Tú" y no como "Usted" pues, además de que Labju era su padrino, por mucho tiempo, la joven, los visitó e incluso hubo ocasiones en las que la joven se quedaba en Ceron por días enteros.

–El rey tiene razón Labju. Además, yo soy tu ahijada y te quiero como si fuéramos familia –Labju sonrió pues eso era verdad, su familia y él habían aprendido a convivir con Menaria, tanto que la había llegado a apreciar tanto como a uno de su familia.

–Bueno, pero no se queden ahí parados y acompáñenme al comedor, íbamos a cenar –las puertas tras Labju se abrían al tiempo que las de la entrada se cerraban y, a pesar del gran estruendo que causaban, no molestó a los gobernantes. La familia de Labju fue la primera en pasar, no por descortesía sino porque así les indicarían a donde dirigirse, después pasó Labju y le siguió Menaria para ser custodiada desde atrás por Leodor. Traspasaron la puerta de madera y atravesaron un corredor, como el que tenía el Castillo de Andaros, y llegaron a la parte central, que también era un espacio abierto con varias columnas que sostenían el pasillo de los alrededores de la parte central del Castillo, éste patio estaba tapizado por piedras chatas de diferentes colores que además de hacerlo lucir hermoso, le daban mejor aspecto y no pisaban tierra. Pero ellos no pisaron la piedra chata de ese enorme patio sino que siguieron el pasillo, siendo custodiados por columnas que miraban al patio y por una pared de piedra que indicaba que tras ella había alguna habitación. Dejaron atrás cerca de tres o cuatro puertas para después cambiar un poco de curso

y caminar hacia la izquierda, siguiendo el pasillo, y después dejaron atrás otras dos puertas y llegaron a una habitación que no tenia puerta alguna, entraron y se encontraron con el comedor de madera, iluminado con algunos candelabros de tres velas cada uno, un gran mantel blanco que cubría toda la madera y en la parte central estaba toda la comida, que no era más que un gran festín para la familia de cuatro y sus invitados. Los primeros en tomar asiento fueron el rey y la reina y después Labju y su familia. Labju se sentó en el extremo opuesto al rey y Menaria en la mano derecha de Leodor, mientras que la esposa de Labju se sentó a la derecha de éste, el hijo menor seguía a su madre y después el mayor. Labju hizo traer un par de platos más y un par de copas más para sus invitados. La vajilla era de porcelana blanca, dulcemente adornada con figurillas de violetas, y las copas eran de cristal transparente, en donde se les sirvió un poco de vino de uva, quitando la trasparencia a los vasos; los platos eran grandes y estaban llenos de verdura, lo único que faltaba era que los que se disponían a comer se sirvieran de la carne de ciervo hecha tiras o la carne de cerdo hecha cuadritos, freídos entre una salsa roja. Una vez que comenzaron a comer, Menaria pudo ver en la mirada del hijo mayor de Labju, una mira extraña que ella ya conocía en los hombres, en otras palabras; la hermosura de la joven había cautivado al príncipe que solamente se mantenía callado, escuchando la conversación de su padre con el rey.

"La cena había sido un éxito y el rey se había complacido por tan exquisita cena y Menaria estaba realmente satisfecha por el trato tan generosos que sus anfitriones le habían proporcionado. En las afueras de la puerta interior, los guardias ya los aguardaban con sus caballos, los reyes no esperaron nada más y montaron mientras nuevamente. La puerta volvía a crujir.

–Gracias por la cena Labju.

–Ya lo dije antes, fue un honor para mí. Y me gustaría que la honra de tu presencia este siempre en mi Castillo.

–No es para tanto Labju, intentaremos visitarte más seguido –respondió sonriendo la joven reina–. Solo espero que para la

próxima vez me tengas preparado ese platillo que tan exquisito sabes hacer –dijo en esta ocasión refiriéndose a la mujer de Labju quien le sonrió amablemente a su ahijada.

–Para la próxima me avisas con anticipación –los caballos se vieron forzados a darse la vuelta mirando hacia la salida y después de un gran "adiós" de parte de los reyes, los caballos trotaron a velocidad media mientras que la mujer de Labju, su hijo menor y el guerrero agitaban sus manos para despedir a sus invitados inesperados".

Cierto día, ante Labju, llegaron cerca de 50 aldeanos provenientes de Andaros pidiendo al gobernador permitirles quedarse a vivir en Ceron pues, de acuerdo a lo que decían, Andaros se había vuelto inhabitable pues el nuevo gobernante era injusto con todos. Las caras mugrosas, el terror y el sufrimiento reflejado por la cara de aquellos hombres hicieron más verídica la historia y mientras aquellos desdichados hombres lo veían impacientes, esperando una respuesta de aquel guerrero, Labju quedó pensativo acariciando un poco su barba.

–¿Quién es su nuevo gobernante?

–El hermano de Neodor, el mas grande . . . Jareb . . .

–¿Ya hablaron con Neodor?

–No señor –respondió uno de aquellos hombres pero otro habló por la mayoría.

–No es que no hayamos ido señor, los guardias de la entrada nunca nos han dejado pasar a ver ni a Neodor ni al rey.

–Descuiden –dijo Labju un poco menos preocupado–. Yo mismo iré a hablar con el rey y veré que puedo hacer. Por el momento yo los acogeré hasta que este problema se resuelva.

–Gracias señor –dijeron algunas voces mientras que otros solamente se inclinaban haciendo reverencia a Labju. Los hombres solamente salieron, a paso torpe y chocando entre ellos, de esa pequeña habitación que era muy parecida a la de Andaros. En sí, el Castillo de Andaros y el de Ceron habían sido construidos por el mismo arquitecto, así que; el *Castillo Ceron* y el *Castillo Andaros* eran gemelos. Al quedarse casi solo, Labju volvió a acariciar su barba rubia y habló a uno de sus guardias por su nombre.

–Yared . . . –dijo y un hombre de los que custodiaban la puerta por fuera, se acercó a él e hizo reverencia golpeando con la base de la lanza en el suelo e inclinando únicamente la cabeza, después quedó completamente rígido– Ordena que den a estos hombres unas cuantas monedas de oro y que paguen la estancia en el bar por algunos días.

–A la orden señor –el hombre volvió a saludar a Labju y dándose vuelta se alejó a paso rápido y de la misma forma bajó las escalinatas para perderse de la vista del gobernador.

A las pocas horas, Labju envió a dos de sus espías, guerreros que él mismo había entrenado para poder entrar a cualquier lugar al que fueran enviados y conseguir información que fuera de importancia para la misión a la que fueran encomendados, pero jamás volvieron. A los cinco días, envió a otros cuatro espías pero al igual que los primeros jamás volvieron. A labju no le pareció normal esta acción por parte del gobernante de Andaros y pudo ver que era más inteligente de lo que creía y lo había subestimado. Labju llegó a pensar en lo que los hombres le habían dicho sobre Neodor y el rey pero no tenia muy claro si enviaba hombres a Andagora o iba él personalmente a ver al rey y contar los sucesos. Pero también pensaba en hacerle frente a la amenaza y acabarla sin molestar al rey. Así que al fin se decidió y la tercera vez fue él en persona a Andaros. Pueblo que realmente ya no era el mismo de antes, las personas ya no se veían trabajando en el campo mi arreando a los animales, el aire parecía tener un olor fétido y el agua del río parecía reflejar la soledad y el terror que había infundido en el mismo pueblo, la mayoría de las casas estaban vacías y las demás estaba ocupadas por personas que no querían ni asomarse al escuchar los cascos de los caballos chocar contra el suelo duro del pueblo. A Labju no le pareció agradable todo esto y muy enojado, se dirigió al Castillo, siendo protegido únicamente con treinta hombres; mientras que en el Castillo le esperaban cerca de cien guerreros a las órdenes una persona que no sabia más que infundir terror en sus dominios.

Encontró la puerta del Castillo abierta completamente y el silencio inundaba el lugar, ni el débil viento producía sonido alguno, junto con otros tres guardias entraron a la gran fortaleza de roca gris y madera, fácilmente cruzaron el pacillo principal y llegaron hasta la abertura central de aquella mole robusta que parecía estar abandonada pero no fue así, de improviso, las puertas se cerraron bruscamente y los hombres de Jareb salieron al encuentro de los hombres de Labju y siendo ayudados por los arqueros de la segunda planta, los guerreros de Ceron se vieron rápidamente vencidos y Labju fue retenido por más de cinco hombres. Instantes después y aún sin haber visto a Jareb, Labju fue llevado al sótano del Castillo que en realidad era una cámara de tortura, con un calabozo contiguo. En el instante en el que los guardias lo encerraron se escuchó una voz que él nunca había oído.

–Guardias, déjennos solos.

–Si señor –los guardias salieron de aquella jaula en la que lo habían metido, Labju intentó salir pero los grilletes no se lo permitieron y solo le causaron un gran dolor en las muñecas de las manos.

–¡Yo que tú no haría eso o mis guardias te partirán el corazón en dos con sus flechas!.

–¿Quién eres tú?

–¡Disculpa mi grosera actitud! –decía aquel sujeto que era aún mas joven que Labju–. Mi nombre es Jareb Remdra . . . seguramente has escuchado hablar de mi hermano . . . Neodor.

–Si –Labju apretaba sus dientes y sus ojos demostraban una furia indescifrable pero sus manos le atormentaban con un dolor muy grande pues los grilletes tenían puntas metálicas que se clavaban a su piel cada vez que él ponía resistencia o tiraba de ellas–. Si tu hermano supiera lo que estas haciendo . . . él mismo te mataría.

–Lo sé, por eso envié a esos guardias para que no dejaran que nadie viera al rey ni a él.

–Lo único que Neodor sabe es que tiene que matar al rey y ya.

–Con que todo esto tiene que ver con el rey . . . –Labju profirió una maldición en contra de Neodor y en contra de la amistad y la confianza que él tenia en aquel hombre– ¿De qué se trata todo esto Jareb, de qué se trata tu plan?

–¿Cuál plan?, ¡no hay tal plan! Menaria y el rey se enamoraron –enojado Labju le gritó.

–¡No te hagas al estúpido, tú sabes a que me refiero! ¿Qué intentas hacer con el reino?

–Al parecer sabes demasiado pero te explicaré –Jareb jaló un banco y se sentó cerca de Labju–. Primero, te torturamos hasta que mueras y después matamos al rey, a su hijo. Así Neodor y nosotros nos quedamos con el reino y nuestra sangre se convertirá en la que gobernará en Andagora por siempre. Con el paso de los años, la mancha que derramaremos, se borrará y nuestra descendencia estará limpia . . .

–¡Eres un maldito desgraciado! –Labju trato de abalanzarse sobre él pero sus manos estaban unidas a la pared por los grilletes de hierro que lo hirieron profundamente.

Por tres días Jareb torturó a su prisionero hasta casi matarlo. Desde que el sol salía por el Este y aluzaba al Castillo, los gritos por parte del guerrero Labju no se dejaban de oír por todos los pasillos de la fortaleza gris, esto era hasta que perdía el conocimiento, después era encerrado nuevamente en esa pestilente jaula, llena de olores a orines y vomito, a humedad y a sangre que el simple hecho de estar cerca de ese lugar hacía que cualquiera tuviera nauseas pero Labju resistía con una fuerza formidable. La luz no le llegaba nunca, era un lugar sombrío en lo más recóndito del calabozo, ni los otros prisioneros podían verlo pues esta cámara estaba muy apartada de las demás. Por algún tiempo, Labju sintió que moriría ahí, los días para él eran eternos, a pesar de que solo llevaba tres días encerrado bajo el poder del hermano de Neodor. Pero en la madrugada del cuarto día Labju logro escapar del calabozo, al lograr soltar una de sus manos de la prisión del grillete, eliminó a uno de los guardias que le llevaba, como siempre la comida. Con la mano suelta golpeó al guardia y lo mató clavándole un puñal en la espalda. Como pudo y caminando entre los pasillos semi desiertos del amanecer, lo mas cauteloso que pudo, llegó hasta la puerta principal y haciendo mucho ruido abrió las puertas, despertando así a los hombres que aún dormían, pero para el momento en el que se alistaban, Labju ya salía al exterior y tomando un caballo de los jinetes que se acercaron a atacarlo, logro alejarse del Castillo pero Jareb ya lo había visto y envió a tres jinetes para que lo mataran antes de que llegara a Cerón . . . pero los jinetes de Andaros lo único que habían logrado hacer durante todo el trayecto fue clavar una flecha en su hombro izquierdo.

Cuando Labju se acercaba a, lo que él llamaba, sus dominios la gente que lo veía acercarse corrió hacia sus casas. Y al cruzar el camino que estaba rodeado por pastizal de trigo, aún verde, Labju se lanzo hacia él dejando que su corcel siguiera corriendo; sus perseguidores se detuvieron y lanzaron varias flechas hacia el pastizal pero ninguna lo encontró.

–Atáquenlos –gritó Labju varias veces desde el interior del sembradío y los hombres que habían corrido a esconderse salieron asomándose por las ventanas de sus casas atacando a los perseguidores de su gobernante con sus arcos; al ser eliminados los arqueros de Andaros, Labju se puso de pie y se dirigió al Castillo Cerón donde reunió a todo los hombres de la armada real que tenía a su disposición. Rápidamente, mientras su general organizaba a las tropas, el gobernador entró al Castillo gritando a sus hijos, los cuales rápidamente se asomaron desde el balcón del segundo piso.

–¿Qué sucede padre? –preguntó su hijo mayor.

–Hijo, ¿Dónde está tu madre?

–En la habitación, hace unos momentos tomó un baño –Labju corrió rápidamente y subió las escleras, de piedra, que lo llevarían a la planta superior, encontrando a su hijo, de pie; en el último peldaño.

–Veo tu agitación padre. ¿Sucede algo? –Labju colocó una de sus manos en el hombro de su hijo.

–Ve con tu hermano y dile que tome todo lo que sea importante para él y debes de hacer tú lo mismo –el joven no cuestionó a su padre pues lo conocía muy bien y conocía de sobra la actitud nerviosa de aquel formidable hombre.

–Si –Labju siguió por la parte derecha y su hijo por la parte izquierda. El guerrero llegó a su habitación y encontró a su esposa, sentada en una silla, frente a una mesa y viéndose en un espejo. Al ver el reflejo de su esposo, la mujer se volvió inquieta y llena de nerviosismo.

–¿Qué te sucedió Labju?

–Nada amor, solo que fui a visitar a un maldito que me ha declarado la guerra.

–¿De qué hablas?

–El gobernante de Andaros es uno de los hermanos de Neodor y éste me tomó prisionero cuando fui a visitarlo . . .

–¡Eso es terrible! –la mujer se puso de píe y olvidó seguir arreglándose–. ¿Por qué no vas y hablas con Neodor?

–No puedo, él y sus hermanos han tramado un plan en contra del rey, quieren matarlo a él y al príncipe.

–¡Que cosa! –la mujer se exaltó y cubrió su boca con sus blancas manos al momento que mostraba una expresión de preocupación–. ¿Qué vamos a hacer?.

–Tú y los muchachos van a salir de Andagora en la primera diligencia. Vayan a Alamus, yo los veré después.

–Lo haré –Labju besó a su esposa en la boca de la misma forma que lo hace un soldado que parte a la guerra y no sabe si algún día volverá a verla. La mujer sintió la diferencia de aquel beso y sus lágrimas escurrieron rápidamente de sus ojos para mojar ligeramente sus mejillas mientras Labju la abrazaba y le hablaba tiernamente, dándole ánimos y prometiéndole que nada le pasaría y que en cuanto pudiera estaría con ellos. Después de eso, Labju tomó valor y se alejó de su mujer de una forma cortante, pues sentía que si lo hacía lentamente, terminaría llorando junto con ella . . . porque en esta ocasión, su corazón no le auguraba ningún buen presagio.

Reunidas sus tropas, el gran contingente guiado por el general Labju, regresó hacia Andaros. Evitaron pasar por el camino que los ponía al descubierto del Castillo y tomaron el camino largo, cruzaron el puente Norte del río y se acercaron lentamente hacia el Castillo cuando el sol ya no tardaba en tocar la punta de la cordillera lejana, cordillera que a esa distancia no se podía ver. Pero en el Castillo Andaros ya lo esperaba, los guerreros de Jareb esperaban ocultos tras la parte frontal del Castillo, bajo la colina que Labju debía de rodear para encontrar la entrada frontal a la fortaleza, fría y sombría; la batalla se llevo acabo en el espacio abierto que había entre el casi desolado pueblo y el imponente Castillo, usando una gran estrategia, Labju, envió a los hombres a pie por un costado, descubriendo que todos los guerreros de Andaros ya los esperaban y el encuentro se hizo inevitable y por el otro extremo envió a toda su caballería, que tenia la intención de tomar por sorpresa a los hombres de Jareb, pero otro escuadrón los esperaba ocultos tras una falla que había en la tierra y sus corceles fueron atacados. Pero no estaban tan bien entrenados como los jinetes de Labju y rápidamente se vieron debilitados, los jinetes lograron ejecutar su parte y llegaron por la espalda causando gran daño a los guerreros de Jareb quien comandaba desde las ventanas de lo alto del Castillo cerrado; siendo acompañado de los arqueros que se encargaban de causar daño a las tropas de Ceron. Los solados de Jareb fueron rápidamente acabados y muchos de ellos fueron tomados como prisioneros y llevados rápidamente a alguna casa desabitada del pueblo. Labju se veía sin poder obtener algún logro en tratar de penetrar el Castillo pues aunque la puerta fuera de madera, la reja se encontraba muy cerca tras las hojas de roble y el usar un ariete seria ineficaz. Así que solo se dedicó atacar con flechas a los arqueros, cosa que no llevaba a ningún lado. Labju estaba decidido a sitiar el lugar hasta que Jareb se rindiera, pero algo que él no esperaba era que un enorme contingente de caballería llegara por el Sur, las trompetas con las clásicas notas de la caballería resonaron en todo el pueblo y en ese espacio abierto, Labju comprendió de inmediato que no se trataba de una melodía que auguraba paz, si no todo lo contrario. Era una melodía que prevenía un ataque directo a las tropas de Ceron. Labju reagrupó a sus hombres y se dirigió al encuentro de aquella caballería que avanzaba entre el pueblo como agua desabocada que lo inundaba todo, el encuentro no fue nada agradable y el que mas resintió el ataque fue Labju, quien ya desde hacia algunas horas se encontraba bajo una presión excesiva y un fuerte dolor de cabeza, cosa que lo hacían actuar, en algunas ocasiones; indebidamente. Pero en ese momento solo se vió con la necesidad de hacer frente a ese contingente de caballería pues si hubiera permanecido cerca del Castillo, se hubiera visto acorralado pero si enfrentaba aquella caballería, podría retener un poco su avance y auxiliarse del pueblo para atacar por sorpresa o evitar que los caballos pudieran maniobrar bien. Por un momento Labju y sus hombres pudieron llevar la batalla pero los hombres enviados, desde Andagora por Neodor, formaban un número mayor y rápido hicieron que los hombres de Labju cayeran bajo el hierro de sus rivales obligándolo a él a escapar hacia el Norte, hacia Alamus, lugar donde ya lo estarían esperando, a él y a los soldados que huyeron con él. Los guerreros, al ver que cruzaba el puente ya no lo siguieron y dejaron que se alejara.

Labju no quiso ir hacia el Palacio y estar frente a su rey porque sabía que en esos momentos Leodor ya lo tenía en su contra y algo así sucedía en el Palacio . . .

–Mi señor Leodor –decía Neodor a su rey al tiempo que se arrodillaba–. Vengo a informarle que Labju es un traidor, ataco a mi hermano Jareb y destruyó el pueblo de Andaros . . .

–¿Que dices? –preguntó Leodor poniéndose de pie lleno de incredulidad y sorpresa.

–Pero yo envié un escuadrón y logramos echarlo de Andagora. Ahora, él escapo y si usted lo ordena enviare a los CATARGOS [3] tras él –le decía Neodor al rey.

–Estas loco –el rey bajo la cabeza preocupado y se dejó caer nuevamente sin fuerza en su silla real–. No te creo . . . no puedo creerte –el rey levantó la cara y se puso de pie–. Labju siempre fue leal . . .

–Disculpe que lo interrumpe pero no cree que si Labju fuera inocente hubiera venido hasta aquí y defender su honor. Ahora permítame hacerle una petición.

–¿Cuál? –Leodor se volvió a sentar cubriendo su cara entre una de sus manos mientras se apoyaba en el respaldo izquierdo.

–Ya que Labju ha abandonado Cerón, permítame nombrar a un gobernante interino. Mi hermano Kenri podría hacerlo.

–¡Esta bien! No puedo dejar ese poblado sin gobernante.

–Gracias mi señor.

Como ordeno el rey, Kenri gobernó en Andaros. Y Ahora con Jareb como gobernante en Ceron y con un nuevo y casi recién formado ejercito en ambos pueblos Andagorianos. Además con Neodor como *Supremo General de las Fuerzas Militares de Andagora*; tenían a Leodor en sus manos y desprotegido, y podían llevar su plan en marcha para conquistar el tan preciado reino de Andagora.

Una noche cuando el cielo estaba despejado y la luz de la luna entraba finamente por las ventanas, iluminando los oscuros pasillos del Palacio mientras las antorchas permanecían apagadas. El cuarto de

---

3 "Como caza recompensas, solo que trabajaban directamente para el rey"

Leodor también era aluzada por esa hermosa luz blanca de luna mientras Menaria descansaba, recostada en la cama y arrebujada entre las lisas y frescas sabanas, de ceda y lino, unos sujetos entraron cautelosamente a la habitación y empuñando hermosas dagas que resplandecieron con la luz lunar al tiempo de ser elevadas al aire, la asesinaron clavando sus dagas en el cuerpo de la indefensa mujer. Los hombres descubrieron el cuerpo y sus ojos mostraron sorpresa al ver que no había sido el rey al que habían eliminado, así que volviendo a cubrir el cuerpo y se tomaron la molestia de esperar a Leodor y cuando este llegó, entró a su habitación, parecía feliz pues silbaba algún tono de una melodía pero en cuanto el cerrojo de la puerta fue puesto por la mano del rey los bribones lo atacaron por la espalda. Le cubrieron la boca, con la mano, y lo asesinaron de la misma forma que a la reina, sin darle tiempo a que se defendiera Leodor cayó de inmediato sin vida en el suelo mientras su sangre, que bajo la luz de la luna parecía de color negro brillante, manchaba la alfombra. Después salieron de esa habitación y cautelosamente se internaron a la del príncipe eliminándolo de la misma forma, mientras dormía. Al tiempo que su labor estaba hecha, se escurrieron por los pasillos del Palacio como sombras entre la oscuridad.

EL MAL REINADO

El Cambio De Gobierno

A la mañana siguiente, cuando el sol salía por el horizonte, una de las muchas sirvientes del rey entró a la habitación de éste, como era de costumbre, para despertarlo pues le llevaba la comida a la cama pero al entrar vio a su rey tendido en el suelo sin vida, soltó la bandeja de plata, manchando la alfombra con la comida, que traía en las manos y comenzó a gritar y salió corriendo hacia el pasillo sin destino alguno. Los gritos despertaron a las pocas personas que habitaban el Palacio, quienes inmediatamente se dirigieron hacia la mujer que lloraba inconsolable, agazapada a un lado de la puerta de la habitación del rey. Al oír los gritos, Neodor, se puso de pie rápidamente y vistiendo una bata azul que le cubría el cuerpo se dirigió a la habitación de su rey encontrándose con los sirvientes y uno que otro guardia armado.

–¿Qué sucedió? –cuestionó Neodor a uno de los sorprendidos sirvientes que intentaban mirar desde afuera al interior del cuarto mientras la multitud le impedía el paso y la visión.

–¡El rey ha muerto! –le respondió el hombre al gobernador, volviéndose rápidamente hacia él. Neodor se abrió paso rápidamente gritando con voz imperiosa y arrojando hacia al lado a aquel que no se quitara ante sus gritos. Llegó hasta el punto donde los hombres armados impedían el paso a los sirvientes y Neodor se volvió hacia la multitud.

–¡Escúchenme todos!, retírense . . . regresen a sus habitaciones y tranquilos . . . ahora nosotros nos haremos cargo de todo . . . –los sirvientes se fueron uno por uno balbuceando entre ellos y mirando con horribles miradas a Neodor y a los guardias, mientras los guardias reales se reunían frente a la habitación, frente al gobernador, frente a aquella puerta de roble que ahora se mantenía cerrada, después, Neodor habló a uno de los guardias.

–¿Cómo se encuentra el niño?

–No lo sé.

–¡Pues ve a ver cómo se encuentra!

–Si señor –el guardia se alejó entrando a la habitación de Precco y después salió de la habitación cerrando la puerta tras él quedando inmóvil. Por su parte Neodor, no vió eso pues entraba a la habitación del rey.

Dentro de la habitación real, Neodor se acercó lentamente a la cama con una sonrisa en sus labios.

–¡Menaria! –le dijo en voz baja a su hija que se encontraba arrebujada bajo las sabanas, pero ella no contestó, su sonrisa desapareció y su paso se volvió rápido, se acercó lentamente a la cama y descubrió poco a poco el rostro, sin vida, de su hija el cual estaba blanco como la nieve, entonces la toco y su piel era fría como un hielo, Neodor se arrodillo a lado de la cama y sus ojos se llenaron de lagrimas, de pronto broto un grito desde el fondo de su corazón pronunciando el nombre de su hija. Ese grito resonó por todo ese enorme pasillo y hasta la orilla mas recóndita del Palacio, cosa que hizo que su mujer se levantara de la cama y cubriéndose con una bata de lana blanca salió de la habitación y en cuanto llego al recinto un guardia le abrió la puerta permitiéndole el acceso, se acerco con paso medio a Neodor y en cuanto vio el rostro de su hija se soltó en un llanto profundo y abrazo al cuerpo helado de Menaria, Neodor se ponía de pie mientras entraba el guardia que había entrado a la habitación del joven rey.

–Señor, el niño . . . el niño está . . . también fue asesinado.

–Dioses . . . –dijo Neodor al tiempo que suspiraba y dejaba que sus mejillas se humedecieran por sus lágrimas, miró hacia el techo de piedra y después se volvió nuevamente hacia el guardia– ¿Quién seria capaz de hacer algo así?

–No lo sé –. La madre de Menaria volteo a ver a Neodor y con un odio muy profundo miro a su pareja.

–¡Quiero que los encuentres y no sé como le hagas pero los quiero muertos y sus cabezas en la torre más alta del Palacio . . . ! –la mujer se puso de pie de una forma rápida y brusca– ¡Me oíste, los quiero muertos! –la mujer salió de la habitación del rey dejando a Neodor muy pensativo.

Pocas horas mas tarde en una habitación del templo se despedía a los reyes con una oración para sus dioses, la misa se celebro durante varias horas y después los presentes honraron a su rey y a su reina y cerca de las siete de la noche cuando aún había poco sol, sepultaron a la familia real, quienes eran llevados en sarcófagos hechos con madera fina de las montañas de Macragors adornados en los alrededores con oro y la parte superior se encontraba cubierta por un cristal para que se pudieran ver los rostros de los reyes. Al llegar al cementerio, lo cruzaron lentamente y con tristeza hasta llegar a la parte Norte de éste, lugar donde yacían todos los Reyes y señores Feudales que habían gobernado Andagora. Leodor y su familia fueron sepultados como en una especie de caja hecha de mármol con inscripciones en la parte frontal y antes de que sellaran la puerta, de aquella nueva cámara, Almirk dio su despedida a los gobernantes de Andagora con una última bendición.

Al mismo tiempo, en la cordillera que era precedida por Drackonis, Aluker, ahora con la barba crecida y el bigote también, un poco más largo, se calentaba dentro de sus aposentos, que no era más que una cueva de roca café oculta entre el helado paraje de las afueras y la nieve que cubría toda esa enorme cadena montañosa. El fuego ardía vivamente en medio de aquella abertura natural calentando así un poco al conejo que Aluker iba a disponer de comida; el Mago mantenía sus manos extendidas hacia el fuego y éste parecía reaccionar con él, pues se movía hacia su dirección. De momento, el fuego se tambaleó como si una corriente de aire hubiera entrado y Aluker quedó inmóvil viendo el constante fluctuar de las llamas, todo en sus ojos pareció oscurecerse, y la visión donde veía a su rey muerto y siendo enterrado por hombres de armas pasó frente a sus ojos. De una forma rápida y a paso acelerado, Aluker, se acerco a la entrada de la cueva donde habitaba y miro a lo lejos pero no sintió nada, volvió su mirada hacia varios lados y en un punto especifico, su corazón latió aceleradamente y se vió obligado a tomar una fuerte bocanada de aire.

–No . . . Dioses no . . . el rey ha muerto . . . –el viento de lo alto de aquella cordillera montañosa pasó fuertemente a un lado del Mago, moviendo su barba y depositando delicados copos de nieve en su ropa, en su cara y en su cabello, pero el frío del clima y el frío de los copos sobre su cara, no le importaron al Mago y dejó escapar lagrimas que escurrían por su cara pero que no duraban mucho tiempo calidas sino que cuando llagaban a su barbilla, las lagrimas se convertían en pequeños rastros de hielo, pese a esto, las lagrimas del Mago siguieron saliendo mientras uno que otro sollozo escapaba de su garganta y apretaba con fuerza sus ojos y dientes mientras decía solamente "–¡No!. ¡No!–".

Pero Aluker no fue el único que percibió la garrafal noticia, también Gladier y Labju, sintieron la misma opresión en el pecho que sintió Aluker. Gladier, que permaneció en una posición con la cual meditaba, solo se cubrió la cara con las manos y coloco sus codos sobre sus rodillas para después temblar un poco, tal vez de coraje o de tristeza o porque ya lloraba, después soltó un grito que retumbó en todo lo que rodeaba su choza. En cambio, Labju después de sentir la falta de aire y las ganas de llorar descargo su furia contra el leño que cortaba con su hacha y clavando el filoso metal en el grueso tronco que utilizaba de soporte, permaneció un momento estático, con las manos tomadas del mango del hacha y la cabeza hundida entre sus brazos mientras las grimas escurrían de sus ojos, después levantó la mirada al cielo y las lagrimas tomaron otro camino, tomando una dirección hacia su cuello.

–¡Grandes dioses . . . ! –decía con palabras cortantes y entre cortadas por la saliva que se atoraba en su garganta a cusa del sufrimiento– ¡Cuiden al Leodor!

Una vez que cerraron la puerta de la tumba, todos los que habían estado presentes regresaron a sus hogares reflejando una mirada llena de tristeza y otros mostrando ojos rojos de tanto llorar. Pero no Neodor quien estaba lleno de furia. Y en cuanto la puerta se cerró y después de hacer una última reverencia frente a la estatua del exterior, Neodor tomó su caballo y galopando a velocidad entre el despejado paraje de la pradera que era iluminado por el sol que caminaba entre el despejado cielo, el jinete tomó camino hacia el Castillo Andaros, los cascos del castigado caballo resonaron por todo el camino y después resonaron igual de fuertes en contra del puente del Norte de Andaros, aquél animal que era montado por un hombre realmente furioso aguantaba los golpes que Neodor le propinaba cada vez que sentía que el animal bajaba de velocidad, al final, llegó a la entrada trasera del Castillo y gritando les ordenó que abrieran la puerta, cosa que no tardaron en hacer. A diferencia de la puerta principal, esta puerta solo estaba compuesta por la puerta de madera de tres metros de alto y unos veinte centímetros de grosor. Como era costumbre y después de mucho de estar inactiva, la puerta no cedió fácilmente pero al final de un gran esfuerzo por parte de tres hombres, por hoja de madera, la puerta le dio paso al ex–gobernador . . .

Una vez que entro, entregó su caballo a un hombre para que lo alimentara y le diera de beber. Este recinto oculto tras esa puerta era amplio y solo iluminado por las antorchas y la luz que la puerta abierta permitía entrar. El piso parecía un tablero de ajedrez pues estaba compuesto de grandes bloques de color negro y blanco, y el único adorno que había allí era aquella fila de gruesas columnas que, formadas en medio de aquella habitación cuadrada, parecían soportar el techo. Después se introdujo a aquel ancho pasillo que se había encontrado frente a él al caminar hacia el otro extremo de la puerta. Neodor no detuvo sus pasos hasta llegar a un lugar donde cambió bruscamente su dirección hacia la derecha y después llegó a una puerta que se parecía mucho a la antes abierta pero esta solo medía unos dos metros y no tendría un grosor máximo a los ocho centímetros, a sí que Neodor pudo abrir esta puerta bruscamente.

–¡Jareb! –gritaba muy enojado mirando hacia todos lados de aquel lugar, que solo estaba compuesto de una pared de piedra gris y una que otra escalera que llevaba a la salida de esa habitación, una mesa pequeña estaba en alguna parte de una orilla de la habitación y un sofá individual ocupaba algún lugar en la habitación junto con una mesa de madera sencilla–. Jareb ¿Dónde estas? Aparece –Jareb bajó por unas escaleras a un costado de Neodor.

–¿Qué sucede hermano? –Jareb se aproximo a Neodor con paso tranquilo y sonriendo.

–Eres un maldito desgraciado –Neodor lanzo un puñetazo hacia la cara de su hermano haciéndolo caer, luego se abalanzó sobre él tomándolo por el cuello con intenciones de matarlo pero no pudo, su espíritu débil hizo que tuviera compasión por él y lo soltó alejándose y, sentándose en la silla, lo cuestionó mientras Jareb se ponía de pie tosiendo arduamente a causa del ahorcamiento–. ¿Por qué a ella?. El plan sólo era matar al rey y a Precco. ¿Por qué mataste a mi hija?

–Disculpa hermano –dijo con voz sofocada aún pero ya con el aplomo recuperado un poco–, no fue mi intención, yo solo seguí el plan que habíamos programado, pero algo salió mal. El rey no estaba en el cuarto . . .

–¿Pero por qué a ella? –enojado, Neodor, se puso de pie y desenfundo su espada colocándola en el cuello de Jareb mientras este permanecía de rodilla sobando su cuello, acto que detuvo al sentir el filo de la brillosa espada muy cerca de su garganta–. ¡Dame una muy buena razón para no matarte!.

–E . . . es . . . estaba embarazada . . . –dijo Jareb más de a fuerza que de gana.

–¿Qué? –las fuerzas abandonaron el cuerpo de Neodor y se dejó caer nuevamente en la silla.

–Menaria estaba embarazada, si ese hijo de Leodor hubiera nacido, él seria el rey y no tú. Y si ella viviera tú no podrías ocupar el reino como es debido –Neodor bajó la espada y la clavo en el suelo de madera mientras sus lágrimas brotaban nuevamente de sus ojos.

–¡Menaria estaba embarazada, . . . yo iba a ser abuelo! –pero luego su llanto se transformo en una risa herida por el dolor de su corazón. Jareb trato de seguirle pero en respuesta a esa acción Neodor lo golpeo, en la cara, con la parte plana de su espada.

–¡Cállate infeliz . . . ! –. Una flecha paso volando por un lado de Neodor llamando la atención de éste y de Jareb, y por las mismas escaleras por las cuales había llegado Jareb, ahora se acercaba su hermano Kenri, que colocaba otra flecha en su arco.

–Te hubiera matado si hubiese querido –Jareb se puso de pie y se paró tras Neodor.

–Hazlo, mátame y después mata a todos los que se necesiten para que te quedes con el reino . . . hazlo –la segunda flecha salió del arco con dirección al pecho de Neodor pero este fue muy rápido y tomando la flecha, en pleno vuelo, la clavo en el hombro de Jareb, quitándole a éste un cuchillo que lanzo sobre la mano en la cual Kenri sostenía el arco, quedando así los dos hermanos vencidos. Neodor esperó a que sus hermanos dejaran de gritar y de vociferar maldiciones en contra de él y después miró a Jareb.

–¡Son unos malditos. Se podrirán en la penumbra de la oscuridad!

–¡Ahí te veré Neodor! –le contestó su hermano Jareb que no podía retirara la flecha de su cuerpo pues esto le causaba más dolor que quedarse con la flecha clavada.

–Si . . . Tú vendrás con nosotros –apoyó Kenri mientras sufría la misma suerte que su hermano Jareb, con el dolor que la herida le causaba.

–¡Que patéticos! –dijo Neodor con desprecio y coraje–. Ni siquiera tienen el valor de retirar ese hierro de sus heridas. ¡Que cobardes son! –Neodor, les volvió la espalda y caminando lentamente se acercó a la salida cuando dos guardias le interrumpieron el paso cruzando sus espadas y mirando temblorosamente a Neodor.

–¡Abran paso! –les grito asustándolos y, sin oponerse, los guardias le permitieron proseguir, caminó tranquilamente por el pasillo que había seguido momentos antes hasta que llegó con los guerreros de la entrada quienes lo veían en silencio y con miradas ofensoras. Neodor se dio cuenta de ello y montando su caballo se volvió a ellos mientras otros le abrían la puerta

–¿Creen que realmente pueden conmigo? –Neodor miró con ojos llameantes y cejas fruncidas a los guardias–. Aún no nace el hombre que pueda hacerme frente. Y si alguno de Ustedes cree que puede hacerme algún mal, que se muestre ahora para arreglar las cosas como hombres –.Nadie tenia el valor de enfrentársele pues ya conocían muy bien la reputación asesina de Neodor, ya que en las dos guerras contra Macragors, había sido él, el que más hombres había matado–. ¡¿Ninguno?! –al no haber respuesta, Neodor se alejó.

–¡Guardias, vayan tras él y mátenlo! –ordeno Kenri, a los hombres que solo veían como Neodor ya había alcanzado un gran distancia, estos hombres al escuchar la voz del que ahora era su soberano, se volvieron hacia él.

–No – gritó Jareb mientras aparecía tras de Kenri.

–¿Qué haces . . . ? –cuestionó enojado Kenri volviéndose hacia su hermano mayor– Ya no lo necesitamos, ahora Andagora esta desequilibrada y sin un rey . . . podremos tomarla a la fuerza. Con los hombres que tienes en Ceron y con los hombres que tengo a mi mando, podremos fácilmente adueñarnos con el reino.

–Y perder los privilegios que podríamos tener . . . –defendió rápidamente Jareb frunciendo las cejas a su hermano–, si matamos a Neodor, el consejo puede tomar el poder del reino . . . –Jareb cayó un poco para escuchar por lo que Kenri había abierto la boca.

–Si . . . si el consejo toma el lugar de los gobernantes, sería más fácil destruir a esos ancianos que a Neodor una vez que tome el poder –las palabras de Kenri eran ciertas pero al parecer, Jareb tenía la noción de que Neodor guardaba un secreto, un secreto que Jareb creía como rumor entre ellos pero que al parecer era verdad.

–No podremos hacer nada en contra de él . . . recuerda eso. Además, es su destino. Tú solo ten paciencia y las cosas nos saldrán bien a todos –Jareb se hecho a reír mientras Neodor llegaba al Palacio y una ligera lluvia comenzaba a caer.

La noche había cubierto totalmente el reino y la lluvia había arreciado, pero a pesar de los rayos que caían y del sonido que producían las grandes gotas al chocar con las grandes ventanas, casi todos en el reino dormían excepto Neodor que no podía conciliar el sueño y cuando lo intentaba llegaban a su mente imágenes horribles que lo hacían abrir los ojos nuevamente. Veía a su hija de pie frente a él con la cabeza gacha, él se acercaba a ella y Menaria lo veía con una cara pálida y los ojos en blanco con un poco de coloración morada en el contorno de los ojos y la boca tan roja, que parecía que la habían pintado con sangre, y le decía: *"–¿Por qué me mataste papá, qué te hice para que me castigaras así?–"*. Por esa razón prefería estar despierto y recordarla como él la había visto cuando era niña y cuando era una jovencita y recordar cuanto la había querido y cuanto lo había querido ella a él. Salió de la habitación con dirección a la cocina, su recorrido por el pasillo se llenó de oscuridad y de vez en cuando uno que otro destello de luz que iluminaba sus pasos con una luz blanca e intensa que en vez de ayudar, borraba su vista por algunos segundos para después volver a ceder el terreno a la oscuridad, las antorchas estaban apagadas pero Neodor conocía perfectamente el camino y lentamente bajó las escaleras tapizadas con una alfombra lisa y agradable a sus descalzos pies. El sonido de sus pisadas no se escuchaba por ningún lado puesto que siempre había pisado aquella alfombra y nunca el piso liso del lugar. Al bajar el último escalón, Neodor dirigió sus pasos a la izquierda y caminando nuevamente entre la oscuridad poco iluminada por los rayos y los relámpagos de la tormenta, pudo al fin llegar a una de las habitaciones que aún permanecían iluminadas, era la cocina; Neodor entró y después de tomar un poco de pan y una copa de vino se quedo un momento sentado en la mesa con la mente en blanco y sin ningún pensamiento, en eso, un ruido proveniente de la puerta le llamo la atención y lo que vio fue a Menaria como la imaginaba: muerta; y se aproximaba poco a poco hacia él con una mano extendida para tocarlo.

–¡No hija, yo no quería que murieras . . . esa no era la intención . . . perdóname! –decía mientras permanecía con la cara cubierta con las manos para no mirar, temblando y lleno de miedo hasta que la mujer que se aproximaba a él le toco el hombro haciéndolo gritar mientras hacia un movimiento brusco para alejar la mano de la mujer muerta pero . . .

–¡Estas bien papi . . . me asustaste! –era su segunda hija, una muchachita de no más de 10 años, de hermosos ojos y de mejillas rosas que parecía asustada por la acción sorpresiva de su padre y al verla bien Neodor la abrazo.

–¡Hija . . . ! –exclamó Neodor un poco más tranquilo y queriendo sonreír, cosa que no hacía a cusa del miedo que aún lo invadía – ¡Que bueno que eres tú!

–¡Extraño a mi hermana! –la voz de aquella muchachita demostraba soledad y tristeza, tristeza que parecía dejar escapar mientras aceptaba los brazos de su padre y lo abrazaba.

–Yo también hija, pero dime qué haces despierta tan noche –la hija de Neodor se retiró un poco de su padre mientras este permanecía con sus manos en los hombros de su hija.

–¿De qué Hablas?, ya esta amaneciendo.

–Eh, ¿Esta amaneciendo ya?

–Si –Neodor miró hacia la puerta y pudo ver parte del marco de una ventana, que ya era iluminado por uno de los rayos del sol.

–¿Por qué se murió mi hermana?

–Pues, porque unos hombres malos que odiaban al rey vinieron y los asesinaron.

–¿Por qué? –Neodor volvió a abrazar a su hija acercándola a su pecho, sintiendo como el tibio aliento, que emanaba su hija al respirar, chocaba contra su bata de seda y la movía.

–No lo sé cariño, no lo sé –Neodor miró hacia el pasillo que había tras la puerta y después cerró los ojos y trató de esconderse entre el pequeño hombro de su hija.

Neodor permaneció a lado de su hija hasta que llego su esposa y los vio, sentados y almorzando junto en el comedor, la pequeña princesa se encontraba en la silla mas próxima a la del rey, donde normalmente se sentaría un hombre de alto rengo o algún otro rey, estaba sentada a la derecha de Neodor. La mujer de Neodor se acercó a ellos y pasando tras él, acaricio a su hija en la cabeza y le dio un beso a su esposo.

–¿Qué hacen aquí?

–Acompañaba a mi papá, no podía dormir porque extrañaba a mi hermana –respondió la pequeña princesa a su madre mientras dejaba de morder un pan.

–Todos la extrañamos cariño, ve a ponerte otra ropa más decente.

–Si . . ., hasta luego papá –la niña se alejó después de darle un beso en la mejilla a su papá y a su mamá. Al quedar solos, la reina tomó un tono más serio al hablar con Neodor.

–¿Qué pasa Neodor?, no dormiste en toda la noche.

–No pasa nada . . . es solo que . . . la extraño mucho –nuevamente la angustia quería hacerse presente en la cara de Neodor.

–Yo también la extraño mucho y sé que te duele porque era tu hija mayor pero . . . ese no es motivo para que estés así. No es motivo para que te castigues demasiado.

–¿Y qué puedo hacer? No sé quienes fueron los asesinos y no podré cumplir lo que me pediste –finalmente el dolor se apoderó de todo su cuerpo como una enfermedad y delgadas gotas rodaron nuevamente por sus ojos y bajó la mirada para que su esposa no lo viera llorar.

–¡Ya Neodor! –su esposa le tomo la mano–. En ese momento estaba llena de ira y rencor, no pensé en lo que te pedía . . . hasta después que reflexioné un poco. No podías evitarlo, si era su destino tenia que pasar de una o de otra forma iba a morir.

Llegado el anochecer, el consejo de sacerdotes se reunió para decidir quien ocuparía la corona del reino. Y Almirk se paró frente a todos. Frente aquellos sacerdotes que ocupaban todo el reino, cosa que solamente eran seis; Almirk se posicionó como si fuera a dar misa, frente a todos y teniendo a los demás sacerdotes sentados en las bancas de madera como si fueran feligreses, todos vestidos igual, con túnicas largas y grandes bastones de plata u oro o madera, todos con la cabeza cubierta y todos con barbas grandes y blancas.

–Señores –comenzó Almirk a hablar con un tono fuerte, llamando la tención de los tan ocupados sacerdotes mientras hablaban en voz baja entre ellos. Pero al escuchar la voz del Mago, los hombres se callaron y enviaron toda su atención ante aquel que ellos consideraban como *"Supremo Sacerdote"* –, los he reunido para hablar del destino de Andagora. Como todos saben, hace pocos días, en la madrugada, se encontró al rey asesinado en sus aposentos; alguien lo asesinó y ahora nos encontramos sin rey. El punto es que . . . –dejó de hablar para ver a los ojos de los hombres frente a él, los cuales le miraban no sorprendidos sino como diciendo que vociferaba mucho y no hacía nada, pero eso no le importó y prosiguió– Aquí es donde nosotros debemos interceder y nombrar a un nuevo rey o . . . Ustedes . . . ¿Qué proponen?

–Yo propongo que dejemos al reino sin rey y lo gobernemos nosotros –se levantó uno de entre todos y agitó sus brazos al decir esas palabras.

–¡No!, ni pensarlo, no podemos hacer eso –respondió prontamente Almirk bajando los ánimos del hombre que volvió a tomar asiento mientras refunfuñaba a los oídos de otro de sus compañeros–. En estos momentos, Andagora se encuentra asustada y en crisis, si nosotros la ocupamos, nos verían como presa fácil y seriamos prontamente atacados . . .

–Pero . . . –el hombre intentó nuevamente atacar.

–No podemos hacer eso, necesitamos a un nuevo rey . . . ¿Qué otra cosa proponen? –Almirk cayó a aquel hombre con esas palabras y al preguntar evitó que volviera aquejarse.

–Podemos probar a los pueblerinos y ver si alguno tiene la factibilidad de ocupar el lugar –propuso otro de cara feliz y con un tono de felicidad excesiva.

–Eso seria muy complicado, son muchas personas en el reino –nuevamente Almirk se encargó de quebrar las ilusiones de otro hombre.

–Bueno, tenemos que decidir y rápido antes de que algo más suceda –dijo alguno otro que estaba a las orillas pero no se puso de pie, solo cruzó sus brazos y miró hacía algún punto extraviado en la esquina del lugar–. De acuerdo con lo que sé, el sustituto del rey debe ser su hijo . . .

–Pero el hijo también está muerto.

–Lo sé, permítanme terminar –dijo aquel hombre que volvía su mirada hacia Almirk–, en caso de que el hijo falte, la corona debe ser pasada a alguien de su familia.

–¡Leodor ya no tiene más familia a quién se le pueda ceder el titulo!

–¡Claro que la tiene! Su suegro, el antiguo gobernador de Andaros . . . Neodor. Era padre de Menaria, la esposa del rey y eso le da crédito a que pueda ocupar el trono de Andagora y ser el nuevo rey.

–Neodor, ni pensarlo. Él es muy incompetente para llevar dicho cargo. Nunca fue educado para tal fin . . .

–Lo sé, pero tiene muy buenas referencias, cuando estuvo en Macragors como virrey, creo el ejército y ayudó, de alguna forma, a que las tierras de Macragors dieran frutos en poco tiempo.

–Y en Andaros, hizo que la economía creciera un poco y los campos de cultivo siempre sobresalieron de los de Ceron. Además, es bueno para hablar frente a las personas . . .

–¡Entiendo! –replicó algún sacerdote ante las glorias que daban a Neodor–. Pero recuerden que Neodor siempre estuvo en contra de Leodor, en la guerra contra Macragors siempre estuvo vociferando en contra del rey y cuando le pidieron dejar Macragors se negó. Labju tuvo que ir por el ejército . . . Además de que él no atendía los problemas de las personas, solamente los que tenían que ver con la intervención del gobernador.

–Pero recuerden que también, él es muy respetado y admirado –defendió Almirk.

–Respetado, lo dudo –refunfuñó el mismo hombre–. Los soldados le tienen miedo, lo llaman *"El Asesino"*, porque fue el que mató a más bárbaros en Macragors que ningún otro. Y admirado, tal vez pero solo en su forma de blandir la espada . . . fuera de eso no es nada . . . –por unos instantes, Almirk se vió entre la espada y en la pared pero rápidamente encontró la solución.

–Bien, ahora que ya han escuchado los dos puntos de vista, decidan ustedes . . . los que quieran que Neodor sea Rey levanten la mano . . . –todos los sacerdotes presentes votaron porque Neodor fuera rey menos aquel que siempre se había estado negando a tal acción y al ver la decisión de sus amigos y sus miradas fijas en él, se reveló de una forma brusca y poniendo sus pies sobre la alfombra, del centro del templó, gritó a voz alta.

–Piénsenlo bien, Neodor no nos conviene como rey . . . él no esta hecho para ello, no tiene la sangre, ni la educación. Él esta educado para crear guerras y matar, solamente para eso y nada mas . . . por algo llegó a ser general . . . –el hombre guardó silencio y después prosiguió– ¡Bueno . . . lo voy a decir!. Neodor llegó a ser general porque su padre lo era y sabia que, como siendo hijo mayor, podía tomar el mando de su padre . . . además de que ya tenía la experiencia suficiente . . . ¿Qué hizo? Mató a su padre, fue él quien mató a Rugen Remdra . . .

–Calla, infeliz blasfemo –gritó molesto Almirk–. Rugen murió en la invasión de Macragors . . .

–¿Estuviste ahí? –preguntó burlonamente el sacerdote pero Almirk no era de los que se dejan vencer fácilmente.

–¿Y tú? –el sacerdote no dijo nada y su silencio lo delató, cosa que hizo nulo lo que él aseguraba era verdad. Pero eso podría tener algo de cierto, ya que nunca nadie supo quien mató a Rugen, solo se encontró en sus aposentos, del Castillo, con una daga, que no era ni de Macragors ni de Andagora; clavada en su espalda. Después surgió el rumor de que tal vez, sabiendo que podría ocupar su lugar por herencia, Neodor había matado a Rugen ya que a los pocos días se nombro sucesor de su padre, después de haber pasado una que otra prueba por parte de Gladier. Pero en éste momento, el Sacerdote estaba perdido y ya no pudo seguir defendiéndose–. Es nuestra única opción y ya esta decidido, mañana será la coronación. Neodor será el nuevo rey de Andagora –fueron las últimas palabras de Almirk hacia aquellos hombres que después se dispusieron a partir a la casa de aquel sacerdote que vivía en una pequeña casita en el pueblo de Andagora.

A la mañana siguiente, mientras Neodor dormía en su habitación, donde se encontraba su cama, pegada hacia la pared izquierda y a medio metro de la cama se abría una ventana que estaba cubierta por una gran cortina que impedía el paso de los rayos del sol, así que la habitación estaba un poco sumida en la oscuridad. Pasado de las nueve, una sirviente entró a la habitación y abrió ligeramente la cortina gruesa, dejando otra, delgada y transparente, cubriendo la ventana; la luz entró poco pero lo suficiente como para aluzar la habitación. Después, la mujer con mantel, se acercó a Neodor y hablándole quedo lo despertó.

–Señor Neodor.

–Si, ¿Qué sucede? –respondió Neodor con voz ronca, sin despegar los ojos y cara de la almohada.

–Lo buscan, son los del *"Consejo de Sacerdotes"* –Neodor se levanto apresurado mientras la sirviente salió para informar que Neodor estaba en camino, pero antes de que la sirviente pudiera decir algo llego Neodor, aún atándose el cinturón a su cintura y bajando las escaleras de una forma rápida y desesperada, tanto que casi resbalaba por las escaleras.

Al bajar, se encontró frente a los hombres y amablemente les hizo pasa a la habitación que estaba al lado derecho de las escaleras, la misma en la que había jugado ajedrez con Leodor, tiempo atrás. Y una vez sentados en los sofás y siendo iluminados por antorchas.

–Si señores, ¿Para qué me necesitaban? –preguntó Neodor aún agitado.

–¿Sabes a lo que vinimos? –preguntó el sacerdote inconforme.

–¡No su Señoría!

–¿Entonces por qué bajó así de apresurado y sonriendo amablemente?

–¡Lo lamento mucho su Señoría si mi actitud le pareció mala! Pero es que una visita de Ustedes no se da a menudo, además de que soy muy devoto e incluso la visita de uno de Ustedes para mí representa un gran honor –para aquel hombre que le tenia poca fe a Neodor, esto le pareció la más tonta de las excusas y tal vez para aquellos que conocían todo lo que Neodor había hecho, les parecería lo mismo. Pero realmente Neodor, no se esperaba esa visita, si era muy devoto y una visita de alguno de los Sacerdotes, para él era más que una bendición.

–Solo venimos a informante que después de una larga toma de decisiones acordamos que Usted seria el nuevo rey de Andagora.

–¡Yo . . . el nuevo rey! –Neodor no pudo evitar la sorpresa, la noticia no se la esperaba tan repentinamente e incluso había pensado tanto en su hija Menaria que se había olvidado de todo eso de poder ser rey–. ¡Pero yo . . . yo no tengo la sangre, ni la educación . . . !

–Pero, siendo Usted el único de los parientes de Leodor . . .

–¿Yo qué?

–Si. Cuando Leodor desposó a Menaria, Usted y su familia se ganaron el titulo de familia real, por ser padres de la reina. Pero ahora que el rey legítimo falta, Usted puede ocupar el trono como Rey padre de la reina.

–¡Entonces voy a ser rey!

–Si . . . lo esperamos a medio día en el templo Zentd para coronarlo –los hombres de túnicas largas se pusieron de pie y Neodor les siguió con movimientos torpes hasta la puerta y después de despedirlos amablemente, a todos, salieron del lugar. Cuando los sacerdotes se retiraron, Neodor corrió a su habitación para informarle la gran noticia a su esposa e hija quienes se pusieron muy felices y abrazaron a su padre.

Al llegar el medio día, Neodor salió del Palacio, vestido con sus mejores prendas, calzando botas y usando guantes en sus manos, su ropa era de color azul marino y de telas finas. Su esposa lo acompañaba vistiendo hermosamente un elegante vestido blanco y finamente adornada con pendientes de oro y guantes blancos, su hija también lo acompañaba, vistiendo al igual que su madre pero con el cabello recogido, cosa que la reina usaba el cabello suelto y libre al débil viento que soplaba en el lugar. Una escolta de diez hombres perfectamente uniformados y elegantemente armados los escoltó con dirección al templo Zentd en el centro del pueblo de Andagora.

En cuanto Neodor se acercó a la reja que separaba al Palacio del mercado, los hombres del pueblo ya lo alababan y los gritos de *"–Viva Neodor–"* y *"–Que viva la familia de Neodor–"*, no se hicieron esperar, escuchándose por todos lados llevándose, la que iba a ser la nueva familia real, una grata sorpresa. Los hombres del pueblo eran separados por la escolta de caballeros y por la misma gente que abría el paso a la escolta y al rey.

Al salir del mercado, todas las personas le siguieron, pero en las afueras ya lo esperaban más personas que al igual a las anteriores también lo alababan con gritos de *"viva"* y *"gloria"*. Al llegar se encontraron con la grata sorpresa de que casi todo el reino estaba ahí para presenciar su coronación, las personas gritaban alocadas del lado izquierdo del templo siendo contenidos por una barrera de centinelas mientras que del lado derecho del templo se encontraba casi todo el ejercito de Andagora. En si era algo hermoso que alegró el corazón de Neodor, pues ni a Leodor le habían hecho lo mismo. Cuando se acercaba sobre su corcel a trote lento las personas presentes empezaban a gritar *"–Que viva el nuevo rey–"*. En los labios de Neodor comenzaba a formarse una sonrisa de felicidad y por unos instantes pasaron por su cabeza muchas ideas para hacer sobresalir al reino.

La ceremonia de coronación, donde coronaron a Neodor como rey, a su esposa como reina y a su hija como princesa, se llevó a cabo; después siguió una gran fiesta donde todos se divirtieron, conversaron y festejaron. Esta felicidad no solo embargaba a Neodor, sino que por alguna extraña razón, a Aluker, le dio por echarse a reír de felicidad hasta que su estomago le dolió, a Labju le entró la felicidad y dio besos a su esposa y elogios a sus hijos; Gladier simplemente se vió con una sonrisa reflejada en sus labios por todo el día y una paz admirable lo invadió y su corazón pareció estar lleno de felicidad, al igual que el de sus amigos.

Al final Neodor dio un discurso prometiendo muchas cosas para Andagora . . . Lamentablemente fueron promesas que nunca cumpliría . . .

Un Mal Gobernante

A la mañana siguiente Neodor veía las cosas de otro modo, muy diferente a las de antes, pues ahora era rey. Lo primero que pudo ver fue a una sirviente que traía comida para él y después de abrir las nuevas cortinas de color azul marino y después de abrir la cortina delgada y transparente, la luz iluminó una habitación completamente diferente a la del día anterior, ahora su cama era más amplia y la habitación también, tenia un gran tocador para la reina, lleno de un sin fin de cosméticos que la reina había pedido el día anterior, un especie de guardarropa se encontraba en algún lugar, era enorme, con adornos tallados y de un color madera opaco, el cuarto ya no solo tendía un gran tapete en el centro del cuarto, sino que ahora estaba alfombrado con un color igual que las cortinas, a un lado de la cama había un buró pequeño con cuatro cajones y sobre el buró ardía una vela en un candelabro de oro y, en la parte del centro, un candelabro de gran tamaño, de oro y con un sin fin de velas, ahora apagadas, colgaba del techo. Cuando la sirviente iba a despertarlo, Neodor le tomo la mano.

–Estoy despierto –la mujer solo dio un pequeño brinco y produjo un ruido cortado bruscamente, pero al ver al rey se tranquilizó y sonrió.

–¡Que susto me dio señor!

–¿Qué traes de desayunar? –preguntaba Neodor mientras se sentaba en la cama y la sirviente le acercaba un plato de comida que estaba cubierto sobre una bandeja de plata.

Cuando se hizo un poco mas tarde, Neodor se dirigió a la biblioteca del fallecido rey y comenzó a revisar todo los diferentes tipos de libros que ahí se encontraban, sobre todo los de finanzas y problemas del reino, buscando la bitácora, si es que existía alguna, de la forma de gobernar de los antecesores de la corona andagoriana y entre tantos libros y papeles viejos encontró un pequeño libro color azul negrusco con una cara de león, sellada, en la portada, lo abrió poco a poco y comenzó a verlo desde el principio. Era lo que andaba buscando y tenía escrituras desde que Andagora se proclamó Reinado. Neodor comenzó a leer y entre más leía el libro, más se centraba en la lectura . . . hasta que llegó a la parte donde Nefeso escribía, la cual leyó en un tono de voz suficiente para que sus oídos escucharan . . .

Ambición de Nefeso

Yo Nefeso séptimo rey de Andagora he tomado el reino y ahora me pertenece y nadie me lo quitara, me lo ha dicho El Gran Espíritu, me dijo claramente que hiciera con el reino lo que quisiera y eso haré. Primero cobraré impuestos por la tierra a los campesinos y después de que cosechen les pagaré la mitad de lo que vale. Sé que aunque no les beneficie no tiene otra opción pues he enviado a guardias que custodien los límites del reino y, así, evitar que escapen.

Año uno, séptima generación

Neodor quedó un poco pensativo pues él pensaba que el rey Nefeso había sido bueno, pero ahora se encontraba con algo que demostraba lo contrario, nuevamente clavó su mirada en el libro y los títulos siguientes no le parecieron nada agradables, así que no los leyó hasta que al dar la vuelta a la pagina se encontró con otro que si le llamó la atención:

Mi visión a futuro

Ahora El Gran Espíritu me ha dicho que debo expandir mi territorio, que no debo conformarme con lo que tengo, ahora lo que haré será invadir Macragors, eliminare al pueblo bárbaro que habita ahí y seré el rey. Después seguirán Alamus, Utopir y Vastigo.

Año cinco, séptima generación

Neodor realmente quedo muy desconcertado pues la batalla que había luchado contra Macragors, por Nefeso, había sido solamente por locuras del rey . . . pero aún así se preguntaba por el espíritu que le hablaba a Nefeso. Esa pregunta comenzó a resonar en su cabeza con más fuerza cada vez y comenzó a leer el libro desde el comienzo del reinado de Nefeso pasando ahí muchas horas. Su sirviente lo llamó para avisarle que la comida ya estaba hecha, él dijo que en un momento estaría en la mesa pero nunca llegó. Siguieron transcurriendo hora tras hora y Neodor estaba como en trance concentrado en la lectura buscando algo que hablara sobre *"El Gran Espíritu"* pero nada, llegó hasta la parte de Leodor y no encontró ninguna pista de cómo invocar a dicho *Espectro*; su enojo fue tal que arrojo el libro a un lado y quedo pensativo un momento, viendo el libro, de pronto comenzó a sudar pues algo le decía que lo que buscaba estaba en ese libro, lo volvió a agarrar y volvió a hacer lectura sobre los otros reyes pero no encontró nada acerca de ese espíritu, solo aparecía desde el reinado de Nefeso y en el de Leodor, pues ya lo había leído también; molesto cerro bruscamente el libro y comenzó a jugar con él abriéndolo y cerrándolo repetidas veces, y en una apertura que hizo al libro, un trébol asomo una hoja. Neodor abrió el libro apresuradamente y se encontró con otra escritura.

El Gran Espíritu

Lo que está escrito a continuación es para llamar a un espíritu que te servirá mejor que Magos y consejeros Humanos. Él será tu consejero y guardián hasta que mueras si lo invocas con la siguiente oración:

Gred Espirfu, Angur. Mi no name (fo) gobe to (reigum) saold ho parke neisifo fo ayda, neisifo dorni fo sob, fo stroj to cump do metruggos ky amnt trav do dom fo trebol to font lev. Fo gust dowde.

Después de eso se pone el trébol en el centro de la oración y tu reinado crecerá . . . por eso ahora Andagora es el mejor de todos los reinos . . .

Al leer eso Neodor mando llamar a sus generales y, teniéndolos frente a él, les ordeno que le trajeran un trébol de cuatro hojas, los generales salieron algo desconcertados después de que Neodor les dio permiso de que se retiraran. Ninguno de ellos dijo nada hasta que llegaron a la puerta que daba acceso a la salida del Palacio.

–¿De donde vamos a sacar el trébol para Neodor? –dijo uno un poco desconcertado mirando a sus compañeros.

–No lo sé, es muy difícil conseguir uno de esos.

–No, no es muy difícil. Yo sé donde podemos conseguir uno . . . debemos . . . ir a Remov –al oír ese nombre, los hombres se miraron el uno al otro con ojos de miedo y sin palabra alguna en sus labios.

–¡Te has vuelto loco! –se atrevió uno a contestar,

–Es el único lugar –inmediatamente los guardias salieron del Palacio con destino a Remov regresando por la noche a entregarle el trébol a Neodor quien a cambio de ese servicio recibieron unas cuantas monedas de oro.

Esa noche Neodor se encerró en la biblioteca y comenzó a leer la oración mientras en las afueras comenzaban a formarse nubes negras de las cuales solo salían rayos que resonaban por todo el reino de Andagora, los hombres del pueblo se asustaron y guardaron rápidamente a sus animales dentro de sus corrales y se ocultaron de aquella tormenta que caía por todos lados pero frente a Neodor no sucedía nada, solo la oscuridad lo acompañaba y el silencio era el único presente. Volvió a repetir varias veces la oración pero nada y después del quinto intento Neodor se enfureció, cerro el libro y salió de la biblioteca.

Al día siguiente Neodor regreso al lugar donde había dejado el libro y todo seguía como antes pero después de haber estado ahí por cerca de medía hora, salió de la biblioteca a paso rápido con dirección a la habitación del antiguo rey, del rey Nefeso, encontrando sobre la cama el brazalete que había usado Nefeso y que Aluker había entregado a Leodor. En sus manos tenía el brazalete de oro adornado con rubies y zafiros, lo tomo y lo coloco en su mano derecha; lo admiró unos instantes y después salió de la habitación con una sola idea en su mente *"expandir su territorio y convertir al reino de Andagora en el más poderoso económicamente y para eso necesitaba conseguir mucho dinero"*.

Dos días después destituyó a los que se encargaba de los asuntos financieros y de los que se encargaban de hacer mercado, también cambio su vestimenta, de un color verde o azul oscuro a un negro total. Y poco a poco en su mente comenzó a resonar una voz que le daba órdenes, ordenes que él no podía evitar acatar.

CAMPAÑAS DE NEODOR

En solo cinco días Neodor pudo reunir a todo el ejército de Andagora que estaba dividido entre los tres pueblos conocidos y marcados en el mapa, y en los pueblos ocultos dentro de la espesura del bosque y ocultos de los mapas y fuera de camino alguno. Con sus hombres listos, se dispuso a tacar Macragors, reclamando lo que antes era de Andagora. Sabía que si quería dominar ese territorio sin tener problemas, debía atacar y conquistar en ese mismo ataque y así lo hizo. En un solo despliegue de su gran ejercito se movió hacia el sur sin causar mucho ruido y armado con al menos unos 190 500 unidades divididas entre infantería, caballería y armas de asedio. Entró al territorio de las montañas destruyendo cuanto puesto avanzado encontrara a su paso y capturando cuanta torre o puesto de vigilancia podría ser beneficioso para él, en cuatro días de haber entrado a las montañas, rápidamente conquistó e invadió, sin mucho problema, al poblado más cercano a la parte exterior de las montañas, HELMED, que se encontraba la Norte de Elmad y que era el poseedor de todas las salidas principales del pueblo central. Los otros tres pueblos de Macragors, RECTARDEN, al Sureste de Elmad, FERNED, al Suroeste de Elmad; y el mismo Elmad cayeron varios días después sin oponer gran resistencia pues los lanza piedras utilizados por Neodor eran tan fuertes que podían destruir grandes muros en poco tiempo. Neodor había conquistado Macragor en un tiempo no mayor a un mes, pero había que tomar en cuenta que este pueblo era el más débil de los cuatro. En secreto dominó por varias semanas hasta que, por algún medio desconocido, la noticia llegó a los reinos vecinos, como habían hecho con Leodor, le enviaron a un mensajero advirtiendo que dejara en paz a Macragors o tendría que verle la cara a los demás. Pero Neodor no era aquel rey e hizo caso omiso. Nuevamente desplegó sus fuerzas por el Sureste y se dirigió al Este, dejando antes una guardia de algunos cien hombres en cada pueblo de Macragors. Avanzó en línea recta hacia MENETONER, pueblo del Sur de Alamus. Pasando antes por Genzor . . . pueblo que fue rodeado por las huestes de Neodor y después de hacer unos cuantos sacrificios, dejó una guardia de cincuenta hombres, para después dirigirse hacia Menetoner . . .

El ataque de Neodor no era esperado en este pueblo y menos por la llegada nocturna de Neodor, el lugar llano de aquél gran pueblo, un llano que se extendía a gran distancia repleta de casas y tierras de cultivo, se encontraba dentro de una oscuridad total; los reyes habían subestimado a Neodor y nunca pensaron que éste los atacaría, así que no midieron consecuencias. Neodor avanzó en silencio por todo el pueblo, matando a todo aquel que se encontrara despierto en ese momento o que despertara por el crujido de las ruedas de madera de los lanza piedras. La ciudadela que habitaba el Duque gobernante de este pueblo, dormía placidamente y dentro de su castillo, DERCONIT, el Duque no habían recibido noticia alguna de los movimientos de Neodor, el hombre de la guardia caía de sueño en ese instante y es que él había estado montando guardia desde hacía ya varias horas, la poca luz de las grandes antorchas de piedra, la oscuridad de la noche sin luna y el largo alcance de los lanza piedras permitieron que Neodor se preparara. Lo único que en ese lugar se escuchaba era el canto de los grillos, un canto que gracias a la resonancia de aquella pared tenía una gran intensidad además de que, para acallar el sonido de las armaduras, los guerreros ataron telas en las botas metálicas, en las partes que sonaran y en los cascos de los caballos, cosa que hacía que el andar de los animales sobre la tierra dura fueran algo opacados. Pero para cuando el hombre de guardia de la puerta, los de las torres y la muralla pudieron percatarse del extraño movimiento, unas pequeñas luces se encendieron dentro del pueblo y mientras los hombres se preguntaban dentro de sí y unos a otros "*–¿Qué es eso?–*". Una de las luces se abalanzó hacia la ciudadela produciendo un especie de ruido parecido a un silbido, que resonó en el oscuro cielo, los guardias lo escucharon pero nada pudieron hacer. Una gran piedra había pasado sobre ellos para impactarse directamente en la caballeriza de la ciudadela, después de esta piedra, el asombro de los hombres fue interrumpido por un estruendo mayor, un estruendo producido por las rocas impactándose sobre las torres de la muralla y en la puerta de la ciudadela. El ruido fue en cadena y las personas que dormían dentro de sus casas despertaron y salieron al exterior de sus chozas solo para ser masacrados por los hombres de Andagora. El Duque fue despertado por ese horrible estruendo y los gritos de las mujeres que vivían en la ciudadela y por los gritos de los hombres que comenzaban a moverse dentro mientras voces repetían consecutivamente *"–Nos atacan–"*. Los lanza piedras seguían atacando mientras las chozas detrás de las líneas de los andagorianos comenzaban a arder frenéticamente mostrando sombras de los hombres armados. El Duque pudo presenciar ese espectáculo desde la parte alta del castillo, vió también como los lanza piedras arrojaban bolas ardiendo que prendían fuego a los lugares que golpeaban, vió también arder a su pueblo y escuchó el silbido de las flechas cuando cruzaban el cielo para brincar el muro y atacar a cualquier hombre cerca del rango de daño de la flechas oscuras. Mientras eso veía el Duque, el guardia de la reja veía un poco más allá, veía como los onagros lanzaban grandes pedruscos hirvientes hacia las casas, que no soportaban y eran inmediatamente aplastadas, en ese pueblo se vivía un infierno, todo el pueblo se encontraba en llamas y dentro de la ciudadela ardía un fuego infernal que los hombres no podían apagar. Neodor, por su parte, no enviaba a los arietes por el temor a que pudieran lanzarles aceite hirviendo o hacerlos arder. Mejor prefirió posicionar algunos lanza piedras y atacar a la fuerte puerta de madera, logrando derribarla en poco tiempo y, en cuando las hojas de madera se desparramaron en pedazos, mientras que algunas piedras lanzadas un poco después caían al suelo y rodaban varias metros mas hacia el interior aplastado a uno que otro incauto que se encontraban en el camino. Para ese momento, la defensa de la ciudadela ya estaba lista pero no podían acercarse a más distancia a causa de la lluvia de flechas que aún caía sobre una gran área de la entrada y de las torres no podía llevar un contraataque pues las flechas pasaban muy cerca de la orilla y sacar aunque fuera un ojo era mortal. Neodor pudo ver al gran contingente que se armaba tras aquella puerta rota, tras aquel muro casi destruido, incitándolo a un enfrentamiento cuerpo a cuerpo y éste no lo hizo esperar, sus hombres se arrojaron hacia aquellos hombres: en primeras filas los guerreros, con lanzas y picas grandes, comandaban y enseguida aquellos que utilizaban grandes sables . . .

A la mañana siguiente, la noticia de la caída de Menetoner fue recibida por Dersor, rey de Utopir, de manos del único hombre que sobrevivió de aquel ataque: el guardia de la reja. Dersor pensó rápidamente que posiblemente Neodor podría ir a tacarlos y por un momento, su decisión estaba en tela de juicio, no sabía si pedir ayuda a Alamus y enfrentarse a Neodor o esperarlo y defender el pueblo Utopir hasta la muerte . . . ya que de antemano sabía que MITRATONIA no ayudaría pues los Magos odiaban la guerra y odiaban matar personas. Después de horas de espera, los hombres a su servició fueron informados: Las mujeres y niños debían ser resguardos en el Castillo *INERDET* mientras que los hombres y jóvenes capaces de poder blandir una espada debían ser armados y adiestrados rápidamente durante el tiempo que Neodor usaría para llegar: Iba a defender su pueblo hasta la muerte. Pero para suerte de Dersor, Neodor se desvió un poco, llegó a Remov y exigió a los Duendes que ayudaran a sus hombres heridos pero por un momento Rénot no quiso cooperar pero en cuanto sintió las manos de Neodor en su pequeño cuello y la punta del sable rozando su gorda nariz, no pudo decir que no. Además de que la fuerza extraña que emanaba de aquel hombre lo hacía estremecer y lo hacía sentir que si se oponía podía no solo perder la vida, sino que pondría en riesgo a los de su clan . . . Remov estaba conquistado . . .

Nadie supo cuantos días habían pasado desde que Neodor había atacado Menetoner, el rey Dersor seguía en las mismas, esperaba la llegada de Neodor pero su pensamiento era el de pedir ayuda a Alamus pero aún la incertidumbre de que si alcanzarían a llegar los refuerzos, o no, lo consumía con el avanzar de los días . . . Por fin, después de algún tiempo . . . los cuernos de los hombres de la guardia de Utopir resonaron en toda aquella ciudadela protegida por una gran muralla, más resistente y fuerte que la de Menetoner; las botas metálicas y los cascos de los caballos de Neodor se escucharon resonar por todo ese espacio abierto, por todo ese llano de Utopir. Dersor ya ordenaba sus tropas y unidades prepararse, alistarse y posicionarse como lo habían practicado desde hacia algunos días. Neodor por su parte se encargaba de alinear a sus hombres y de acomodarlos para causar el mayor daño posible, la meta de éste rey era el poder derrotar a Utopir ante de que el mes terminara, antes de dos semanas. Dersor intentó evitar una masacre e intentó hacer una tregua con Neodor, posicionándose frente al rey, sobre lo alto de la muralla.

–Carguen los lanza piedras –dijo Neodor a su general mas cercano, el hombre rápidamente acató la orden y después de hacer una señal con sus manos, varios hombres comenzaron a moverse y la cabeza de la catapulta comenzó a bajar.

–¡Quero hablar con su líder! –gritó Dersor desde lo alto y al instante Neodor gritó también un *"–Alto–",* deteniendo así el cargar de los lanza piedras.

–¿Qué quieres? – preguntó Neodor parándose frente a los hombres de Utopir, mostrando una flameante armadura, una gran espada colgando de su cintura y un escudo grande colgando de su espalda, a simple vista, la forma del rey era para reírse pues parecía tortuga pero ningún hombre rió al ver a aquel que estaba dispuesto a matarlos a todos.

–Quiero una tregua contigo . . . –el rey calló esperando escuchar algo por parte de Neodor pero no obtuvo ni la más mínima mueca y se vió obligado a proseguir– Mis hombres están cansados y puedo pensar que los tuyos también por la larga caminata, tal vez te perdiste en el camino y . . .

–¡Te atreves a llamarme imbésil! –preguntó Neodor muy enojado y el rey Dersor parecía ahogarse en su misma saliva pero aún así tuvo fuerzas para hablar.

–No . . . yo solo . . .

–Calla maldito, si tarde en llegar para destruirte fue porque me desvié hacia Remov para que los Duendes sanaran a mis hombres heridos. Pero basta de estupideces y dime que tregua quieres hacer.

–La tregua . . . eso . . . quiero decir que . . . para qué gastar a nuestros ejércitos y para qué matarnos entre nosotros si podríamos llegar a un acuerdo . . .

–¡Olvídalo! –Neodor se volvió hacia los hombres–. Cárguenlos –nuevamente los hombres comenzaron a trabajar. Y nuevamente volvió a hablar Dersor con voz mas decidida.

–Enviaremos a pelear a nuestros mejores guerreros y el que gane se queda con el ejército del otro –Neodor no detuvo a sus hombres y esperó hasta que estos terminaran de cargar sus feroces armas y viendo a sus hombres listos para la batalla, bajó la mirada y después miró de reojo hacia Dersor, viendo solamente una figura delgada y asustada tras el muro. En ese instante, uno de sus generales se acercó a él.

–Si va a pelear, déjeme a mí. Yo le daré la victoria Señor –Neodor miró al hombre, era fuerte y parecía que la armadura no le pesaba, sus manos se veían fuertes y la gran lanza parecía que casi no cabía entre sus manos, era de una estatura un poco mayor a la de Neodor y éste ya lo había visto en combate. Pero Neodor solo rió.

–No . . . yo lo haré.

–¿Qué dice? –el hombre se sorprendió en demasía y los que estaban cerca también, y en pocos minutos, los murmullos de los guerreros pasaron de uno a otro hasta que todos se enteraron de los que había sucedido. Todos estaban muy sorprendidos y temeroso por la vida de su Rey, pues mientras estuvo al servicio de las Fuerzas de Andagora, nunca se le vió pelear, solo se le vió gritando y dando ordenes y rara vez usando el sable, y cuando lo usaba, atacaba siempre por la espalda . . . No importó lo que el general le dijera a Neodor, éste lo acalló con un grito y se volvió hacia los hombres de Dersor.

–Acepto lo que me pides, envía al mejor de tus guerreros y yo enviaré al mejor de los míos –dentro de la ciudadela, el ajetreo se hizo vibrante buscando al mejor guerrero mientras que por fuera, Neodor daba a su general su escudo, su capa y su corona.

–Señor –dijo el general viendo con compasión al Rey–. Está seguro de lo que va a hacer.

–Si, en este reino, en este ejército . . . no hay ningún solo soldado que pueda superarme. Ni siquiera tú –le dijo Neodor con un poco de rabia y lanzando fuego por los ojos hacia aquel gran hombre. Pero ese momento fue interrumpido por el crujir de la puerta de madera y tras esta, salía un hombre casi de la misma altura que Labju, para terminar rápido; su parecido con Labju era tan sorprendente que hasta el mismo rey se quedó un momento sin habla, pero al ver los ojos verdes y el cabello castaño le dijeron que no era aquel guerrero.

Neodor ataba firmemente sus guantes de piel y veía a aquel hombre con ojos de sorpresa.

–El parecido con Labju es sorprendente.

–Lo sé Señor.

–En cuanto de la orden, lanzan las piedras a la ciudad.

–Entendido –la multitud que gritaba opacando el corrido de la puerta cerrarse mudecierón al ver el cabello negro de Neodor avanzara hacia el guerrero. Ni siquiera Dersor pudo proferir palabra, pero el guerrero no mostró sorpresa, conocía muy bien al *"Cobarde Neodor"* como lo conocían fuera de Andagora y sonreía al ver a quien iba a matar. Cuando Neodor se acercó al hombre, solo un pequeño escudo redondo ocupaba su brazo izquierdo.

–Neodor Remdra de Andagora –dijo amablemente el rey.

–JANERT ZAKNER Guerrero de Utopir e hijo de Alamus –gracias al apelativo y al lugar de nacimiento, Neodor pudo darse cuenta que sí era el hermano de Labju, pero no se lo preguntó y se mantuvo silencioso, aunque la juventud del guerrero le sorprendía.

El guerrero ya meneaba su gran espada y se cubría con su gran escudo metálico, el sol estaba a medio día y el aire parecía tibio, el ambiente se mantenía en silencio y la multitud intentaba no respirar para no romper ese momento. El guerrero se abalanzó sobre Neodor lanzando varios funestos golpes que eran interceptados por el escudo de Neodor, el silencio se había roto y el murmullo de los hombres al atacar o defender reinaron, el choque de los metales también. Neodor de vez en cuando tomaba la empuñadura de su sable e intentaba sacarlo pero siempre se veía interrumpidos por los constantes embates de aquel gran hombre, los hombres de Andagora veían tristes la actuación de su rey y los de Utopir reían ante la bufonería del gobernante. El combate se llevó varios minutos mas y Neodor se veía imposibilitado de empuñar su arma, Janert seguía embistiéndolo, escondiendo a Neodor tras su escudo, hasta que Neodor pudo escuchar un crujido en el metal que lo protegía y al descuidarse, el codo de su rival le propinó un fuerte golpe en la boca, Neodor cayó de bruces al suelo, boca abajo. Su general intentó entrar a la pelea pero fue detenido por los demás hombres mientras que el guerrero festejaba su victoria. El general miraba encolerizado al guerrero y a su señor, que apenas podía ponerse en pie, lo veía arrodillarse y dejar escurrir la sangre manchando el pasto que pisaba.

–¡Señor! –gritó el general a su rey para que le diera permiso de cambiar papeles pero su Señor lo vió y moviendo la cabeza le dio un negativa, Neodor quedó de rodillas y se limpió la sangre, se puso de pie y el guerrero no tardó mucho en atacar, Neodor se cubrió del ataque como siempre, con su escudo casi roto, pero algo nuevo surgió, la espada de Neodor fue desenfundada con mucha facilidad y atacó al guerrero causándole una leve cortada en el abdomen. Los hombre de ambos lados habían quedado silenciados por tal ataque e incluso el mismo guerreo había quedado muy impresionado. Miró a Neodor y este lanzó su escudo lejos, el Rey empuñó su sable con las dos manos y le gritó al guerrero que volviera atacar. El guerrero se lanzó nuevamente pero esta vez Neodor jugaba con él y lo esquivaba con mucha facilidad. Neodor se alejó un poco del guerrero y después se lanzó sobre él, el guerrero ya levantaba su espada al cielo, Neodor se lanzó hacia el escudo de aquel hombre y éste intentó golpear al rey pero de alguna forma, el rey esquivó el ataque y dando un giro quedó fácilmente tras el guerrero y para cuando éste intentó volverse, Neodor ya le asestaba un fuerte golpe en la espalda quebrando su espina dorsal, causándole una muerte rápida y sin dolor. Si en ese momento, Neodor no hubiera medido bien la distancia y si el guerrero hubiera podido golpear al rey, lo hubiera arrojado lejos y hubiera podido dejar caer su filoso sable en el cuerpo del Rey. Pero no, Neodor midió bien, ejecutó el movimiento con tal facilidad que parecía ya ser costumbre en él, incluso el giro que había hecho sobre si era para evitar que fuera arrojado lejos por el golpe del escudo del guerrero.

El mejor guerrero de Utopir estaba vencido y Neodor se erguía victorioso, sin ninguna muestra de cansancio, frente a aquella puerta de madera que ahora se abría. Dersor le pidió a Neodor que pasara a la ciudadela. Solo Neodor y un gran número de hombres entraron mientras que una gran parte permaneció en las afueras, entre ellos el general. Una vez adentro de la ciudadela, Neodor pareció volverse loco y gritó con todas sus fuerzas, esta era la señal que aquel hombre esperaba para atacar a Utopir, la invasión no se pudo detener y el miedo infundido por Neodor, gracias a la batalla de hacía unos instantes, surtió gran éxito pues los hombres de Inerdet parecían no querer enfrentarse a él ni a sus hombres bien armados. Un gran caos se armó dentro de aquella ciudadela y, gracias a este caos y a esta confusión, algunos hombres lograron escapar por la puerta norte de Inerdet, entre ellos escapó Dersor. Pero quienes no tuvieron la misma suerte fueron los guerreros que quedaron y los habitantes del pueblo, los cueles fueron asesinados en su gran mayoría, mientras que otros fueron encarcelados. El reino de Utopir fue conquistado . . .

Después de esto, Neodor se tomó un día de descanso para después movilizar nuevamente a sus tropas y dirigirse hacia Mitratonia. Lugar donde el jefe de los Magos ya lo esperaba. Este hombre de estatura un poco superior a la de Neodor, que vestía con túnicas largas y poseedor de ojos verdes y una barba prominente, lo esperaba sólo, en el pequeño puente que unía las tierras de su pueblo con las de Utopir. Neodor detuvo sus tropas y se acercó a aquel hombre, pero éste hombre fue el primero en hablar.

–¿Hace ya cuanto que no te veo Neodor?

–Mordert –Neodor conocía bien a ese hombre pues en algunas ocasiones asistió a las fiestas que Leodor había hecho–. Me agrada volver a verte.

–Yo digo lo mismo. Aunque no me agrada la forma en que vienes a visitarme –Neodor miró a sus hombres.

–Lo lamento Mordert . . . me he hecho el objetivo de conquistar toda la tierra.

–¿Toda?

–Si.

–¿Qué harás con tanta tierra Neodor? Un solo hombre no puede tenerla toda, por eso se crearon los pueblos . . .

–Lo sé, pero existen pueblos más fuertes que otros y por mucho tiempo nos vieron como débiles, a Leodor lo hicieron como quisieron, también a Nefeso y qué decir de Ganator . . .

–¡Eso no es verdad! Utopir y Alamus siempre han respetado a Andagora.

–¡Ahora lo van a respetar más! –Mordert le dio un fuerte bastonazo en la cabeza a Neodor que sólo se quejó poco y sobó su cabeza.

–¡Calla mejor! Di a tus hombres que descansen . . . quiero mostrarte algo . . . –Neodor se volvió hacia sus hombres y les ordenó acampar y descansar. Los hombres tomaron muy bien esta decisión pues ya estaban algo hambrientos.

En tanto, Neodor seguía a Mordert, pasando el puente de piedra e internándose en el pueblo.

–Neodor –dijo el Mago con tono tranquilo pero triste–. Mira a tu alrededor y dime qué ves –Neodor lo hizo, miró a aquellas casitas de madera pintada, de aquellas tejas rojas que le recordaron a su pueblo, miró a aquella gente que felizmente reía y que no notaban su presencia . . . miró a aquella madre que le recordó a su esposa y a aquella joven que paseaba de la mano de un joven mientras a su lado se acercaba la que parecía era su hermana, cosa que le recordó a sus hijas . . . vió ese vasto lugar tranquilamente habitado por personas que no tenían ni la mas remota idea de que hacia unos minutos serían atacados. Pero lo que Neodor no pudo ver fue el Palacio de Mitratonia, BENIDET, una elevada construcción de mármol blanco que parecía elevarse en triangulo, con cinco punas que se elevaban al cielo; ni tampoco pudo observar aquella hueste de pocos guerreros que ya se formaban en las afueras de aquel Palacio que flotaba en medio de un profundo abismo . . . Neodor no pudo ver eso, solo lo que tenía que ver para que desistiera y no tardó en contestar.

–Hombres, mujeres y niños . . .

–Si Neodor, solo hombres, mujeres y niños . . . aquí no hay nada que conquistar . . .

–He venido tras Dersor, se escapo cuando ataque Inerdet. Y creo que lo tienes escondido –Mordert miró de reojo a Neodor y muy tranquilo habló.

–¡Si eso crees, puedes entrar y revisar mi pueblo, pero si no lo encuentras aquí . . . ! Juro por los dioses que la bendición de ellos jamás ha de tocarte la frente nuevamente.

–¿Pero Mordert? –replicó Neodor ante tal amenaza pues como ya se dijo él era un hombre muy creyente y, además de la franqueza con que le hablaba el Mago, temía equivocarse.

–Ya lo he dicho Neodor, puedes pasar . . . o puedes seguir tu marcha y olvidarte de Mitratonia, que nada te ha hecho . . .

–De acuerdo Mordert. Dejaré a tu pueblo en paz, no me debes nada . . . solo trata de que tu pueblo no entre en conflictos con el mío.

–¡Descuida Neodor! Eso no pasará –respondió sonriendo el viejo Mago, pero el semblante pensativo de Neodor no le auguró nada bueno y lo cuestionó–. ¿Que sucede Neodor?

–Tú sabes dónde se esconde Dersor. ¿Verdad?

–Aunque lo supiera . . ., sabes que nunca te lo diría –Neodor rió tranquilamente y gustoso al oír esas palabras.

–¡Tu código . . . ! –Neodor le dio la espalada al supremo Mago– Lo olvidaba . . . por cierto, dormiré en la parte exterior de tu territorio.

–Sabes muy bien que ese territorio lo ganaste con la sangre y muerte de tus soldados y de tus enemigos . . . son tierras de Utopir.

–¡Lo sé, lo sé! –Neodor siguió sonriendo mientras comenzaba la caminata hacia sus hombres que ansiosos esperaban.

Para el día siguiente, Neodor movió nuevamente a sus tropas para internarlas en le bosque y seguir el camino secreto que lo llevaría al ahora nuevo pueblo *espectrum*, ZELFOR. Pueblo que era gobernado y habitado por los Elfos y Silfos . . . El rey de Andagora no supo cuanto tiempo caminó bajo el espeso bosque, el tiempo en ese lugar parecía perderse y no se podían contabilizar los días muy bien a causa de la espesura que tapaba cualquier infiltración de luz, así que en ese lugar las horas y los días desaparecían mientras el tiempo corría, pudieron haber transcurrido meses, días o unas cuantas horas sin que ellos se dieran cuenta y sin que ellos pudieran ver el fin de ese vasto océano de árboles y follaje . . .

Pero al final de todo túnel existe una salida y después de algún tiempo, incontable por los hombres armados y por el mismo rey, pudieron salir hacia un claro, un claro que estaba hecho gracias al profundo abismo que se abría entre aquellas dos paredes de roca y tierra. Pero esa enorme falla no fue la que les impresionó, sino aquellas casas construidas de madera que colgaban, sujetadas fuertemente en los troncos de aquellos enormes árboles que se elevaban a una enorme distancia por encima de la fisura y que provenían desde el fondo de esa abertura natural. Las chozas estaban construidas con forma de media luna, acoplándose a la forma del árbol, de paredes de madera y pisos fuertemente construidos de madera. Unidas unas con otras por puentes colgantes y plataformas soportadas por fuertes troncos apoyados sobre la superficie de aquellos macizos árboles. Uno de los hombres de Neodor se acercó a la orilla y vió hacia el fondo de aquella falla, no encontró otra cosa más que una profundidad enorme, paredes rocosas, una espesa niebla que no permitía ver el fondo de aquella abertura y una ráfaga de viento que se elevaba de vez en cuando y salía de aquel cañón.

Neodor se acercó también a la orilla y pudo divisar lo mismo que su hombre armado pero rápidamente fue interrumpido por el sonar de los cuernos de los Elfos y de los gritos de los Silfos que anunciaban la clásica advertencia de "–Aléjense o morirán–". Pero estos guerreros solo habían visto a los pocos hombres que habían podido salir a aquel pequeño claro que formaba un semicírculo entre el bosque y la entrada a Zelfor. Los guerreros del bosque no hicieron mas advertencia y los arcos no se hicieron esperar en las manos de aquellos hombres mientras que las filas de Neodor, mostraban sus cuadrados escudos.

–¡Venimos en paz! –gritó Neodor ante esa amenaza–. Conozco a Gladier, su líder y como Rey de Andagora exijo mi audiencia con él . . . –esas palabras tranquilizaron a los guerreros del bosque y bajaron sus armas, cosa que los hombres armados también hicieron. De inmediato, un Elfo que mostraba las características singulares e indistinguibles de los Elfos se acercó a él y haciendo una reverencia lo saludó.

–Discúlpeme su Señoría, lo que sucede es que en estos momentos, los Humanos han iniciado una gran guerra entre ellos y no nos gustaría estar en medio de un ataque cruzado. Por eso actuamos de esa manera, pero al parecer Ustedes no son hostiles. –Neodor sonrió al Elfo dando así más confianza.

–¡Claro que no!

–¡Ahora señor!, permítame guiarlo hacía mi señor –nuevamente Neodor volvió a hacer una señal para que sus hombres descansaran mientras que él entraría a verse nuevamente con Gladier.

El Elfo guió a Neodor por aquellos puentes colgantes y aquellas plataformas que se encontraban fuera de las chozas, pudo ver lo sencilla que eran esas chozas, tenían aberturas que hacían de ventanas y puertas y que solo estaban cubiertas por cortinas de colores café u hojas de madera débilmente colocadas, Neodor pudo verse sobre aquel puente colgante que lo hacía sentir que volaba en medio de aquel basto espacio semi abierta, sobre aquella niebla que lo cubría todo bajo sus pies y pudo sentir el viento frío que desde el fondo se precipitaba hacia el exterior. Al final de una caminata regular, llegaron al final a una choza que no tenia nada de diferente a las demás, solo una mancha de pintura blanca sobre el marco de la puerta, la cual estaba cubierta igualmente por una cortina mientras que en su interior se escuchaban dos voces, una femenina y otra áspera de hombre, pero Neodor no pudo entender nada porque era en lenguaje desconocido para él.

–Disculpe Señor –dijo el Elfo tranquilo y confiado, y una voz le contestó desde el interior.

–¿Qué sucede?

–El Rey Neodor de Andagora ha venido a verlo –se escuchó nuevamente una palabra en aquel idioma desconocido y la voz femenina le respondió de la misma forma, después, la cortina fue abierta de golpe por aquel hombre alto, de cabellos castaño y de ojos miel que adornaban, con una piel algo cobriza, a un hombre fuerte pero que ya mostraba algunos años sobre si.

–¡Neodor! –dijo al verlo y Neodor se acercó a él extendiendo sus brazos.

–¡Cuanto tiempo Gladier! –los dos se estrecharon mutuamente y se palmearon las espalda mientras sonreían.

–Déjanos solos –dijo Gladier al Elfo y éste hizo reverencia y después se alejó a paso tranquilo.

–¿Puedo pasar? –preguntó Neodor señalando la choza pero Gladier le dio una negativa.

–No, mejor debemos ir a otro lugar.

–¿Por qué? ¿No confías en mí? –Gladier se vió de momento desesperado y se disculpó con el Rey.

–No es eso, es solo que tengo una visita muy importante y es muy tímida . . . –Gladier utilizaba excusas para hacer que Neodor desistiera de entrar a esa choza de la cual, ahora, un ojo se asomaba por la orilla de la cortina y miraba a aquellos dos lideres que parecían ser fuertes y decididos. Después se pudo ver la mitad de un rostro hermoso, de ojos verdes y labios rojos que veía principalmente a Neodor, pero éste no pudo ver eso ya que Gladier lo convenció y caminando, uno tras el otro, llegaron a otra choza que no estaba muy retirada de la anterior.

–Pasa Neodor –el rey de Andagora utilizó su mano derecha para mover un poco aquella cortina que cubría la abertura de la puerta y entro siendo seguido por su viejo amigo. Esta choza estaba muy pobre ya que no tenía muebles ni cortina alguna que cubriera las ventanas, solo un gran tapete redondo de color verde decoraba el suelo. Gladier, incitó a Neodor para que se despojara de sus armas y el gobernante lo hizo de inmediato, desató su cinturón y lo colocó a un lado de la puerta, después siguió a Gladier y se sentó, frente a él, con los pies cruzados en medio de la alfombra. Gladier miró a Neodor –. ¿Qué te trae por Zelfor?

–Nada con mucha importancia, solo pienso conquistar Fanderalm. Macragors y Utopir ya cayeron, Genzor y Remov ya fueron dominados... y Mitratonia . . . ella tiene su parte de tierra.

–¿Entonces has venido a conquistarnos?

–Esa no es la palabra correcta Gladier. Tu pueblo y esta gran abertura en la tierra están cruzándose en mi camino hacia Alamus. Sabes muy bien que te estimo y sabes que somos amigos pero . . . no quiero que me obligues a hacerte daño. Se mi aliado o mi enemigo . . .

–¿Qué ganaría yo con tu alianza? –preguntó el jefe Elfo.

–Una vez que acabe la guerra, lo que tú quiera.

–¿Y mientras tanto?

–Inmunidad. Tu pueblo no será atacado ni tú serás molestado . . .

–Y si me niego a unirme a ti.

–Mis hombres atacaran Zelfor, mataran a toda criatura viviente en este bosque gigante y tu pueblo desaparecerá en el olvido del tiempo y perecerá bajo las incandescentes llamas del fuego de Andagora –Gladier no tenia otra alternativa mas que unirse a Neodor pues sabia que los habitantes que gobernaba no superaban a los doscientos mientras que desconocía el numero exacto de los hombres de Neodor, solo había escuchado la noticia de que era un gran contingente fuertemente armado. Gladier, un hombre fuerte y sin barba ni bigote pero de facciones fuertes se vió sin ninguna defensa, sabía que sus hombres lucharían hasta morir, incluso las Elfas, pero qué necesidad había de oponerse sino sería molestado, solo necesitaba estrechar la mano de Neodor y permitirle el paso hacia el otro extremo.

–De acuerdo, seré tu aliado pero no podrás disponer de hombres armados, de hacerlo así dejarías a mi pueblo sin guerreros, de la única forma en que te puedo apoyar es con recursos y armas, solamente si tú me das tu palabra y tu protección ante los demás reinos –Neodor sonrió triunfal ante los ojos del Elfo.

–¡Amigo Gladier! –dijo tranquilamente–. Sé que tu pueblo es chico y que no puedo hacerme de tus hombres, cosa que no quería hacer . . . pero sí te agradecería que enviaras hombres para que recojan todo lo de valor que he dejado entre las ruinas de Utopir y Macragors, y las transporten directamente hasta Andagora. Escribiré una orden escrita para que los guardias que dejé a cargo puedan entregar todo a tus hombres.

–Lo haré –respondió decididamente el Elfo y Neodor estrechó su mano.

Instantes después, Gladier veía sorprendido el contingente armado que pasaba por sus cuatro puentes colgantes, los Elfos guerreros veían igual de asombrados, mientras custodiaban las entradas de las chozas, en donde, desde el interior; las Elfas y los jóvenes Elfos miraban asustados el marchar de aquellos hombres que vestían armaduras brillozas y que portaban grandes sables que colgaban de sus cinturas. Gladier volvió de inmediato a la choza que antes había estado ocupando al lado de la mujer. Entró y encontró ahí a Neiredy.

–¿Quién era ese hombre?

–Un Humano llamado Neodor . . . es aquel que los Genios dijeron que estaba causando alboroto . . .

–Neodor . . . –la Hada se puso de pie y se acercó a una pequeña ventana que estaba cubierta, levemente la descubrió y miró hacia lo lejos, hacia donde las paredes de la enorme falla desaparecían– ¿Es un hombre noble? –Gladier miró a Neiredy pero no contestó mientras que miles de ideas pasaron por su mente . . .

Nuevamente, nunca hubo alguna señal de alerta, ni se contabilizaron los días que transcurrían mientras Neodor marchaba por el bosque, matando a cuanto ser del bosque atravesara a su paso y le pareciera agresivo. Nunca se supo cuanto tiempo trascurrió desde el punto de partida de Neodor de Zelfor hasta que acamparon a algunos kilómetros lejos de la primera guarnición de Alamus, lejos de aquel pueblo lleno de minas muy ricas, lejos de ANDUROR. El pueblo del Este de Alamus. Un pueblo que, a diferencia de los de Macragors y Utopir, mezclaba ambos territorios pues en algunas ocasiones se podían encontrar con formaciones rocosas o fisuras en la tierra, menos prominentes que la de Zelfor, pero que si obstaculizaban mucho el paso; o podían encontrarse con un enorme llano que abarcaba gran parte del territorio de ese pueblo del Norte. Anduror tenia tres guarniciones militares esparcidas en tres ciudadelas, dos en la parte Sureste del reino que servían de vigía y protección a la última que se encontraba un poco mas al Norte, que era la ciudadela primordial pues era una ciudad completamente minera. De hecho, los trabajadores de esta última cuidad vivían en las dos primeras, pero no así sus hombres de armas, ni los guerreros a caballo, que eran su principal defensa pues no tenían arquería alguna. Lo que si tenían era una gran almenara en la cima del castillo que resguardaba al gobernante y otra enorme almenara en la punta de una torre en la otra ciudadela. Y si querían capturara esas ciudadelas, lo primero que debían hacer era evitar que se emitiera la señal de alerta, por eso Neodor hizo varios cálculos, extraños para los demás, con una varita en la tierra y después comenzó a movilizar a sus tropas lentamente, enviando primeramente a los hombres de las catapultas. En este superpueblo de Anduror, las chozas de los habitantes estaban dentro de la ciudadela, cosa que hacía mas fácil el acercarse, nuevamente de noche. Nuevamente, los hombres de Andagora se acercaron sigilosamente y armaron sus lanza piedras, Neodor los dirigió ágilmente y las posicionó sobre un terreno poco estable para aquellas armas, pero es que ese era el único lugar desde donde podrían atacar a la Ciudadela ARGANOT, la ciudadela que se ubicaba al sureste de la minera. Mientras algunas catapultas eran colocadas de frente a la entrada principal, la gran distancia entre ciudadelas hizo posible que los hombres de Neodor rodearan a su objetivo, y los otros lanza piedras pudieran ser posicionadas en otras partes en rededor.

Como a las dos de la mañana, el cielo silbó nuevamente ante el ataque de las piedras y el primer objetivo dañado era aquella torre que los hombres del Norte habían colocado para dar alarma a un posible ataque como del que ahora eran presas, para suerte de Neodor, éste superpueblo era el mas débil y utilizando la misma técnica en las demás ciudadelas y valiéndose de sus fuertes armas de asedio, los hombres de Alamus pudieron ver con sufrimiento como eran asediados por lanza piedras y arietes de asedio que sin piedad destruían muros y puertas para dejarlos propensos a una invasión total. Nadie de éste superpueblo pudo sobrevivir a la envestida del rey andagoriano y después de varios dias, ese superpueblo cayó sin haber podido pedir ayuda alguna y viéndose forzado a sacrificar muchas cosas, entre ellas las vidas de los más jóvenes y de las mujeres, tanto pequeñas como grandes. Neodor quedó dueño de esa parte de Alamus sin que Comodor pudiera darse cuenta de ellos hasta que Neodor envió, como siempre a un emisario, un mensajero del pueblo conquistado, para que informara a Comodor de la invasión que se avecinaba hacia su pueblo. Pero el rey andagoriano conocía muy bien a sus adversarios y pensaba en plural pues sabía muy bien que entre las filas de aquel sabio y gran rey, se encontraba aquel hombre al que muchas veces llamó amigo . . .

Como Neodor suponía, Comodor no se quedaría tranquilo y decidió ir al encuentro de Neodor antes de que éste llegara al pueblo, desconocía el número de soldados que Neodor comandaba, así que reunió a todos sus hombres armados, a excepción de la guardia real que constaba de unos cien elementos. El rey de Alamus pudo reunir cerca de 190 000 hombres, solo del poblado de Alamus, que era el pueblo donde su Palacio, ALEDER, resplandecía glorioso y no quiso mover a los hombres de SEMDERT, pueblo del Oeste de Alamus. Los hombres que ahora Neodor poseía a su mando no superaban los 180 000 hombres pues había dejado una que otra guardia en los lugares conquistados, así que preparó una estrategia rápidamente y marchó al encuentro de Comodor.

El conteo de los días de campaña de Neodor se habían perdido, en el pasar de los incontables días bajo las sombras de los bosques del Norte, de aquellos bosques que cubrían el cielo con sus grandes ramas y su abundante follaje, era por eso que el conteo había desaparecido. De lo si estaban seguros es que ya se acercaban la estación fría: el invierno. La fuerte batalla que el ejército de Andagora sostuvo contra los hombres armados de Alamus se llevó a cabo en un espacio plano y abierto al cielo, rodeado de colinas y con un viento que nadie supo por qué sopló con tanta fuerza o cómo pudo atravesar aquella serie de colinas que normalmente le dificultaban el paso a esa zona, conocida como *La Zona Seca*, por ser un lugar en el cual, muchas veces, el aire era caliente y sofocante. Comodor sabía eso y pensaba que, al no estar acostumbrados a eso, los hombres de Neodor se verían desfavorecido por el terreno y por el clima, pero no fue así . . . la sangrienta batalla se llevó a cabo, fue un choque directo entre masas de hombres que elevaban sus escudos, sus picas, sus garrotes y sus espadas al cielo, y después las dejaban caer fuertemente en contra de sus adversarios, las tácticas militares no se hicieron esperar pero Neodor siempre encontró la forma de devolverles el ataque . . . ¡Neodor, sus hombres y sus maniobras habían vencido al reino guerrero más poderoso . . . ! Alamus fue vencido en su territorio por un número menor de hombres, por un hombre al que subestimaron . . .

Comodor logró escapar entre todo el alboroto, se llevó con él una gran cantidad de hombres, dejando morir a los demás, mientras que Neodor terminó con la cara llena de sangre y sudor, con un brazo lastimado y una fuerte agitación en su respirar, pero por dentro quedó con una gran alegría y una fuerza de voluntad aún más enorme que la que antes tenía en su pecho. Un grito proveniente de su boca, augurándose victoria y poder no se hizo esperar y sus hombres le siguieron de la misma manera.

Por su parte Comodor hablaba a sus hombres, en las puertas del Palacio Aleder. Su semblante demostraba abiertamente que su derrota le había dolió hasta el alma y su honor, estaba tan caído que si lo hubiera buscado tendría que haberse agachado para recogerlo del suelo. Sus lágrimas no saltaban de sus ojos para no demostrar su derrota mientras que sus hombres eran menos fuertes y varios soltaban en llanto el dolor de la pérdida de tantos hombres.

–¡Escúchenme! –dijo el rey ante la puerta y de vista a sus hombres que descansaban y lloraban sentados en aquel lugar de tierras onduladas–. ¡Hemos caído y debemos reconocer que el mejor ha ganado . . . ! –eso no pareció alentar a sus hombres pero prosiguió–. Neodor ha ganado la batalla, pero no ha ganado la guerra y no . . . no podemos permanecer en Aleder –ese comentario atrajo la atención de los hombres y las quejas de aquellos que estaban escuchando atentamente–, pero no piensen mal. Neodor esta jugando un juego de ajedrez. En su turno movió muy bien sus piezas, pero nosotros debemos utilizar la inteligencia, debemos abandonar unas zonas del tablero y a algunas piezas para poder defender otras y contraatacar.

–¿Qué demonios trata de decir? –se escuchó una voz perdida entre tantos hombres, pero no hubo recriminación, sino apoyo a ese comentario por todos los hombres.

–Lo que trato de decir es que debemos tomar a todos los habitantes de Aleder e irnos a Semdert. Para preparar nuestra defensa en contra del avance de Neodor. Debemos enviar mensajeros para que GAKTOR también se reúna con nosotros . . .

No muy contentos, todo el pueblo de Aleder despidió con tristeza a sus casas y a sus hogares para después partir hacia un pueblo que muy pocos conocían, a pesar de que eran del mismo reino. Pero Neodor no siguió a Comodor, se detuvo a tres kilómetros del antiguo campo de guerra, donde ahora los buitres y cuervos de las montañas del Norte de Alamus devoraban los cuerpos de los hombres de la región. Éste pequeño descanso, lo utilizó para curar su herida y para revisar a los hombres heridos y despedir a aquellos que habían caído en la batalla, ese mismo día, cuando el sol cayó y la noche lo invadió todo; Neodor y sus soldados despidieron a los caídos mientras hacían arder todos los cuerpos.

Nuevamente, para cuando Neodor llegó a Aleder pudo ver que el pueblo estaba abandonado. Pero no había algo de valor dentro de él, ni siquiera una simple bajilla, lleno de coraje hizo demoler las casas de piedras y ladrillo que aún quedaban en pie y la muralla principal. Después de algunos días, hizo avanzar a sus hombres hacia el oeste, hacia Semdert. Pueblo que ya lo esperaba ansioso y nervioso . . . Comodor guiaba nuevamente a sus hombres. Habían dejado al pueblo completamente vacío, las mujeres, niños y hombres del campo fueron enviados a las montañas. Al refugio que en alguna ocasión, el mismo hombre que creo el reino tuvo que utilizar para esconderse de los ataques incesantes de su gemelo. Esta era la última defensa de Alamus y era el último pueblo que defendería Comodor . . . Pero la defensa por parte de este rey no duró mucho pues el numero de hombres con los que contaba Comodor eran no mas de 100 000 hombres mientras que Neodor poseía 150 000 y cerca de unos 20 lanza piedras, 15 onagros de asedio y unos 10 arietes de asedio. Era un ejército fuertemente armado y los hombres de Alamus ahora le temían y el miedo corría en le pecho de todos los hombres que defendían, menos en tres: Comodor, Labju y el segundo general del rey.

La defensa de Comodor no duró porque sus hombres lo abandonaron, cuando sintieron el riguroso ataque, que parecía infinito, por parte de los arqueros andagorianos, los lanza piedras y los onagros; se echaron a correr despavoridos hacia las montañas de Alamus, dejando, gradualmente; desprotegido al rey y sin otra salida mas que la huida tras sus hombres. Pero nuevamente, Neodor no los siguió gracias a que le llegó un comunicado por parte de Gladier. Un comunicado que fue entregado unas cuantas horas antes de que el ataque a Semdert se llevara a cabo. Neodor dejó una fuerte hueste de 90 000 hombres esparcidos por entre los tres poblados de Alamus y después regresó con los hombres que le sobraron de aquel último reparto hacia Zelfor.

Por algunos días, Neodor pareció nuevamente perderse entre aquel inmenso mar de árboles enormes hasta que por fin pudo llegar a Zelfor y el asombro se hizo nuevamente presente, el poblado que había visto vivo y alegre hacia cierto tiempo, ahora parecía sombrío, gris y el ambiente era de tristeza y dolor. Los Elfos caminaban lentamente de un lado a otro con la tristeza reflejada en la cara. Neodor pidió explicación pero ningún Elfo le dirigió la palabra o al menos le habló en idioma que él entendiera. Fue hasta que, el mismo rey, entrara en el pueblo y buscara a Gladier, hasta que lo encontró dentro de una choza por la cual pasaba al tiempo que un grito le llamó la atención. Neodor miró al interior y pudo ver como el líder Elfo retiraba del cuerpo de uno de sus subordinados, una especie de espina de unos 20 centímetros de largo del interior del abdomen de aquel pobre incauto. El rey de Andagora no pidió permiso y entró cuestionando.

–¿Qué sucedió Gladier? –Gladier volvió su mirada y después de verlo de reojo y con furia, nuevamente le dio la espalda.

–¡Los TROLLS . . . !

–¡Lo lamento Gladier . . . ! Lamento el no poder haber llegado a tiempo . . .

–No envié el mensaje antes ni durante el ataque –Gladier guardó silenció mientras terminaba de colocar una especie de pasta en el abdomen de aquel Elfo y después lo cubrió con una manta mientras el herido caía como si se hubiera desmayado–. Se ha dormido . . . –dijo a uno de los

Silfos que estaban a su lado– Dejémoslo solo –los Silfos salieron de la habitación pero Gladier se puso frente a Neodor–. Envíe el mensaje después de que extinguimos las llamas.

–¿Por qué?

–Porque los OGROS ascendieron desde el interior de éste gran abismo, sin aviso ni señal alguna, solo ascendieron trepando los muros con habilidad y nos tomaron desprevenidos. Al parecer ya descubrí donde se encuentra la ciudad subterránea de TOMRLET.

–¿En qué puedo ayudarte?

–Apóyame, baja hasta la ciudad de los Trolls y de los Ogros y acabemos con ellos –Neodor extendió su mano para estrechar la de Gladier.

–¡Juntos como antes! –Neodor sonrió y le dio ánimos al jefe Elfo.

Instantes después, Neodor seguía a Gladier y sus hombres por un conjunto de escaleras que parecía no tener fin y que descendían por dentro de los muros de roca que conformaban el abismo. No se profirió ninguna palabra mientras el descenso se llevaba acabo. Fue hasta que al parecer pasaron del nivel de la tierra y un olor hediondo invadió el túnel y las paredes del mismo comenzaron a humedecerse con agua pestilente.

–¿Estamos bajo el suelo? –preguntó quedamente Neodor a Gladier.

–Si. Unos cuantos metros mas y entraremos al reino subterráneo.

–Ahora entiendo por qué te atacaron los Ogros y Trolls.

–¿Por qué?

–A ti te gustaría que perforaran la tierra o abrieran un camino en el bosque para tener acceso libre a tu pueblo.

–No es por eso. Los Trolls y Ogros siempre nos asediaron mientras construíamos Zelfor. Muchas batallas libré con ellos y siempre se dejaban caer al abismo. Envié a mis hombres que descendieran y descubrieron el reino subterráneo y como quería atacarlos desprevenidos, envié a que se construyera este túnel. No sé a donde tiene acceso ni por dónde saldremos, lo que si sé es que saldremos en alguna parte del reino Subterráneo.

La luminosidad por antorchas se hizo más necesaria, el aire tibio de la superficie se agotó y se transformó en un aire frío y pestilente. Las paredes y el piso del túnel comenzaron a empaparse de agua putrefacta de muy mal olor. Pero esta tortura no era nada comparado con lo que encontraron al final del túnel que terminaba en el techo de aquel hueco que servia de ciudad a aquellos seres desagradables que odiaban a muerte a los seres de las superficies y aún mas, a los Humanos. Neodor fue el primero en descender por una cuerda hacia una saliente de roca que se encontraba justamente bajo aquel hueco.

–¿Qué es lo que ves? –Preguntó Gladier a Neodor y por un minuto este no respondió hasta que sus ojos se acostumbraron a aquella luminosidad verde que se encontraba en un sin número de enormes antorchas esparcidas por todo el lugar.

–Veo, un mundo de laberintos, de lodo pestilente y de fuego verde que arde en las calderas. Está despejado. Pueden descender –los Elfos bajaron rápidamente y después descendieron por esa rampa lodosa que hacía el muro con aquella saliente de roca. El lugar estaba completamente invadido por una luminosidad verde, las paredes de aquel semi laberinto eran viscosas y estaban llenas de una sustancia babosa, el suelo era lodoso y de él emanaba un olor hediondo. Los Elfos y Neodor caminaron entre aquella poca luminosidad y esos pasillos lodosos mientras escuchaban el grito de uno que otro Ogro o Troll. El caso es que los gritos no se diferenciaban mucho los unos de los otros, pero a los Elfos, no les intimidaba mucho eso, sabían que a estas bestias subterráneas les agradaba gruñir y gritar mucho; así que prosiguieron caminando entre las sombras, evitando cualquier encuentro en contra de aquellos monstruos o cuando menos evitar ser descubiertos hasta que llegaran a la cámara del líder Troll, y lo consiguieron porque encontraron el lugar un poco desértico, solo los gritos de las bestias se escuchaban pero no se veía ninguna, incluso la entrada a la cámara del líder estaba sin custodia alguna. Esta situación fue recibida de muy buena forma por los Elfos, quienes comandados por Gladier y apoyados con Neodor, mostraron mucha valentía y se arriesgaron a abrir aquel muro de roca que les evitaba el paso. Era un muro ancho y grande que protegía la entrada a aquella caja de piedra que era habitada por el Amo de los Trolls. Los Elfos y los Silfos colocaron sus cuerpos sobre aquella roca babosa e intentaron empujarla hacia el interior pero el suelo también estaba lleno de aquella baba, y resbalaban constantemente pero de momento, la roca fue movida por un fuerte brazo desde el interior y los Elfos resbalaron cayendo al suelo. Un Troll estaba de pie, parado frente a ellos con una de sus manos sobre aquella plancha de piedra.

El jefe Troll produjo unas palabras de asombro en una lengua desconocida por el rey y poco conocida por el líder del bosque, en tanto que Gladier, Neodor, los Elfos y los Silfos permanecieron mudos y estáticos ante aquella horrible criatura de dos metros y medio, de ojos amarillentos que parecían focos dentro de la oscuridad, de un par de colmillos enormes que sobresalían de su mandíbula inferior, de una longitud cercana a los veinte centímetros. Esta criatura era poseedor de un cuerpo ejercitado y musculoso, no portaba cabello ni bello en el cuerpo, ni ropa sobre su cuerpo, solo un taparrabos atado a la cintura con un cinturón de piel, sus manos y pies eran fuertes y tenían uñas que parecían garras fuertes y gruesas. De momento, el jefe Troll gritó en su dialecto unas palabras con su voz gruesa.

–¿Qué dijo? –le susurró Neodor a Gladier en al oreja.

–Esta pidiendo ayuda.

–¡Podrías hablar con él!

–Creo, los entiendo poco . . .

–Bien –dijo Neodor y dio varios pasos hacia el Troll.

–Escúchame criatura horrible –le gritó Neodor y el Troll simplemente bajó la vista a mirarlo–. Hemos venido a hacer un trato con Ustedes –al momento que Neodor hablaba, Gladier traducía torpemente las palabras al jefe Troll, el cual escuchaba atento a las palabras del líder Elfo y en cuanto éste dejó de proferir palabras, el Troll respondió y Gladier tradujo.

–¡Que clase de trato!

–Peleemos, solo yo, el jefe Elfo y tú . . . si te vencemos, podremos irnos en paz y nunca molestarás a las criaturas de la superficie nuevamente –el jefe Elfo se sorprendió por lo que escuchaba y el jefe Troll solo se hecho a reír, para después contestar.

–¡He comido criaturas más fuertes que tú! No eres rival para mí, si puedes traerme a un rival digno de mi estatura y de mi fuerza, puede ser posible que acepte tu trato –al oír esa repuesta, Neodor se enfadó pero se contuvo al ver que comenzaban a rodearlos los Trolls y Ogros que el líder había llamado. Neodor miró a algunos de ellos y, por la estatura pudo ver cuales eran Ogros y cuales Trolls.

–¡Escucha, animal subterráneo. Si no crees que soy digno de luchar contra ti!. ¿Puede decirme cual de los súbditos tuyos si lo es? –nuevamente

Gladier tradujo y el líder Troll habló para que un Ogro fuerte de piel negra y horrible diera varios pasos hacia su líder, el cual, extendiendo una mano y habló nuevamente.

–Dice que: este es su leal sirviente, que lo venzas y podremos irnos tranquilos –Neodor no respondió y se acomodó su escudo en su mano izquierda y tomó su espada con su mano derecha y caminó hacia el Ogro.

Por su parte, el Ogro se acercó a Neodor y rugió de una forma tal que resonó en toda aquella extensión de tierra subterránea, después corrió hacia Neodor con ambos brazos extendidos al aire mientras que levantaba dos grandes espadas ovaladas y filosas pero Neodor solo permaneció tranquilo y esperó hasta que pudo hacer contacto con aquella bestia; el movimiento realmente fue demasiado complicado como para explicar e incluso el movimiento del sable fue imposible de ver gracias a que el escudo lo cubrió, el caso es que el Ogro no pudo ni gritar cuando el sable le cercenó la garganta. El Rey quedó de rodillas y con el brazo de la espada extendido y el del escudo también, mientras que el Ogro solo cayó de bruces, sin vida y con sangre oscura emanando de su cuello.

El rey de Andagora se puso de pie, mostrando el rostro lleno de sangre negra y ninguna muestra de agitación de su rostro. El jefe Troll habló nuevamente pero Gladier no pudo traducir y después lanzó un grito al aire y todos los Trolls y los Ogros se lanzaron hacia los invasores de la superficie. Fue así que dentro del reino subterráneo se armó un gran alboroto, fue un choque de fuerzas que ningún ojo Humano percibió pero que fue realmente desagradable pues los Ogros y Trolls destrozaban los cuerpos de aquellos pobres infelices, seres de la superficie, que lograban caer en sus garras y mandíbulas. Pero no Neodor, que buscaba desesperado al jefe de aquellas criaturas y que con alguna dificultad mataba a aquella bestia que se interponían en su camino. Incluso el jefe Troll, que había estado combatiendo con Gladier desde hacía algunos instantes y al parecer, Gladier era un guerrero muy difícil de vencer puesto que ya había hecho varias lesiones graves a aquel monstruo que se arrodillaba, con un dolor en el costado derecho de su pecho.

–Diles que se rindan –gritaba Gladier al Troll mientras lo amenazaba con la punta de la espada y por algunos momentos, el Troll lo dudo pero después rugió de la misma forma que lo haría un león cuando avisa que algún intruso ha entrado a su territorio.

Después de algunas horas, solo Gladier, Neodor, dos Elfos y un Silfo de los cuarenta que habían descendido, volvían a lo alto de los puentes y chozas colgantes de los árboles gigantes de Zelfor, lugar donde no eran esperados pero que al verlos, se lanzaron hacia ellos para recibirlos mostrando felicidad en sus rostros y en sus risas, risas que se acrecentaron al escuchar la noticia de que gracias a Neodor, los Trolls permanecerían bajo la superficie de la tierra por un tiempo indefinido.

Esa hazaña quedaría escrita por siempre y sería recordado ese momento en el cual, cuando Gladier iba a ser asesinado a traición por el jefe Troll. Cuando Gladier ordenó al jefe Troll que se rindiera y éste hizo reverencia, cuando Gladier pensaba que podía confiar en la rendición y dio la espalda al monstruo, éste se atrevió a fallar el juramento e intentó atacar a Gladier con su Nack.[4] Fue en ese preciso instante en el que Neodor se lanzó en contra del jefe Troll y usando su espada logró cortarle una mano y después casi poner en riesgo su vida al hacer una herida, no mortal, pero si sofocante en la garganta del jefe Troll quien ya no quiso pelear mas y aceptó hacer un pacto. El pacto que decía:

> *"Los Trolls y los Ogros no podrían salir a la superficie por ningún motivo a menos que lo solicitaran a Gladier, pero que únicamente si Gladier y Neodor estaban de acuerdo, se podía dar la orden de que salieran a la superficie, de lo contrario no podían ni ver la luz del sol siquiera. Y en dado caso de que los Seres Subterráneos faltaran al pacto serían atacados con todas las fuerzas de los Humanos de Andagora y los Elfos juntos".*

Pero Neodor no quiso aceptar los elogios por parte de los Elfos y Silfos, simplemente tomó nuevamente a sus hombres, los cuales habían hecho buena amistad con los Seres del Bosque; y se retiró de Zelfor para

---

4 "Un especie de Garrote de forma indefinida, hecho con las raíces negras de los enormes árboles que soportan a Zelfor"

llegar varios días después a Alamus en donde visitó a sus unidades, y ahí esperó la llegada del invierno para después tomar nuevamente a sus hombres y dirigirse hacia Vastigo.

El rey de Andagora sabía de sobremanera el difícil camino que tendrían para llegar a ese reino rodeado de desiertos, sabía también que al final de su trayecto se encontraría con un muro de barro y piedra que resguardaba aquel reino sobresaliente y también sabía la conexión de los Humanos del desierto con los Glifers, a los cuales Neodor trataría de evitar lo más que se pudiera. Todas estas ideas se las comunicó a sus hombres y los preparó para lo peor . . . pero como se encontraba en el Norte, se vió obligado a ir al Sur, así que utilizó esto para acercarse a los Enanos y después de una larga platica con el jefe Gorce, obligó a los Enanos a rendirse ante el poder de Andagora y, al enterarse que Alamus y Utopir habían sido vencidos por éste rey andagoriano, se rindieron sin oponer resistencia alguna.

Después, se dirigió mas al suroeste hasta llegar a Neferin, el lugar de las Ninfas, las cuales procuraron proteger lo más que pudieron a su pueblo de la invasión Humana, pero sus advertencias pasaron desapercibidas y los ataques hacia los guerreros no bastaron para detenerlos, ni siquiera las filas de Ninfas que protegerían su pueblo bastó para que no fueran sometidas por un número mayor de hombres, y después de un encuentro armado de poca duración, ninguna Ninfa fue herida de gravedad y ninguna murió ya que no pueden morir bajo armas Humanas pero si pueden ser heridas y pueden sentir dolor por unos minutos hasta que su herida vuelve a cerrar. Este tiempo fue muy bien utilizado por Neodor que aprovecho para entrar al templo de las Ninfas y hablar con el consejo, las cuales aceptaron someterse a él y aceptaron la derrota y juraron estar a su disposición en el momento que él así lo requiriera. Pero como Neodor no confiaba en aquellas mujeres y, como lo había hecho con los demás pueblos, las obligó a firmar una hoja que portaba siempre con él, era una hoja amarillenta que tenía un escrito que decía que los que habían firmado estaban obligados a cumplir su palabra o serían maldecidos por siempre.

Firmada aquella hoja, Neodor retiró a sus hombres, que fue lo único que aquellas mujeres le pidieron a cambio de firmar el pacto. Los pasos consecuentes de Neodor fueron hacia más al Sur, hasta Oderin, la última zona *Espectrum* que quedaba libre. Debía importarle la defensa que pondrían las Ondinas y cómo convencería a su líder para que se sublevara a su poder. Cosa que no tuvo mucha importancia para cuando llevó su plan acabo pues las Ondinas ya habían sido prevenidas por las Ninfas y, las primeras, solo le pidieron la hoja a Neodor y la líder de estas mujeres la firmo sin que Neodor pudiera verla ni hablar con ella. Con esta firma, gran parte de Fanderalm estaba conquistada, solo faltaba el oeste y hacia allá se dirigía.

El primer objetivo de Neodor en Vastigo era VASTEIR, el pueblo del Sur del reino, que no distanciaba mucho de SOLSUNDER, el pueblo principal de los hombres del desierto.

Vasteir no era más que un gran solar, un área realmente crecida sobre la arena del Desierto, de casas hechas de adobe crudo y de muy poca arquitectura y formas agradables. No tenia castillo alguno que necesitara la fuerza de los tan temidos lanza piedras, solo poseía una casa con adornos exuberantes y de una altura de dos pisos y de gran extensión, una casa que era ocupada por el gobernador y conocida por todos como UMENTER, también contaba con una armería y un establo de gran tamaño que estaba repleto de caballos y camellos, y más al Norte una galería de tiro de arco que parecía abandonada pues los muros estaban casi cayéndose y no poseía gente alguna dentro de ella. El pueblo completo parecía mirar hacia el Este y tras de él, a las lejanías se veía elevarse el muro de piedra, pero éste aún se encontraba a una distancia considerable, como a unos 500 km de retirado o más, pero ese muro no era recto, si no que había un momento en el cual se precipitaba hacia el interior del desierto. Vasteir no opuso resistencia suficiente como para que se llevara a cabo una gran batalla, solo posicionó a sus hombres frente a los hombres de Neodor y se lanzó hacia ellos, pero no fueron lo suficientemente buenos ni la cantidad como para presentar un problema para los hombres armados de Neodor. Y después de la batalla, los hombres armados dejaron tras de sí, en la arena del desierto, un cementerio de hombres que no tardarían en pudrirse bajo el incandescente sol. Neodor entró triunfal al pueblo y tanto las mujeres como los ancianos veían horrorizados a los hombres armados, los cuales se detuvieron a mitad del pueblo.

–Necesitamos agua –gritó Neodor pero nadie le hizo caso, ni ninguno de los presentes se atrevió a decir nada ni a moverse del lugar que habían ocupado. Al ver esa reacción, Neodor miró a una joven, hermosa por cierto, y señalándola con el dedo le llamó–. Tú, ven aquí –el rey le hizo la señal para que la joven se acercara y ella, con paso lento, se acercó al rey notando rápidamente lo partido de los labios de Neodor, el semblante de cansancio y la cara llena de tierra . . . seguramente, pensaba ella, debió de haberlos atacado una tormenta de arena . . . Pero la chica ya no pudo pensar más cuando Neodor le colocó una mano en el hombro–. Necesitamos agua –nuevamente la gente no le hizo caso. Así que le habló a la muchacha–. ¿No se hagan los tontos? Sé que me entienden –la chica tampoco dijo nada, eso hizo que Neodor levantara la vista–. No jueguen conmigo, desde hace mucho tiempo que el idioma Estigo fue tomado por todos los hombres –hizo una pausa para mirara a aquellos ancianos, jóvenes y mujeres–. Si no nos dan agua, mataré a esta joven y a todo aquel que habite en este maldito pueblo –al oír esas palabras todos se sorprendieron y de inmediato se vieron personas correr para después llegar hasta Neodor y sus hombres con jarros llenos de agua fría y fresca, agua que cayó muy bien a la garganta de los soldados de Neodor, pero el rey tomó una vasija que una mujer le había traído y miró en el interior, el reflejo oscurecido de su rostro apareció en el interior del jarro. Y de momento, el jarro se partió en varios pedazos al golpear la cabeza de aquella mujer a causa de que Neodor la golpeara, después desenfundó su espada y golpeó a la muchacha que tenía frente a él y esta cayó muerta–. Eso es lo que pasa cuando creen que son mas listos que uno . . . si desde un inicio me hubieran proporcionado agua no hubiera pasado nada . . . soldados, aten a cada uno de los habitantes del pueblo y enciérrenlos en sus casas, los que opongan resistencia deben morir –los hombres de Neodor comenzaron a ir tras aquella multitud que ahora corría para salvarse de caer presa de esos bárbaros que ahora mandaban en el pueblo pero esos hombres eran los que morían mientras que los que no se habían movido de su lugar, solo eran sometidos, amarrados y encerrados en sus casas. Este había sido, sin duda, un triunfo mas para Neodor pero aún faltaba lo último, Solsunder . . .

Solsunder era, a diferencia de Vasteir, un pueblo amurallado que se defendía tras aquel muro de piedras cortadas del mismo muro de piedra que se elevaba tras él y que era parte de aquella precipitación del muro hacia el interior del desierto. Era un muro alto, fuerte y que tenía una gran cantidad de torres que partían de la mitad de la muralla y se elevaban a unos pocos metros de la parte superior de la misma, la puerta que daba acceso a esta ciudad era fuerte y de madera traída del Norte. El ejército de este pueblo era aún más fuerte que el de Vasteir, así que Neodor esperaba una ofensiva mas fuerte que la de hacía algunos días, si no semanas, en Vasteir. Pero los lanza piedras y los onagros de asedio hicieron casi todo el trabajo pesado por él y es que, realmente, Vastigo no era un pueblo de guerreros, pero eso no importó y culminó unos dos meses después con la rendición del rey y la reina. Las puertas de Vastigo fueron abiertas por los mismo reyes y recibieron a los hombres de Neodor amablemente y llenos de sorpresa al ver la gran resistencia que tenían esos hombres y porque gran parte del pueblo se había estado muriendo de sed. Como solamente tenían como abastecedor a un pequeño oasis en las afueras, y al estar Neodor siempre a la ofensiva, no podían salir y tomar el agua que necesitaban.

Todo estaba resuelto para Neodor, todos los reinos estaban a su mando y todos aquellos pueblos de *Seres Mágicos* conocidos por él estaban a su disposición, solo se mantenía alejado de los Glifers por no querer problemas con las bestias Grifo. Pero pareciera que la suerte estaba en su contra teniendo que enfrentar a los Glifers por la culpa de su general que dio muerte a un joven Grifo que visitaba el mercado un día después de que entraran triunfales, las causas del por qué lo mató nunca se supieron, el caso es que el jefe de estos hombres alados no soportó la ofensa de éste general y envió varios hombres por él pero para ese momento, Neodor ya había castigado y hasta ejecutado a ese general, pero el jefe Grifo envió mensajeros diciendo que él no debió de haber hecho eso, que él no tenia el poder de haber intervenido en asuntos de suma importancia para su legado, que ese general debió de haber sido condenado y ejecutado por los Glifers y no por él. Cosa que a Neodor le desagradó y envió un comunicado de que no le importaban sus reglas, que él tenia sus leyes y que lo había castigado de acuerdo a las normas que fueron rotas por ese general.

Y al no quedar contento, el jefe de los Glifers, envió a otro emisario para que le entregara el cadáver del hombre ejecutado para buscar su espíritu en el viento y castigarlo, pero Neodor le dio un negativa, el hombre ya había sido sepultado como un traidor y sin ninguna bendición. Cosa que le atrajo grandes consecuencias en contra de los Glifers, los cuales se abalanzaron sobre Solsunder y atacaron a todos los habitantes, no respetaron el trato que había entre los Humanos del desierto y ellos, esto llevó a que Nediory, la reina de Vastigo, acudiera a Neodor y le solicitara ayuda.

La batalla por el desierto llevo varios días, resultando vencedor Neodor, que se había ocultado tras los muros de Solsunder. Y de una forma realmente milagrosa pudo vencer a una gran cantidad de los Grifos que acudieron al llamado del jefe Grifo, el cual fue seriamente herido por la flecha de un escorpión. Esto lo obligó a retirarse y a descansar para que la gran herida de la flecha que lo había atravesado cerrara y no lo condujera a la muerte, el Grifo entró en letargo y se convirtió en una estatua, fuera de la roca de los Glifers, quedó posado sobre sus patas traseras, con las alas plegadas y con una estrella de cuatro picos sujetada entre sus manos. Al ser vencido el melenudo jefe Grifo, los otros Grifos sin melena abandonaron el campo de batalla. Los Glifers quedaron solos y ni sus guadañas, ni sus ataques aéreos les valieron y fueron derrotados y obligados a firmar, como todos los demás, y el líder fue obligado a disculparse por el ataque ante los reyes de Vastigo y por no cumplir el pacto que hacía años habían firmado.

Andagora se expandió ocupando Vastigo, Macragors, Oderin, Neferin, Solarium, Natia, Gorgan, Remov, Genzor y Zelfor, parte de Alamus y Utopir. Todo el mundo era de Neodor, mientras, internados en el bosque varios ojos lo veían. Unos lo veían de cerca y examinaban sus movimientos muy detalladamente mientras que otros lo veían impresionados y cada vez con más interés . . .

LOS PROBLEMAS EN SU PROPIO REINO

Todo parecía estar bien para el rey andagoriano, pero mientras él se encontraba sosteniendo batallas contra el reino que aún quedaban en pie;

en su reino comenzaron a surgir desacuerdos pues se esmeraba tanto en derrotar a su enemigo que se olvido de su pueblo quien ya comenzaba a sentir el rigor del invierno que se avecinaba. Y no habían pasado ni dos semanas que el invierno había llegado cuando las personas de los poblados del reino comenzaron a sentir frío y hambre pues los gobernadores no hacían nada por ellos. Las personas se armaron con lo que tenían a la mano y se dirigieron al poblado del reino, en donde la gente de ahí también se alistaba para reclamar por derecho lo que necesitaban. La gran multitud de gente se acercó al muro que protegía al Palacio gritando: *"–Queremos comida y abrigos para el frío–"*. Ni el sofocante ambiente frío lograba que sus voces se apagaran, ni la larga caminata que habían hecho para llegar apaciguaba su cólera, el cansancio no existía en aquellos hombres y una vez frente a la puerta de madera uno de los centinelas, que custodiaban la puerta Norte de la muralla que resguardaba al Palacio, les grito.

–¿Qué necesitan aldeanos de Andagora?

–¡Comida! –gritaban todos mientras se detenían viendo al centinela y levantaban sus manos al cielo en son de protesta.

–Lamento no poder ayudarles, los recursos que aquí se guardan son solo para el rey, para su familia y para los hombres armados.

–¡Al demonio el rey, su familia y ustedes, nos estamos muriendo de hambre y frío! –decían algunos.

–¡Mis hijos no tienen que comer! –gritaban algunas mujeres y otras las apoyaban.

–¡Si, mi familia necesita alimento!

–¡Queremos hablar con el rey! –los hombres gritaba un poco más encolerizados cada vez y el ambiente parecía arder, a pesar del frío.

–¡Queremos que nos den comida!

–¡Y ropa para la estación Elfica! –se referían al invierno como la "*Estación Elfica*" porque de un tiempo para acá, había llegado la noticia a ellos de que lo Elfos controlaban, ahora, el viento y todo lo que con ello conlleva, por tal razón las personas ahora decían que los Elfos hacían que las corrientes de aire se volvieran frías.

–El rey no podrá verlos, a ninguno de ustedes . . .

–¿Por qué? Acaso nos teme.

–No es eso, no es que les tema . . . Pero mejor deberían regresar a sus casas y cuando el rey regrese les prometo que les dará algo . . .

–Pero el rey tal vez no regrese nunca, tal vez lo maten allá donde anda, y no podemos esperar hasta que vuelva.

–¡Tumbemos la puerta y tomemos lo que necesitamos de las bodegas! –se escuchó alguna voz entre la multitud y todos le dieron la razón.

–¡Si, hagámoslo! –se escucharon las voces de apoyo de las bocas de los hombres.

–¡Vamos! –así fue como los hombres se abalanzaron hacia los dos hombres que intentaron detener a la multitud pero fueron golpeados, la puerta fue tardada en abrir, cerca de tres horas, pero al fin los hombres la abrieron y entraron al área donde el enorme Palacio se encontraba, para ese momento, la guardia real había colocado hombres alrededor del Palacio dispuestos a matar a aquel que intentara entrar en él, así que el querer atacar al Palacio sería una estupidez. Pero los hombres se dirigieron a aquella habitación despegada del Palacio, aquella que parecía una caja con puertas de hierro, ni la guardia del Palacio, que golpeando a los hombres con bastones, pudo evitar que la puerta fuera abierta y saqueada. Para los hombres de la guardia hubiera sido fácil matar a cuanto hombre se les pusiera en pie, pero la ley de la guardia le impedía matar a un civil si éste no representaba un peligro mortal en contra del Rey o la familia real, pero si profería, únicamente, en contra del Palacio o los emblemas reales, el guardia tenia permiso de matarlo. Los hombres encolerizados rápidamente saquearon la bodega pero al parecer no les pareció suficiente y entraron al mercado saqueando todo sin que lo guarias pudieran hacer algo para evitarlo . . .

Días después, Neodor pretendía regresar para ver como estaban las cosas después de los casi dos años, extinguidos, que habían pasado. Después de que había regresado de sostener una batalla en contra del no extinto Utopir, se había enterado que los hombres de Alamus se reorganizaban. Él no había recibido la noticia de que sus almacenes habían sido saqueados y menos de que su mujer e hija habían tenido que racionar la comida desde aquel día hasta ahora. Neodor regresó cinco días después de lo sucedido, lo acompañaba un contingente de treinta caballos con sus respectivos jinetes. Llegó por la puerta Norte y en cuanto lo vieron llegar, los hombres parecieron ahogarse con la saliva y comenzaron a sudar, a pesar del frío que había en el exterior, Neodor detuvo su caballo en las afueras y rápidamente le fue abierta la puerta de madera, el viento soplaba y el ambiente perecía tenso. Neodor notó eso de inmediato pero no cuestionó nada, su presentimiento ahora era mayor pues desde hacia varios días, es su pecho se había aglomerado un mal presentimiento y eso fue lo que lo había hecho regresar. Llegó hasta el patio central, frente a la puerta del Palacio y desmontó, caminó a paso rápido hacia la puerta y le fue abierta rápidamente y sin que él lo pidiera. El ambiente dentro del Palacio era aún más pesado que el de afuera pero aquí el aire era muy tibio y acogedor, no llamó a nadie pero su mujer fue la primera en llegar hasta él, Neodor, sonriendo, le extendió los brazos y la acogió calidamente.

–¿Cuánto tiempo Neodor?

–¡Lo sé amor! –dijo Neodor con sentimiento mientras acariciaba el cabello de su mujer. Después alejó un poco a su mujer y la besó en la frente–. Me muero de hambre. ¿Qué hay para comer? –la mujer titubeó un poco en contestar.

–Solo sopa de verduras . . .

–¿Ya se acabó la carne? Ni carne seca . . . –la angustia apareció en la cara de la mujer y movió la cabeza para darle la negativa, pero Neodor sonrió.

–¡Bueno, vamos a comer sopa! –Neodor caminó hacia la cocina y su mujer tras él, llegaron a la cocina directamente y se sentó en la mesa de madera, de inmediato, el cocinero le servía un plato de sopa al tiempo que su mujer se sentaba aún lado de él.

–¿Tú no comerás? –preguntó risueño y sonriendo a su mujer.

–Hace poco terminé mi comida –el cocinero le entregó el plato al rey y éste quedó mudo, él esperaba ver un palto con caldo verdoso y repleto de verdura, pero no . . . le habían entregado un plato con caldo verdoso pero con hojas de repollo, sin calabacita, ni zanahoria, solo la mitad de un pequeño chayote y algo que flotaba que parecía ser una rebaba de carne.

–¿Qué es esto? –le preguntó Neodor al cocinero lanzando el plato de un golpe y poniéndose de píe, el hombre quedó muy asustado y paralizado como una columna de piedra, su cara blanqueo y sus palabras se atoraban en su garganta. Al no recibir respuesta, Neodor empuñó su sable y tomó al cocinero del cuello–. Si es una maldita broma . . . –Neodor dejó de hablar y miró a la pálida y asustada de su mujer– ¿Le diste de comer esta porquería a mi familia? –el cocinero había entrado en shock y ya no podía ni hablar ni pensar.

–¡Neodor! –dijo la mujer tomando un poco de valor, pero aún con voz asustada–. Esa carne fue de lo que quedó del venado que cazaron en la mañana. Y es que tenemos que compartir la comida con los guardias.

–¿Qué? ¡Ellos tiene su almacén propio!

–No Neodor . . . ya no . . .

–¿De qué demonios hablas mujer?

–Los hombres de los pueblos vinieron, los guardias hicieron su trabajo y nos defendieron pero no pudieron defender los almacenes –Neodor miró al cocinero y lo liberó. Sin decir nada salió de la habitación y llegó hasta la puerta, bruscamente la abrió utilizando una fuerza sobre humana y sin decir palabra alguna se acercó a aquella caja que permanecía cerrada, valiéndose de su fuerza y rechazando la ayuda, la abrió con mucha dificultad pues la puerta arrastraba mucho y levantaba montículos de tierra que le propinaban resistencia extra. Pero la puerta no vencería al rey y en cuanto la abrió quedó muy asombrado. La caja estaba vacía, los guardias que asustados veían al rey, quedaron como el cocinero, Neodor se volvió hacia los hombres y les exigió una respuesta, pero como estos hombres armados tenían un poco mas de valor y estaban obligados a responder, de inmediato le informaron lo que había sucedido. Neodor se enfureció y montando su caballo dio una orden directa a sus guardias reales.

–Necesito carretas, todas las que haya disponibles y ustedes –refiriéndose a los jinetes que venían con él–. Vamos a Andaros –los jinetes le siguieron el paso al rey recorriendo el bosques, acortando el camino y tomando el paso que los llevaría mas directamente al pueblo y no al Castillo.

Al llegar al pueblo, Neodor detuvo a sus hombres en medio del pueblo y les ordenó desmontar.

–Escúchenme bien . . . quiero que de cada una de estas malditas chozas saquen todo lo de valor que pueda haber y lo apilen a un lado de mi . . . usen la fuerza si es necesario . . . ahora, apúrense . . . –los gritos de Neodor ya habían alertado a los hombres pero muy tarde actuaron los aldeanos, los jinetes entraron a las cabañas derribando las puertas y golpeando a los hombres que se resistían, ni las mujeres que oponían resistencia se salvaban y eran cacheteadas. Los hombres sacaban todo lo que se podía vender y todo aquello que podía tener un valor, por más barato que fuera. Informado de lo que sucedía, Jareb salió y montando su caballo llegó hasta donde Neodor montaba, descendió del caballo y se aproximó a él, reclamando con voz imperante.

–¿Qué te sucede Neodor? ¿Qué demonios haces en mi pueblo?

–Tus malditos vasallos . . . saquearon mis bodegas –respondió tranquilamente Neodor, sin volver la vista hacia su hermano, solo permanecía viendo como arrebataban de las manos de un hombre una vasija de porcelana.

–¡Que esperabas . . . Mi pueblo y el de Kenri están hambrientos y tienen frío! –el Rey miró a su hermano lleno de sorpresa, miró a aquel hombre enojado, pero inútil a su mirada.

–¿Entonces para qué estas tú?

–Mis almacenes están vacíos. ¿Qué querías que les diera?

–Ese es tu problema. Yo te llene tus almacenes antes de partir.

–Eso fue hace casi dos años Neodor . . . Eso ya no nos alcanza, es muy poco.

–¡Son dos almacenes de 40 por 10 bajo la tierra y me dices que no te alcanza, no digas estupideces!. Ahora, gracias a ti y tu maldita estupidez, tu pueblo no tendrá con que vestirse y si tú no puedes llevar el cargo que tienes, cédelo a quien si pueda . . . además . . . ¿Qué demonios haces tú gobernando aquí? –Jareb no pudo decir nada más y volvió a montar su caballo y se alejó. Entró al Castillo y subió a la habitación que antes Neodor ocupaba y desde ahí solo podía observar lo que el rey hacía.

–Naprest mortaly doneter![5] –dijo Neodor entre dientes una vez que Jareb se perdió de su vista. Las carretas, para ese momento, ya habían llegado y ya eran cargadas con las cosas que se había obtenido.

Terminada la labor en Andaros, Neodor envió a las carretas con dos jinetes como escolta por carreta y también un buen numero de hombres se alejaron con dirección a las afueras de Andagora pero en verdad rodearían el territorio establecido por las praderas, los árboles de pino, los ríos y

[5] "Eres un maldito desgraciado"

algunos puentes, sin dejar algún lugar para escapar ya que por el bosque era peligroso por la cantidad de seres raros que ahí habitaban.

Una vez, estando en Ceron, se hizo el mismo procedimiento que se llevo a cabo en Andaros, al igual que su hermano, Kenri salía con la decisión de detener a Neodor pero éste no le permitió ni hablar en cuanto sintió que ya estaba muy próximo a él.

–Tú no tienes nada que reclamar Kenri, si quieres permanecer donde estas mantente callado, de lo contrario atente a las consecuencias –pero Kenri fue más astuto que Jareb, se arrodilló frente a Neodor y bajando la cabeza hablo.

–No mi señor, no puedo oponerme a su decisión, solo le pido de favor que me explique qué es lo que está sucediendo –Neodor bajo del caballo y se acerco a él.

–La gente de tu pueblo saqueo mis bodegas hace días y vengo por lo que se llevaron.

–Esta bien mi señor, tome lo que le pertenezca.

–Eso haré –en eso Kenri miro a un costado de él y vio como un guardia le quitaba de las manos una vasija de plata a una mujer. Kenri miro a Neodor.

–¡Señor!

–Dije que venia por lo que me pertenecía y todo con lo cual pueda obtener oro y comprar alimento a los *Espectrum* me servirá.

–Si mi señor –al igual que Jareb, Kenri entro a su Castillo pero él no miró, se sentó en el trono y cubriéndose la cara con la mano que tenía apoyada en los soportes laterales de la silla comenzó a llorar.

Terminada su labor se dirigieron al último pueblo, el del Palacio, donde sucedió lo mismo que en los otros pueblos, pero aquí Neodor no tuvo que dar ninguna explicación a nadie, y después de que obtuvieron todo lo que Neodor exigía regresaron al Palacio llevando consigo las carretas llenas.

En el Palacio, Neodor estaba tan enojado con si mismo que se hablaba solo y caminaba de un lado a otro dentro del pequeño estudio.

–¿Cómo pudo suceder? ¿Cómo pudieron hacerlo? No comprendo de dónde sacaron el valor como para desafiarme, esos pobres malditos miserables. Pero mi venganza será lenta y dolorosa, se morirán lenta y dolorosamente de hambre. Me pedirán perdón y se arrodillaran a besar mis pies, se arrastraran ante mi suplicando que les de alimento y será hasta entonces que les daré poca ayuda –rió de una forma siniestra y con ansia loca por su grotesca idea.

Mientras tanto en los poblados, los gobernadores les daban a los aldeanos vestimentas para el frío y los armaban, al mismo tiempo que culpaban a Neodor por lo sucedido y una vez que los convencieron a todos prosiguieron con su plan.

ANDAROS

–Gente de Andaros. Lo que acaba de suceder no es culpa mía y lo saben. Pienso que no debemos quedarnos con las manos cruzadas. Yo propongo que ideemos un plan y derroquemos a Neodor. Y una vez fuera del trono, nosotros gobernaremos. Necesito que estén conmigo, ¿Están conmigo? –toda la gente grito dando la aceptación–. Pues vamos al palacio Andagora.

CERON

Al mismo tiempo que Jareb iniciaba su discurso, Kenri hacia lo mismo.

–Pueblo de Ceron. Neodor es el culpable de lo sucedido. Debemos actuar antes de que pueda hacernos algo más. Si están conmigo podemos atacar juntos el Palacio, ya lo hicieron una vez, estoy seguro que podrán hacerlo nuevamente. Y nosotros ocuparemos el lugar de Neodor. ¿Me apoyaran? –la gente grito un gran si mientras levantaban los puños al aire–. Vamos y peleemos por una vida mejor.

Armados con lo que los hermanos de Neodor les habían dado, los hombres se dirigieron al Palacio pero el rey ya se les había adelantado y cuando llegaron frente al muro que rodeaba al Mercado por la parte del pueblo, se encontraron con un gran numero de soldados armados con grandes espadas y la parte superior del muro ocupada con un buen numero de arqueros, la gente armada se detuvo a varios metros de los hombres del rey.

–Váyanse ahora si no quieren morir –les grito Neodor, desde la parte alta del muro que estaba sobre la puerta que daba al mercado, por el Norte, mientras sus arqueros se preparaban para el ataque y un guardia se acercaba a los hombres enviados por los hermanos de Neodor, manteniendo una distancia de ellos de cinco pasos, el soldado, con su espada, marcó una línea en el suelo.

–Quien cruce esta línea deberá atenerse a las consecuencias –dijo secamente y se dio la vuelta quedando de espalda a la gente e intento alejarse cuando un trinche le atravesó la espalda pero el hombre que lo hizo no duro mucho pues una flecha se le encajo en el pecho, eso produjo que las personas enojadas comenzaran a cruzar la línea y abalanzarse sobre los soldados reales pero no llegaban muy lejos y los que lo hacían morían bajo el filo del sable de los guardias que los esperaban, no paso mucho tiempo para que un hombre gritara a los demás que se detuvieran y en cuanto lo hicieron quedaron tras la línea antes marcada y que ya casi estaba borrada.

–Ya no queremos más muertes . . . ¡Vamonos! –gritó un hombre viejo y se dio la vuelta, cabizbajo el hombre se alejo y los demás tras él.

Al llegar a sus casas algunos hombres tomaron a sus familias y trataron de irse del reino pero las pocas familias que, al principio, lo intentaron desaparecieron y nunca se supo de ellas ni fuera ni dentro del reino. Por otro lado, el invierno entró en su peor época y las familias que aún quedaban se vieron muy rezagadas, los animales se habían escondido en el bosque y parecía que lo habían dejado abandonado, los árboles que daban frutos ya no daban y muchos de ellos comenzaron secarse. Dentro de las familias abandonadas comenzó a surgir una gran desesperación por el hambre que se vivía a diario, principalmente los niños. Los gobernadores no hacían nada, solo se encerraron en su castillo con el pretexto de que habían enfermado de gravedad, que no podían atender a nadie y que ellos poseían muy poco alimento y de vez en cuando les deba un kilo de habichelas a cada familia, ayudando así un poco, pero eso era casi cada quince días. Pese a la masacre que Neodor y sus guerreros hicieron aquel día, las mujeres del pueblo del reino, llenas de desesperación y angustia, pensaban en ir al Palacio pero sus hombres no se los permitían. Pero Neodor no era tan despiadado como les hacían creer y por su parte, él ya había vuelto a llenar sus almacenes.

Una noche mientras cenaba solo, como de costumbre, pues a su familia no la veía mucho porque siempre salía hacia los campos de batalla y regresaba varios días después, cuando ellas ya estaban dormidas. La noche en el exterior era helada, las estrella estaban cubiertas por una espesa nube que también cubría el reino y que se escondía en la oscuridad. Esa noche inesperada, los guardias mantenían toda puerta de la muralla abierta, por orden del rey, mientras que los centinelas se sentaban alrededor de una calida y acogedora fogata, que combatía contra el viento y el frío de la misma forma en que un león compite contra otro por territorio. De pronto, una mujer entró al Palacio burlando a los guardias hasta que uno la vio y trato de atraparla pero ella se resistió y gritó que la soltaran que quería ver al rey. Neodor, al escuchar ese alboroto, dejo de comer y rápidamente se acerco a la puerta y esta fue abierta por los centinelas del interior. El rey llamó al guardia y tanto él como la mujer dejaron de gritar y de ajetrearse. La mujer se dejó llevar hasta el rey.

–¿Qué sucede aquí?, no dejan dormir a mi familia –tanto el guardia como la mujer quedaron completamente en silencio, en eso el guardia arrojo a la mujer a los pies de Neodor y al verlo, en la mujer comenzaron a resonar las palabras que los hombres les decían a todas: *"–Neodor es malo y despiadado, elimina a todo quien esté frente a él y que lo interrumpa en algo, usa cualquier pretexto para matar–"*. La mujer comenzó a temblar de miedo mientras el guardia reía sádicamente pero su risa no duró mucho tiempo.

–¿De que rayos te ríes idiota? La próxima vez que te rías mientras esté yo frente a ti mandaré que te saquen diente por diente hasta que ya no tengas ninguno y me reiré de tu sufrimiento. La mujer tiembla de frío, trae una manta. ¡Rápido! –el guardia se alejó rápido a buscar la manta y Neodor le extendió la mano a la mujer–. Levántate –la mujer lo dudó un poco y después de una pequeña suplica por parte del rey tomo su mano y se puso de pie, Neodor entró un poco mas resguardándose del frío y no se detuvo hasta que sintió un poco el calor del interior, la mujer lo había seguido a paso lento y sin cuestionar nada–. ¿Querías hablar conmigo?

¿Qué necesitas? –la mujer trato de arrodillarse de nuevo pero Neodor no lo permitió– No lo hagas, soy tu rey, pero también soy una persona, además es mi deber –con un tono lloroso y con lagrimas en sus ojos la mujer comenzó a hablar.

–Mi hijo no tiene que comer, tiene frío y no tenemos nada, nada, la estación no deja que los árboles produzcan frutos y los animales parecieron haber desaparecido.

–No te preocupes . . . ¡guardias! –grito asustando a la mujer y no tardaron mucho en acercarse dos guardias–. Traigan algo de comida y unas frazadas para esta mujer.

–Si señor –los guardias se retiraron y Neodor miró a la mujer mientras en su boca se formaba una sonrisa.

–Perdón si te asuste con el grito pero solo así entienden –de momento llego el guardia anterior y le coloco la manta en la espalda a la mujer y esta se lo enrollo alrededor del cuerpo.

–Gracias.

–No tienes que agradecer, es mi deber –y enseguida llegaron los otros con una cesta llena de fruta y carne cubierta con unos cuantos mantos.

–Ahora si, vete y no vuelvas –la mujer salió corriendo y en cuanto cruzó la puerta de la muralla, tres caravanas la siguieron, pero luego se dividieron.

Cuando ella llegó al pueblo, una carreta aún la seguía mientras que la segunda iba con destino a Ceron y la tercera se dirigía hacia Andaros. En el pueblo ya esperaban a la mujer y el primero en recibirla fue su pareja quien se acerco a ella abrazándola.

–¿Qué te paso amor? ¿Por qué fuiste? –y la mujer con cara de asombro y una sonrisa en sus labios habló de una forma desesperante.

–¡Estoy viva . . . estoy viva y . . . me dio . . . me dio comida y cobijas! –otro hombre miro a la careta.

–¿Y esa carreta?

–No lo sé, me seguía desde que salí del Palacio.

–Revísenla –dijo el hombre y otros se acercaron armados de rastrillos y machetes, cuando salió un hombre del compartimiento donde estaba el que conducía la carreta.

–Esperen, me envía el rey a traer esta carreta de provisiones para ustedes.

–Puede ser una trampa –dijo el hombre y cuando los hombres armados la revisaron, encontraron que estaba llena de comida y de provisiones e incluso armas.

–Esas armas son para que busquen bien en el bosque y cacen algo o para que esperen la llegada de la primavera y puedan cazar algo –dijo el carretero–. Ahora tomen todo porque tengo que volver –y así lo hicieron. Pero en Andaros y Ceron los carreteros dieron una orden más.

–No digan nada de esto al gobernador –a pesar de las preguntas, el carretero no tenía la respuesta a tal orden por parte del rey.

El invierno seguía transcurriendo y Neodor enviaba alimento a sus pueblos periódicamente mientras en los castillos de los pueblos Kenri y Jareb gastaban el dinero que se les daba comprando objetos a los reinos con quienes Neodor estaba luchando pues no se daban cuenta de las carretas que llegaban y las personas tenían suerte, la cual se acabo cuando andando cabalgando por un espacio abierto, Jareb vió una carreta acercarse al pueblo, de inmediato envió a dos de sus guardias para que vieran que era lo que traía esa carreta. Después, cuando los guardias regresaron le informaron lo que habían visto, enojado golpeó la mesa donde estaba sentado

–Señores, quiero que me escuchen muy bien. Ustedes son los más fieles de mis hombres y nunca me han fallado. Lo que quiero que ahora hagan es que se disfracen y ataquen a las carretas, amenacen a los hombres para que reporten al rey de que entregaron lo que llevan . . . eso sí, tráiganme todo lo que tenga valor, con lo demás pueden hacer lo que quieran. ¿Quedó todo claro?

–Si señor.

Jareb envió un mensaje a su hermano diciendo que cuidara los caminos y que si veía una carreta no se limitara y la saqueara, que si querían que su plan funcionara lo hiciera. Días después, Jareb recibía una respuesta de Kenri diciendo que había encontrado una carreta. La fase dos de su plan era culpar a Neodor y mentirle al pueblo diciendo que el rey les había enviado un escrito diciendo que los detestaba y que nada mas servían para pedir pero que no hacían nada más y que por tal razón no ayudaría más hasta que sus reservas se volvieran a llenar, que si alguien iba a sentir los estragos del invierno fueran ellos y no su familia. Así, lavándose las manos, los dos hermanos pudieron hacer cuanto quisieron con los artículos que le enviaba Neodor a su pueblo, sobre todo disfrutaban de una comida que no era para ellos.

A pesar de que la gente estuviera fastidiada por éste cambio de pensar de su rey temían revelarse pues ya había sucedido una vez y habían muerto muchas personas y no querían que volviera a suceder. El invierno, paso y las cosas volvieron a ser, casi, como antes pues los campos se volvieron verdes, los animales del bosque volvieron, los árboles volvieron a dar dulces frutos, la siembra volvió de nueva cuenta; tanto Neodor como sus hermanos pudieron volver a llenar sus almacenes. Pero el reino había perdido mucho dinero, el único que había era el que Neodor había guardado y cuando los pueblerinos cosecharon, Neodor no pudo pagar la cantidad que las personas y la ley exigía. Solo compró lo mínimo que necesitaba para mantener al ejército, lo demás fue comprado por los reinos vecinos a menor precio que el que normalmente cobraban, de esta forma los fortalecían mientras que a Andagora la debilitaban.

EL DEBILITAMIENTO DE ANDAGORA

Estos problemas con la venta de la materia prima hacia los otros reinos, los fortaleció. Neodor sintió que perdería si no hacía algo, y las noticias de que una gran horda, marchaba hacia Aleder, proviniendo de los valles rocosos del Norte de Alamus, los mismos valles a los que él olvidó atravesar para seguir a los que habían huido de su ataque, ahora regresaban, aparentemente reforzados y con un número mayor de hombres. Alamus y los perdonados de Utopir se habían unido. Su principal objetivo era tomar nuevamente Aleder. Pero Neodor estaba muy lejos y por más que lo intentara nunca llegaría a tiempo a Aleder . . . por la falta de comida el ejército andagoriano no era alimentado como se requería en aquellos tiempos de guerra así que, en aquel funesto ataque por parte del fuerzas aliada sobre Aleder, los andagorianos fueron derrotados, expulsados, y perseguidos hasta unos kilómetros antes de Anduror, donde nuevamente las topas andagorianas pudieron reagruparse y formar una defensa en contra del ahora crecido ejército de Comodor y Dersor . . . Neodor pudo llegar varios días antes de que la fuerza de esa gran hueste de guerreros, comandados por Comodor, Labju y Dersor, se acercaran a causarle más males. El rey andagoriano ordenó que saquearan completamente la ciudad, las minas y los yacimientos de diamantes que habían encontrado aquella ocasión cuando la conquistaron . . .

Neodor preparó sus tropas en la ciudadela, bajo y sobre la muralla ancha, y en las torres sobresalientes como flechas. Los escorpiones, los onagros y los lanza piedras también fueron posicionados para la defensa. Neodor no podía fallar y perder esta ciudad tan importante para él y para Alamus . . .

En esta ocasión, Neodor esperó ansioso la llegada de la supuesta gran hueste de hombres armados, pero, por primera vez; Neodor sintió temor en su corazón. A pesar de que los hombres que habían sobrevivido de Utopir habían sido no más de 40 000 mientras que los de Alamus solo habían sido un poco más de 100 000 hombres. Pero su curiosidad no fue dejada dentro de él por mucho tiempo. La gran hueste de miles de hombres se acercó a las murallas de aquella ciudad que Neodor protegería con recelo hasta el final. Pero el final para Neodor no tardó en llegar . . . el nuevo ejército de Alamus consistía de los 100 000 hombres, sobrevivientes, que se habían reunido en Aleder, los 40 000 de Utopir y 20 000 de aquellos que lograron perderse de Neodor en el desierto. Venían muy bien armados y llenos de provisiones, además de que éste ejército recibía ayuda de algunas *Regiones Espectrum*, sobre todo de Oderin y Genzor.

Neodor quedó rápidamente sitiado e imposibilitado para enviar o recibir cualquier apoyo o mensaje alguno. Nuevamente la falta de comida se hizo presente y sus hombres no podían alimentarse para mantenerse fuertes, además de que con el paso de los días se les acababa el alimento. La falta de herramienta y de tiempo, sobre todo, no hacían posible que los guerreros mejoraran sus armas ni equipos, y es que o descansaban en la noche para despertar al día siguiente y enfrentarse contra aquellos hombres que parecían incansables o mejoraban su armamento, se desvelaban y así llevaban el día nuevo. Estas dos opciones fueron tomadas por los integrantes del ejército de Neodor y mientras que a algunos sus armas los hacían verse obsoletos, otros caían bajo la depresión y la falta de descanso. Los meses siguientes se volvieron un infierno para aquellos miserables hombres que estaban tras las murallas mientras que los que descansaban fueras parecían estar descansando en vez de estar en guerra . . . esto llevó rápidamente a la desesperación de algunos hombres, a los cueles Neodor los hacía entrar en razón a la fuerza . . . pero la verdad dentro de él era que esa desesperación también lo consumía y, por fin; después de varios meses de estar soportando hambre y el ataque de aquel ejército incansable. Neodor entró a la desesperación y para el atardecer, cuando la mayoría de los atacantes se decidían irse a dormir; reunió a sus hombres y les habló con voz tranquila.

–Después de varios meses . . . después de que hemos resistido bien, hemos destruidos sus torres con los escorpiones, hemos quemados sus arietes, hemos destrozado sus lanza piedras, hemos . . . –Neodor suspiró profundo y miró a aquel cielo sin viento, a aquel cielo que ya se teñía de azul oscuro–. Hemos perdido muchos hombres mientras que el número de nuestro enemigo parece no disminuir. Iniciamos nuestra defensa con 160 000 hombres y ahora solamente quedan 150 000 . . . que es casi el mismo numero de hombres con los que contamos –Neodor miró la cara de esos infelices que lo habían seguido y que ahora parecían estar perdidos dentro de sus propios miedos y que no escuchaban las palabras de su rey–. Estamos aquí, muchos no han dormido, muchos están cansados y muchos preferirían estar muertos a vivir esta pesadilla en vida pero vamos, ¡Hagamos el último intento! –el rey de aquellos hombres reavivó la voz y su corazón, intentando reavivar a aquellos hombres también–. Recuerden aquel momento cuando gloriosamente conquistamos Macragors, Utopir, Vastigo e incluso a Alamus . . . –Neodor señaló hacia el cielo– ¡Esos miserables nos creen muertos! Vamos a atacarlos de una buena y definitiva vez para demostrarles que los hombres de Andagora aún viven . . . –Neodor levantó su espada al cielo y miles de espadas le siguieron a él pero guardaron el silencio. De inmediato se pusieron de pie y colocaron los lanza piedras los más cerca de la muralla para intentar pegar a las retiradas tiendas de los guerreros enemigos. Rápidamente los proyectiles fueron encendidos y la puerta de aquel lugar se abrió crujiendo estrepitosamente por todo aquel lugar de terreno irregular, los hombres unidos se despertaron y salieron de sus tiendas cuando las bolas de fuego comenzaban a caer sobre ellos como una fuerte lluvia, Neodor se abalanzó sobre aquellos hombres desconcertados y poco a poco comenzó a darles una paliza, la victoria estaba asegurada si no fue porque una gran caballería de hombres y mujeres provenientes de de todas partes comenzaron a rodearlo y rápidamente fue aplacada la batalla. Neodor fue hecho prisionero y trasladado a las mazmorras de Alamus en el Castillo de Aleder . . .

Gracias a la derrota del ejercito y después de un juicio largo y tedioso, Neodor solo sería puesto en libertad si firmaba un pacto donde donaría una parte de sus cosechas a los lugares invadidos. También fue obligado a firmar un acuerdo donde Andagora limitaba sus tierras y dejaría en paz a las criaturas del bosque que había esclavizado y liberaría a los pueblos oprimidos. También . . . el ejército de Andagora seria limitado, no debía de pasar de más de 50 000 hombres, en dado caso de que eso pasara, Andagora sería rápidamente ocupada por los reinos del norte, del este y del oeste.

Neodor, en un principio, se negó a firmar esos acuerdos pero era firmar y obedecer o atacar y destruir Andagora por completo, eso implicaba matar a toda persona viviente en el lugar. Pensando en su pueblo y en su familia; Neodor, llorando, con el corazón lleno de tristeza y odio, firmó aquellos papiros que después fueron enrollados y custodiados por el mismo rey de Alamus . . . Así fue como el destino de Neodor cambió y después de ser liberado regresó a Andagora con solo 50 000 hombres, mientras que los demás eran repartidos entre los cuatro reinos o ejecutados por no obedecer.

En Andagora, por varios años, Neodor no tomo importancia a su reinado y se encerró en su Palacio, en una de las torres que miraba hacia el este, hacia el lago Gorgan. Esta torre fue vigilada día y noche, y no se permitía el acceso a nadie, solo a quien el rey ordenara entrar. Ni siquiera su familia tenía derecho a entrar y es que él tenía prohibida la entrada principalmente a su familia pues no quería que lo vieran derrotado y humillado . . .

Andagora
Alamus
Utopir
Vastigo

Macragors

UNA MALA RESPUESTA

Las Amenazas

Habían trascurrido unos cuantos años y el reino se sostenía como podía mientras en el Palacio, Neodor llevaba varios días sin dormir y parecía que se estaba volviendo loco o eso pensaban sus sirvientes y guardias pero la verdad era que la voz que lo atormentaba cada día era más y más fuerte y consecutiva, Neodor solo escuchaba todo lo que le decía mientras permanecía tirado sobre un asiento mirando hacia el lago por el balcón que tenía frente a él. A sus ojos tenia un hermoso paisaje pero la voz amargaba el momento con insultos.

–Eres un tonto –la voz era como un susurro.

–Eres un mal gobernante –también era un poco áspera, como si fuera la voz de alguien más.

–Eres un mal hombre. Pero . . . –a pesar de todos los insultos también lo advertían del peligro, con una voz mas tranquila y la más parecida a la de una persona normal– Tu momento llegará, debes ser fuerte, sal de este maldito Palacio y sal a gobernar como debe ser, como tú siempre quisiste gobernar, ahora ve y gobierna pero . . .

–Cuidado con Gorgan, no vayas a ese lugar.

–U obtendrás tu muerte.

–Aléjate del lago.

–Ahora ve y comienza a gobernar –después de eso Neodor se puso de pie y camino hacia el balcón desde donde tuvo una vista de su reinado y recordó las palabras que Nefeso le dijo algún día:

–Ves eso Neodor –señaló, el viejo rey, a lo lejos con un dedo.

–Si.

–Todo lo que alcanzo a ver hasta antes de llegar al punto azul, ese es todo mi reino y algún día será de Leodor.

–Vaya . . . es mucho pero . . . para mi que será.

–Tú no podrás tenerlo todo, solo ese pueblo que se encuentras allá –el rey volvió a señalar pero Neodor no pudo encontrar nada–. Andaros, pero . . . será nuestro secreto.

–¡Esta bien!

–¡Si Neodor! Por eso llevas la N. . . a diferencia de Leodor de "Legitimo".

En ese instante, Neodor no había entendido las palabras de aquel hombre pero ahora las entendía bien y se reía de ellas.

–Si me pudieras ver ahora, si pudieras ver que ocupó el lugar de tu hijo Legitimo, ¿Qué dirías Nefeso? –decía esto mientras seguía sonriendo y después salió con paso rápido hacia el trono, sorprendiendo a todos cuando lo veían pasar por los pasillos, ondeando su capa al caminar y recorriendo los alfombrados pasillos mientras daba ordenes, a los centinelas que lo seguían, de que trajeran ante él a sus dos hermanos. Jareb y Kenri llegaron ante él no pasado mucho tiempo, Neodor los esperó en el salón del trono y una vez que los vio postrados ante él se burlo de ellos con una risa funesta y fuerte.

–¡Miren nada mas, son mis hermanos, Jareb y Kenri! Se divierten siendo Gobernadores, castigando a las personas, haciendo actos malos y culpándome a mí para que la gente me odie. ¡Mi gente!, ¡Mi pueblo!

–¿Estas bien Neodor? –cuestionó Kenri a Neodor mirándolo con desconfianza.

–Cállate Kenri, yo soy el rey y tú eres inferior a mi y ahora me escuchan. Tienen un plazo de siete soles para que me entreguen el dinero que gastaron comprando y vendiendo objetos a Alamus y Utopir. Si no lo hacen, usaré mi nueva ejecución en ustedes –Kenri y Jareb solo se vieron el uno al otro pero no se dijeron nada.

–Guardias, lleven a estos Gobernantes hasta la puerta –los guardias tomaron a Kenri y a Jareb llevándolos hasta la entrada del Palacio, una vez afuera tomaron sus corceles y se retiraron con rumbo a Andaros.

Después, Neodor, mando llamar gente de Andagora y los envió a que buscaran algún contrato con los enanos de Natia logrando así comenzar a obtener oro, oro que cambiaban por objetos y comida, después se dirigió a los *Espectrum* en busca de la alianza, la cual fue rápidamente obtenida con Zelfor, Remov y Neferin pero un poco mas tardía con Genzor y Oderin pero al final la aceptaron y aceptaron a Neodor como rey de Andagora y firmaron la alianza con él. Esto lo hizo en seis soles y antes de que amaneciera el séptimo, Neodor ya se encontraba frente a la puerta de Aleder, llevando una escolta de al menos diez hombres. Después de platicar hasta la tarde con Comodor, este lo aceptó como aliado, brindaron juntos y firmaron un pacto donde Comodor lo aceptaba como aliado . . . para el medio día, Neodor tomó su caballo y ordenó a sus hombres que lo esperaran fuera de Aleder. Sus hombres obedecieron pero él se dirigió justamente al pueblo, hacia una herrería . . . Neodor detuvo el caballo frente a la puerta, abierta, de la herrería; el pueblo parecía vacío y los pocos hombres y mujeres que lo veían, no apartaban la vista de él, algunos lo veía sorprendido mientras que otros lo veían con odio y coraje pero esto a Neodor no le importaba. Él venia con un solo propósito. Llamó a la puerta y una hermosa mujer le atendió pero en cuanto lo vió, la mujer se llevó una mano para cubrirse la boca y evitar un grito que salió de su boca, sustituyéndolo solamente por una gran exaltación y después corrió hacia el interior del cuarto contiguo. Neodor ya esperaba este tipo de recibimiento, así que esperó con un poco de impaciencia parado frente a la puerta. De momento, la figura de un hombre apareció de entre la oscuridad del cuarto contiguo. Neodor quedó mudo y aquel hombre no se esperó para fruncir las cejas y proferir maldiciones en contra del rey de Andagora.

–¡Maldito infeliz, como te atreves a acercarte a mi casa, bastardo hijo de . . . !

–¡Calma Labju . . . ! –Neodor habló fríamente al guerrero– ¡Yo no he hecho nada en tu contra!

–¡Claro que lo hiciste! –Labju corrió hacia Neodor y se quedó frente a él–. Te busqué, realmente te busqué . . . –Labju parecía echar espuma de su boca por el coraje– Te busqué para matarte pero nunca te encontré, me huiste y preferiste que te atrapara la caballería y las *Damas de Oderin*.

–Si me buscabas, aquí me tienes . . . esta vez nadie me atrapará . . . esta vez no me esconderé pero dime que es lo que hace que me odies tanto si en Andagora yo no tuve nada que ver con lo que te pasó . . .

–¡Ese tema yo ya lo olvidé! Sé que tu hija murió por culpa de tus mal nacidos hermanos . . . pero eso no te lo reprocho –Labju realmente parecía bestia herida y su coraje no daba lugar a sus lágrimas–. Mataste a mi primogénito . . . y por eso te voy a matar yo a ti . . . –Labju tomó de un estante una espada y se lanzó contra Neodor, el cual se quitó para permitirle a la espada de Labju clavarse en la madera del marco de la puerta.

–Yo no . . . –Neodor hizo un poco de memoria y recordó el nombre de aquel muchacho con el que se enfrentó fuera de las murallas de Utopir– ¿Era tu hijo? –Labju no respondió y volvió a lanzar una gran tajada hacia Neodor quien nuevamente solo se movió para esquivarla pero para cuando Labju volvió a atacar a Neodor, este ya tenía la espada en la mano y detenía el ataque del guerrero blanco–. Escúchame Labju, yo no sabía que era tu hijo, el apellido me pareció familiar pero nunca pensé que fuera él . . . –Labju no le permitió decir nada más y destrabó su espada y volvió a atacar al rey. El choque de las espadas se había propagado por el pueblo y de momento, como de la nada, aparecieron las demás personas y rodearon a los contrincantes. Neodor no había querido atacar a Labju por entender su dolor, pues a él también le habían asesinado a una hija. Pero Labju estaba tan enojado que no se midió en sus palabras y ofendió a la familia del rey.

–¡Tu hija . . . tú y tu maldita familia son una porquería que debería estar entre los puercos!

–¡Labju, no quería lastimarte por entender tu dolor y sentir tu coraje en contra mía! ¡A mi puedes decirme lo que quieras pero a mi familia nunca la ofendas! –Neodor esperó a que Labju atacar nuevamente y después de chocar espadas un par de veces, Neodor hizo que Labju abriera la guardia y propinó un fuerte golpe hacia la boca de Labju con la empuñadura haciéndolo alejarse. Labju vió como de su boca escurría sangre e incluso se agazapó un poco para dejar que un hilo de sangre chorreara hacia el suelo mezclándose con la tierra. Más enojado, Labju se lanzó sobre aquel hombre moreno que lo había golpeado, pero al atacar Neodor se movió del lugar y utilizando una gran habilidad lo golpeó nuevamente con la empuñadura en la espalda y le colocó un pie para hacerlo caer, Labju intentó volver a levantarse pero Neodor lo tomó de los cabellos, lo derribó, se sentó sobre de él y le colocó la espada en la garganta–.

Escúchame Labju, nunca pensé que él era tu hijo, además de que tenía mucho tiempo de no verlo . . . y no fue mi culpa, la culpa fue de Dersor que lo envió a pelear por ser su mejor guerrero . . . y eso merece merito, estuvo a punto de matarme pues era un hombre fuerte y alto . . . pero si lo entrenaste tú mismo, te faltó . . . no ayudaste a tu hijo a ser un mejor guerrero . . . y nunca le mostraste como enfrentarse a un hombre viejo que conoce mejor la maña que la fuerza y los músculos . . . no lo enseñaste a ver con la cabeza, no lo enseñaste que una buena estrategia es mejor que solo intentar cansar a tu enemigo, romperle el escudo y creer que lo dejaste a tu merced . . . –para ese momento, Labju lloraba y de los ojos de Neodor comenzaban a escurrían lagrimas–. Yo nunca enseñe a mi hija a no confiar, le dije que podía confiar en todo aquél que tuviera corazón noble mas nunca le dije cuales eran las características de una persona noble y mira . . . mis hermanos mataron a mi hija y no tengo el valor para vengarla . . . –Neodor no quería seguir hablando por la angustia que ese tema le causaba pero se atrevió–. Además, te apuesto que tu hijo se sintió feliz pues la vida sin Menaria lo había acabado . . .

–¿Qué? –Labju no entendía esa parte y dejó de ajetrearse pero Neodor no se quitaba de encima de él.

–¿Cuántas veces Janert abandonó tu Castillo para ver a una joven? Esa joven era mi hija . . . por mucho tiempo la cortejó y ella estaba dispuesta a darle su corazón pero Leodor se interpuso –Neodor se alejó de Labju y siguió hablando con un tono fuerte y casi gritando–. ¡Por eso lo maté, por eso maté a mi hermanastro . . . ! –Labju no daba crédito a lo que escuchaba y más desconcertado que nunca se volvió hacia Neodor cuando varios guardias se acercaban y comenzaban a rodear a Neodor amenazándolo con las puntas de sus lanzas, Neodor solamente extendió los brazos y miró a Labju ponerse de pie–. Estoy en tu territorio, he venido a buscarte para que vuelvas Andagora y gobiernes Ceron como tú solamente lo sabes gobernar . . . mis hermanos están locos y pienso destituirlos . . . solo tú sabes mi feo secreto . . . has lo que creas conveniente –Neodor se refería a que diera la ordena a aquellos hombres de que lo liberaran o lo apresaran pero Labju tomó la decisión de que lo dejaran libre y después de que acordaran nuevamente como estarían las cosas una vez que Labju volviera a Andagora. Labju fue obligado por Neodor a que se regresara con él ese mismo día para proclamarlo Gobernador . . . y Labju aceptó . . .

Cuando salió el doceavo sol, cerca de media mañana; Neodor llego con una escolta al Castillo de Andaros, las puertas no se le cerraron ni titubearon en abrir; Neodor solo se dedicó a caminar hacia su hermano para exigir su oro, mientras los guardias le abrían las puertas necesarias. Jareb solo entrego tres cuartas partes del dinero gastado. Esa mañana Jareb estaba sentado en su trono teniendo, de pie, frente a él al rey de Andagora.

–¡Pensé que nunca llegarías! –dijo su hermano sarcásticamente y con una sonrisa confiada en sus labios. Pero Neodor no dijo nada, solo lo observó y después habló con tono fuerte e imperante, como un verdadero Rey.

–Labju . . . acércate –dijo Neodor sin quitar la vista de su hermano.

–Si su majestad. ¿Qué necesita? –Labju vestía nuevamente la armadura de Andagora y Jareb vió con asombro a este guerrero y por un momento temió, centró su vista en aquel hombre que seguramente tomaría venganza.

–Que los guardias saquen todo lo de valor de este lugar y lo lleven a las carretas.

–Si señor –al ver que Labju movía sus manos y los guardias comenzaban a tomar cosas y sacarlas fuera del Castillo Jareb se enfureció y no pudo evitar mostrar tal furia.

–¡Eres un desgraciado Neodor! –Jareb trato de abalanzarse sobre él empuñado su espada cuando cinco hombres se le interpusieron cubriendo a Neodor y amenazándolo con grandes picas.

–Deberías dame las gracias por no matarte. Ahora tranquilízate y deja que mis hombres trabajen.

–Pero esto no se quedara así Neodor, algún día me las pagaras y yo ocuparé tu lugar.

–¿Qué harás . . . matarme?

–No, te haré sufrir. Te veré suplicando.

–¡Ya me enfado!, guardias llévenselo al Palacio de Andagora y enciérrenlo . . . ¡Labju!, ahora eres el duque de Andaros, hasta que mi hermano me pida perdón.

–Si, señor –al ver como los guardias comenzaban a someterlo con fuerza, Jareb lanzó una mirada de compasión hacia su hermano.

–¡Perdón hermano! –pero Neodor seguía sin mostrar resentimiento alguno.

–Eso no es de corazón Jareb, llévenselo de aquí –los guardias salieron con Jareb preso mientras las carretas iban y venían desde el Castillo de Andaros hasta el Palacio de Andagora.

Una vez que Neodor tomo todo lo que había de valor en ese lugar se dirigió al Castillo de Ceron donde sorprendió a Kenri comiendo quien al ver que los guardias del rey, Labju y el mismo rey lo rodeaban, dejó de comer y le reclamo a su hermano con tono de desacuerdo.

–¿Qué es esto Neodor? –dijo Kenri sin levantarse de la mesa.

–Vengo por el oro que me debes.

–Tengo solo la mitad.

–Bien, ¿En dónde esta?

–En el baúl . . . –señalo a un gran baúl rojo con chapas de oro que se encontraba en una esquina.

–Labju, revisa el baúl –Labju se acerco, lo abrió y vio en el interior, después miró a Neodor.

–Exacto señor, solo es la mitad.

–Así que . . . ¿Ahora estas con el enemigo?

–Cállate, él no discutió conmigo, fue con ustedes y ya estoy harto de su forma de gobernar. Labju . . .

–Si señor . . . guardias, tomen todo lo de valor –al oír eso, Kenri golpeo el plato con la cuchara, se levanto un poco y grito.

–¡No toquen mis cosas! –al oír la voz del gobernador, los guardias se detuvieron volviendo su mirada hacia Neodor.

–Será mejor que te calmes Kenri. Guardias prosigan –Kenri lo miro con ojos de odio–. Lo sé Kenri soy un maldito desgraciado pero tú lo eres más.

–No, tú no eres un maldito desgraciado eres un infeliz mal nacido . . .

–Soy muy feliz y el parto de *"nuestra madre"* fue normal cuando nací. En cambio tú, mataste a nuestra amada madre al nacer –Kenri solo volvió a sentarse mientras que los guardias sacaban todo lo que parecía tener un buen valor y al ver que saqueaban sus pertenencias Kenri tomo la empuñadura de su sable y lanzo un golpe contra Neodor pero este le tomo el brazo, después de doblárselo un poco lo soltó arrojándolo al suelo, sintiéndose humillado Kenri se levantó atacando con los puños a Neodor, pero este lo golpeo en la cara y lo tiro al suelo dos veces consecutivas.

–Ya cálmate Kenri, tú eres cazador, no guerrero.

–Pagaras todo esto Neodor, ya lo veras, te veré pidiendo perdón, suplicando por tu vida . . .

–Eres igual que Jareb, guardias a este también llévenselo al Palacio Andagora –mientras se llevaban a Kenri este le hablaba a Neodor.

–Perderás todo lo que tienes y no podrás evitarlo –Neodor vio a la nada, solo los grandes bloques que conformaban el Castillo quedaron reflejados en sus ojos pero él no les prestaba atención. Quedo un momento pensativo, estaba pensando en lo que había hecho, se cuestionaba si estaba bien o estaba mal pero la voz interior lo felicitaba. Un momento después, Labju lo interrumpió diciendo que ya estaba hecho el trabajo y que era hora de regresar al Palacio.

Una vez en el Palacio, Neodor se sentó en la mesa, como siempre, pero en esta ocasión, a él se acercó su mujer, se acercó a paso lento desde la entrada hasta poder estar a un costado de él.

–¿Hace cuanto tiempo que no te veo Neodor? –dijo su mujer con tono afligido y una pequeña tristeza reflejada en su rostro. Al oír su voz, Neodor volvió su mirada lentamente y al verla se levantó de prisa y la abrazó.

–¡Cariño! –las palabras de Neodor también parecían salir de un corazón herido por la perdida. Con el abrazo y las lágrimas que de cada uno salían se dijeron lo mucho que se habían extrañado pero después se separaron.

–¿Puedo . . . puedo acompañarte? ¿Puedo comer contigo? –no se sabe si las lagrimas o la alegría cortaban las palabras de la mujer.

–¡Por supuesto que sí! –Neodor fue muy caballeroso y ayudó a su esposa a sentarse a un lado de él mientras que él se sentó en la cabecera de la mesa. Después, al poco rato entró un cocinero y una sirviente a servir de comer algo de sopa de elote con un pan. Pero para Neodor algo le había parecido extraño, habían servido tres platos en vez de dos.

–¿Y este plato? –preguntó tranquilamente a la mujer que servía.

–Es para la princesa señor.

–¿Qué . . . ? –Neodor fue interrumpido por una delicada voz femenina.

–¿Puedo entrar? –sus ojos no daban crédito a lo que veían, era una hermosa muchachita de, al menos, dieciséis años, de piel blanca y cabello castaño, de ojos café y mejillas rosas. Vestía un hermoso vestido rojo que le combinaba con el poco carmín de sus labios.

–¿Ella . . . ella es . . . es NADIR? –en los ojos de Neodor se veía la incertidumbre, al ver atravesar la cocina a su hija menor, después desvió la mirada a su esposa, la cual ya tenía los ojos humedecidos de lagrimas y afirmaba con un leve movimiento de su cabeza. Al tener cerca a su hija, Neodor retiró, después de mucho tiempo, aquellos guantes negros de piel que había traído con él desde que inició las campañas para la conquista de Fanderalm. Con las manos desnudas y secas, el rey tomó ambas manos de su hija y las besó.

–Tú . . . ¿Tú eres Nadir? –la muchachita se sonrojó y le sonrió dulcemente.

–Si papá, ¿Qué no me reconoces?

–La verdad no, ven y abraza a tu padre –la muchachita lo abrazo y al ver la escena, en los ojos de la esposa de Neodor volvieron a salir lágrimas nuevamente y un leve sollozo se hizo presente para cortar de golpe aquella hermosa escena y aquel silencio penetrante que había reinados por unos cuantos segundos.

–¿Por qué lloras mamá? –preguntó Nadir al tiempo que dejaba de abrazar a su padre.

–¡Por nada hija!

–Tu madre ya extrañaba esto, ella es muy sensible –esa tarde, Neodor redescubrió lo hermosa que era su familia.

Pero por otro lado, en las mazmorras del palacio, Jareb y Kenri planeaban un gran golpe contra Neodor pero hasta el momento solo habían estado en desacuerdo. Sentados en una banca, hecha de piedra, comentaban, rodeados de olores fétidos y moscos grandes, intercambiaban ideas con dificultad.

–Ya lo tengo –dijo Kenri casi gritando y abriendo un poco mas los ojos–. Debemos matarlo.

–Olvídalo, no podremos matarlo. Él nos conoce muy bien.

–Entonces solo nos queda una salida, atacar a su familia y hacer que él haga lo que queremos.

–¡No seas estúpido . . . ! –Jareb se puso de pie–. Nos torturaría hasta morir. Recuerdas quien dio muerte a nuestro padre . . . él es malo . . . es . . .

–¡Es verdad y qué podemos hacer! –dijo Kenri desairado.

–Un reino no es un reino sin gente . . . verdad.

–No –Kenri movió la cabeza negativamente–. Neodor tiene guardias alrededor de Andagora, ¿Cómo los sacaríamos?

–No seas estúpido, buscaremos la forma de que los hombres, todos ellos; se pongan contra Neodor y ellos acabaran con él sin que nos dañen a nosotros.

–Eso me gusta, pero . . . ¿Cómo lo haremos? –Jareb se sentó al lado de su hermano.

–Se me acaba de ocurrir una idea genial, escucha . . . –Jareb comenzó a explicarle el plan a su hermano y desde el interior de las oscuras mazmorras solo se pudieron escuchar las risas de los dos hermanos, una risa sádica y llena de perversidad.

Neodor se dirigió después a los otros reinos quienes gracias al pacto firmado con Alamus, aceptaba un poco más rápido la petición del rey andagoriano, solamente Macragors se opuso más tiempo que los otros por lo ofendido que aún se sentían por haber sido atacados primeramente. Pero al estar haciendo esto, uniendo su reino con los otros reinos, volvió a descuidar a su gente quienes ya no le tenían confianza y aún estaban enojados con él pero que preferían mantener el silencio y preparar una estrategia para atacar en cualquier momento.

A los quince días de que planearon su golpe; sin saber el por qué, Neodor los dejó salir de los calabozos pero su plan se vio estropeado cuando Neodor, estando en el salón del trono frente a ellos, les dijo que ya no podrían ocupar los puestos que antes tenían ya que Labju y su primer general de los hombres de armas lo sabían llevar muy bien. Cabizbajos, llenos de ira y dolor, salieron del palacio siendo escoltados por cuatro guardias reales hasta que llegaron al mercado y una vez que les cerraron la reja se retiraron al pueblo con dirección a la taberna; donde sentados, en una mesa apartada de la demás, ubicada en una esquina, volvieron a intercambiar palabras.

–¿Y ahora que vamos a hacer?

–Cambiar el plan Kenri.

–No, tengo una idea genial . . .

–¿De que hablas? –Kenri se puso de pie.

–Maldita sea, Neodor es un maldito . . . pero . . . a pesar de lo que nos hizo . . . no le tengo rencor –Jareb jalo del hombro a Kenri para volverlo a sentar.

–¿Qué haces?

–Solo espera –en eso cerca de siete hombres, campesinos que descansaban tomando una buena cerveza, se les acercaron.

–¿Así que ustedes son los hermanos de Neodor?

–Si –contesto Kenri y uno de ellos lo tomó por el cuello y lo puso de pie.

–¿Qué crees que estas haciendo? Ahora mismo te llevaré frete al rey y le diré todo lo que estas diciendo de él –el hombre tomó a Kenri y lo jaló por un brazo con mucha fuerza mientras que los otros tomaban a Jareb por la fuerza y esto ocasionó un gran estruendo de voces y risas dentro de la taberna pero al salir y tras haber dejado los gritos de las personas detrás de la puerta cerrada, los hombres los soltaron y antes de que dijeran algo, el hombre más barbado se les adelanto al hablar–. ¡No seas tonto!

–¿De qué hablas? –preguntó Jareb y el hombre solo volteó hacia todos lados.

–No deben hablar mal de Neodor al oído de todos.

–Es una nueva ley . . . les costará la cabeza si alguien más los escucha . . .

–¿Cómo que alguien más?

–Si . . . nosotros . . . nos hemos reunido en éste bar para hablar de un plan para sacar a Neodor del lugar donde esta y al igual que ustedes buscamos a mas personas para crear un gran número y atacarlo.

–Pero ahora no podremos volver a esta taberna, nos reuniremos en la casa de Joser, él vive en una casa lejos del Castillo Draeck, cerca de los cultivos de maíz . . . ahí los vemos mañana.

A la mañana siguiente se reunieron en dicha casa, una casa de madera al Sur de Ceron que estaba rodeado de áreas abiertas y adornada con un jardín trasero muy bien visto, poseía todo tipo de flores y el acomodo era tal que parecía un gran tapete, la casa era de madera completamente y no contenía muros de tierra o piedra como las demás. Dentro había un amplio lugar, mas bien parecía una casa abandonada que una casa habitada por alguien ya que dentro no había mueble alguno sino que solamente un gran espacio libre, espacio que seguramente se vería horrible cuando no fuera ocupado, pero no en ese instante; la casa estaba ocupada con un número pequeño de hombres, llegando a los treinta hombres o más. Una vez que cerraron la puerta solo Jareb y Kenri se encontraban en medio de todos los hombres que los rodeaban.

–¿Podemos estar seguros que todos los aquí presentes están totalmente en desacuerdo con Neodor? –preguntó Kenri y todos respondieron positivamente con un si y otros moviendo la cabeza e incluso algunos opinaron.

–Yo quiero ver la cabeza de ese maldito, mato a mi hermano aquella vez en la muralla.

–Si, y una de las casas que quemo era la mía, me quede sin nada mucho tiempo.

–La mía también . . .

–Bueno, ya basta. Al parecer no todos son de un mismo pueblo verdad . . . –solo movieron la cabeza positivamente.

–Entonces necesitamos a un hombre o mujer para que los guíen en cada pueblo.

–¿Por qué no lo hacen ustedes?

–Estas loco . . . somos hermanos de Neodor . . . sabes lo que nos haría si nos descubre.

–Por eso necesitamos tres representantes. ¿Quiénes se atreven?

–Necesitamos personas completamente decididas y consientes de lo que estamos haciendo –de entre todos los presentes salieron tres hombres que se atrevieron por decisión propia: Joser, el dueño de la casa. Arnor, al hombre a quien le habían quemado la casa y Quenor, un habitante de Andagora.

–A ellos les diremos como vamos a actuar y cuando lo vamos a hacer, ellos lo que harán será moverlos a ustedes.

–Y como primer paso, lo intimidaremos.

–¿Cómo?, ese hombre es más frió que otra cosa.

–Eso no es muy difícil, aquí tengo una lista de lo que podría hacerlo temblar. Solo asegúrense de que sea una nota por día y que no los vean –de entre su ropaje, Jareb saco un pedazo de pergamino y se los entregó al hombre Barbudo, Joser–. Háganlo y dentro de cinco soles nos volveremos a reunir –los hermanos de Neodor salieron del lugar sintiendo dentro de ellos que la venganza hacia su hermano por fin daría frutos, mientras que los hombres se quedaron a tramar como darían ese golpe y leyendo las notas, llegando a escucharse voces sorprendidas.

Al día siguiente cuando Neodor terminaba de comer, caminó por los pasillos silenciosos y tranquilos, llegó hasta la puerta de la torre donde se había exiliado, antes de que abriera la puerta y cuando pensaba que nada lo podía perturbar ese pacifico día, uno de los guardias se le acercó con una nota escrita en pergamino amarillo, aún doblada.

–Disculpe señor, le trajo esto un hombre –Neodor tomó el papel y al leerlo comenzó a sudar y moviendo rápido la cabeza vio a guardia.

–¿La leíste?

–No señor.

–¿Quién dices que lo trajo?

–Un hombre, no le vi el rostro pues su pelo era largo y le cubría la mitad del rostros –Neodor hizo bolita el papel y lo apretó en su puño y después con un simple movimiento de su mano le dijo al guardia que se retirara. El guardia se retiró a paso rápido caminando por ese estrecho corredor oscuro y se perdió al bajar las escaleras, solo el sonido de su armadura se escuchó pero después de un momento, éste se perdió también, pero Neodor ya no escuchó al sonido del metal perderse en la nada, para ese momento él ya se encontraba dentro de la habitación. Arrojó el pedazo de papel al suelo y después se acerco a la ventana pequeña que veía hacia el bosque de la parte trasera del Castillo.

–*¿Cómo supieron eso?* –dijo en sus pensamientos–. *¿Dónde estas . . . ? ¿Dónde estas espíritu? ¿Qué he hecho mal?* –pero nadie le contesto–. *Aparece, habla. ¿Qué he hecho mal?*

–Nada, pero hay algunos que desea tu muerte y esas personas morirán pero . . . tú no las mataras.

–*¿Quienes son?*

–Bueno, yo no puedo decirte quienes son. Hicimos un pacto solo para protegerte a ti y a tu reino.

–Por si no te has dado cuenta . . . amenazan a mi reino y a mí.

–Tu destino era el reino de Andagora y morir en el . . . solo que tú eliges como quieres morir.

–Investiga quienes son tus agresores . . . una buena opción es aumentar el número de guardias y buscar en Ceron.

–Hazlo rápido, antes de que tu mismo pueblo te mate . . . hazlo si es que quieres llegar a viejo . . . pero una vez más, pase lo que pase aléjate de Gorgan –inmediatamente Neodor mando llamar a sus guardias reales y al tenerlos frente a él ordenó que buscaran al sujeto cuyas descripciones ya había dado el otro guardia. Inclinándose un poco y dando un paso hacia a tras los guardias se alejaron y no regresaron hasta el anochecer con malas noticias para el rey. Al día siguiente cerca de la puerta del Palacio encontraron una flecha con otro mensaje atado el cual sin verlo llevaron frente a Neodor y al leerla volvió a temblar de impotencia y de rabia al no poder tener a ese maldito y matarlo con sus manos, al mismo tiempo que lo vería sufrir.

–¿Qué es esto? –dijo empuñando la mano donde traía la nota y mirando a los hombres frente a él–. ¿Esto es un juego? No señores esto no es un juego . . . quiero que doblen la guardia nocturna y a cualquier persona sospechosa que encuentren en las afueras o cerca del Palacio a esas horas lo traigan frente a mi.

–Si señor –los guardias se alejaban cuando Neodor volvió a hablar.

–Avisen a los pueblos de Ceron y de Andaros que hagan lo mismo.

–A la orden señor.

Los guardias salieron y comenzaron a dar las órdenes que Neodor había dado y otros tomaban los corceles para ir a los pueblos de ese reino regresando al amanecer del día siguiente, ya una vez cumplida su misión. Gracias a estos refuerzos, no pasaron más de cuatro soles cuando a las afueras del mercado atraparon a un hombre con una nota. Después de golpearlo lo llevaron frente a Neodor quien en ese momento estaba sentado en el trono esperando lo que sus hombres le llevaban y en cuanto lo vio se puso de pie y con paso lento e imperante se acerco al hombre.

–Dime. ¿Quién te da órdenes para que atentes en contra de tu rey?

–Yo no tengo un rey como gobernante . . . eres un monstruo.

–¿Qué hice mal, dónde me equivoque pensando que la gente de Andagora era buena? –Neodor no parecía estar enojado, hablaba con sarcasmo pero con voz excesivamente pacífica.

–Lo éramos hasta antes de que tú gobernaras.

–Me vas a decir quien es tu líder, entendiste o yo mismo voy a quitarte la piel y cuando termine te la mostrare antes de que mueras.

–¡Púdrete! –dijo el hombre un poco retador y lleno de coraje y miedo a la vez.

–Dime, alguna vez en el templo les han dicho como es *"el sufrimiento eterno"* . . . y si no, lo descubrirás.

Casi al mismo tiempo los rebeldes se dieron cuenta de que habían atrapado a uno de ellos y se reunieron de urgencia, nuevamente en aquella casa vacía.

–Creo que todos lo saben, atraparon a Josh. El problema es que hablará.

–No señor, yo conozco a Josh y él no hablara.

–No, estoy seguro que Neodor lo hará hablar. Así que debemos movernos rápido si queremos vivir.

–¿Qué haremos? –Jareb no había pensado en nada y en ese momento fue Kenri el que habló por su hermano mayor.

Mientras, en las mazmorras de Andagora, como Jareb lo había dicho, Josh era torturado en una cama de picos pequeños al mismo tiempo que lo estiraban.

–¿Quiénes son tus lideres? Habla –le gritaba Neodor al hombre con voz fuerte mientras el hombre competía en voz con gritos de dolor.

–No te diré nada.

–Hablaras o no dejaran de torturarte hasta que mueras o hables. Levanten la mesa –la mesa se inclino quedando el hombre en una posición vertical con la cabeza hacia abajo–. Arqueros, a los pies –una flecha le atravesó la pierna de lado a lado y una segunda hizo lo mismo–. ¿Hablaras? –a pesar de los gritos, el hombre pudo negarse nuevamente.

–Púdrete –pudo decir el hombre entre su gritó de sufrimiento y el dolor.

–Eres fuerte de alma –Neodor tomo un trapo de una cubeta que contenía agua salada y lo aplico en las heridas causadas por las flechas, el hombre gritaba horriblemente, con el dolor y la desesperación reflejadas en su rostro pero a pesar de la tortura seguía sin hablar.

–Traigan al verdugo –un guardia solo salió unos instantes y luego entró un hombre que traía una capucha y cubierta la cara con una mascara que solo le permitía ver los ojos, se acerco a Neodor y se quedó a un lado de él, sin decir nada y sin moverse, solo con la vista fija en su rey.

–Quítale la piel –se escucho una risa de la boca del hombre y saco un cuchillo con la punta muy fina y comenzó a cortar las plantas de los pies, después pasó a los tobillos y bajo hasta una pierna. El hombre no pudo resistir más y fue ahí donde entre sus gritos hablo.

–Lo diré todo. Soy Josh, los líderes que nos guían son Joser, el dueño de la casa de Ceron donde nos reunimos. Arnor, al hombre que habían quemado su casa que vive en Andaros y Quenor, un habitante de Andagora, también hay personas de Ceron como Almandrio, Dentor, Toseran, Aimalin; de Andaros como Reamo, Lenai, Rameun y yo; por ultimo de Andagora como Ester, Amej y Juamahi . . . eso es todo. Por favor, déjenme ir.

–Lo anotaste todo –le dijo Neodor a un guardia.

–Si señor.

–Busquen a esos hombres y tráiganlos –nuevamente los guardias solo se inclinaron y salieron del lugar.

–Bueno, la buena noticia es que no sentirás dolor, la mala es que mi verdugo te cortara la cabeza –Neodor salía cuando se escucho el golpe de una hacha y el gritó cortado de un hombre.

Las Malas Acciones Del Rey

Solo un día dio Neodor como plazo para que le entregaran a los rebeldes y en solo dos días, después de ver como Neodor mataba en la plaza del Palacio a los hombres y mujeres de la lista que Josh le había dado, los lideres se entregaron por si mismos a las manos de Neodor, ya que preferían morir ellos a que las otras personas que los apoyaban murieran.

–Bien, dicen ustedes que son los líderes y que vienen a entregarse –Neodor permanecía sentado en el trono pero los tres hombres se encontraban arrodillados frente a él siendo custodiados por dos guardias.

–Si.

–Perfecto, me ahorraron el trabajo. Guardias –los guardias los tomaron por el brazo y los jalaron para llevarlos hasta las mazmorras de Andagora, donde estuvieron dos días sin comer, alimentándose únicamente de agua. Sus bocas no se secaron pero sus estómagos gruñían bastante durante el día, intentaban encontrarle sabor a esa agua insípida y cristalina que cada tres horas les llevaban y daban de mala gana en la boca pues sus manos estaban atadas a grilletes. Y solo se limitaban a suspirar y recordar eventos pasados y eventos que nunca serían, extrañaban la luz del sol y no se acostumbraban a los olores pestilentes ni a la humedad oscura que reinaba en el lugar, pero curiosamente, ellos eran los únicos que ocupaban ese horrible lugar, pero eso ellos no lo notaron, sus mentes no tenían ninguna otra idea presente mas que la proximidad de su muerte.

Al inicio del tercer día, Neodor había reunido por séptima vez a los aldeanos para que presenciaran la ejecución de los hombres, ahora iban a ser decapitas por una cosa que Neodor había enviado hacer llamada por él *"la Guillotina"*. Cuando las personas llegaron a la plaza, un palco sobresalía sobre todos ellos, los guardias formaban una barrera para evitar que las personas se acercaran, el verdugo esperaba impaciente sobre el palco mientras aquellas mortales torres de madera, impacientadas también, crujían de vez en cuando tambaleando su filosa hoja metálica. El cielo era perfecto, azul y un poco despejado, el sol parecía brillar más radiante que en otros días, parecía que estuviera feliz con lo que presenciaba e iluminaba la hoja filosa de la arma, dando así más presencia a la ayudante de la muerte. Todo se tenía preparado, desde las guillotinas hasta el verdugo, pero tuvieron que esperar cerca de media hora hasta que apareció Neodor desde el balcón principal, que no era otra cosa más que una gran arquitectura de piedra, sobre la puerta principal, que él mismo había enviado hacer poco tiempo atrás.

–Traigan a los prisioneros –gritó y casi al instante, la puerta del Palacio se abrió y del interior salían los tres prisioneros escoltados por dos guardias cada uno, subieron al domo y los recostaron en la parte baja de la guillotina para después ser sujetados por la prensa de madera de aquel artefacto.

–¿Tienen algo que decir a su favor?

–No tengo por qué contestarte . . . lo que hice fue por el bien de mi pueblo.

–Yo no soy un asesino . . . ni mucho menos un tirano, lo que en estos instantes voy a hacer lo sentiré mucho en el alma.

–¿Cómo no lo sientes en el alma cuando no nos das de comer mal nacido? –gritó uno de los sentenciados pero a Neodor no le incomodó el comentario.

–Puedo darles una oportunidad, sé que ustedes no son los responsables y que reciben órdenes superiores. Si me dicen quien o quines los dirigen . . . les perdonaré la vida –al escuchar eso, las personas presentes comenzaron a gritar que delataran a los verdaderos rebeldes y pudo verse la duda en los sentenciados e incluso comenzaron a sudar hasta que uno de ellos respondió.

–No hay nadie más, tú nos obligaste . . . tu entupida forma de gobernar . . . –el odio se vio reflejado en los ojos de Neodor y gritando de enojo dio la orden para que iniciaran la ejecución.

–Mátenlos –sin esperar nada el verdugo dejó caer, una por una, las filosas hoja de acero, que cortaron de un tajo las cabezas de los pobres rebeldes. Al caer las cabezas, una de ellas calló en al orilla de la cesta y tirándola rodó por la madera quedando frente a los presentes, la cara reflejaba la sorpresa y la última añoranza de vida que aquel hombre había mostrado antes de ser decapitado, las personas se quedaron mudas de la impresión pero Neodor volvió a hablar haciendo que todos volvieran la mirada hacia él–. Espero que esto sirva de advertencia para todos aquellos que quieran volver a enfrentarme. Yo les di una oportunidad de que se salvaran y ellos no la aceptaron . . . no sé por qué dicen que se mueren de hambre si yo envío carretas de alimentos cada cinco soles. Si no es suficiente díganme, si sus tierras no producen bien díganlo también. Aquí en el pueblo tenemos una muy buena cosecha y en Ceron se dan los mejores frutos del reino. Yo lo único que quería era que Andagora creciera, quería mejorar este reino pero ustedes que no entienden nada se desesperan y de inmediato quieren alebrestarse. Solo advierto que ya no les tendré consideración y que si algo parecido vuelve a suceder, me obligaran a castigarlos y lo haré matando a todos sus hijos menores a 18 años.

Estas fueron las últimas palabras de Neodor y después entro nuevamente al interior del Palacio mientras en las afueras los cuerpos eran retirados y las personas salían de forma silenciosa o algunos hablando en voz baja, profiriendo quejas u opiniones. Después de unos instantes Labju hablaba con Neodor mientras recorrían un pasillo que conducía a las escaleras para bajar a la primera planta.

–¿Qué fue eso, Señor?

–No te preocupes . . . ya me conoces, no mataré a sus hijos. Solo es para asustarlos. ¿Crees que seria tan estúpido para matar al pilar de la mano de obra del reino?

–¡No!

–Bueno y ya que estas aquí . . . necesito que me formes una escolta de tus 10 mejores hombres . . . ¡solo para prevenir!

–Si señor . . . –Labju descendió las escaleras y Neodor lo acompaño pero después, el rey se apartó del guerrero y se dirigió a la habitación donde se encontró a su esposa e hija.

–¡Cómo están mis tres tesoros!– habó a sí Neodor sonriendo ya que su esposa estaba encinta. Las abrazó rodeándolas con sus fuertes brazos y después se apartó para escuchar la dulce voz de su hija mayor.

–Bien padre . . . pero necesito ir a Alamus –dijo su hija con acento graciosos y llena de pena.

–¡A Alamus! ¿Para qué? –la princesa se sonrojo pero aún así contestó.

–Lo que sucede es que cuando fui al gran baile de Laurda . . . bailé con el príncipe Elaum, segundo hijo de Comodor y . . . creo que le gusto, él ya vino una vez y ahora me gustaría ir a verlo . . .

–¿Eso es verdad? –Neodor volteo a ver a su esposa quien le sonrió y respondió positivamente moviendo la cabeza y el sonrió feliz–. ¡Pues . . . felicidades hija! Tienes todo mi consentimiento para ir, solo que lleva contigo una escolta y a Labju . . . él conoce por allá.

–Si . . . gracias padre –su hija lo abrazó y él solo volvió a reír de felicidad ya que veía y parecía sentir la felicidad que su hija sentía en ese momento. Entrada más la tarde, Neodor, despedía a su hija quien subía a una diligencia muy lujosa siendo guiada por Labju. Después, Neodor dio un paseo a caballo con su esposa por las praderas siguiendo el recorrido del río que por ahí cruzaba.

Al mismo tiempo, a las orillas del lago Gorgan; Neiredy paseaba entre los árboles cuando se encontró con una joven que vestía con una túnica larga y negra que cubría gran parte de su cuerpo, en los pies calzaba unas botitas, al parecer de piel aterciopeladas y oscuras que solo llegaban hasta arriba del tobillo y no subían más, sobre el vestido, atado en la cintura traía una mascada de color rojo hecha tirones que por un costado casi tenia el mismo largo del vestido pero que en el otro solo llegaba a una distancia pequeña. El cuello del vestido era largo, blanco y salía desde su pecho hasta la parte baja de sus mejillas, al parecer era rígido pues nunca se movía de su lugar y era abrochado por unos botones oscuros en el centro. La joven era de menor estatura y edad que la Hada, su piel era cobriza inclinándose un poco a la blanques, sus ojos eran azules y su cabello rubio, además de que poseía un hermoso cuerpo de mujer a pesar de sus quince años.

–Disculpa –le hablo la joven a la Hada–. Me podrías decir dónde puedo encontrar el reino de Alamus.

–Hene nomed medno– fueron las palabras que resonaron dentro de la cabeza de la joven pues los labios de Neiredy no se movieron siquiera un poco.

–¡Eres una Hada! –parecía que Neiredy no comprendía pero la joven volvió a hablar–. ¿Podrías ayudarme . . . ? Solo necesito que me indiques la dirección más fácil para llegar al reino de Alamus –la bruja sacó un mapa–. Muéstrame –Neiredy se acercó a la Bruja y miró el mapa.

–¡Alamus! . . . quieres . . . llegar a . . . Alamus –nuevamente los labios de Neiredy no se movieron.

–Si –la Hada le señaló el reino del Norte y después hizo un camino con su dedo, dejando un resplandor rojo en el mapa hasta llegar al punto donde se encontraban–. ¿Tú podrías venir conmigo? –la Hada respondió negativamente con la cabeza y le dio la espalda alejándose de la Bruja quien la tomo por el hombro con fuerza.

–¡Tú vendrás conmigo, quieras o no! –pero Neiredy sabia defenderse y se volvió rápidamente hacia la Bruja soltándose de la mano opresora de la jovencita.

–No . . . no iré . . . eres mala.

–Solo quiero tus poderes, solo eso y después te dejare ir –la Bruja se abalanzó sobre Neiredy quien solo colocó su mano frente a la Bruja y esta fue arrojada lejos de la Hada, al mismo tiempo que esta corría alejándose. La Bruja, adolorida por el golpe contra el suelo, solo pudo sentarse y llena de furia levantó la vista.

–Mi nombre es PRICCILA de la Secta Mondarue[6] y te maldigo maldita Hada, tú y tu descendencia sufrirán por siempre y así muera yo, la maldición te perseguirá . . . Angur, espíritu supremo de las tierras subterráneas escucha mi llamado –Neiredy pudo alejarse con bien de las garras de la Bruja pero esta ya la había maldecido y eso cambiaria todo lo que las Ninfas le habían predicho.

Entre tanto Neodor regresaba al Palacio por el mismo camino que había recorrido bajo la luz del sol, pero ahora estaba oscureciendo y las sombras ya cubrían la tierra, el viento comenzaba a tornarse frió y a lo lejos, ya se veían las antorchas de Andagora encendidas, la luna no aparecería ese día así que se esperaba una noche oscura, tan oscura que ya ningún animal del bosque se escuchaba en los alrededores. Casi llegaban a la muralla, las piedras ya se podían apreciar un poco gracias a la luz naranja de las antorchas y algunas partes del camino que daba al Palacio eran iluminadas, cuando un hombre, que vestía ropa negra y un capote que cubría su cara; se cruzó al paso del rey saludando amablemente a los gobernantes.

–Buenas noches señor y señora.

---

[6] "Nombre que recibe la congregación de Brujas asentadas al Noreste de Fanderalm. Se pronuncia Mondáru"

–Buenas noches señor. ¿A dónde se dirige?

–Yo solo voy de paso hasta Utopir . . . ¿Y Usted?

–Al Palacio Andagora.

–De acuerdo . . . Que llegue con bien a su destino.

–Usted también Señor –ya se estaban alejando cuando el hombre se detuvo y volteo a ver a Neodor.

–¿Cuál es su nombre?

–Neodor, soy el rey de Andagora y . . . ¿Usted?

–Mi nombre es ZARNIK. Comerciantes que ha perdido la carreta en la que viajaba.

–¿Gustaría una pequeña ayuda de mi parte? –Zarnik se sorprendió y movió las manos para decirle que no al rey, pero lo hizo de una forma muy graciosa que hizo sonreír al rey.

–No señor, le agradezco su intención pero no, la carreta era de un amigo, me quedé dormido y ahora intento poder alcanzarlo antes de que llegue a Ceron, donde sé que seguramente descansara si no es que se duerme en el camino . . .

–¡Oh!, entiendo –Neodor y su mujer le desearon buenas noches y el hombre también hizo lo mismo. Los reyes se acercaron mas a la puerta y entraron a la plaza principal siendo recibidos, abriéndoles la gran puerta de madera que daba paso al interior del ahora bien iluminado Palacio. Pero el hombre se interno en el bosque cercano llegando hasta el lugar donde había otros cinco que vestían igualmente a él y ya encendían una fogata.

–ALUDER. –dijo a otro que veía a los hombres trabajar–. Hace unos instantes conocí personalmente al rey de este reino . . . al hombre que hace un tiempo torturo a las Criaturas del Bosque y confinó a los Ogros y Trolls a vivir bajo la tierra por siempre.

–¡En serio!

–Si, su nombre es Neodor.

–Neodor . . . "*El Asesino*".

–No es tan malo como parece, pero es el que más alboroto hace. Debemos vigilarlo muy de cerca, él será nuestra oportunidad, él nos dará lo que necesitamos.

–Si, solo necesitamos que cometa un error grave . . . solo uno.

–Descuida, presiento que pronto lo hará . . . –una flama se encendió a un lado de ellos y se sentaron en el suelo mientras más hombres se acercaban a ellos proviniendo de todas direcciones de alrededor.

A la mañana siguiente cuando el sol comenzaba nuevamente a aluzar, con su resplandeciente y tibio haz de luz, Neodor salió del Palacio y sin rumbo fijo cabalgó sobre su corcel, rápidamente cruzó el pueblo donde ya se olía a pan caliente y se comenzaba a ver el ajetreo de las personas que se alistaban para comenzar su día, las praderas fueron rápidamente atravesadas mientras algunos hombres ya cuidaban a sus animales, que pastaban muy tranquilos por ese gran espacio abierto. Los árboles límites de las praderas no fueron impedimento para el trotar constante del animal y Neodor se internó en el bosque y lo recorrió sin encontrar nada que lo detuviera, solo las aguas de aquel hermoso lago. Frente a él se encontró al lago Gorgan. Desmontó y se acercó a la orilla, vió tranquilamente el lugar y le pareció lindo, los árboles a su espalda dejaban una área abierta cubierta de tierra, las aguas estaban cuando menos a dos metros de retirado del bosque y la tierra parecía formar una media luna con el agua, parecía la orilla de una playa, la tierra estaba suelta, no compacta, pero si se escarbaba, se encontraban con tierra dura. Ese lugar le pareció muy pacifico y se sentó recargando sus manos sobre sus rodillas flexionadas y escondió la cara entre sus brazos bloqueando un poco la vista y cerró los ojos.

–¿Es lindo verdad? –escuchó una voz femenina a un lado de él, pero de lo improvisto, de inmediato, Neodor se alejó un poco empuñando una pequeña daga, haciendo con éste movimiento brusco que Neiredy se asustara–. ¿Estás bien? –preguntó nuevamente la Hada y al verla, Neodor bajó la daga y la guardó en una de sus botas.

–¿Quién eres?

–Soy Neiredy y ¿Tú? –para los ojos de Neodor, los labios de Neiredy parecían abrirse.

–Neodor . . . y tú . . . ¿Eres una Hada?

–Si –al oír eso Neodor se puso de pie siendo guiado por un raro impulso que ni él mismo entendía y dio varios pasos.

–¡No te vayas! –pero las palabras de la Hada fueron más fuertes y parecía que lo hechizaban pues de inmediato se volvió sobre sus pasos– Me agradaría mucho charlar con alguien de tu clan –Neodor se volvió a sentar y la Hada volvió su mirada a las aguas del lago–. ¿Verdad que el movimiento de las aguas es relajador? –Neodor miró los ligeros oleajes que el lago traía desde lo lejos, eran oleajes que chocaban tranquilamente y en silencio contra la orilla.

–Si . . . –Neodor se volvió a mirarla– ¿Qué Hace una Hada fuera de Farerin?

–Yo odio estar abajo, es como una prisión para mí. Por eso siempre cuando el sol va saliendo o cuando se está ocultando salgo a caminar por estas orillas.

–¿Por qué? –Neiredy suspiró profundamente, apoyó sus manos en la tierra suelta y desvió su mirada al cielo, después volvió nuevamente su mirada hacia el rey.

–Yo amo mucho su mundo y su estilo de vida . . . nosotras solo pasamos la mayor parte del día orando por la paz del mundo y resolviendo conflictos en *"La Corte"* . . ., pero solo es parlotear y parlotear, nada entretenido, ustedes . . . ustedes tienen una vida más activa y se preocupan, se preocupan de todo y eso es algo que yo jamás podré sentir, ya que nosotras lo tenemos todo . . .

Con esa simple pregunta bastó para que Neodor y Neiredy estuvieran conversando hasta que llegó el medio día. Habían reído e intercambiando anécdotas y puntos de opinión hasta que Neodor sintió que tenía cosas que hacer.

–Lo lamento . . . ¿Neiredy?, tengo que irme –Neodor se puso de pie, se sacudió la tierra de su pantalón y, de momento, notó que la Hada le extendió las mano pidiendo ayuda para levantarse.

–Podrías ayudarme a ponerme de pie –Neodor le tomo la mano y notó la suavidad de su piel, suavidad que ninguna mujer humana tenia, al ver a Neiredy de pie se quedó casi sin habla ya que los vestidos en ese tiempo eran largos pero la Hada traía uno muy corto que dejaba a la vista sus blancas y hermosas piernas y como su vestido era algo ajustado moldeaba toda su hermosa figura, en los ojos de Neodor no había nada más que asombró y parecía que estaba hipnotizado.

–¿Qué te sucede? –preguntó Neiredy notando algo diferente en la mirada del Rey.

–¡Eh!, nada, solo veía que tu vestido es muy corto.

–Si, yo misma lo hice . . . ¿Te gusta?

–Mucho –casi como no queriendo Neodor se alejó de la Hada y cuando trató de volver a hablar con ella, esta ya había desaparecido. Neodor siguió su camino hacia el Palacio incluso se olvidó de su caballo y mientras caminaba, atravesando el bosque, la pradera y el pueblo, con la mente casi en blanco, muchos ojos lo veían pasar pero Neodor no ponía atención a eso.

Al fin llegó a su Palacio donde de inmediato le ofrecieron de comer pero él lo rechazo y se encerró en su habitación dando la orden de que no lo molestaran, se sentó sobre su cama pensando en Neiredy y lo único que recordaba de ella y era su hermoso cuerpo; en el momento que la vio el pie. Desesperado se cubrió la cara pues parecía hechizado, no olvidaba a aquella hermosa mujer.

–¿Qué me sucede? –se preguntó en voz alta.

–Te lo advertí –era aquella voz–. Te dije que te alejaras del lago Gorgan.

–¡No creo que esa Hada pueda dañarme! –Neodor se puso de pie mirando hacia todos lados.

–¡Yo te lo advertí y no me hiciste caso! –la voz se puso furiosa y le gritó a Neodor– *¡Ahora pagarás al igual que Nefeso y Leodor!.*

–¿Qué dices? Tú . . . tú los mataste.

–Me desobedecieron y eso los mató –Neodor se quitó difícilmente el brazalete mientras es sus ojos destellaba una gran furia.

–¡Eres un maldito . . . me engañaste! Me desharé de ti.

–Eso no te salvará de tu nuevo destino. Preferiste morir bajo la espada que morir de viejo.

–¡Cállate . . . cállate, cállate! –Neodor arrojó el brazalete por una ventana del Palacio rompiendo un cristal, el brazalete voló por los aires y cayó en una carretera de mercaderes Utopirianos que estaba saliendo, cargada de provisiones, en ese instante.

En el camino está carreta fue atacada por unos hombres quienes mataron a todos y saquearon los víveres encontrando ahí el brazalete; el brazalete fue tomado por Aluder quien se lo llevó a Zarnik.

–Mi señor Zarnik. Le traigo un obsequio.

–¿Qué es?

–Un brazalete que encontré en una caravana comercial.

–¿Un brazalete?

–Si –Aluder le dio el brazalete a Zarnik, quien al tenerlo en sus manos sonrió.

–Es preciosos. Es lo mejor que he conseguido . . . gracias Aluder –Zarnik colocó el brazalete en su mano derecha sin dejar de mirarlo mientras parecía que todo a su alrededor desaparecía y la voz comenzaba a resonar dentro de su mente, pero con un tono, susurrado y quedo, que solo él podía escuchar.

Neodor volvió a frecuentar varias veces a Neiredy por las mañanas, conversaban largos ratos cambiando de tema rápidamente y preguntándose el uno al otro sobre sus costumbres. Fue ahí donde Neodor pudo enterarse de que los hombres eran frecuentemente observados por los *Espectrum* y que por miles de años, los *Seres del Bosque* se habían encargado de la paz y el equilibrio del mundo hasta que los hombres llegaron e hicieron, por medio de la fuerza y las guerras, la perdida de aquel equilibrio que por mucho tiempo se mantuvo celosamente. También, Neodor, comenzó a sentirse muy tranquilo al lado de la Hada, se sentía hipnotizado por aquellos ojos verdes esmeralda que desde hace varios días se encontraban con sus sobrios ojos, pero se mantenía callado; además de que otro sentimiento comenzaba a aparecer en su pecho y lo confundía. No sabía si era cariño hacia la Hada o una simple atracción hacia ese cuerpo hermoso, a esa piel tersa que en algunas ocasiones había sentido al tomar las manos de la Hada o simplemente era la locura de aquellos labios rojos que lo incitaban a pecar en cada beso, a engañar a su mujer y a desear a la Hada por sobre todas las cosas.

El rey de Andagora cayó pronto en la confusión y en el sufrimiento, cosa que lo orilló a frecuentar consecutivamente el templo y confesarse ante los sacerdotes, creyendo que así podría salvar su alma y purificarla ante la vista de los dioses, pero no fue así . . .

Cierto día, al atardecer, en el Palacio Andagora; Neodor no podía estar tranquilo pues solo pensaba en la Hada mientras caminaba de un lado a otro dentro del estudio, recordando todos sus encuentros. De momento, detuvo su caminar quedando con la vista en el suelo y las manos echadas hacia tras sujetándose la una a la otra. En ese instante recordó las palabras de Neiredy.

"–Cuando el sol va saliendo o cuando se está ocultando salgo a caminar por estas orillas."

Neodor miró por una ventana, de grandes cristales, que tenia frente a él, al sol que llegaba al ocaso. El rey llamó a su escolta personal, que estaba constituida por los diez hombres que Labju le había reunido y juntos salieron con dirección al Lago Gorgan. En el camino se encontraron a un hombre que cargaba sobre su hombro un pequeño arco y una aljaba llena de flechas, este hombre se encontraba oculto entre la espesura y la oscuridad pero los hombres del rey rápidamente lo encontraron y después de ser tomado a la fuerza lo llevaron frente al rey. Este hombre se llamaba ANKISENK GAUDER; el cual era un cazador y granjero en el Pueblo Andagora. Neodor por su parte vió a éste hombre con malos ojos, al ver que su objetivo corría peligro, y rápidamente lo cuestionó.

–¿A dónde se dirige, campesino? –preguntó Neodor con tono imperante.

–Yo señor soy un cazador e iba a cazar la comida de mañana señor.

–Toma –le dijo mientras le lanzaba una bolsita de cuero llena de monedas de plata y oro–. Ahora largarte de aquí y no quiero volver a verte merodeando de noche por el bosque.

–Si mi señor –Ankisenk se alejó lo más rápido que pudo hasta perderse de la vista de Neodor y sus hombres. Neodor centró su vista a lo oscuro de una arboleda que parecía ser protegida por enormes bestias, que realmente eran las sombras que se formaban entre las ramas de los árboles.

–Sigamos a pie, falta poco para que lleguemos al lago y no quiero hacer mucho ruido –el rey bajó del caballo y sus hombres también y caminando a paso lento se dirigieron directamente hacia aquellas sombras que parecían ser estatuas de enormes bestias ocultas entre las sombras.

Cuando llegaron al lago, el sol ya se había ocultado por completo, pero aún así pudieron ver la silueta de una mujer que se movía entre el agua.

–Ustedes me esperaran aquí –Neodor se acercó a paso lento hacia la mujer, quien se bañaba, dándole la espalda a él.

–Neiredy. ¿Eres tú? –preguntó Neodor, asustando a la Hada, quien se volvió hacia él.

–¿Quién eres tú? –Neiredy no podía distinguirlo entre la oscuridad.

–Neodor . . . Puedo acercarme.

–Claro . . . ¿Qué se te ofrece? –Neodor se acercó a ella viendo su cuerpo desnudo.

–Te quiero a ti.

–¿Disculpa? –Neiredy se sobresaltó un poco al oír las palabras de aquel hombre mientras se aproximaba más a ella.

–Te quiero a ti. De una u otra manera serás para mi –Neiredy intentó alejarse de Neodor pero este la tomó de un brazo y la tiró en la poca agua que había en la orilla.

–¿Te has vuelto loco, Neodor? –pero Neodor, que parecía estar sordo y no seguir a su razonamiento, ya no la escuchó y se abalanzó sobre ella . . .

UN CAMBIO

LA MALDICION

Los Nuevos Enemigos

Al día siguiente, uno de los guardias del rey entraba al bosque cargando a Neiredy sobre su hombro. Después de haber caminado entre una gran espesura llego a un claro en el cual los rayos del sol se filtraban entre las ramas de los grandes árboles. Dejó caer bruscamente a la Hada, en el suelo, y desenfundó su sable, lo empuño con sus dos manos y lo levantó al cielo.

–Si por mi fuera me quedaba contigo –le dijo y cuando iba a descargar su golpe hacia la Hada, una flecha le travesó las dos manos, de inmediato gritó quejándose pero no podía soltar la espada ni quitarse la flecha ya que tenia las manos trabadas en la flecha. Lo único que hizo fue tratar de correr pero a su paso se interpusieron cuatro hombres, vestidos con ropas negras, que cayeron de unos árboles de poca altitud y que cubrían sus caras con los gorros de los capotes que portaban sobre ellos.

–¿Quiénes son ustedes? –les preguntó el hombre con susto pero no recibió respuesta.

–¿Cómo está la Hada? –el guardia escucho voces tras él y tembloroso se volvió, poco a poco, viéndose ahora rodeado por más hombres que vestían igualmente a los primeros que habían aparecido frente a él. Uno de esos hombres revisaba a la Hada, después se volvió hacia otro.

–Está bien, solo perdió el conocimiento. Hehem Ahedod.

–Moihane –el hombre que revisaba a la mujer la tomó y se alejó del lugar.

–¿A dónde se la llevan?

–La alejan de ti –le respondió el hombre frente a él mientras se descubría. El guardia vió rasgos que para él eran muy conocidos.

–¡Eres . . . eres un . . . eres un Elfo!

–¿Un Elfo? . . . ¡no bromees! –respondió aquel hombre de baja estatura, ojos oscuros y poco rasgados, de cabello negro y orejas puntiagudas que anteriormente se había presentado ante el rey con el nombre de Zarnik– Soy un HALFLING. Pertenezco a una raza única donde nuestros progenitores son un hombre Elfo y una mujer Humana . . . pero eso es otra cosa . . . Ahora dime. ¿Qué intentabas hacerle a la pobre Hada? –la voz de ese Halfling parecía muy enojada.

–Por ordenes de mi rey tengo que matarla . . . si no lo hago así, él me matará a mi –el guardia respondió tembloroso y con miedo reflejado en sus ojos pero Zarnik rió de una forma burlesca.

–No tienes nada que temer –Zarnik se acercó al guardia y le colocó una mano en el hombro–. El rey ya no podrá lastimarte.

–¿No podrá?

–No, ¡mírate . . . estas temblando de miedo . . . dime! ¿De qué te sirve tener miedo a que te mate tu rey si desde que entraste a nuestro territorio tu destino ya está marcado y será inevitable que mueras? –Zarnik tomó la flecha y de una forma brusca y sin piedad la retiró de las manos del hombre, los gritos del sujeto no se hicieron esperar ante la aparición del dolor, pero al parecer no había nadie que pudiera ayudarlo y de entre la espesura del bosque se escucharon los míseros lamentos del pobre guardia, del cual jamás nadie volvería a saber algo de él.

Una vez que el guardia murió, los Halflings se adentraron más al bosque dejando el cuerpo, tirado en el verde pasto, donde un rayo de luz golpeaba su cara, la cual reflejaba un terror muy grande en los ojos.

–Señor Zarnik. ¿Qué haremos con la Hada? –le preguntaba uno de sus hombres al estar lejos de algún lugar en el que los pudieran encontrar.

–No lo sé, es la primera vez que nos encontramos con algo así.

–¿Cree que podremos llevarla con los Elfos?

–No, ellos nos odian y creerán que nosotros fuimos los agresores y . . . ya saben las consecuencias.

–Tiene razón –de momento su platica fue interrumpida por unos pasos que se aproximaban hacia ellos, viéndose sin oportunidad solo se escondieron entre los matorrales y en los árboles. En tanto, saltando unos arbustos, apareció Ankisenk con su arco preparado pero al ver a la Hada lanzó el arco hacia un lado y corrió hacia ella; le hablo en voz baja pero Neiredy no contestaba. Sin ver otra salida y la necesidad de aquella mujer por una rápida atención, la tomó entre sus brazos y se puso de pie. Uno de los Halflings que estaba a lado de Zarnik alistó su arco.

–¿Lo elimino?

–No, parece ser un buen hombre . . . presiento que la cuidará. Ahora lo que debemos hacer es cuidar las acciones que pueda hacer este rey . . . debemos vigilar más de cerca a Neodor.

–Creo que su reinado ha llegado a su fin.

–Eso puedes asegurarlo Aluder –los Halflings dejaron que Ankisenk se fuera con Neiredy, mientras ellos comenzaban una caminata en dirección opuesta a él.

En tanto, Neodor había estado deambulando por el pueblo de Andagora con la mente en blanco y la vista tan perdida en la nada que no pudo percatarse cuando Ankisenk pasó a un lado de él con Neiredy envuelta en una frazada. Neodor entró nuevamente al templo cuando Ankisenk llegaba a su casa, llamó a la puerta de una forma brusca y desesperada, siendo su esposa, una mujer de estatura media, de piel morena clara, de cabello castaño, de ojos verdes y labios chicos; la que abrió la puerta y al ver lo que traía su esposo en brazos le cuestionó.

–¿Qué sucedió Senk? – "Senk" era la forma cariñosa que utilizaba su mujer para dirigirse a él.

–No lo sé, encontré a esta mujer en el bosque . . . al parecer . . . fue atacada por salvajes.

–Recuéstala en la cama mientras traigo algunas compresas –Ankisenk hizo lo que su mujer le ordenó, llevó a la Hada hasta su recamara y la recostó en su cama mientras Neiredy ya comenzaba a recupera el sentido, dando manifestaciones quejándose con voz tenue.

–Déjame pasar –le dijo su esposa pasando a un lado de él con una bandeja llena de agua y varios trapos blancos, que portaba en su mano derecha.

–Necesito que salgas un poco. Y no interrumpas . . . –Senk salio del cuarto cerrando la puerta de madera tras él. Para reponerse de lo cansado que había llegado y tomar un poco de aire salio de su casa y se dirigió a la derecha de la misma hasta su establo, en donde había varios caballos y unas cuantas vacas.

Su casa era para una familia de cinco pero lamentablemente su esposa no había podido tener hijos, por esa razón había comprado los caballos y las vacas . . . para intentar cubrir el vació que el no poder tener un hijo le dejaba. Y siempre que se sentía afligido salía e iba al establo, para dar de comer y platicar con sus animales. En algunas ocasiones les contaba chistes y hacia una que otra graciosada frente a ellos, entretenía a sus animales de los cales solo recibía mugidos o relincheos; para él, era el mejor lugar en el que podía estar, pues no tenia muchos amigos, de hecho los pocos que tenia solo eran con los que salía a cazar pero no cruzaba muchas palabras con ellos pues siempre que platicaban era acerca de sus hijos, de lo grandes y fuertes que se ponían o de las gracias que hacían, así que Senk era un hombre callado. Se sentía el más desdichado de los hombres; pero aún así, ni siquiera una vez, pasaba por su mente el dejar o engañar a su pareja. Ya que había sufrido mucho para conquistarla y había hecho un gran esfuerzo para que ella aceptara ser su esposa, además de que la amaba en demasía y sentía que ninguna otra mujer podría ocupar el lugar de ella. Pero el encierro que hacía con sus animales y lo desdichado que se sentía eran cosas que su esposa no sabía.

En el interior de la casa, al mismo tiempo, la Hada recuperaba complemente la conciencia. Cuando Neiredy vio a la mujer se lanzó a abrazarla.

–¡Ayúdame, aléjame de él por favor! –le decía la Hada llena de desesperación mientras sus labios, nuevamente parecían moverse, simulando el hablar, pues Neiredy nunca pudo producir palabra alguna con su boca. Aún así la voz que ella utilizaba era una dulce y fina voz femenina.

–¡Tranquilízate, estas en mi casa ahora! –la Hada soltó a la mujer y miró a su alrededor, ya no estaba en el bosque, ahora estaba en un cuarto pequeño que constaba de una cama y un guardarropas de madera, además de unas tres sillas que estaban pegadas a la pared de su derecha, al lado de la puerta–. ¿Qué sucedió?.

–Él, él era mi amigo, yo confié en él porque lo creí bueno . . .

–¿A quién, de quién hablas? –en eso entró Ankisenk y al verlo, Neiredy, se alejó hasta chocar con la pared sin bajarse de la cama, solo cubrió sus ojos con las manos y se encogió de hombros.

–¡Ayuda . . . dile que se aleje, es malo, él me usó . . . él . . . ! –la mujer vio a su pareja y le era difícil de creer que él le había hecho algo a la mujer.

–¿Qué le hiciste Senk? –el hombre muy desconcertado se defendió.

–¡Yo . . . nada . . . por favor mujer crees que yo . . . ! –la Hada interrumpió al hombre.

–Los Humanos son malos . . . sobre todos los hombres –la mujer miró a la Hada y moviéndose quedamente se puso de pie y, a paso lento, se acercó a la Hada.

–Escúchame . . . quiero que lo mires y me digas si fue él quien te utilizó.

–¿Pero . . . ?

–Por favor, necesito saberlo . . . –la Hada levantó la mirada y vio bien al hombre–. Y bien, ¿fue él?

–No, él no fue.

–¿Entonces quien? –preguntó Senk un poco molesto.

–Ne . . . Neodor . . . fue Neodor el rey de Andagora.

–¿Cómo puedes saber que fue él? –volvió a preguntar Senk, ya con tono tranquilo.

–Yo lo conozco, platicamos desde hace tiempo, pensé que me amaba pero . . . pero anoche . . . anoche usó de mí. Y ahora no sé qué hago aquí.

–Mi pareja te trajo . . . esta es mi casa y aquí estarás bien –le decía la mujer a la Hada con voz tranquila y apacible intentando ganar su confianza.

–Yo soy Ankisenk Gauder.

–Y yo soy CATER GAUDER. Ahora debes descansar un poco –la Hada se recostó nuevamente en la cama y la cobijaron con una sabana delgada de color verde y después la dejaron sola. La pareja salió al exterior cerrando la puerta y fue Senk el que comenzó.

–¿De verdad desconfiaste de mi? –Cater tardó en contestar.

– . . . Si . . . –Senk abrió un poco más los ojos y se golpeó ligeramente la frente.

–¿Qué? . . . ¿Cater . . . ?

–¡Lo lamento! –la mujer se cubrió la cara con las manos y quiso llorar produciendo primero un ligero sollozo–. Es que en mi estado . . . yo pensé que tú . . . –Senk la abrazó y con tono muy serió habló en voz media.

–¡Escúchame Cat . . . ! –Senk la llamaba "Cat" de cariño– Hace tiempo yo te dije que te amaba y ese sentimiento no se ha ido de mi interior, te sigo queriendo de la misma forma que cuando te conocí y créemelo, nunca, pero nuca te abandonaré . . . –la mujer se aferró en los hombros de su esposo y lloró derramando lagrimas que no podía contener. Senk por su parte sentía la misma necesidad de llorar pero prefería verse fuerte para su esposa que dejarse vencer.

En el Palacio, Neodor tenía varios minutos de haber llegado pero el remordimiento que sentía no se despegaba y oprimía su corazón. Temeroso de que alguien lo viera en ese estado se encerró en el estudio y se sentó en la silla de siempre, movió su mirada y ahí estaba el libro con el cual había invocada a Augur, se quedó viéndolo unos instantes para después tomarlo.

–¿Qué he hecho? Era perfecta, su cuerpo, su risa, su voz y yo . . . yo abusé de ella como un animal, que clase de hombre soy –de pronto, la puerta cerrada se abrió y sorprendido, Neodor, vió como su esposa entró inesperadamente abriendo con una llave que había enviado hacer. La mujer, al ver a su esposo tan afligido se acercó a él y se sentó en el sillón que estaba a unos pasos retirado de Neodor.

–¿Qué sucede Neodor?

–No te preocupes, no es nada –le dijo sonriendo tristemente.

–¡Te conozco Neodor y cuando algo realmente malo sucede te encierras en éste lugar y te alejas de los demás! Si hay algo en lo que pueda ayudar . . . por favor dímelo –no sé que tenia su esposa, entre esa voz suplicante y esa mirada tierna, que siempre terminaba haciéndolo hablar.

–Yo . . . yo . . . yo abusé de una Hada –la mujer no pudo evitar mostrar un poco de exaltación, pero no se alebrestó, siguió tranquila, con la serenidad que la caracterizaba.

–Eres hombre Neodor, las mujeres pueden atraerte y yo no podría hacer nada . . . tanto por tu posición como mi estado, me harían verme impotente ante tus actos, pero dime . . . ¿Cómo te sientes?

–¡No estas enojada! –le cuestionó Neodor con voz entrecortada y llena de sorpresa.

–De nada serviría enojarme . . . además le haría daño al bebé.

–Te diré como me siento . . . deshecho, me siento como el peor de los hombres, peor que un animal. Porque ellos no hacen lo que yo hice.

–¿La conocías?

–Si, se llamaba Neiredy, la conocí hace tiempo y de pronto . . . no se que me sucedió –los ojos de Neodor se llenaron de lagrimas y comenzó a hablar pausado–. Mi mente y mi cuerpo la deseaban locamente.

–Creo que debes darle una disculpa . . . ella es una Hada, un ser superior y te sabrá perdonar.

–¿Pero la forcé?

–Explícale cómo te sientes, exprésale el mismo dolor que ahora me expresas, ella lo vera y te entenderá, solo así te perdonará.

–¡Ya no puedo hacer eso!

–¡Claro que puedes, solo necesitas querer hacerlo!

–¡O morir para hacerlo!

–¿Qué tratas de decir? –Neodor bajó la vista al suelo–. ¿A qué te refieres con eso?

–Ordené que la mataran . . . –abrió el libro y de entre las paginas agarró un listón verde del cual colgaban un par de alas hechas de oro con algunas incrustaciones de esmeraldas– Esto era de ella . . . –su esposa lo tomó, lo miró un poco y después levantó la mirada hacia su pareja.

–¡Neodor! ¿Qué has hecho?

–¡Te juro que estoy muy arrepentido! –Neodor bajó la mirada, llena de dolor y lagrimas, ocultándola entre su pecho. Su mujer vió que realmente estaba arrepentido y solo le llegó a la mente intentar tranquilizarlo.

–Lo sé, se nota en tu mirada –la mujer se puso de pie y abrazó a Neodor quien soltó el llanto en los brazos de su mujer.

En el pueblo, Neiredy, se recuperaba de lo sucedido y salía de la casa con una vestimenta diferente a la que traía en un principio, ahora vestía un vestido verde completo y largo y encima se puso un capote para cubrirse. Antes de irse, se detuvo en la entrada y miró a sus nuevos amigos.

–¡Se los agradezco mucho!

–Si algún día necesitas algo, no dudes en pedírnoslo.

–Al contrario. Yo soy la que les debo un favor y se los pagaré.

–Descuida, con el solo hecho de que te sientas mejor nos basta –respondió sonriendo Senk y Neiredy le sonrió también.

–Cuídate –le dijeron, viendo que la Hada desaparecía trasparentándose con los rayos del sol.

Poco tiempo después, Neiredy, volvió a materializarse, de misma manera, frente al templo del consejo de la Ninfas y entró.

–Te estábamos esperando Neiredy –le dijeron en coro las Ninfas, ella solo mostró reverencia y hablo en su lengua natal, esta vez movió lo labios pero no eran ellos los que hablaban sino su habilidad ya que Neiredy era muda de nacimiento.

–Ad hamehel. Anaihalmanhe . . . ahinaia huanalmanem[7] –las Ninfas se vieron unas a otras.

–Ese hombre no era el predestinado . . . debió ser un hombre llamado Ankisenk –Neiredy hizo un gesto de sorpresa y dio varios pasos hacia el recinto donde estaban las Ninfas.

–Hemil hanalen! Haiman huannalem aavanem, danein dehual.[8]

–El hijo debería ser de un hombre bueno de corazón y no de un rey despiadado.

–Ahomanid hianem?[9] –preguntó con tono de desesperación.

–Ya no podemos hacer nada –Neiredy les dio la espalda y se acercó a la salida–. ¿A dónde vas?

–Naihader i heal i hean![10] –su desesperación se convirtió en tristeza que demostraba en sus palabras.

–Aún así, no trates de hacerle nada al bebé.

–I hana . . . himaded henhel![11] –Neiredy salio del consejo y las Ninfas se cuestionaban.

–¿Qué pudo habernos salido mal?

–¿Cómo pudo haberse escapado de nuestras manos?

---

7 "La profecía se ha cumplido. Aunque la forma no fue de lo más agradable"

8 "¡No puedo creerlo! El hijo que llevaré dentro es de un hombre noble, eso significa que será fuerte"

9 "¿Ahora qué voy a hacer?"

10 "Solo seguiré con mi vida adelante"

11 "No lo haré... cumpliré con la profecía"

En Andaros, después de algunos días, los aldeanos, como siempre, salían a cazar, recolectaban frutos o daban mantenimiento a las herramientas que necesitarían para ese día o para el día siguiente. Normalmente, siempre regresaban antes de que el sol se ocultara, pero en esta ocasión las horas transcurrieron y el sol avanzó sin detenerse hasta el punto en el cual ya había pasado la línea límite que tenían los hombres para regresar, pero ninguno volvía. Desesperado, uno de los capataces de los hombres, se dirigió hasta el gobernador para reportar lo sucedido, el gobernador envió a cinco soldados a su búsqueda pero tampoco regresaron. Tres veces envió hombres y al igual que a los primeros parecía que se los hubiera tragado la tierra, esto obligó a que el gobernador fuera personalmente llevando consigo una escolta de veinte hombres, todos montados a caballo. Al internarse en el bosque y después de buscar por media hora bajo la tenue luz de las antorchas y la luz de las estrellas, encontraron a un hombre tirado sobre una gran piedra. Dos hombres descendieron de los caballos para revisar al hombre, se acercaron, siendo aluzados, por los hombres que portaban antorchas; se arrodillaron en el suelo y después de moverlo se voltearon hacia su gobernante.

–¡Está muerto señor! –dijo uno cuando una flecha lo atravesó y otra a su compañero, todos bajaron de sus corceles rodeando a su gobernante escondiéndose tras sus escudos ovalados y rectangulares. De entre la oscuridad y casi al instante, de entre la espesura, que crecía detrás de los árboles, salieron los Halflings preparándose para atacar con sus arcos, las siluetas que los Halflings proyectaban a aquellos hombres parecían espectros salidos directamente de lo más recóndito de la oscuridad profunda que se esparcía a esa hora, en esa parte del bosque. Y antes de atacar Zarnik habló.

–Tengo un mensaje para su rey. Díganle que no toleraré más el abuso a las criaturas del bosque. Lo que le hizo a la Hada es una gran ofensa en contra de las criaturas que habitamos el bosque y que ahora debe atenerse a las consecuencias –Zarnik levantó la mano al cielo–. Arqueros –y al bajar la mano, los arqueros que estaban frente a ellos no dispararon sino que las flechas les cayeron de lo alto de los árboles.

Horas después, el gobernador llegaba al Palacio, frente a Neodor interrumpiendo la cena de éste.

–¡Mi señor Neodor, mi señor Neodor! –entro gritando el gobernador. Neodor dejó de comer y rápidamente salió al encuentro de él, quien no dejaba de gritar y caminar de un lado a otro en el recinto principal del Palacio.

–¿Qué sucede? –al llegar a su encuentro, el gobernador se abalanzó sobre Neodor y fuertemente le sujetó los brazos mientras que la boca del gobernador se llenaba de sangre.

–Le traigo un mensaje de unos hombres . . . Dicen que ya no lo toleraran más y que se atenga a las consecuencias –Neodor no comprendía pero tampoco le exigía una respuesta más concreta a aquel hombre que ahora caía arrodillado y sin fuerzas a sus pies–. ¿Qué hizo señor, qué le hizo a la Hada? –Neodor no pudo responder a esas preocupantes interrogantes del gobernador que ahora se desplomaba a los pies del Rey, quien solo se alejaba del cuerpo mientras era revisado inmediatamente por los guardias que estaban ahí presentes.

–¡Esta muerto señor!

–Bien, pues retírenlo de aquí y sepúltenlo.

–Si señor –cerca de ocho guardias tomaron al gobernador y salieron llevándolo sobre sus hombros. Neodor, por su parte, caminó a paso rápido hacia la habitación del trono, ahí, sentado y siendo observado por las cuatro, frías y grises, estatuas se lamentaba lo que había sucedido y se vió, de momento, obligando a tomar ciertas medidas.

–Consejero –gritó y de inmediato un hombre anciano se apareció de detrás del trono y se puso a sus ordenes.

–Si mi señor –dijo el hombre haciendo una ligera reverencia.

–Ordena que envíen a mi esposa e hija a Alamus y envíen una nota al rey para que las reciba en su Palacio.

–Si mi señor –el consejero desapareció de la habitación del trono saliendo por la puerta principal y a la primera luz del día, una diligencia rodeada de una gran escolta salía por la puerta Norte de la muralla del Palacio Andagora con destino a Alamus, mientras tanto, Neodor la veía alejarse desde una ventana que estaba en el segundo piso del Palacio. En ese instante, proveniente de los poco iluminados pasillos interiores, un hombre se acercó a él.

–Me mando llamar.

–Si capitán, reúna al ejército. Informa a Labju . . . que toda la gente sea traída al pueblo de Andagora, que no traigan cosas de valor, solo lo que necesiten para unos cuantos días. Digan que los juegos de este año se han adelantado.

–¿Cerramos las puertas a los fuereños?

–No, no actúen sospechosos.

–Entendido señor –el hombre se alejó de Neodor haciendo reverencia mientras este seguía viendo como la diligencia desaparecía poco a poco en las lejanías.

–¡Que los dioses las asistan!

En otro lugar, Neiredy caminaba por la misma orilla del Lago Gorgan, con la vista fija en el movimiento de las aguas, de momento caminó entrando a las aguas pero éstas no mostraron movimiento brusco alguno, parecía como si nadie hubiera entrado al agua y siguieron con su oleaje tranquilo. La Hada quedó un momento inmóvil, pensativa y con la vista perdida en el agua, cuando inesperadamente algo se acercó a ella produciendo ondas que destruyeron el movimiento natural de las aguas.

–¿Cómo te encuentras Neiredy? –Neiredy levantó la mirada encontrándose a ese hombre alto que tenia ojos medianos y cabello realmente negro.

–¡Estaré bien, Zarnik!

–Venia a decirte que atacaremos Andagora esta noche.

–¿Por qué?

–Eso no te lo puedo decir.

–¡Sé que es por mí! –la Hada bajó la mirada con un poco de tristeza reflejada y llevando sus dos manos a su pecho, como si tuviera algún dolor.

–Puede ser, solo quiero saber si eliminamos al hombre que te llevó a Andagora.

–¡No, a ese hombre no lo toquen . . . él es bueno! –rogó Neiredy aferrándose al hombro de Zarnik mientras le lanzaba una mirada suplicante.

–Eso pensé que dirías –Neiredy frunció las cejas y se apartó de Zarnik.

–¿Entonces por qué preguntaste?

–Solo quería hablar contigo . . . solo quería decirte que eres una Hada diferente . . .

–¡Por favor Zarnik . . . ! No empieces, ya sabes que lo nuestro nunca hubiera durado mucho tiempo y si se acabo fue porque tú así lo quisiste.

–Si eso piensas tú . . . –las aguas del lago comenzaron a elevarse, girando, alrededor de Neiredy y siguieron elevándose hasta cubrirla completamente después, las aguas, simplemente cayeron nuevamente en el lago para unirse al lugar de donde se habían apartado pero la Hada había desaparecido sin decir ninguna palabra. El Halfling solo dio un golpe con su mano sobre la otra y se internó nuevamente en el bosque reuniéndose con sus hombres.

–¡Señor! –dijo Aluder mientras mostraba una sonrisa de triunfo a su líder.

Media hora después, Neiredy entro al pueblo de Andagora, cubriéndose con el capote; atravesó el mercado hasta que llegó a la reja que resguardaba al Palacio, por esa parte, y hablo con un centinela que custodiaba esa entrada. Al verla acercarse, el centinela dio varios pasos hacia ella y la detuvo poniendo su lanza en el hombro de la Hada.

–Disculpe señor –dijo Neiredy adelantándose al hombre.

–¡Por favor señorita, no me llame así, soy un centinela, un guardia!

–Esta bien señor guardia. Traigo un mensaje urgente para Neodor –el guardia se volteó hacia otro que pasaba, en ese instante, cerca de ellos y le silbó, éste al escuchar el llamado se acercó

–¿Qué sucede?

–Necesito que llames al rey. Dile que una señorita lo esta buscando, que le trae un mensaje . . . ¡Rápido! –dijo el hombre gritando la última palabra.

–Si –el otro hombre se alejó rápidamente corriendo hacia el interior del mercando y se perdió entre la multitud de gente que por ahí paseaba.

–Si no eres señor, entonces por qué das ordenes –cuestionó al hombre quien al escucharla se sonrojó un poco, pese a eso, el hombre respondió tranquilamente.

–Porque busca al rey y no podemos hacerla esperar, de lo contrario nos colgará.

–¡El rey es así de malo . . . !

–Y un poco peor, creo yo. Cuando inicie en la guardia, estuve en un enfrentamiento con los aldeanos y hubo muchos de ellos muertos –en eso se acercó Neodor a todo galope sobre su corcel y al estar cerca detuvo el caballo y después descendió acercándose a ellos.

–¡Guardia, déjenos solos! –ordenó con voz imperante y después miró a la joven–. Espero que no la hayan hecho esperar mucho.

–No –Neiredy mostró su rostro a Neodor quien se quedó sin habla unos instantes.

–Tú . . . tú . . . tú deberías estar muerta –Neiredy sonrió levemente ante el rey.

–Las Hadas podemos vivir muchos años y ver muchas generaciones de Humanos morir. Nunca envejecemos y morimos con nuestra juventud en el cuerpo. Además, ninguna forma Humana puede quitarnos la vida . . . –Neiredy dejó de sonreír– Pero no vine a eso.

–¿Entonces?

–He venido a prevenirte. Los Halflings piensan atacar tu reino, hoy en la noche o mañana al amanecer.

–¿Por qué haces esto? ¿No tienes rencor en contra mía?

–¡Claro que no! El hijo que ahora llevo, dentro de una u otra forma estaría ahí.

–¿Cuál hijo? –Neodor solo pudo pronunciar esas palabras por la sorpresa que lo invadió.

–El *Supremo Consejo de la Ninfas* me predijo que concebiría un hijo de un hombre honesto y bueno de corazón . . . pero algo sucedió y fuiste tú el que lo procreó. Ahora, mi hijo será el destinado a cambiar el destino de todos.

–Si necesitas algo para mi hijo –dijo Neodor enfatizando las dos últimas palabras–. No dudes en pedirlo.

–No Neodor . . . no necesitaré nada, posiblemente, tú no vuelvas a verme nunca más. Y aunque lo desearas no podrías encargarte de él.

–¿Por qué? –las delicadas manos de la Hada acariciaron nuevamente la mejilla del rey y éste tomó tiernamente aquella mano blanca y sedosa que lo hacía sentir como ninguna otra mujer lo había hecho antes.

–Eso lo descubrirás a su debido tiempo Neodor, no te desesperes.

–Entonces, solo viniste a eso –Neodor besó la mano de la Hada pero esta la retiró lentamente y bajó la mirada al tiempo que ocultaba su mano tras la otra y las mantenía a la altura de su abdomen.

–Si Neodor, cuídate y ten cuidado de los Halflings, no te confíes de su sencillez –Neiredy se acercó un poco más a Neodor y le tomó la mano derecha para entrelazar sus dedos y medir la diferencia de sus manos, después la tomó con sus dos delicadas manos y la pasó por sus mejillas y labios para besarla.

–Neiredy . . . tú –Neiredy se aferró con un fuerte abrazó a Neodor y éste la abrazó tiernamente pero Neiredy se apartó ligeramente de él.

–Adiós Neodor –la Hada soltó al rey y se alejó casi corriendo sin escuchar las suplicas, del rey, para que se quedara. Cuando Neiredy salio de la muralla, que rodeaba el pueblo, dio un gran suspiro, sus manos nuevamente estaba sobre su pecho, su aliento parecía agitado y dificultoso. Sus sollozos aún no se dejaban escapar pero casi anunciaban su llegada enviando primero a las lágrimas. La Hada se volvió viendo el Palacio, su rostro se llenó de una amargura incomprensible al momento que una visión del Palacio en llamas llegaba a ella.

–¡Ahora sé como se siente! –Neiredy se cubrió la boca con sus manos y derramando lágrimas se alejó corriendo.

La Toma De Andagora

Esa noche, los guardias reales y los de la guardia no durmieron, solo aguardaban tras las murallas que resguardaban el mercado y el Palacio mientras todas las personas habían sido forzadas a descansar en el mercado pero, en el bosque, varios ojos veían con indignación el movimiento de los hombres. Zarnik se volvió hacia sus hombres.

–Descansen . . . hoy será imposible acabar con ellos.

–¿De que habla señor Zarnik?

–Son demasiados, no seremos lo suficientemente fuertes, ni la cantidad para acabarlos en un ataque directo.

–Parece como si supiera que vendríamos –Zarnik hizo un gesto de coraje e impotencia y golpeo el tronco del árbol más cerca que tenía.

–Esperaremos a que se tranquilicen.

–¿Cuánto debemos esperar?

–No mucho, su pueblo teme a algo que seguramente no entiende y él oculta a su pueblo que serán atacados . . . por la mañana bajará la guardia y se hará lo que hacen diariamente. Además, esta noche no dormirán esperando que ataquemos.

–Lo sorprenderemos con sueño –decía uno de sus hombre que estaba mas próximo a él.

–Y lo atacaremos de sorpresa, aquí decidirá si proteger a su pueblo o protegerse a si mismo –añadió Aluder.

–Cuando salga el sol utilizaran una de las carretas comerciales que asaltaron y entraran al mercado para que una vez adentro abran esa puerta de madera que nos impide entrar.

–¿Por qué no la quemamos?

–No, el fuego tardaría en quemar toda la puerta y retrasaría el ataque, perderíamos tiempo y le daríamos oportunidad para que preparara un ofensiva . . . mejor sigamos mi plan.

–Creo que es una buena estrategia Señor

–No es buena aún . . . será buena cuando logre mi objetivo.

En tanto los guerreros Andagorianos ya se estaban agotando e incluso algunos bostezaban del sueño que los invadía e incluso otros ya estaban recargados en sus lanzas con los ojos casi pegados. A excepción de Neodor y Labju, todos los demás ya estaban casi cayéndose de sueño.

–Mira Labju, todos estos flojos . . . –decía Neodor a su general en voz baja– Si hubieran luchado contra Macragors –Labju, por su parte, solo se mantenía con la vista pérdida en la oscuridad de las afueras de la muralla.

–¡Lo recuerdo!, recuerdo, que no dormíamos durante días seguidos... lo más horrible era que teníamos que estar toda la noche tirados en un suelo lodoso. Aún así, los hombres están cansados, los Halflings no vendrán. La Hada pudo haberte mentido –Neodor miró a Labju frunciendo las cejas.

–¡No digas eso Labju!, la palabra de una Hada es más creíble que cualquiera otra. Deben mantener la guardia hasta el amanecer.

–Y después que se hará señor.

–¡Por favor Labju!, no me digas así . . . fuimos compañeros antes . . . –Neodor suspiró un poco– Después, la guardia de día permanecerá en su lugar y los demás descansaran, eso es para no alarmar más a mi pueblo.

–¿Qué hiciste Neodor? ¿Por qué estos sujetos quieren acabar con nosotros? –Neodor desvió su mirada.

–Nada, esos hombres se volvieron locos. Son como los que quieren apoderarse de los territorios –Labju notó, en las palabras del rey, que mentía pero no objetó nada, solo se mantuvo callado e inmóvil como las horas pasadas.

Así pasaron las horas y la luna también pasó sobre ellos dirigiéndose al lugar donde descansaría dando paso a que el sol ocupara su lugar en el cielo, una vez que el sol salio a lo lejos, allá por la enorme cadena de montañas que rodeaba Fanderalm. Labju les hablo a los hombres.

–Escúchenme todos, a los hombres que les tocaba la guardia el día de hoy, necesito que permanezcan en su puesto y los demás se vayan a descansar –Neodor se acercó a Labju y parándose a un lado de él.

–Da una bolsa de oro a los hombres que permanecerán de guardia y diles que después de hoy descansaran tres días seguidos –Labju se alejó de Neodor con paso constante en dirección a los guardias. Y un par de horas después, Zarnik daba la orden para que iniciaran su plan.

–Aluder, ordena que envíen la diligencia mercantil y tomen el camino al mercado.

–A la orden –Aluder comenzó a correr hacia el lado derecho de donde estaba Zarnik y después de un transcurso de pocos minutos llegó a donde estaba un grupo de cinco hombres, al estar cerca de ellos se detuvo a un lado, al mismo tiempo que los hombres volteaban a verlo–. Zarnik dice que deben iniciar con su plan –los Halflings se deshicieron de los capotes y cubrieron las armas, de las cuales se habían despojado; quedando únicamente con su pantalón negro y su camisa de manga larga negra, calzando unas botas de piel, oscuras también. Después salió al camino, una diligencia de cuatro carretas, cada una con cinco hombres y siguiendo el camino hacia Andagora llegaron en poco tiempo siendo detenidos frente a la gran puerta de madera por tres hombres que eran apoyados por arqueros en las torres.

–Alto –les dijeron y los Halflings se detuvieron, los guardias se acercaron y mientras los otros revisaban el contenido de las carretas, uno de ellos hablaba con un hombre–. ¿A qué se debe su presencia en Andagora?

–Como podrá ver señor, traemos algunos artículos para intercambiarlos por mantas y comida –el hombre descubrió un poco las armas.

–¿De dónde provienen?

–Venimos viajando desde los pueblos de Vastigo –los otros dos hombres se acercaron y asintieron moviendo la cabeza, el hombre vio a los viajeros.

–Está bien, pueden pasar –el hombre golpeo con la mano en la puerta de madera y casi de inmediato comenzaron a abrirla. Los Halflings hicieron avanzar sus carretas, las cuales eran tiradas por dos caballos cada una, logrando internarse en el mercado; uno de los últimos hombres se detuvo un poco viendo al guardia

–Se ve cansado.

–Si, no he dormido.

–Pues debería dormir –después de esas palabras dio una mordida a una manzana para después arrojarla hacia el interior de la espesura del bosque, después miró al guardia y le sonrió recibiendo la misma señal por parte del hombre armado. Los restos de la manzana cayeron exactamente a los pies de Zarnik diciéndole que habían logrado hacer que les abrieran la puerta.

Una vez adentro, se detuvieron exactamente en medio del gran mercado dirigiendo su mirada directamente hacia su costado izquierdo viendo una reja de gran altura de acero macizo, que resguardaba la entrada al Palacio, y se encontraba apoyada sobre un grueso muro de piedra sólida. Casi de inmediato comenzaron a esparcirse por todo el mercado deteniéndose en cualquier puesto de los que estaban pegados al muro mientras otros buscaban la forma de subir a la muralla, y en cuanto lo hicieron buscaron la forma de distraer a los guardias, lográndolo mediante una platica, cosa que hacia a los guardias bajaran un poco la defensa pero que era lo suficiente para que, en las afueras, los demás se prepararan para el ataque. En el Palacio, Labju miraba todo el movimiento de los hombres desde una ventana que tenia vista completa hacia el mercado, después se dirigió a la puerta de la habitación en la que estaba.

–Guardia –gritó y un hombre que pasaba por ahí se acercó corriendo hacia él, mostrando disciplina–. Diga al rey que necesito verlo de inmediato.

–Si general –dijo el guardia y se alejó de él de la misma forma como se acercó, Labju por su parte regresó hacia esa ventana que no tenia cristal. Después de un momento llegó Neodor colocándose a un lado de él.

–¿Qué sucede Labju?

–Te envié llamar porque necesito que veas algo. Necesito que veas ahí –Neodor se acercó a la ventana y un viento frió movió su cabello negro.

–El mercado. ¿Qué tiene de interesante?

–No digo que veas el mercado, sino a esos hombres que visten de negro . . . aquellos en la muralla y a esos parados en los puestos y a las diligencias . . . esos no son mercaderes, no traen escolta y además, un mercader nunca trae un guante de arquero, ni un guante trae siquiera . . .

–No puede ser, una vez vi a un hombre que . . . –Neodor salio gritándole a un guardia, Labju solo se volteó a él siguiéndolo con la mirada.

–¿Los Halflings?

–Si, son ellos. Debes envía hombres a que los arresten y después lleva varios hombres contigo.

–De inmediato –dijo Labju al tiempo que salía a paso rápido de la habitación mientras Neodor seguía gritando para que un guardia llegara hasta él.

Pocos instantes después, diez guardia llegaban hasta los Halflings que estaban en los puestos y, hablándoles mientras estos estaban de espaldas, se pararon tras de ellos.

–Por ordenes del rey Neodor les pido que me acompañen, por las buenas o de caso contrario nos veremos forzados a obligarlos –los Halflings solo se volvieron hacia los guardias con las manos ocultas tras ellos.

–¡Que venga él por nosotros! –uno de los guardias tomó el brazo de uno de los Halflings y este sacó de entre la manga un pequeño cuchillo y lo clavo en el cuello del guardia, mientras que otro tomó de entre las armas viejas una oz y la arrojó contra un guardia clavándosela en el pecho, los otros que estaban del otro lado del mercado corrieron hacia las carretas tomando sus sables y atacando por la espalda a los guardias casi acabaron con ellos en pocos instantes.

–Tenias razón Labju –dijo Neodor mientras veía lo sucedido desde la ventana, después tomó camino a la salida de la habitación al mismo tiempo que un guardia llegaba con su armadura y su espada de lo cual solo tomó su espada–. Ya no hay tiempo para lo demás . . . ordena que todos los hombres vayan al mercado. Neodor colgó su espada y salio directamente hacia el mercado encontrándose con la reja abierta, se detuvo un instante viendo que las personas corrían hacia él.

–¡Ayúdenos! –le dijo una mujer al tiempo que se le tiraba los pies con lagrimas en los ojos y la cara llena de tierra.

–¡Nos están atacando! –dijo otro hombre.

–¡Ya lo sé! –respondió Neodor muy enojado–. Ya vamos para allá . . . no permitiré que les pase algo, solo yo tengo derecho sobres ustedes y nadie más.

–¿Qué hacemos?

–Manténganse detrás de esta reja, en éste lugar y no se acerquen al mercado.

En tanto, en las fueras, los Halflings iniciaban su ataque eliminando a los arqueros de las torres y a los pocos guardias que estaban abajo y por dentro, los Halflings, intentaban abrir la reja pero los hombres de Labju no se lo permitían impidiendo su paso, como podían, pero los Halflings; se abrieron paso entre todos los guardias y vieron el camino libre hacia la puerta de madera. Rápidamente corrieron hacia ella y cuando iban a tomar el madero se escuchó un grito desde la boca de Labju hacia sus arqueros haciendo que todos detuvieran su andar justo cuando lo Halflings ya había tocado el madero que sellaba la puerta; lentamente, los Halflings, se volvieron hacia Labju y permanecieron con las manos abajo y rígidos como palos, pero no duraron mucho tiempo cuando Labju dio la orden del ataque, las flechas se dirigieron directamente hacia ellos pero otros dos Halflings saltaron de los lato de la muralla protegiendo a sus compañeros quienes aprovecharon ese momento para abrir la puerta.

Los Halflings de las afueras abrieron bruscamente la puerta y todos los hombres de Zarnik entraron al mercado, dispersándose, haciendo un ataque directo. Neodor siguió su andar hacia el mercado dejando a las personas en ese lugar y dejando, antes de salir, a dos hombres detrás de la reja y la cerro.

–Ustedes permanezcan en este lugar y cuiden que ningún Halfling entre, además si las cosas se ponen difíciles, ustedes estarán aquí para permitirnos el rápido acceso. Y ustedes . . . –dijo señalando a los arqueros que también se habían quedado del otro lado de la reja–. Suban a la barda y apoyen desde ese lugar –después de esa orden Neodor se perdió entre todo el alboroto que se había armado en el gran mercado, mientras todos los arqueros se posicionaban y daban muerte a los Halflings que por algunas razones subían a las murallas.

Por fuera quedaron algunos arqueros Halflings, entre ellos unos que utilizó una flecha encendida logrando incendiar una de las torres, al mismo tiempo que la puerta Norte, del mercado era abierta desde el interior. La flama hizo de señal para que los últimos dos escuadrones se movieran al lugar superando en número a los hombres de Neodor, quienes, a pesar del sueño y la falta de energía que tenían no se daban por vencidos y luchaban con más fuerza.

En el interior del bosque, por el lado de la puerta Norte, varios cuerpos se movían deteniéndose a varios metros del último árbol que los protegía de la vista de los demás.

–Feahanael maziad. Ian zeinam[12].

–Hammhen[13] –varios sujetos que vestían sencillamente con ropa de lana, de cabellos blancos, dorados y castaños corrieron con dirección al mercado de Andagora mientras alistaban sus arcos para después dar muerte a algunos Halflings. Al darse cuenta, que también los atacaban por las espaldas, varios Halflings se dirigieron y atacaron a los recién llegados quienes ya no cargaron sus armas, solo los esperaron y a la orden de su jefe desenfundaron espadas, las cuales eran un poco curvas y muy delgadas, a comparación con las que usaban los Halflings, que eran pequeñas pero de hoja grande. Los recién llegados empuñaron sus sables y corrieron hacia los atacantes chocando violentamente mientras cruzaban sus sables, para después internarse entre el alborto.

Mientras andaban en combate, Neodor chocó con uno de los recién llegados y sin ver quien era intentó degollarlo pero el hombre detuvo el ataque del rey, al verlo Neodor los cuestionó mientras fruncía el seño con una expresión de sorpresa.

–¿Quien eres?

–He venido de parte de un viejo amigo suyo . . . me dijo que le dijera que estuvieron juntos sirviendo a Leodor.

–¡Gladier . . . !

–Si . . .

–¿Pero como se enteró de que . . . ?

–La futura Dehemor Hada pidió ayuda a nombre suyo.

–No entendí lo de Dehemor –su conversación fue interrumpida cuando Neodor fue atacado por uno de sus enemigos, al cual eliminó casi enseguida para después quitar a otro de encima del hombre.

–Dehemor –le dijo mientras se defendía–. Significa Reina en Estigo

–¿Pero que tiene que ver esa Reina Hada conmigo?

---

12 “A la hora que Usted indique. Señora mía”

13 “Ahora”

–Señor, estamos bajo las órdenes de usted a petición de la Reina Hada Neiredy . . .

–¡Neiredy!

–Si señor y nuestra labor es servirle en lo más que podamos . . . incluso si es dando nuestra vida por usted . . .

Por otra parte, en una de la chozas que había colgando entre los árboles gigantes que sobresalían desde el barranco por el cual pasaba un río pero que no se veía por la cantidad de niebla que había debajo; se encontraba Gladier, sentado sobre un tapete que cubría el suelo de madera de la choza. Miraba por el corte que tenia la pared, a lo cual le llamaba puerta, veía hacia lo lejos; con la vista perdida en la nada pero con una expresión de inquietud en su rostro. Inesperadamente un Elfo entro interrumpiendo su vista, poco a poco, Gladier levantó la vista hasta ver la cara de aquel Elfo.

–¿Crees que serán suficientes los hombres que envié? –se adelanto a las palabras del hombre.

–Descuide señor, nuestros Elfos están bien preparados. Servirán muy bien al rey de Andagora.

–Aún así creo que deberías ir de inmediato con más hombres, utiliza el paso mágico, para que tu transcurso sea más rápido y llegues a tiempo.

–Si señor –el Elfo se alejó de la choza, al mismo tiempo que un pequeño Elfo, aún joven; apareció también en la entrada. Era una criaturita macho, de cachetes rojizos y estatura mediana, ojos grandes y verdes, de cabello castaño y labios medianos, sus orejas eran chicas y terminaban en punta, era lo que lo distinguía como Elfo ya que los Silfos tenían las orejas más largas pero de igual forma terminan en pico. Vestía un pantalón café y un camisón verde que era atado por la cintura con una cinta café, además vestía unas pequeñas botas que pasaban un poco de sus tobillos.

–ESTIRFU –le dijo viéndolo a la cara–. Hadumen[14] –el joven Elfo se acercó a él y se sentó en el suelo frente a él con los pies cruzados.

–Dumanel llenahel ehemenozanae?[15] –preguntó Estirfu.

---

14 "Acércate"

15 "¿Qué idioma hablaste?"

–Estigo, ehemenozanae helem humane.[16]
–Zahome Estigo.[17]
–I honamen. I nazenaid.[18]

En Andagora, las cosas realmente estaban mal, los hombres en conjunto con los Elfos sostenían una gran lucha contra los Halflings, pero realmente estos los superaban en tácticas de ataque. Viendo que sus hombres caían muy rápido, Neodor ordenó la retirada y los guardias que habían permanecido en la reja la abrieron de inmediato siendo Neodor el primero en cruzarla y después todos los demás hombres, los cuales aún mantenían una confrontación con los atacantes para evitarles cruzar la reja metálica, después de un largo momento de angustia y de dificultades, los hombres lograron cerrar la reja dejando a los Halflings del otro lado pero, aún así, estos no se rendían y cruzaba sus sables por entre los espacios que hacían las tiras de acero que formaban la reja completa, dificultado que los hombres se acercaran para mantenerla cerrada y dos veces consecutivas estuvieron a punto de abrirla. Neodor caminaba de un lado a otro viendo que los hombres resistían el asedio, levantó un poco la mirada y notó que los arqueros también estaban defendiendo, de momento detuvo su andar y bajó la mirada encontrando el candado que sellaría la reja. Lo tomó lentamente y una ves que lo tuvo en sus manos lo observó poco tiempo y después se acercó a uno de los hombres que también veía lo sucedido, le colocó una mano en el hombro y éste volteó asustado.

–Tranquilo –le dijo–. Aquí tienes el candado, que sellen esta puerta –el hombre tomó el candado mientras Neodor llamaba a otro hombre, el cual lo veía fijamente.

–Tú –le dijo señalándolo–. Ven para acá –el hombre se acercó a paso rápido.

–¿En que puedo servirle mi señor?

–Trae una antorcha y enciende los pebeteros que hay sobre esta pequeña muralla –el hombre no hizo reverencia ni hablo nada a Neodor, solo se alejó buscando alguna antorcha es los alrededores pero no

---

16 “Estigo. Lo hablan los humanos”

17 “Enséñame Estigo”

18 “Lo haré. Tendré que”

encontró ninguna viéndose obligado a entrar al Palacio. En cuanto entró se encontró con todos los hombres que vivían en Andagora los cuales se asustaron cuando el guardia entró pero, al verlo, bajaron la guardia y lo cuestionaron, pero el hombre solo se limitó a pedirles una antorcha a gritos. Varios instantes depuse, apareció un hombre que provenía de la parte trasera del Palacio con una pequeña flama que ardía en una pequeña antorcha de plata.

–Aquí tiene –le dijo el hombre y el guardia la tomó para después salir del interior del Palacio.

En la reja nadie había podido poner el cerrojo, el cual tenia una forma de herradura cerrada semicircular y que era accionado al aplicar fuerza en su parte plana para después de ceder un poco apresar, a presión, en el interior las dos partes de la reja. Pero en el intento de ponerla ya habían fallecido dos hombres siendo atravesador por las espadas Halflings. Neodor se acercó y vio lo sucedido.

–Piqueteros –gritó y varios hombres con lanzas se acercaron a él–. Necesito a un hombre valiente –nadie dijo nada por un corto tiempo, después uno de los Elfos se acercó a él tomando, de las manos de Neodor, el cerrojo.

–Yo pondré el cerrojo –como no queriendo Neodor aceptó y asintió con la cabeza mientras le sonreía un poco.

–Piqueteros . . . cubran al Elfo –los hombres abrieron paso a los hombres quienes atacaban con sus grandes lanzas a los Halflings haciéndolos retroceder, no mucho espacio pero si el suficiente para que el Elfo colocara el cerrojo, pero antes de que lo lograra, los Halflings dieron un salto hacia tras abriendo un espacio considerable para que uno de ellos lanzara una flecha hacia el Elfo, la cual se clavó en su pecho; el Elfo cayó al instante pero con sus últimas fuerzas jaló un poco el cerrojo y la puerta quedó sellada. De inmediato se alejaron todos escondiéndose detrás del muro de piedra, mientras los Halflings intentaban abrir el cerrojo, pero vieron que era imposible, ellos nunca habían visto algo similar.

–Alto –gritó una voz gruesa e imperante, y los Halflings dejaron de forcejear la reja. De igual forma, Neodor dio la orden a sus hombres para que se detuvieran quedando así un silencio profundo, sin ecos, sin el sonar del viento, a pesar de que éste soplaba con una velocidad regular.

–Necesito arqueros que se queden aquí a un lado de la reja para que ataquen directamente a los Halflings –decía Neodor en voz baja rompiendo el silencio–. Los guerreros se quedaran en este lugar, en dado caso que puedan entrar.

Neodor miró hacia el Palacio viendo que de entre los ventanales, detrás de los barrotes y detrás de los cristales lo veían miles de ojos y, en la puerta, estaban de pie sus hermanos, vistiendo una armadura de las que habían encontrado en el Palacio, y en sus manos portaban una espada y un escudo. Al verlos se dirigió hacia ellos con paso rápido y avanzando con más velocidad cada vez.

–¿Qué piensan hacer con ese escudo y esa espada? –les reprocho enojado.

–Nosotros te ayudaremos Neodor.

–No es su asunto.

–¡Queremos ayudarte!

–¡No!, no es su lucha . . . mejor entren al Palacio como los demás.

–¡No Neodor! –le respondió Kenri con voz firme–. Te hemos causado muchos males, permítenos pagarte lo que te debemos.

–Se ve que a ustedes nunca los convenceré . . . pueden ayudar, pero será bajo su propio riesgo.

–Gracias hermano.

–No hay de que hermanos . . . –Neodor les colocó una mano en el hombro sonriéndoles nuevamente, ellos le sonreían cuando la misma voz ronca e imperiosa habló, apagando así en seco su sonrisa.

–¿Estas ahí Neodor? Quiero verte cara a cara. Ver tu cara cuando aún estés vivo y después compararla cuando hayas muerto –Neodor dejó de sonreír y se volvió hacia la muralla para después alejarse a paso rápido siendo seguido por sus hermanos. Cuando llegó al muro, la voz volvió a hablarle, lentamente subió por las escaleras de piedra que tenía el muro a un costado; encontrando, a mitad de la escalera, al hombre con la antorcha.

–Que los arqueros de abajo también enciendan sus flechas –después, sin ver la reverencia del hombre, siguió subiendo colocándose en el puentecito que hacia el muro al pasar sobre la reja, notó de inmediato que ahora los Halflings se habían acomodado en filas vistiendo su atuendo completo. Tras esas filas había un hombre parado, con la vista fija en Neodor.

–¿Quién me habla? –preguntó Neodor viendo al hombre.

–Yo –Zarnik levantó la mano, en un afán de burlarse–. Soy Zarnik, líder de los Halflings.

–¡Te conozco, eres aquel hombre! –Zarnik seguía burlándose del rey con movimientos de su mano y haciendo una corta reverencia.

–El mismo Neodor, éste es mi ejercito . . . sé que has matado algunos . . . pero aunque seamos menos, todo parece indicar que mis hombres están mejor preparados, ¿No crees? Te hicimos retroceder y en tu territorio. ¡Espero hayas recibido mi mensaje!

–Lo recibí –las palabras de Zarnik seguían con el mismo tono burlesco mientras no quitaba de su cara una sonrisa de triunfo.

–Le dimos justamente en un punto en el cual sabíamos que duraría con vida algún tiempo, lo suficiente para que lo vieras y después muriera . . . pero mi pregunta es. ¿Cómo supiste que atacaríamos? Mi mensaje era de advertencia a largo plazo. ¿Cómo le hiciste? ¡Eh!

–Cuando has estado en guerra por muchos años . . . aprendes a estar siempre a la defensiva. Además de que mis consejeros son magníficos.

–Pues espero que tus consejeros te hayan preparado para tu muerte el día de hoy –Zarnik lo señalo y Neodor pudo ver en su mano el brazalete de Augur.

–¡El brazalete! –Zarnik hizo una señal con la mano y cuatro de sus hombres rompieron filas para salir de la muralla y perderse del lado derecho de la misma.

–Es curioso, yo sabia que te ocultarías tras esa reja y tras esa muralla, por eso vine preparado.

–¡Me gustaría saber como vas a hacer para entrar! –dijo Neodor en tono de burla, pero por dentro un especie de miedo lo embargaba poco a poco. En su cabeza resonaba las palabras de: *"la muerte bajo el sable"*. Eran las palabras del espíritu y veía a Zarnik como el hombre que le daría la muerte, su cuerpo se estremecía con el solo hecho de pensar que aquel hombre, con el que alguna vez platicó tranquilamente ahora fuera a ser el hombre que le quitaría la vida. Todas estas ideas hacían remolino en su cabeza mientras que Zarnik seguía hablando, pero al cual, solo los hombres de Neodor lo escuchaban, ya que su rey tenía la mente llena de ideas confusas.

–Eres fuerte Neodor. He visto todas tus batallas, en Anduror, Ferder, Aleder; en Alamus. La de Solsunder también. Las de Macragors y Utopír, y debo reconocer que eres bueno . . . pero encontré tu punto débil; eres bueno en el ataque pero malo en la defensa, eso pude verlo en Aleder y en Anduror. Por ese motivo te ataque aquí, en tu territorio, que es donde está tu punto débil, pero basta de charlas y vamos a acabarte de una vez . . . –Zarnik silbó y un artefacto de madera y lazos con cuatro ruedas comenzó a aparecer por el costado derecho de la muralla siendo jalado por dos de los cuatro hombres que habían salido anteriormente mientras los otros dos jalaban un par de grandes rocas que traían sobre lonas de tela– ¡Te presento al Onagro! –dijo Zarnik, al tiempo que se dibujaba una sonrisa en sus labios.

La Muerte Del Rey

El artefacto que Zarnik denominaba Onagro, no era raro para Neodor, Labju y los hombres del ejército pero si para los hombres de la guardia que no eran entrenados más que para defender, además de que nunca salían del Palacio. El Onagro se acercó más y más a Zarnik.

–¿Que es eso? –le pregunto un hombre a Labju pero Neodor fue el que le respondió.

–Es nuestra perdición si logra atacar . . . enciendan las flechas –dijo Neodor y todos los hombres se acercaron al fuego, que ya ardía en los pebeteros, las puntas de sus flechas, por su parte Zarnik no se había percatado del movimiento extraño de los arqueros o simplemente si pero no le importaba mucho.

–Es tu última oportunidad Neodor. Ríndete ahora o morirás, de cualquier forma te mataré con mis propias manos –Neodor miró de reojo a sus hombres, quienes ya tenia las flechas encendidas y listas para atacar.

–Olvídalo Zarnik, no te será tan fácil entrar . . . ahora –gritó y tanto los arqueros que habían permanecido sobre el muro y los que habían permanecido abajo atacaron a los Halflings con las flechas logrando así incendiar a algunos, de sus ropas, y también mataron a algunos, pero también incendiaron al Onagro.

A pesar de que sus hombres se despojaban de sus ropas incendiadas, Zarnik logró ejecutar un taque con su arma. Lanzó una gran piedra que se impacto en la reja doblándola hacia dentro logrando hacer una abertura lo suficientemente grande como para que un hombre entrara por la parte media de la reja, después, la roca simplemente resbalo chocando con el piso.

–Vuélvanlo a cargar –ordenó Aluder y los hombres que habían permanecido a un lado de Zarnik volvieron a cargar el onagro el cual ya estaba casi completamente en llamas. En cuanto colocaron la piedra nuevamente atacaron sin esperar la orden de Zarnik. La vida del onagro desapareció en ese tiro cuando al lanzar la roca, también salio desprendida la cuchara en la que estaba colocada la piedra arrojando pedazos de madera, en llamas, por todas partes hiriendo a varios Halflings que estaban frete a él. Aún así éste nuevo impacto derribó la parte derecha de la reja, al mismo tiempo que la parte izquierda permanecía pegada al muro de piedra pero con un ligero doblez en su parte alta y una gran fluctuación en la parte media. En tanto, lo que quedaba del onagro se hacia pedazos por el efecto de las llamas.

Una vez mas los Halflings llevaban la delantera y entraron por completo a la área del Palacio en donde los hombres que estaba bajo la muralla fueron los primeros en interponérseles a su paso y después Neodor bajó de la muralla con los demás hombres, tanto guarreros como arqueros, los cuales ya portaban un sable en vez de arco. Neodor volvió a confrontarse con los hombres de Zarnik. Pero nuevamente se vieron superados por su enemigo ordenando nuevamente la retirada abriendo las puertas del Palacio en donde entraron. Cerraron la puerta de madera trabándola con un gran madero, colocándolo en posición transversal.

En las afueras, los Halflings buscaban otra entrada; pero en el interior, se veía el cansancio de los guerreros y no ocultaban nada su desesperación, los únicos que al parecer se mostraban tranquilos eran Neodor y Labju.

–¡Es nuestro fin Neodor! –le decía uno de sus hermanos mientras se acercaban los dos, a lo cual Neodor le respondió tomándolo del cuello y con tono agresivo.

–He estado en peores situaciones y siempre he salido victorioso... Nunca me han derrotado en mi territorio y nunca lo van a hacer. No perderé mi reino, no perderé Andagora . . . y tú, en vez de estar aquí parado como estúpido, toma a tu hermano, que te apoye para que lleves a las personas a la parte de arriba del Palacio –Jareb se retiraba cuando Neodor lo detuvo colocando una mano en su hombro, al instante su hermano volteó–. En dado caso que nos derroten y muramos, quiero que prometan que nos vengaremos . . . ni la muerte podrá detener nuestra venganza –Jareb tomó la mano de Neodor apretándola entre sus dos manos y Kenri también hizo lo mismo.

–¡Es un pacto hermano! –dijo Jareb, Neodor desvió la vista viendo a su hermano menor y éste asintió sonriendo.

–Bueno, tienen trabajo que hacer –los hermanos se alejaron con dirección hacia las personas, las cuales veían con susto, desde las escaleras, cómo los soldados de Andagora resistían al asedio que recibían por parte de los invasores.

Media hora después, los defensores del Palacio comenzaban a ceder al ver que los Halflings lanzaban flechas de fuego, entre los ventanales rotos, hacia el interior del Palacio; incendiando, de esta forma, las cortinas de terciopelo y seda, y también las alfombras rojas de las cuales estaba tapizado el reluciente y brilloso piso. A pesar de todo esto, los Halflings no podían entrar y mientras, en el exterior, Zarnik veía desde la sombra, que producía el arco del muro de piedra, como sus hombres no lograban entraban ni hacían ceder a los fuertes barrotes de hierro colocados hace poco tiempo.

–Aluder . . . –le gritó a su hombre de confianza, el cual de inmediato se acercó a él con su sable empuñado, Zarnik lo miró viendo que en todo su rostro escurría el sudor– Si siguen así no entraran.

–¿Qué quieres que hagamos?

–Necesito dieciséis hombres.

En el interior del Palacio, los guerreros cansados y heridos se acercaban poco a poco a Neodor.

–¡Disculpe señor! –le decía uno que se veía realmente fatigado y desesperado, además de que sus ojos reflejaban miedo–. ¡Los hombres están hambrientos y cansados!

–¡Creo que deberíamos rendirnos! –le dijo un hombre que se acercó a él mostrando una fea herida de flecha en el lugar donde el hombro se une al cuerpo.

–No lo haré . . . podemos resistir un poco en lo que llega la ayuda.

–¿Qué ayuda señor? –se quejó el hombre herido con un tono de desafío hacia su rey–. Creo que seria más fácil salir y enfrentarlos directamente y morir o vencer.

–Lo he pensado pero seria mi última opción . . . ¡Aún hay esperanza! –Neodor se alejó de los hombres para grita a su hermano Jareb, el cual bajó de una forma verdaderamente apresurada para ponerse a las órdenes de su hermano.

–Si Neodor.

–De las personas que se encuentran arriba, necesito que armes a los hombres y a los jóvenes . . . deben tener una edad entre 18 y 40 años. Que aún tengan fuerza para luchar y que estén en buen estado.

–Si . . . pero . . . ¿Con que los armo? –Neodor miró con coraje a su hermano, pero en vez de gritarle, le hablo serenamente.

–Con las armas de los soldados muertos –de la misma forma que bajó así subió, Jareb, las escaleras.

Pero por fuera los Halflings se movían un poco dentro del bosque para después volver a entrar a la área del Palacio con un fuerte tronco que era cargado, entre sus brazos, por los hombres que habían sido solicitados con anterioridad por su jefe. Rápidamente le colocaron algunas amarras y cuando estuvo listo, Zarnik se acercó.

–Con el trocó envistan la puerta –en el interior Jareb bajaba con los hombres que su hermano le había pedido.

–Listo Neodor, no son todos, dejé algunos para que protejan a las mujeres y niños.

–Bien, ahora ustedes, los que deben hacer es . . . –sus palabras fueron interrumpidas cuando la puerta sufrió una fuerte sacudida a causa de un fuerte golpe– Maldición, refuercen la puerta –los hombres recién llegados se acercaron a la puerta y recargaron su cuerpo en ésta haciendo presión, cuando otro golpe los movió bruscamente, al tiempo que de la puerta surgió un crujido de ruptura. Por su parte, en las afueras, Zarnik veía como su plan daba resultado y una carcajada salía de sus labios mientras le gritaba a Aluder.

–¡Te lo dije Aluder, estamos haciendo temblar al rey que conquistó casi todo Fanderalm! Si acabamos con él utilizaré su cabeza como estandarte y como advertencia . . . así, nadie se atreverá a desafiarnos y sucumbirán a nuestros pasos.

Momentos después, la puerta comenzaba a ceder ante las embestidas, Neodor llamó a sus hombres y viéndose rodeado mostró tristeza.

–Escúchenme y escúchenme muy bien, porque puede ser la última vez que hablemos. Los Halflings indudablemente entraran al Palacio . . . Pero no les permitiremos entrar, en cuanto se abra esa puerta, nosotros saldremos y los enfrentaremos . . . sé que somos más, pero me duele admitirlo, están mejor preparados . . . esto lo haremos por Andagora.

–¡Por Andagora! –gritaron todos los hombres en una sola voz que fue escuchada por los Halflings.

Por fin la puerta cedió abriéndose de par en par, pero al ver la luz entrar por esa abertura, los hombres de Andagora salieron eliminando primero a los hombres que habían asediado la puerta para después dispersarse nuevamente haciendo otra gran confusión mientras todos los sables chocaban entre sí. Al mismo tiempo, se escuchó un grito de guerra desde lo alto de la muralla.

–Minelihel.[19]

–Abanehuzaned. Neodor hanuz.[20]

–Zanabem Halflings[21] –eras los Elfos que había enviado Gladier y que había esperado, ocultos en la muralla, el momento oportuno para atacar a sus enemigos.

A pesar de toda la confusión, los líderes se encontraron cara a cara cruzando sables y haciendo sus mejores movimientos, después se alejaron un poco.

–Debo admitir que eres bueno con el sable Neodor –pero Neodor no produjo ni una sola palabra como antes, eso no le importó a Zarnik y siguió hablando–. Tengo que confesarte algo, mientras nosotros estamos combatiendo aquí, Ceron, el pueblo donde guardas todos tus recursos esta siendo saqueado, lo dejaste abandonado y a su suerte –Neodor se burlo, con una carcajada, en la cara de Zarnik a quien no le pareció que se riera–. ¿De qué te ríes?

–¡Idiota!, estos hombres solo pertenecen a la guardia real del palacio y la guardia común del pueblo. La armada de Andagora es 100 veces más numerosa que los hombres con quienes has luchado . . . y dices que viste mis enfrentamientos con los reinos vecinos . . . tus hombres ya están muertos. ¡No me subestimes Zarnik! Fui General y que no se te olvide que hice temblar a los reinos más poderosos, además de que casi conquisté Fanderalm. Crees que iba a dejar que un maldito como tú me asustara. Comparado conmigo, Zarnik. ¡Eres un aficionado! –Zarnik no podía creer lo que estaba escuchando y enojado atacó a Neodor con todas sus

---

19 "Matenlos"

20 "Aún vive, ayudemos a Neodor"

21 "Acabemos con los Halflings"

fuerzas, pero no surtía efecto. Después de varios intentos, Zarnik quedó cansado, con los hombros caídos y su espada en guardia baja, con la punta del sable pegada al suelo–. Caíste en mi trampa, Zarnik, eres mío –más furioso aún, Zarnik volvió a atacar a Neodor quien se burlaba de él cubriéndose de sus ataques mientras le mostraba siempre una sonrisa. Neodor resultó ser mejor en el uso del sable que Zarnik y le hizo una gran abertura en el costado derecho de la cara; de pronto, muchos hombres que venían a pie y a caballo, llegaron matando Halflings. Neodor volvió su mirada–. Ves, ya llegó mi ayuda –Zarnik volvió su mirada para ver a los hombres, reacción que utilizó Neodor para despojar a Zarnik de su sable dejándolo desarmado.

A pesar de que todos consideraban a Neodor como un hombre malo y sin corazón, tuvo piedad al ver a Zarnik, arrodillado frente a él con las manos extendidas a los costados y con la cabeza baja pidiéndole que lo matara. Neodor enfundo su sable.

–Llévate a tus hombres y no vuelvas a molestarme –Zarnik levantó la mirada viendo a Neodor y en voz alta gritó.

–Halflings, deténganse –y Neodor hizo lo mismo.

–Alto todo el mundo –deteniendo así el combate–. Dejen ir a los Halflings –su hermano Kenri se abrió espacio entre los hombres hasta estar frente a Neodor.

–¿Estas loco Neodor? ¡Estos sujetos mataron a muchos de nosotros! Lo menos que podemos hacer es matarlos también.

–Lo sé Kenri pero yo ya no quiero más muertes –Neodor le dio la espalda para intentar alejarse pero su hermano lo detuvo volteándolo, de forma brusca, hacia él.

–¿Dónde? ¿Dime dónde está? ¿Dónde quedo aquel rey sanguinario, el hombre que mató a muchos en la guerra de Macragors y Vastigo . . . el hombre que ordenó matar a su mismo pueblo? –Neodor miró a su hermano con ojos tristes y con una voz de baja intensidad le respondió.

–A muerto Kenri y no quiero que reviva . . . Déjenlos ir . . . –ordenó y mirando a Zarnik le lanzó una mirada de desprecio–. ¡Y ustedes lárguense! –Zarnik se puso de pie y comenzó a caminar hacia las afueras de Andagora siendo seguido de sus hombres y de las miradas llenas de coraje de los hombres.

Los Halfling se alejaron internándose en el bosque y caminaron cerca de una hora hasta llegar a un río que estaba bajo una cascada y del interior de una cueva, tras la cascada, salieron más Halflings y rodearon a Zarnik.

–Esto solo fue para ver el poder de nuestro enemigo . . . –les dijo al mismo tiempo que movía la cabeza viéndolos a todos– Esperaremos unos días y después, le daremos un fuerte golpe a Neodor –Aluder protesto ante lo dicho por su líder.

–¿Estas seguro que después de lo que sucedió hoy quieres volver a atacar?

–Si, estoy muy seguro . . . le daremos a Neodor donde más le duele . . . éste será nuestro momento.

–¿Cuál será nuestro objetivo?

–Tiene hombres en Ceron, pero son mínimos . . . todo su poder militar está en Andaros y él esta en Andagora . . . nuestro objetivo será el mas débil . . . CERON.

Ese mismo día, Neodor ordenó que las personas regresaran a sus casa y devolvió la estabilidad de sus fuerzas armadas enviándolas a donde deberían estar.

Y en la madrugada de un tercer día, después de la dura lucha entre los Halflings. Estos comenzaron a rodear todo el pueblo de Ceron eliminado primero a sus fuerzas guardianas, y después entraron sigilosamente al Castillo del gobernante eliminado a todos ahí dentro, después salieron a matar a las personas, a las cuales atacaba desprevenidas y somnolientas. Entre la matanza que se estaba haciendo, un Halfling iba a matar a Ankisenk, cuando este salía del interior de su casa con un machete en las manos; pero Zarnik lo detuvo.

–A ese hombre no lo toquen. Se lo prometí a Neiredy –el Halfling detuvo el ataque y quedó con la vista fija en el hombre mientras Zarnik permanecía, también, con la vista puesta en el hombre–. Le prometí a Neiredy que no le haría nada a tu mujer ni a ti. Deberías agradecerme que no te mate a pesar de mí promesa –Senk se lanzó sobre Zarnik atacándolo con el machete pero el guerrero tenia muy buenos reflejos y lo tomó del brazo para después obligarlo a arrodillarse y después golpearlo en la nuca haciéndolo perder el conocimiento–. Tú –dijo Zarnik al Halfling que permanecía a su lado–. Lleva a este hombre al interior de su casa y enciérralo, también encargare de que no le pase nada ni a él ni a su esposa o de lo contrario me lo pagaras con tu vida –el Halfling destinado a la tarea entró a la casa de Senk llevándolo a rastras y también hizo que su esposa perdiera el conocimiento, gracias a un fuerte golpe, después cerró la puerta trabándola de un fuerte golpe al cerrarla.

Cuando Zarnik vió que casi acababan con Ceron, ordenó que prendieran fuego a todas las casas menos a la de Senk y así lo hicieron. En tanto, al mismo tiempo, en el Palacio Andagora, Neodor era molestado por uno de sus guardias reales mientras comía.

–Disculpe la molestia señor, pero una gran nube de humo se eleva en el cielo desde el mismo lugar donde se encuentra Ceron.

–Maldición –dijo Neodor mientras azotaba un pedazo de pan en la mesa del comedor–. Reúne a los jinetes y que se dirijan a Ceron lo más pronto posible.

Neodor y sus hombres llegaron a Ceron cuando el sol ya aluzaba demasiado bien y se aproximaba a la mitad del cielo. En el pueblo encontraron un verdadero desastre, cuerpos de hombres por todas partes y todas las casas en llamas sino es que ya eran cenizas y brazas.

En tanto, los Halflings llegaron atacando el pueblo de Andagora encontrándolo habitado por pocas personas, que por desgracia, entre esas personas se encontraban los hermanos de Neodor, a quienes en ese ataque eliminaron de formas horribles. A Jareb lo tomaron de sorpresa mientras salía de la taberna, un sujeto lo partió a la mitad mientras otro que pasaba a caballo tras él, le cercenaba la cabeza. Pero Kenri no tuvo tanta suerte ya que fue encerrado en una casa de madera junto con más hombres y los incendiaron. A pesar de las llamas que lo consumían, se asomó por una de las ventanas.

–Nos vengaremos, Jareb, Neodor y yo. Regresaremos de la muerte solo para matarlos. . . –ya no pudo decir más porque una flecha le atravesó el cráneo quitándole de una forma definitiva la vida.

En Ceron, Neodor revisaba el lugar encontrando solamente cuerpos de hombres y ninguna mujer, vio también que todas las casa estaba en llamas, a excepción de una; la de Senk, en donde lo encontraron, a su mujer y a él inconscientes. Al verlo, Neodor quedó pensativo.

–Esto es una trampa... necesito que alguien se quede con este hombre y en cuanto despierte lo lleven a Andagora... los demás, necesito que me sigan. Regresemos a Andagora –como Neodor lo ordenó, solo un jinete se quedó con Senk y su esposa, los demás lo siguieron a todo galope entre las praderas y los caminos de tierra. Pero para desgracia de Neodor y sus hombres llegaron tarde pues los Halflings ya habían arrasado el pueblo; encontrando una masacre, nuevamente de hombres solamente.

Sin descender de su corcel y sin volverse hacia sus hombres Neodor dio ordenes–. Busquen sobrevivientes –ordenó y los soldados bajaron del sus corceles para después empuñar sus armas y esparcirse por el pueblo en llamas y cenizas, un viento frío proveniente del Norte pasó por el lugar moviendo el ropaje del rey y su cabello quebrado. Hizo cabalgar su corcel para acercarse a lo que antes fue la taberna, la cual ahora solo era cenizas y encontró a su hermano partido entres pedazos, a pesar de lo que vió su rostro sereno no cambio, siguió su cabalgata en un trotar lento viendo los cuerpos de las personas, casi todos calcinados o con heridas que les causaron una muerte casi instantánea. Cabalgaba cerca de una casa cuando su caballo se asustó levantándose en dos patas para después retroceder un poco, Neodor bajó la vista y sus ojos se llenaron de horror al ver el cuerpo de su hermano muerto, con pocas quemaduras pero las suficientes para dar una apariencia espantosa, Neodor observó que la flecha entraba por uno de los ojos de su hermano y que había sido arrastrado desde el interior de una casa que ahora estaba completamente consumida por el fuego; parecía que habían puesto ahí el cuerpo con el propósito de que él lo encontrara. El rey ya no soportó y se llevó una de sus manos a la cara cubriendo sus ojos. Pero fue interrumpido por uno de sus hombres.

–Señor Neodor. Necesito que venga a ver algo –Neodor siguió al hombre hasta una casa de madera y piedra que estaba completamente cerrada, al acercarse entró él y cinco hombres más. Lo que vio lo horrorizó aún más, había un montículo grande de niños, degollados y empapados en su propia sangre. Y en la pared encontró una escritura hecha con sangre y que ocupaba casi toda la pared:

ESTO SUCEDIÓ POR HABERME RETADO

Terminaba de leer el recado cuando uno de sus guardias rompía el llanto arrodillándose para tomar el cuerpo de un niño pequeño entre sus brazos mientras gritaba del dolor que en su interior le lastimaba hasta el alma.

–¿Y las mujeres? –preguntó Neodor tragándose el dolor que le producía ver a aquel hombre llorándole al cuerpo de su pequeño.

–No encontramos ninguna, señor.

–Debieron habérselas llevado –Neodor salio de la casa encontrándose a Labju.

–¡Labju! Lleva a los hombres hacia Andaros y si ven a algún Halflings, deberán matarlo.

–De inmediato –Labju montó un corcel y les silbó a los demás hombre para que lo siguieran pero no fueron todos, se quedaron en el pueblo 20 hombres que lloraban y se lamentaban.

Neodor, por su parte, tenía pensado regresar al Palacio y alejarse de esa escena de lamentos que le herían el corazón. Aún así mostró frialdad y volvió a dar órdenes, aunque en su voz se podía apreciar una ligera expresión de dolor poco perceptible para un hombre no observador.

–Vigilen el pueblo y si encuentran a algún sobreviviente manténganlo con vida –subió nuevamente a su corcel y a trotar lento se dirigió hacia el Palacio encontrándose en su camino a más hombres y guardias muertos.

–Los atacaron sorpresivamente–. Pensaba, al mismo tiempo que iba llegando a donde antes estaba la reja y que ahora ya no había nada ya que había sido retirada después de que vencieran a los Halflings. Al estar frente a la entrada principal del Palacio notó que una hoja de la puerta estaba completamente abierta, así que bajó de su corcel y empuño su sable y entro sigilosamente. En el salón principal no encontró nada, solo una oscuridad que era dispersada poco por los rayos del sol que entraban entre las cortinas cerradas y la puerta abierta, subió las escaleras hacia su habitación encontrando, en el último escalón, a su sirvienta con un cuchillo clavado en la espalda. No le dio mucha importancia y se dirigió

directamente a su cuarto, se detuvo en las afueras y con la punta de los dedos empujó la puerta, la cual se abrió hacia adentro y antes de entrar lanzó una mirada al interior y después entró notando que, entre la tenue luz que se filtraba por las cortinas de ceda verde, sobre la cama había como dos cuerpos; se aproximo lentamente sin despegar la vista de la cama y cuando estuvo cerca, se paró del lado derecho y de un movimiento brusco descubrió lo que estaba completamente tapado bajo la sabana. Encontró dos mujeres sin vida. Quedando mudo de la impresión levantó la vista mientras sus ojos se llenaban de lágrimas y su boca se abría queriendo sollozar, cuando encontró otra nota escrita con sangre:

TE ASEGURO QUE A QUIEN MAS DISFRUTAMOS FUE A TU HIJA

Neodor soltó su sable y con los ojos empapados en lágrimas abrazó los cuerpos mientras les daba besos, es las frías mejillas a su hija y a la boca helada a su esposa.

Algunas horas después entraba Labju a la habitación, encontrando a Neodor sentado en el suelo, del lado derecho de la cama, mientras jugaba con su espada haciéndola girar.

–¿Qué pasó Neodor? –preguntó al tiempo que se acercó viendo los cuerpos cubiertos por la sabana roja–. ¿Quiénes son?

–Mi esposa e hija –la voz de Neodor se escuchó ahogada y falta de fuerza.

–Pero . . .

–Nunca llegaron a Alamus . . . –Neodor levantó la vista hacia el techo suspirando profundamente mientras sus lagrimas brillaban como diamantes en sus ojos y mejillas al contacto con un pequeño haz de luz– ¿Qué sucedió en Andaros?

–Nada, al parecer saben que ahí concentramos a la mayoría del ejército.

–¡Déjame solo! –le dijo, bajando la mirada nuevamente dejando caer la espada, la cual produjo un fuerte estruendo rompiendo con el silencio. Al salir de la habitación, Labju se encontró con varios hombres más.

–¿El rey se encuentra bien?

–Si, solo que no quiere que lo molesten.

Neodor reflejaba una fuerte angustia en los ojos y en toda su cara mientras las lágrimas volvían a escurrir por sus mejillas.

–¿Por qué a mi? ¿Por qué a mi? ¡Ya no me queda nada! ¡Perdí a mi esposa y a mis hijas . . . incluso a mis hermanos! –el semblante de Neodor cambio de triste a un semblante lleno de coraje–. ¡Perdí mi reino . . . ! Pero me vengaré . . . –lo dijo tan lleno de odio que sus dientes no se separaron ni un momento y sus cejas se fruncían hasta más no poder.

Al salir del Palacio, Labju bajaba las escaleras de la entrada principal del Palacio cuando los cinco ancianos que eran los encargados de orar en el templo, por los hombres ante sus dioses, se acercaban hacia él caminando torpemente a causa de las largas túnicas que vestían. Al encontrarse con él y los guardias, se detuvieron con miradas arrogantes y llenas de confianza.

–¡Ya vimos como terminó el pueblo y venimos a ver al rey . . . !

–El rey no quiere que lo molesten.

–¡Vamos hijo, el rey siempre ha sido muy devoto y creo que por más afligido que esté, él accederá a hablar con nosotros!

–¡No es la primera vez que lo hace! –apoyó otro a su compañero.

–¡Pero en esta ocasión no puedo molestarlo, realmente no puedo!

–Si tú no puedes, nosotros iremos por él –los hombres recogieron sus vestimentas y caminaron rodeando a Labju para subir las escaleras–. No tenemos tiempo que perder –se escuchaban sus cometarios mientras aceleraban su paso pero la puerta fue bloqueada por el cuerpo de Labju impidiéndoles el paso.

–¿Qué crees que estas haciendo?

–Ya les dije que no pueden pasar, es una orden del rey.

–¿Cuestionas nuestra voluntad?

–No pero tengo ordenes superiores y no puedo dejarlos pasar . . .

–Solo queremos que el rey nos escuche . . . tiene que hacer algo por el pueblo . . .

–Por el amor de su Dios . . . –interrumpió Labju con un tono de coraje y tristeza– ¡Su esposa ha muerto y su hija también, tengan consideración! –pero lo hombres eran muy arrogantes y no aceptaban un NO como respuesta.

–El pueblo debe tener el privilegio y el primer lugar para atender. Debemos pasar quítate del camino o si no . . .

–¿Si no me quito qué? –les gritó Labju muy enojado pues la respuesta de los ancianos lo había sacado completamente de sus casillas.

–Guardias . . . arresten a este hombre –los guardias, que estaba presenciando todo, intentaron caminar hacia Labju pero este les gritó que se detuvieran, lo cual hicieron de inmediato.

–Guardias. ¿Qué hacen . . . ? –les preguntó uno de los ancianos pero los hombres armados no les respondieron, pues la presencia de su general era aún más fuerte que la presencia misma de los viejos barbones.

–Entraremos quieras o no –dijo otro y caminó siendo seguido por los demás, pero Labju estaba muy enojado y desenfundó su sable y lo levantó en forma amenazadora.

–¡Quien de un paso mas . . . ! –los hombres de blanco se detuvieron y los guardias corrieron hacia Labju pero éste los miró y los señalo–. ¡No se acerquen . . . ! –volvió la mirada hacia los ancianos– Iré con el rey pero no quiero que nadie entre, ni me siga . . . y ustedes –dijo refiriéndose a los guardias–. Si dejan que alguien más pase, me veré forzado a matarlo . . . entendido –los guardias afirmaron con un mover de cabeza–. De acuerdo, yo entraré y le diré al rey que están aquí –Labju bajó la amenazadora espada y nuevamente, entró al Palacio, pero esta vez cerró la puerta tras él y caminó a paso firme haciendo sonar sus botas en el piso de mármol produciendo un sonido fuerte producidor de ecos dentro de ese enorme oscuro lugar. Antes de subir las escaleras detuvo sus pasos y escuchó como Neodor desquitaba su coraje con las cosas de la parte de arriba, detuvo sus pasos y se sentó en las escaleras, callando el sonido de su sollozar con el ruido producido por el rey . . .

Momentos después, Labju dejaba de llorar, dándose cuenta que Neodor ya no hacía más ruido ni gritaba así que subió a paso lento hasta llegar a la habitación del rey encontrando la puerta cerrada. Lentamente la abrió llamando a Neodor, después la abrió casi completamente y entro pero no encontró a Neodor por ningún lado, entró caminando entre sombras y miró todo hasta donde su vista podía ver, se volvió hacia la puerta y pudo ver una de las botas del rey que se asomaban tras la puerta. Labju se acercó un poco más tranquilo.

–Neodor, no es tiempo de que . . . –al mover la puerta encontró a Neodor sentado en una silla, con su sable clavado en el pecho y los ojos abiertos, mirándolo directamente.

–¡Oh, no . . . !, no otra vez –en Labju se reflejó la tristeza al ver a su antiguo amigo mirándolo con los ojos muertos, fríos y opacos, con su mano derecha cerro los ojos de Neodor y bajó la mirada–. ¡Descansa tranquilo viejo amigo! –al poco rato salio a paso lento encontrándose en la entrada a los cinco hombres, los cuales al verlo se acercaron a él mostrando una gran desesperación.

–Y bien . . . ¿Dónde está el rey?

–Lo lamento, el rey no podrá venir –los hombres se vieron unos a los otros con intenciones de criticar.

–Pero . . . ¿Por qué no vendrá?

–¡El rey está muerto!

–¡Muerto! –dijeron los hombres en coro llenos de sorpresa.

–Si, muerto –los hombres se dieron la vuelta criticando y alejándose se perdieron al cruzar el muro de piedra. Labju también se alejaba a paso lento a un lado de los guardias pero se detuvo volviendo la mirada al Palacio recordando a los hombres que habían solicitado sus servicios.

Los guardias se habían alejado un poco y casi cruzaban el muro de piedra cuando en Labju se formó una mueca de tristeza e impotencia.

–¡Nos vemos amigo mío . . . ! –después le dio la espalda a esa hermosa construcción y con el corazón acongojado se alejó dando un gran adiós desde el fondo de su corazón.

Semanas después, los hombres se dividieron ocupando los pueblos de Andagora y Andaros, mientras que Ceron fue ocupada por la milicia que resguardaba toda la materia prima en los almacenes subterráneos. Neodor fue sepultado en el mismo lugar que los reyes de antaño después de haber seguido *"El Ritual de los Reyes"*, el mismo que habían hecho con Nefeso y Leodor. Con el sepulcro de Neodor, desaparecieron los reyes. Ahora, al reino lo gobernaba un consejo de ancianos, que eran los mismos del templo. Llamándose así mismos Alugures, que significa *"Señores De Los Hombres"*, pero eso nadie lo sabía ya que era una palabra del idioma antiguo, del idioma olvidado por los hombres hace años atrás; el *Estigo Antagenon*. Estos Alugures rechazaron vivir en el Palacio por considerarlo un lugar maldito. Además de quemarlo, todo por culpa de un ritual para alejar a los demonios; taparon la entrada al Palacio un una gruesa pared de piedra, parte de la cual fue obtenida al derribar la muralla que resguardaba el mercado, en donde se colocó el pueblo y el nuevo templo donde vivirían los del consejo y resolverían los problemas de las personas.

El Pacto

Tiempo después de qué enterraron a Neodor en el cementerio del reino, al Norte de Andaros. En los alrededores del pueblo de Andaros, un hombre salía, como siempre, seguido de sus ovejas y se dirigió a los campos en donde dejó que sus animales anduvieran libres mientras tanto él cortaba leña en los bosques cercanos cuando de pronto vió algo tirado cerca del árbol vecino, se acercó a paso lento y, haciendo a un lado el follaje, de hierba encontró el cuerpo de una de las mujeres que se habían perdido aquel día. Su semblante se horrorizó al descubrir que el cuerpo de la mujer estaba teñido en sangre que había emanado de su cuello cortado, asustado, el hombre corrió y recogió rápidamente su rebaño pero no dio parte a nadie de lo sucedido . . . Desde ese día, comenzaron a aparecer los cuerpos de las mujeres raptadas por los Halflings, pero solo eran mujeres de alta edad, ninguna mujer joven aparecían. Por un tiempo, lo único que los hombres hacían era llorarles a sus mujeres, sepultarlas y pedir a los Dioses por la paz de sus almas.

Después de varios días, los hombres se dirigieron al Consejo de Ancianos, el cual estaba formado únicamente por los ancianos que antes dirigían el templo. Los cuales ahora vivían en Andagora, en el Templo que habían construido cerca del Palacio. Por fuera tenia una hermosa fachada hecha de piedra blanca, una puerta de madera de pino y a poca distancia, sobre ella, se encontraba un vitral redondo con la imagen de los dioses; a los lados de la puerta se encontraban, sobre un pedestal, dos imágenes de ángeles que empuñaban sus espadas y escudos; el piso del templo no estaba completamente sobre el suelo sino que estaba sobre una base de piedra, elevándolo un poco lo cual era compensado por escaleras de piedra blanca. En las paredes de los costados, se habían colocado cuatro ventanales grandes que ocupaban la gran parte del la pared, tan grandes eran que la luz se filtraba iluminando bien el interior. La parte trasera del templo era sencilla, solo una pared de piedra blanca y al costado derecho se elevaba un campanario sencillo, que costaba de cuatro campanas colocadas en par y en la parte de arriba del templo se elevaba una cúpula sobre el altar que había debajo, era semicircular y tenia ventanales que permitían el paso de la luz solar.

La parte interior el templo constaba de un gran espacio que era ocupado en su mayoría por bancas largas de madera a cada extremo, sin acercarse a la pared, donde se encontraba una columna en cada espacio que había de ventanal a ventanal; en medio se extendía un paso que era cubierto por una alfombra roja de fina tela. Esta alfombra subía a la pequeña elevación donde se encontraba el altar, se unía con un gran tapete que cubría toda esa elevación en donde se encontraban las estatuas de los dioses, estatuas que tenían una altura considerable y habían sido hechas de piedra blanca. Frente a las estatuas se encontraba una especie de mesa de madera de pino que también era cubierta por fina tela. Y en las cuatro esquinas del templo se encontraba un pebetero que eran los que aluzaban por las noches.

Ese día, los sacerdotes se ponían de pie, ellos dormían en simples camas de madera que eran soportadas por un suelo de madera sin pintar. Después de tomar sus ropas, bajaban una escalera de caracol a la parte baja en donde ya los recibían los criados para guiarlos hasta la tina de agua tibia, que de ante mano ya les habían preparado. Después del baño, los secaban y les untaban un aceite especial que los perfumaba, los vestían y los calzaban; esto se hacía en un cuarto contiguo al del baño, un cuarto completamente tapizado de rojo en las paredes y alfombrado en el suelo, con bancas de madera donde los sacerdotes eran preparados. Después seguían el camino alfombrado pasando antes por un estante donde se encontraban sus joyas y adornos que vestían. Estos cuartos estaban tras el altar y eran simples y poco adornados. En seguida salían al cuarto contiguo para encontrar una mesa llena de comida en donde se daban su festín, sin olvidar que debían lavarse las manos después y perfumarlas con aceite. A pesar de todos los cuartos que pasaban por la mañana, en la noche solo regresaban a descansar siguiendo un pasillo que estaba a un costado de estos cuartos y que los llevaba directamente a la escalera sin tener que abrir tantas puertas. Después de que se lavaban las manos salían por el lado izquierdo del templo para abrir la puerta principal mientras que los criados recogían todo lo que estaba sucio y lo lavaban en el cuarto de baño.

Los pajarillos se escuchaban cantar y la luz ya iluminaba el cielo e iluminaba el interior del templo con la luz que pasaba a través de los ventanales, el ruido de las carretas y el murmurar de las personas ya se oía claramente cuando, al abrir la puerta, un hombre que estaba afuera llegó hablando en voz alta.

–¡Mis señores! –ni los guardias que resguardaban las afueras del templo pudieron detenerlo y entró, como sus botas estaban llenas de lodo ensució la alfombra roja pero él no se fijó en eso, solo quería que los sacerdotes lo oyeran y deteniéndose a mitad del recorrido se arrodilló–. ¡En estos días . . . hemos encontrado a mujeres . . . muertas . . . en los caminos, en los campos . . . en todos lados . . . ! –el sacerdote mayor no pudo contestar cuando otro hombre llegó corriendo.

–¡Señores . . . los campos de Ceron se incendian, según testigos fue un Halfling el que inició el incendio . . . ! –casi al tiempo que el hombre dejaba de hablar entró una mujer.

–¡Señor . . . han robado mi ganado de ovejas . . . ! ¿Qué hago? –el sacerdote mayor miró a sus compañeros y después a los tres sujetos que estaban frente a él.

–Deben tranquilizarse . . . nosotros arreglaremos todo, solo informen a los hombres de la guardia que los campos de Ceron se incendian y . . . sobre tus ovejas, enviaré a alguien para que te ayude. Vayan . . . –los hombres se pusieron de pie e hicieron una leve inclinación.

–Si mis señores. Con su permiso nos retiramos.

–Gracias –los hombres se retiraron y los guardias cerraron las puertas del templo. El sonar de las puertas calló el silencio en el que habían permanecido los sacerdotes.

–¿Y ahora qué haremos? –preguntó uno de ellos preocupado.

–Realmente no lo sé . . . ahora comprendo bien lo por lo que pasaba Neodor . . .

–Debamos hablar con el líder Halfling, al parecer cree en los dioses.

–¿En qué te basas para suponer eso?

–Él no atacó el templo, si lo hubiera querido, lo hubiera hecho. Yo mismo vi como bajó de su corcel para hacer reverencia ante el templo y después simplemente se alejó.

–Entonces . . . ¿Qué piensas hacer?

–Enviemos a un mensajero para reunirnos con él y charlar para hacer un acuerdo.

–Bien –el sacerdote caminó torpemente hacia la puerta y al tomarla entre sus manos la abrió un poco y llamó a uno de los guardias.

–Tú –asomó una de sus manos para señalarlo–. Necesito a un mensajero, de inmediato.

–Si señor –el joven guardia corrió de inmediato y el viejo volvió a entrar.

–El mensajero viene en camino –los viejos volvieron a juntarse y las preguntas no se dieron a esperar.

–¿Qué trato harás con Zarnik?

–Aún no lo sé pero tendremos que arreglárnosla para que cuando menos nos deje en paz.

–¿Y si él no acepta?

–Espero que si lo acepte, no quiero que haya más muertes pero si no hay otra salida . . .

–¡Estas diciendo que . . . !

–Si –en eso se escuchó un sonido procedente de la puerta y esta se abrió un poco entrando el guardia.

–Mis señores, el mensajero está aquí.

–Hágalo pasar –el guardia hizo una señal y el mensajero entró, tanto el guardia como el mensajero caminaron hacia los ancianos y deteniéndose a pocos metros de las escalinatas, los dos se arrodillaron.

–Estoy a sus órdenes mis señores –dijo el mensajero.

–Tenemos un importante trabajo para ti.

–Usted dirá.

–Tendremos un mensaje para los Halflings. Usted los buscará y les dirá: *"El consejo de Ancianos del reinado de Andagora necesita reunirse con usted para hablar sobre los actos que hace y establecer sus lugares en este mundo"*.

–Esta bien –el guardia y el mensajero se pusieron de pie y les dieron las espaldas a los Ancianos, fue en ese momento que el mensajero lanzó una mirada de odio y coraje hacia el guardia. El guardia seguía al paso del mensajero cuando fue detenido.

–Guardia, espere –sin otro que hacer, el guardia se detuvo y se dio la vuelta.

–Si mis señores.

–Reúne a todos los hombres que puedan luchar. Es un plan secundario . . . enséñenles lo elemental para la batalla y que estén listos para el enfrentamiento con los Halflings. Avisa a Labju para que los prepare.

–Si mis señores –el guardia salió y en las afueras se encontró con el otro guardia y el mensajero, quien lo recibió con un reproche.

–¡Maldito . . . ! Me has enviado a mi muerte.

–No lo sabia –la voz del guardia se quebró de pronto–. Pensé que . . .

–¡Pensaste, qué pensaste . . . !

–Descuida . . . nadie sobrevivirá . . . los viejos quieren enfrentar a los Halflings nuevamente . . .

–¿Qué dices? –los otros se asombraron mucho.

–Si, han visto a Labju . . .

–Si, fue al establo –el guardia se acercó al mensajero–. ¡Lo siento hermano . . . creí que te enviarían a algún reino a pedir ayuda! –y éste al ver el dolor le habló más tranquilamente.

–No importa . . . solo querías ayudarme . . . –el mensajero le dio un abrazo al guardia y se alejó para montar su corcel y alejarse.

–¡No hay nada que hacer . . . ve con Labju!

–Si . . . –limpiándose las lagrimas, el guardia se dirigió al establo.

El establo era un lugar semi-oscuro ya que la luz entraba por la puerta y por las aberturas que tenía el techo de madera. Era un lugar con muchos espacios y a la entrada varios estantes llenos de sillas para montar y una gran pila de paja a un lado, solo que en ese lugar solo se encontraban tres caballos y hasta el final, estaba Labju, mirando a su caballo comer mientras que con la otra mano le acariciaba el hocico. El guardia entro haciendo poco ruido y escuchó que Labju hablaba en voz media.

–¡Todo es un desastre RAYO . . . ! He perdido todo . . . a mi familia . . . no sé que hacer . . .

–Yo si señor –dijo el guardia al tiempo que tragaba saliva al sentir la mirad de Labju.

–¿Cuánto tiempo llevas ahí?

–N-No mucho . . . solo escuche que no sabe que hacer –Labju muy enojado empuño su espada y se acercó al guardia.

–No te creo nada . . .

–¡Espere señor . . . ! el consejo me envía, que . . . que debe preparar a los hombres . . . –Labju bajó su arma y miró al guardia.

–¿Cuáles hombres?

–S-Si, los viejos enviaron a un mensajero, quieren hacer un pacto con los Halflings pero que si ellos no aceptan . . . nos veremos forzados a enfrentarlos.

–¡Que locos . . . ! ¿Quieren enfrentarlos nuevamente?

–Si y que usted prepare a los hombre que puedan luchar . . . que les enseñe lo más básico de una batalla.

–¡Yo! –el guardia solo respondió con un mover de su cabeza y de igual forma lo hizo el general para después pedirle al joven que se retirara, lo cual hizo casi corriendo en tanto que Labju volvía hacia su caballo.

Como el viejo lo había dicho, los Halflings se negaron a hablar, en especial Zarnik. Rechazó la propuesta y envió de regreso al mensajero; llegando éste sobre su corcel pero sin vida y con una nota en su espalda que era sujetada por tres flechas:

No haremos ningún trato y no hablaré con un montón de viejos, no mientras Neodor no se rinda ni suplique a mis pies.

Uno de los ancianos leía la nota en voz alta para sus compañeros.

–¡Aún cree que Neodor está vivo!

–Deberíamos decirle que Neodor está muerto.

–No nos creerá, debemos hacerle frete, derrotarlo y decirle que Neodor está muerto y una vez derrotado lo hacemos firmar el pacto que he escrito.

–Eso quiere decir que . . .

–Necesitaremos a los hombres que Labju está preparando.

–Eso me hace recordar, hace poco me dijeron que ya casi están listos . . .

A la mañana siguiente, el consejo de ancianos salía del templo para encontrarse con su ejército recién creado, al abrir la puerta encontraron a un gran numero de hombres armados y listos para librar lo que llamaban *"La última Batalla por Andagora"*, ya que estaban dispuestos a morir o a vencer para ganar o perder su territorio. Uno de los Alugures se acercó a las filas de hombres y después de mirarlos . . .

–¿Son todos? –preguntó a Labju, quien estaba a su lado.

–S-si mi señor, son todos . . .

–¿Por qué titubeó al responder? –el viejo miró al general y éste se puso un poco nervioso–. ¡Creo haber visto antes, a jóvenes lo suficientemente fuertes para levantar una espada o una lanza . . . !

–¿Qué me está diciendo? –preguntó Labju sorprendido.

–Necesitamos más hombres y esos jóvenes nos serian de mucha ayuda . . . con ellos crecería el número de nuestras filas y derrotaríamos más rápido a los Halflings.

–A ellos les encomendé cuidar sus casas, a sus hermanas y madres, serían la última defensa.

–¿Por qué hizo eso?

–Esos niños no nos serian de mucha utilidad. Los Halflings acabarían rápidamente con ellos.

–¡No me importa! –gritó el anciano lleno de coraje mientras que su cara se tornaba roja–. ¡Quiero que los traiga . . . los necesitamos, esto es una guerra no un juego!

–¡Por esa misma razón no los traje . . . frente a usted tiene a jóvenes de 18 en adelante, hombres que ya pueden ver al enemigo de frente sin temor!

–¡Escúcheme, ya son dos veces que cuestiona mi autoridad, si . . . !

–¡Si Neodor estuviera con vida, estaría de acuerdo conmigo . . . !

–Pero no se le olvide que Neodor está muerto y nosotros somos la autorizada ahora . . . así que vaya por los hombres que dejó afuera.

–No lo haré . . . –respondió secamente el general– que usted no piensa en el mañana . . .

–¡Claro que si!

–No me parece así. Si sobrevivimos quienes cosecharan la tierra, quienes cazaran o recolectarán la comida para el pueblo, Ustedes . . . nosotros –dijo señalando a la fila de guerreros–. Una vez que lleguemos a viejos tal vez no sirvamos para nada pero ellos si. Son el futuro del reino . . .

–Si es que este reino lo tiene . . . –las palabras del viejo fueron silenciadas por otro de sus amigos.

–Calma . . . el general tiene razón, deja que él haga su trabajo . . .

–De acuerdo . . . –dijo respirando profundamente y tratando de olvidar el coraje– Pero no se le olvide que pagará por esto . . .

Mientras las filas de los soldados se alineaban, los Halflings observaban muy de cerca, escondidos entre la espesura del bosque, donde observaban cada movimiento de los Humanos.

–¿Les haremos frente?

–Si Aluder –respondió Zarnik con mucha serenidad.

–¡Pero mi señor ellos . . . !

–Confío en la fuerza de mis hombres, Aluder, no te preocupes demasiado.

–¿Está muy seguro señor?

–Si Aluder, debes confiar en mi . . . solo que no veo a Neodor por ningún lado –desde la copa del árbol, Aluder volvió su mirada.

–Tienes rezón. Neodor no está.

–No importa, ordena a los muchachos que se preparen para eliminar a los Humanos.

–Si señor –Aluder bajó del árbol muy sigilosamente y con la facilidad que lo haría una ardilla.

El cielo de ese día estaba nublado, ya que la temporada de lluvias daba comienzo, así que el viento frío y el cielo gris estaban muy a menudo sobre la cabeza de los hombres y al sol solo lo veían un poco en las mañanas pero esa mañana era la excepción. Los hombres se movilizaban hacia un claro fuera del pueblo de Andagora cuando frente a sus ojos y provenientes del interior del bosque, los capotes y las botas negras de los Halflings comenzaban a ocupar parte del claro, ocupando los lugares que se les había asignado. Y una vez que los dos regimientos de hombres estuvieron frete a frente, el silencio se hizo presente mientras que los hombres empuñaban sus armas rompiendo el silencio con el ruido que producía la espada al salir de la funda y el acomodar de los escudos por parte de los hombres. De momento y sin espera, uno de los Alugures gritó desde la parte trasera de las filas de hombres.

–Zarnik, es tu última oportunidad. Firma el acuerdo de Paz y no habrá más muertes –pero Zarnik no se iría sin pelear, él quería el reino y lo iba a conseguir a como diera lugar.

–Olvídalo anciano, he venido a destruirlos a todos, de una vez por todas y quedarme con Andagora.

–Tú lo has querido así –el Alugur ordenó a Labju que iniciara el ataque, después de una mirada preocupante por parte del general, éste desenfundó su sable y caminó entre la división que los hombres habían hecho y al posicionarse frete a todos, esa abertura fue cerrada. Pero, aunque Labju fuera un gran general y un experto en crear estrategias militares, en ese momento estaba aturdido, cansado y herido sentimentalmente por la pérdida de su esposa e hijos; dando así un mal comienzo a la lucha.

–¡A ellos! –les ordenó y corrió hacia los Halflings seguido de las filas de hombres, los cuales estaban separados. En primer lugar, venían los hombres más preparados y vestían la armadura del ejercito Andagoriano mientras que los que seguían eran los hombres, recién entrenados, y que solo portaban una cota de malla, algunos y otros un peto de metal, una lanza o una espada y, un escudo pequeño y redondo a diferencia de los que iban delante de ellos, que portaban un escudo cuadrado, un poco doblado y de gran tamaño. Por su parte, los Halflings solo veían a su enemigo acercarse y cuando estaba a cierta distancia, Zarnik dio la orden de atacar.

–Arqueros –desde los árboles les llovieron flechas a los Humanos, hiriendo a muchos, entre ellos a Labju quien cayó casi de inmediato con una flecha que había travesado el metal del peto que lo protegía, hubiera querido levantarse pero su espíritu estaba débil, solo cerró los ojos y dejó que los hombres pasaras sobre él . . .

Los hombres de Andagora no se detuvieron y llegaron hasta las filas de Zarnik y cuando se preparaban para la batalla cuerpo a cuerpo, los hombres que estaban frente a ellos se arrodillaron para sacar grandes palos de entre el pasto y así crear una defensa donde muchos guerreros quedaron mientras veían la cara burlona de Zarnik muy de cerca, pero esta defensa no duró mucho y el enfrentamiento cuerpo a cuerpo comenzó pero rápidamente se vieron superados por las técnicas de los hombres de Zarnik y al apoyo que recibían por parte de sus arqueros, los cuales causaban más muertes en los hombres puesto que tenían un gran campo de acción y no estaban enfrascados, como los Humanos que se mantenían alejados y atacando con flechas perdidas que algunas veces acertaban pero que en otras no, sus puntos eran fallidos . . . Los Humanos, al verse superados, comenzaron a retroceder cediendo terreno causando con ello más bajas pues al correr daban la espalda y los arqueros Halflings parecía que no fallaban ni un solo disparo.

En tanto, en Zelfor, Gladier se encontraba donde mismo, sentado en el petate enseñando a Estirfu un poco de Estigo.

–Dahazme. Andagora reino central, Alamus reino guerrero y Utopir reino místico.

–Andagora reinno kentral, Alamus rahino . . . gue . . . guer . . . Hiana honaled, izaunamehelana.[22]

–Hia honala, adehezan[23] –un Elfo entró a la habitación y se postró ante el líder Elfo.

–Señor Gladier, lo Halflings atacan nuevamente a Andagora.

–¡Tal parece que Zarnik no estará tranquilo hasta que conquiste Andagora!. De acuerdo, debes ir a ayudarlos, lleva contigo a los guerreros.

–Si señor –el Elfo iba a salir cuando Estirfu lo detuvo.

–Espera –dijo tranquilamente y con aire de líder–. Si puedes, trae a Zarnik hasta Zelfor, estaría muy agradecido por ello. Lo enjuiciaremos aquí.

–¿Tú quien eres para mandarme? –dijo el Elfo enojado.

–Tu futuro líder –respondió Gladier mirando al Elfo quien al ver la mirada fría de su líder volvió a hacer reverencia pero en esta ocasión hacia Estirfu.

–¡Discúlpeme señor! Traeré a Zarnik –el Elfo salió del lugar y en cuanto estuvieron solos, Gladier cuestionó a Estirfu.

–¿Por que hiciste eso?

–Nunca he visto a Lanik y me gustaría conocerlo, aunque sea de vista . . . lo que pasa es que todos los Halflings son iguales para mí. Otra cosa . . . Diunahanalef Elfo ehemenozanae hendo?[24]

–Al igual que tú aún están aprendiendo a hablar Estigo y tienen que practicar mucho . . . tú simplemente iniciaste el entrenamiento del lenguaje muchos años antes que ellos . . .

---

[22] "No puedo, es muy difícil"

[23] "Si puedes, intentalo"

[24] "¿Por qué ellos no hablan Hendo?"

–Diuna lefane zanhenid ehemenozenael estigo?[25]

–Tú porque me lo pediste . . . aún así tienes que aprender porque la unión con los Humanos es indispensable, nunca debes olvidar que gracias a ellos pudimos formarnos como un pueblo independiente. Además de que es necesario para establecer pactos y acuerdos con ellos. Ahora, vete y juega . . . por hoy tu entrenamiento ha finalizado . . . –el pequeño Elfo salió de la casa cuándo alguien más apareció, de momento, a un lado de Gladier quien al sentir la presencia habló primero . . .

–Envidio esa habilidad de ustedes las Hadas.

–¿Es un cumplido Gladier?

–Si . . .

–¡Gracias! Ese joven Elfo. Será un gran líder . . .

–Si, lo será . . . Estas aquí por . . .

–Si, sé lo que pasa con los Humanos de Andagora . . .

–¿Lo atraparan?

–Si . . . y estaré ahí cuando lo hagan . . . –la Hada desapareció del cuarto y Gladier se quedó solo.

Los hombres comenzaban a caer ante los Halflings quienes ya comenzaban a quemar casas dentro del pueblo y mataban a cuanta persona o guerrero se les enfrentaba mientras que pocos de ellos eran eliminados. Por su parte, Zarnik, logró abrirse paso hasta llegar con los Alugures quienes ya se encontraban en las afueras del templo. Iban a abrir la puerta del templo cuando Zarnik los detuvo.

–¡Lo ven, sus hombres están cayendo! –gritó muy enojado el guerrero Zarnik.

–Aún así no tendrás Andagora –Zarnik ya se encontraba cerca de los hombres y tomó a uno del cuello.

–¡Andagora será mío y ni tú ni nadie podrá evitarlo, anciano! –los otros dos vieron el brazalete que Zarnik portaba en su mano derecha.

–¡Traes el brazalete! –Zarnik miró a los otros viejos.

–¿De que hablan?

---

25 "¿Por qué inicié antes el aprendizaje de Estigo?"

–Ese es el brazalete de Angur. Creí que Neodor me había mentido, ese brazalete le predicó la muerte y se cumplió –Zarnik no pudo evitar mostrar asombro.

–¡Neodor está muerto!

–Si, se atravesó el pecho con su sable.

–¿Cuándo?

–Cuando ustedes atacaron Ceron y Andagora.

–¡No! No maldición –Zarnik se enfureció–. Malditos, me engañaron . . . nunca me dijeron que Neodor había muerto.

–Te lo íbamos a decir en la reunión pero la rechazaste y . . .

–¡Cállate! Ahora por su inutilidad mataré a todos los del pueblo.

Por otra parte, Labju se sentaba después de haber permanecido tirado por un rato en el pasto y cuando un arquero iba a matarlo, este cayó y después los demás arqueros cayeron al suelo, sin vida. Labju miró a sus salvadores y estos le tendieron la mano para que se pusiera de pie.

–¡Gracias Elfo!

–No hay de qué, nos envía Gladier para que atrapemos a Zarnik y lo llevemos a Zelfor.

–¡Es todo suyo! –los elfos corrieron pasando por los costados de Labju mientras la voz de mando se oía cada vez más lejos.

–Elfos zanaledehen –Labju se volvió y vió como todos los Elfos corrían y empuñaban sus espadas.

–Son muchos Elfos –dijo Labju para si mismo en voz baja.

–Solo los necesarios –le respondió una voz tras él, una voz femenina que lo hizo volverse para encontrar a una hermosa mujer frente a él–. Hola guerrero Labju –Labju pensó que estaba alucinando pues vió que la mujer no había movido sus labios al hablar. Y en vez de responder algo se hecho reír y volvió a hablar para si.

–Debí haberme golpeado muy duro, estoy alucinando . . . escuche tu voz pero no te vi mover tus labios . . .

–No vió mal guerrero Labju . . . soy una Hada pero lamentablemente no puedo hablar, mi voz nunca pudo salir de mis labios . . .

–¿Qué dices? Tú no puedes ser una Hada, las Hadas son perfectas, esas anomalías déjaselas a los Humanos . . .

–Ya vez que las Hadas no son tan perfectas como creen. Escúcheme por favor guerrero Labju . . . soy Neiredy y necesito pedirle un favor.

–Eres la Hada que ayudaba a Neodor . . . la reina . . .

–Si . . . y necesito que me haga un favor.

–¡Olvídelo! –se negó Labju de una forma brusca y llena de coraje–. Ya vi lo que pasa cuando los Humanos nos acercamos a ustedes . . .

–Por favor guerrero Labju, ayúdeme . . . Neodor tenía su destino y era vivir gobernando a éste reino pero al hacer un pacto con Angur, él firmó su muerte y la destrucción de los que amaba o que lo amaban . . . y entre ellos a mí. E incluso tú . . .

–¿Yo?, yo no amaba a Neodor . . .

–Pero él sí, te estimaba mucho . . . te quería como a un hermano pero al no serlo tu destino será diferente al de él, tú morirás de viejo y aún combatiendo . . .

–Pero . . .

–¡Por favor, escúchame . . . ! ¡Te pido de favor que te separes de esta guerra y me acompañes! –Neiredy caminó hacia el interior del bosque y Labju la siguió hasta que se detuvo y sin volverse hacia él–. Me gustaría que te encargaras de mi hijo ya que el necesitará un padre . . .

–¡Lo siento mi señora! –dijo Labju cortando de imprevisto las palabras de la Hada–. Si de eso se trata no podré ayudarla.

–Sé lo que le sucedió a su familia, sé todo lo que sufre y sé que se culpa por haberlos traído aquí. No debe culparse, éste reino está maldito desde Ganator . . . –Neiredy se volvió hacia Labju con ojos de suplica y la tristeza en su rostro.

–Aún así señora, no puedo ayudarla . . . –Neiredy bajó su mirada.

–Lo comprendo guerrero Labju, pero prometa que lo cuidará . . . no importa si es desde lejos. Yo le buscaré otra familia.

–¿Por que no lo conserva con Usted?

–No podré, hay fuerzas mayores que lo evitan . . . –Neiredy vió la flecha que Labju tenia clavada en el cuerpo– Permítame ayudarlo –Neiredy dio un paso hacia el guerrero y colocó su mano alrededor de la flecha y con la otra mano la tiró hacia afuera lentamente y la flecha salió como si hubiera estado clavada en gelatina y Labju no sintió ningún dolor–. Ahora que está bien vaya a ayudar a su gente –Neiredy le dio la espalda a Labju quien notó que de la mano de Neiredy brotaba sangre.

–¡Señora Usted!

–¡No es nada guerrero Labju, nosotras también sangramos! –Neiredy levantó la mano hasta la altura de su pechó y la escondió con la otra mano–. Aún hay mucho de nosotras que no conocen –sin decir nada más Neiredy desapareció entre las sombras del bosque, se deshizo como si fueran hojas arrastradas por el viento.

Pero en Andagora, Zarnik ya había eliminado a dos de los cuatro Alugures y tomó a otro del cuello.

–Te estamos venciendo viejo –dijo Zarnik al momento que arrodillaba al viejo y después levantó su sable al cielo pero el viejo fue más rápido y clavó un puñal en el abdomen de Zarnik quien se quejó y se alejó unos pasos del anciano llevándose consigo el puñal en el estomago, para después retomar fuerzas y cortarle la cabeza al viejo. El otro Alugur ya cerraba la puerta del templo refugiándose tras ella al tiempo que todas las mujeres, que habían logrado sobrevivir, se le acercaban preguntándole acerca de lo que sucedía pero él simplemente les pedía que guardaran silencio. Zarnik trato de seguirlo pero una flecha le atravesó el hombro izquierdo.

–Alto ahí Zarnik. Tu ejército está vencido y tus hombres se han rendido –le gritó un Elfo mientras otros más estaban amenazándolo con flechas listas en sus arcos pero Zarnik no entendió y siguió avanzando, y otra flecha le atravesó la pierna derecha, esto solo lo detuvo unos segundos y después volvió a caminar con destino al templo mostrando más coraje del que tenia en un principio pero otra flecha se le clavó en la espalda, esto ocasionó que se arrodillara pero aún no quería darse por vencido e intentó ponerse de pie pero ya estaba rodeado de Elfos, listos para matarlo, así que soltó el sable al suelo y se dejó caer, no porque se rindiera sino que las heridas de las flechas lo habían hecho sangrar mucho y sus fuerzas se le habían ido.

–Zarnik está muy herido.

–Tráiganlo con su gente –los Elfos lo tomaron de las manos y lo arrastraron hasta reunirlo con sus hombres los cuales también estaban de rodillas y rodeados de Elfos–. ¡Alugur! –dijo el Elfo con voz fuerte al tiempo que soltaba a Zarnik para dejarlo caer al suelo. El Alugur abrió la puerta del templo y solo asomó la cabeza.

–¡Ya pasó todo!

–Traiga el pacto que escribió.

–S-Si –el sacerdote salió corriendo portando en sus manos dos trozos de papiro y se detuvo frente al Elfo y frente a los Halflings.

–Puede darle lectura.

–Bien . . .

> *Todo este mundo esta habitado por seres que tienen su religión y sus creencias distintas al igual que el corazón . . . por tal motivo, los hombres del reino de Andagora se apartaran para siempre de los Seres del Bosque que posean buen o mal corazón y solo se unirán con ellos siempre que sea estrictamente necesario. . . . Desde ahora todo ser está obligado a alejarse el uno del otro, de no hacerlo así, se aplicará una sanción que vaya de acuerdo a las normalidades de las leyes impuestas por el líder de cada pueblo.*

Después de que los hombres, los Elfos firmaran con su propia mano y Aluder, firmara a nombre del débil Zarnik. Los Elfos tomaron uno de los papiros el cual era una copia exacta del pacto que conservarían los hombres.

–Desde ahora nosotros nos haremos cargo de Zarnik.

–De acuerdo. Vayan con bien Elfos –respondió el Alugur.

–Que ustedes puedan vivir en paz Humanos –le dijo el Elfo colocando una mano en el hombro del anciano.

Los Elfos se marcharon llevándose a Zarnik casi a rastras y a sus hombres caminando siendo vigilados por los Elfos, por su parte los Humanos comenzaban a levantar a sus heridos.

En tanto, nuevamente en Zelfor, Neiredy estaba nuevamente en la choza de Gladier.

–Ha sucedido, se ha firmado el pacto –decía Neiredy mientras permanecía viendo por una ventana hacia lo lejos del cañón en el cual flotaban.

–Lo sé . . . pero . . . hay algo que no comprendo.

–¿Qué es? –preguntó Neiredy volviendo su mirada hacia Gladier.

–¿Por qué te siento muy triste? ¿Qué hay en tu corazón? ¿Qué te lastima?

–No es tiempo de que lo sepas y aunque lo supieras no podrías hacer nada para evitarlo.

–Si me lo dices podría intentarlo.

–No . . . si lo sabes podrías morir y la guerra te necesita . . .

–¡Guerra!

–No lo entenderías . . . –Gladier se enfadó por las trabas que le ponía la Hada.

–¡Soy a caso muy ignorante como para no entender . . . ! –pero la Hada no se inmutó ni siquiera un poco y conservó la mirada tierna y fija hacia Gladier, lo cual hizo que el Elfo se tranquilizara–. Algunas veces no las entiendo . . . detesto esa maldita habilidad suya . . . la de predecir el futuro . . .

–¡Es que no hay nada por predecir! Las acciones que hacemos hoy es lo que marcará el futuro y por las acciones que hago hoy puedo saber lo que pasara mañana.

–¿Cómo?

–Gladier –dijo Neiredy tranquila y recargando una de su manos en el marco de la ventan, pero sin quitar la vista del Elfo–. Para tener esa habilidad necesitarías casarte conmigo pero no lo obtendrías tú sino tu descendencia . . . ¿Por que a mí? –dijo Neiredy mientras se desplomaba sentándose en una silla.

–Tú fuiste seleccionada por tu forma de ser, porque no te gusta estar en un solo lado, eres aventurera y te gusta ver el mundo . . . te gusta la libertad y no te gusta el aprisionamiento y además porque conoces el mundo, eso te diferencio de las otras candidatas . . . Y puedo pensar que tu sobrina será como tú.

–Si, DEISHKO será igual a mí y también será reina.

En eso un Elfo entró avisando a Gladier que traían a Zarnik y después de asentir, el Elfo hizo una señal y dos Elfos entraron con Zarnik y después lo soltaron pero el jefe Halfling no cayó al suelo sino que permaneció apoyándose en sus cuatro extremidades.

–Y sus hombres están siendo atados en la entrada a Zelfor y custodiados por los guerreros –Gladier iba a hablar cuando Neiredy se puso de pie llamando su atención. Atravesó la habitación y se acercó a Zarnik para arrodillarse y tomar entre sus manos la cara del guerrero y después lo besó.

–¡Adiós Zarnik! Te quiero pero no podía dejar que atacaras por sorpresa a Neodor –Zarnik abrió los ojos y levantó la mirada llena da odio hacia la Hada.

–Tú fuiste . . . tú fuiste quien le avisó de mi ataque. ¡Eres una traidora! –Zarnik mostró un poco de tristeza–. Yo te amo. ¿Por que me hiciste eso? –al oír esas palabras, la Hada se puso de pie y caminó hacia el interior de la choza.

–¡Tú terminaste con el amor que te tenía! –dijo con voz enojada al momento que sus delicadas cejas se fruncían–. No me digas que me amas si me despreciaste . . . tú y tu maldita posición . . . –Gladier rompió su semblante tranquilo pues nunca había visto a una Hada enfadarse como lo había hecho Neiredy; de hecho, nunca, nadie había visto a una Hada gritar o hablar con enojo en su voz.

–¡Yo . . . ! Tú ibas a ser la reina y tú te alejaste de mí.

–¡Te pedí ser mi rey! –dijo Neiredy volviéndose hacia el guerrero al momento que se llevaba las manos al pecho y sus cejas cambiaban mostrando tristeza en conjunto con sus ojos y su voz–. Tú me dijiste que tu vida no era esa, que tú querías más. Y mira lo que obtuviste . . .

–Neiredy yo . . .

–Ya no hay nada que decir Zarnik. Si alguna vez te ame, ya no lo recuerdo –nuevamente la Hada miró a Zarnik con desprecio–. Neodor supo volver en mi lo que tú suprimiste. Pero te juro que visitaré tu tumba.

–No moriré tan fácilmente . . . –gritó Zarnik con voz fallida por el dolor de su corazón, ya que él realmente la amaba– Volveré y los mataré uno por uno y después me beberé su sangre.

–Llévenselo –dijo Neiredy al tiempo que volvía a sentarse.

–Llévenselo a la cascada y arrójenlo por ella junto con sus hombres –ordenó Gladier y los Elfos se retiraron al momento que Zarnik se resistía y profería palabras dolorosas hacia Gladier.

–¿Cómo puedes Gladier . . . ? ¿Cómo puedes hacerle esto a tu hijo . . . ? ¿Cómo eres capaz? –Gladier quería gritarle lo que sentía a aquel hombre que ahora desconocía, pero no lo hizo, prefirió quedarse callado mientras escuchaba todas las reclamaciones que Zarnik profería en contra de él.

VENGANZA DE MUERTE

Los Jinetes De Henxo Y El Muro

Una vez que se llevaron a Zarnik, Neiredy sintió que lo mejor que podía hacer era dejar asolas a Gladier y volviéndose a poner de pie se despidió del jefe Elfo.

–Zento vermedo –se despidió Neiredy en Hendo de Oderin.

–Melinhe Fanahenel –se despidió el Elfo en Elfico y Neiredy salió de la choza desapareciendo casi al instante en forma de gotas de rocío que el viento, que pasaba por el cañón, se llevó. Pero en el interior de la choza, Gladier no se quedaba tranquilo, a pesar de que se decía que era el Elfo más centrado, pasivo y paciente, eso no era verdad ya que desde hacia algunos años algo muy dentro de si lo inquietaba, lo mantenía hundido en sus pensamientos. Como todas las veces, en esta ocasión, volvió a romper brutalmente su meditación mientras lanzaba una mirada desesperada y estrellaba brutalmente su mano contra su cara, después se puso de pie y se acercó a su ventana, corrió un poco la cortina de palillos y miró hacia lo lejos del cañón, miró la formación rocosa de las paredes y la espesa niebla que cubría el fondo del abismo, sobre el cual flotaba; una niebla que procedía desde *"Los Pantanos Sin Regreso"*. . . también pudo ver los enormes árboles que desde abajo se elevaban en busca del sol, después miró hacia el interior del llano y un viento proveniente desde el interior movió su cabello e hizo que cerrara un poco los ojos pero eso no le molestaba, al contrario, disfrutaba mucho sentir el viento frío en su rostro y eso lo tranquilizaba, así que ahí permaneció unos minutos moviendo el rostro y cerrando los ojos, disfrutando el placer que la caricia del viento le daba. Una vez tranquilizado volvió al interior y se sentó en el mismo lugar en el que Neiredy se había sentado.

–¡Ganaste Neodor! –dijo desairado mientras fruncía las cejas–. Te quedaste con el reino y nos quitaste el corazón de Neiredy . . . acepto mi derrota . . .

En tanto, en una lejana cascada, los Elfos ataban a Zarnik en una balsa de débiles troncos que tenían como objetivo despedazarse una vez que cayeran por la cascada. Después lanzaron las balsas hacia la corriente y estas fueron arrastradas, cada vez con más rapidez mientras Zarnik y sus aliados se forcejeaban pero las cuerdas estaban demasiado firmes y eran muy fuertes como para que pudieran romperlas. La velocidad de la corriente del agua comenzó a crecer y los movimientos de los Halflings se volvieron cada vez mas frecuentes, desde lo lejos se podía ver la desesperación . . . pero el menos desesperado era Zarnik pues sus movimientos eran lentos, tal vez era por lo herido que estaba o porque realmente le faltaban fuerzas pero aún así pudo zafar una de sus manos y tomo las cuerdas con fuerza, momentos después una de las sogas se incendiaban completamente, incendiando también la ropa del guerrero Halfling. Al ver lo que sucedía, los Elfos, se acercaron lo más que pudieron y lanzaron varias flechas matando a lo Halflings que pudieron e hirieron a Zarnik en un hombro antes de que este cayera por la cascada y lo único que pudieron ver fue el resplandor del fuego y las balsas caer y perderse entre la capa de niebla que causaba la caída de agua. Los Elfos se acercaron un poco más a la orilla del acantilando y a lo lejos solo pudieron ver los troncos que salían de entre la niebla.

–Zanehaf ulehanan helem alufedzan?[26]

–Hia. Hiana melanezae . . . [27] –después de estas palabras, los Elfos se retiraron de la cascada mientras se colgaban sus arcos al hombro.

Pero bajo la caída de agua, en una orilla, apartándose de las aguas frías del río . . . un hombre salía del agua para arrastrarse hasta que estuvo lo más lejos posible del agua y lo más cerca que pudo del bosque y dejó caer su cuerpo en la tierra seca, no le importo el golpe ya que su honor y sus sentimientos estaban más dañados. Tras éste hombre, también salieron

---

[26] “Realmente crees que haya muerto”

[27] “Si, nadie sobrevivió…”

tres hombres más pero estos últimos si pudieron ponerse de pie; Aluder era uno de ellos y en cuanto vió al otro sujeto tirado corrió de inmediato hacia él.

–¡Mi señor Zarnik! ¿Se encuentra bien? –usando fuerza extra y muy despacio, Zarnik pudo voltearse completamente quedando con la vista en el cielo, mirando hacia el azul del cielo y a las pequeñas nubes que lo adornaban pero no a la luz directa del sol pues los árboles más altos y la espesa vegetación cercana al río impedían el paso de la luz y proyectaban una fresca sombra.

–No me siento bien . . . –dijo Zarnik con acento de dolor en sus palabras. Aluder por su parte miró a los otros dos.

–Ayuden a Zarnik, debemos llevarlo con los otros.

–¡Olvídalo! –dijo uno de los otros sujetos–. ¡Míralo Aluder! No sobrevivirá. Deberíamos dejarlo morir y buscar a un nuevo líder dentro del clan.

–¿Para que dejarlo morir? Puede recuperarse . . . deberíamos matarlo –los otros dos Halflings se acercaron amenazantes hacia Aluder y Zarnik mientras el primero solo veía con asombro–. ¿Tú estas con nosotros o en contra, Aluder?

–¡Y se hacen llamar Halflings. Nunca estaré de su lado!

–¿Que harás? –Aluder se puso de pie y miró a los hombres al tiempo que cerraba el puño.

–¿Quién es el más valiente? ¿Quién cree que puede derrotarme? ¡Que ataque primero!, de lo contrario yo iré por ustedes –uno de ellos se lanzó hacia Aluder con intención de darle un puñetazo pero Aluder solo se cubrió el golpe y golpeó un poco al Halfling en el abdomen y después lo golpeó fuertemente en la barbilla, esto ocasionó que la garganta del sujeto se rompiera, al ver lo sucedido; el otro Halfling se lanzó hacia Aluder pero éste fue demasiado rápido y lo golpeó en la cara derribándolo de inmediato. El Halfling, con la nariz rota, ya no pudo reponerse pues Aluder colocó el pie en su cuello y poco a poco fue dejándolo sin aire hasta que el traidor ya no se movió. Después se acercó a Zarnik y pasando un brazo del líder por su hombro lo ayudó a ponerse de pie y después comenzaron a caminar entre aquellos árboles del boque que les daban protección y el cobijo.

–Garcías Aluder –dijo Zarnik mostrando una pequeña sonrisa en su boca.

–No es nada Zarnik. Te debo la vida y eso no te lo podré pagar nunca . . .

–Aún así te lo agradezco . . . por cierto, eres un buen peleador –Aluder sonrió un poco.

–No por nada soy el segundo al mando en el clan.

–Debes de recordar que nosotros fuimos entrenados por el mismo Gladier. Mientras que los demás . . . nosotros les hemos asignado maestros que nosotros mismos entrenamos . . . –Zarnik se quejó de un dolor y Aluder se detuvo.

–¿Te sucede algo?

–Bájame, me duele el pecho . . . –Aluder ayudó a Zarnik a sentarse en una pequeña elevación de terreno que estaba llena de hojas. Después Aluder se sentó a un lado de su jefe– Aluder, necesito pedirte un favor.

–Pídeme lo que necesites –Zarnik se quitó el brazalete y extendió la mano mostrándoselo a Aluder.

–Tú comandaras a los Halflings y después se lo darás a LANIK cuando esté listo para guiarlos –Aluder se puso de pie y se alejó de su jefe.

–¡Pero . . . esto te corresponde a ti . . . eres nuestro líder y . . . y eres su padre!

–Escúchame Aluder . . . no viviré hasta ese momento. Por favor, toma el brazalete . . . –Zarnik se ahogó con la saliva y sus ojos se volvieron cristalinos a causa de las lagrimas que ya resbalaban por sus mejillas– . . . Dile . . . dile que . . . que esto lo hará más fuerte y . . . y le dará . . . le dará suerte –Aluder nunca había visto a Zarnik tan decaído de echo, nunca lo había visto llorar, creía que era un hombre que no temía y no sufría. Pero al ver a su jefe con la cara entre las manos y sollozando, se dio cuenta que se había equivocado y sintió lástima así que tomó el brazalete que Zarnik había dejado caer al suelo hacía unos instantes.

–Lo haré –respondió Aluder con voz firme tragándose la saliva junto con el dolor que embargaba a su corazón. Al oírlo, Zarnik levantó la mirada y encontró la mirada fría de Aluder.

–¡Te encargo mucho a Lanik!

–Me encargaré de él pero debemos preparar la venganza contra Neiredy.

–Ella . . . a ella . . .

–¡No me digas que . . . ! –Aluder habló con sorpresa.

–Yo no puedo lastimarla . . .

–Y a los Humanos . . .

–A ellos los acabaré . . . –la mirada de Zarnik volvió a tomar la actitud de antes y se puso de pie– Regresemos Aluder . . . esto no se quedará aquí . . . –Aluder volvió a ayudar a Zarnik a caminar y se internaron en el bosque, perdiéndose como los tigres, entre los rayos y las sombras que se proyectaban en todo el camino.

Cuatro meses habían trascurrido ya y los Humanos no habían vuelto a saber nada de Neiredy ni de Zarnik y sus Halflings pero de algo que si sabían eran los rumores y los dichos que provenían del Norte y del Este, según los viajeros y comerciantes que pasaban por Andagora, se trataba de tres sujetos que vestían armaduras andagorianas de color negro que cubrían con un capote negro, siempre ocultaban su cara tras el casco y el gorro del capote, la vestimenta que cubría su cuerpo era oscura y los caballos que montaban parecían espectros salidos de la oscuridad. También contaban que todos aquellos que habían logrado ver sus rostros habían muerto decapitados. También decían que los jinetes eran excelentes guerreros, que siempre estaban a la defensiva y que en alguna que otra ocasión los vieron haciendo cosas que ningún guerrero podría hacer, cosa que les dio la fama de que podían ser Magos Oscuros . . . pero eso era en el Norte y no había porque preocuparse, de lo que si tenían que preocuparse era de que sus carretas mercantes o viajeros fueran atacados por esos sujetos que raramente eran vistos . . .

En un atardecer, al Norte de Andagora, cuando el sol ya se ocultaba tras alguna loma cercana y el trigo brillaba como oro con la última luz solar, la luna ya comenzaba a salir luciendo más hermosa que el mismo sol al cual tenia de frente, parecía que ella decía *"Hola"* y él "*Hasta Mañana"*. Ya cuando el sol daba lo último de sí, los caminos que llegaban a Andagora se oscurecieron completamente, el viento comenzó a soplar con algo de fuerza desde el Norte haciendo que el sembradío de trigo se moviera y, ayudado con la luna, lo hacia lucir como si fuera un mar con sus aguas en movimiento. El silencio que antes ocupaba esos caminos fue interrumpido bruscamente por el trotar de caballos que se precipitaban rápidamente desde el Norte, eran los tres jinetes. Como los dichos de la gente decían, ellos vestían con armaduras negras y capotes pero también traían un manta que cubría la armadura, sus caballos eran oscuros y portaban una mascara en la cabeza que les tapaba un poco los ojos y solo les permitía ver hacia el frente. Estos oscuros corceles eran demasiado veloces y entre la oscuridad y a lo lejos, parecía que los jinetes volaban pues solo la capa y la cabeza del caballo se veían, ya que lo demás se perdía entre lo oscuro de ellos y las sombras que existían en los sembradíos. Entre más cerca se encontraban del pueblo, las pisadas se escuchaban con más fuerza.

La entrada del pueblo estaba indicada por una barda, hecha con piedra gris apilada, de un metro de altura que partía de cada extremo del camino y se alejaba tanto como los mismos sembradíos. A la entrada del pueblo se encontraban dos pilares de mármol ubicados enseguida del lugar donde comenzaba la barda y en su extremo superior ardía una gran flama, que era la que daba la luz a la entrada, por la noche. Un poco más abajo de las antorchas había un trozo de madera rectangular que unía los dos pilares y del cual colgaba un pequeño letrero que tenía una inscripción tallada:

CERON
ANDAGORA

Las pisadas solo llamaron la atención del jefe de la aldea. Un hombre robusto y de bigote abultado que vestía finamente una chaqueta roja y un pantalón del mismo color de tela fina. También llamaron la atención de los guardias que vigilaban la entrada, dos en cada extremo. La casa del jefe del pueblo, era la primera que se podía ver en el lado izquierdo al llegar al pueblo, era grande y se veía muy lujosa pero pese a eso no tenía más poder que el gobernante que vivía en el Castillo. En cuanto el jefe del pueblo salió y se acercó a la barda del lado izquierdo, los guardias se movieron hacia la barda del lado derecho y empuñaron sus lanzas. Por su parte, los jinetes ya se acercaban a los límites del pueblo y comenzaban a ser aluzados por las antorchas y el jefe del pueblo se posicionaba en el centro de la entrada. Esto ocasionó que los jinetes se detuvieran a los lados del sujeto, el cual mostró una sonrisa y sujetaba sus manos de la pequeña abertura de su chaqueta.

–Disculpen caballeros –dijo aún sonriendo pero los jinetes no voltearon a verlo, solo escuchó una voz profunda que lo hizo estremecerse y soltar de una forma brusca su chaleco al momento que su cuerpo se exaltaba.

–¿Que quiere? –dijo la voz enojada, pero el hombre no pudo percatarse cual de los tres había hablado. El hombre asustado tomó fuerza y volvió a hablar tranquilamente.

–Les doy la bienvenida viajeros, sean . . .

–Para eso nos detuvo –interrumpió nuevamente la voz–. Mejor lárguese –ese comentario no les agradó en nada a los guardias y estos empuñaron sus lanzas y se acercaron a los jinetes por la retaguardia y los amenazaron.

–Así no es la forma de hablarle a nuestro señor . . .

–¡Tranquilos! –dijo el hombre robusto–. Los señores deben ser bien recibidos en Andagora –pero a los jinetes no les pareció amenazante el movimiento de los hombres ni les interesó las disculpas del sujeto gordo.

–¿Dónde están sus gobernantes? –Ahora el hombre escuchó la voz proveniente del jinete que estaba a su derecha.

–¿Para qué los necesita? Si gustan pueden quedarse en la posada y yo les envió una nota diciendo que ustedes quieren verlos.

–No, necesitamos verlos. Venimos de Alamus . . . es urgente . . .

–En ese caso –el sujeto rió un poco–. El gobernante del pueblo se encuentra al Sureste, sobre una loma. Pero si buscan a los gobernantes de Andagora, ellos se encuentran al Sureste, deben de pasar las praderas . . . pero deben decirnos, para qué los buscan –el jinete volvió la mirada hacia el jefe del pueblo.

–No te importa –al ver esa acción y la cara del sujeto, el jefe del pueblo se quedó atónito.

–N-No . . . no me importa –los jinetes volvieron a tomar las riendas y haciendo trotar a sus caballos se alejaron de los hombres. Por su parte el jefe del pueblo, no quitó la vista de los jinetes y se quedó viendo hacia las lejanías del pueblo. Al ver que no reaccionaba, sus guardias se acercaron rápidamente a él.

–¡Señor! –le hablaron pero él no hizo caso–. ¿Se encuentra bien Señor? –el hombre no volvió a responder así que uno de los guardias lo tomo por los hombros y lo movió bruscamente.

–¡Señor! –el hombre tenia la cara sin color y al ver a sus hombres comenzó a reírse frenéticamente, como un loco y caminó hacia su casa.

–¡Ese hombre . . . ese hombre no tenía rostro!

–¿Que dice?

–¡Lo que oyeron . . . no tenia rostro! –el hombre robusto siguió su camino hacia su casa mientras reía y caminaba como robot. Los guardias, por su parte, se miraron los unos a los otros y después miraron el camino por el que se habían ido los jinetes.

En tanto, en el pueblo de Andagora, los Alugures terminaban de dar la oración de la noche y la gente salía del templo con dirección a sus casas. Ya cuando la última persona había salido y los sacerdotes se felicitaban por el éxito de la ceremonia. Ya planeaban irse a festejar con una rica cena y una copa de vino cuando las puertas del templo sonaron. Los sacerdotes se miraron los uno a los otros.

–¿Quien podrá ser?

–No lo sé, ve a ver . . . –ordenó uno de lo sujetos a uno de los sirvientes que había salido a decirles que la cena se había servido. El hombre se movió rápido entre los pasillos laterales del templo y se acercó a la puerta. En cuanto destrabó el cerrojo de bronce, las puertas se abrieron bruscamente y los tres jinetes quedaron a la vista.

–¿Quienes son ustedes? –preguntó un Alugur pero nadie le contestó, en cambio, los jinetes entraron caminando a la par el uno con el otro–. ¿Que buscan? –volvió a decir el hombre con desesperación y miedo.

–A ustedes –contesto uno de los jinetes con voz perdida en el viento.

Minutos después, una gran antorcha que se encontraba en las afueras del templo era encendida por uno de los sacerdotes antes de que una flecha le atravesara el pecho. Esta antorcha era de color rojo y parecía un macetero, era la antorcha que indicaba que algo estaba mal y su luz daba la ordena a todos los soldados disponibles a acercarse al templo. El jinete de la orilla derecha bajaba el arco después de ver que la flecha había dado en el objetivo y después miró al jinete que se encontraba en el centro.

–Eso fue muy sencillo.

–Calma –dijo el otro jinete sin mirar a su compañero–. Lo difícil se acerca, Labju es un hombre de honor.

Los guardias que habían visto la flama se acercaron y lo primero que vieron fue a los jinetes, de pie, parados frente a la entrada del templo y después vieron al sacerdote muerto, pero no fueron a recogerlo sino que simplemente se corrió la voz de que un sacerdote había muerto. Y al ver a los jinetes, los hombres se sorprendieron pues tal vez era por la oscuridad de la noche o por el gorro del capote y el casco, que a los hombres no se les veía rostro alguno. De momento, los guardias resultaron ser demasiados como para que tres sujetos los enfrentaran a todos pero los jinetes no mostraron temor alguno.

–Ahora el pueblo es nuestro –dijo el jinete a los hombres al tiempo que daba un paso al frente.

–Ni lo sueñes . . . no mientras yo esté aquí –las filas de hombres frente a los jinetes se movieron hacia un lado para darle paso a Labju quien vestía sencillamente y no portaba armadura alguna, a diferencia de todos los presentes que portaban sus respectivas armaduras.

–Labju . . . –respondió el jinete– Sabia que estos miserables ancianos no representarían nada para el pueblo ya que solamente se la pasan rezando y comiendo lo que el rey les daría . . . –el jinete caminó con dirección a Labju y lo señaló– Tú eres quien mueve al pueblo y lo sabes hacer muy bien. Por eso . . . –el jinete desenfundó su espada y lanzó un ataque hacia Labju quien de una forma rápida desenfundó también para protegerse pero de nada le valió pues al choque de los sables, se produjo un estruendo y Labju fue arrojado hacia las filas de hombres quienes vieron, muy sorprendidos, que Labju había perdido el sentido. Pero al parecer, el segundo al mando tenía el coraje de su General y ordenó atacar a los jinetes los cuales al ver que los guerreros se lanzaban hacia ellos envainaron sus sables y de una forma rápida se apoderaron de las armas de los hombres comenzando a herirlos con ellas. Por alguna extraña razón, los hombres se vieron superados por los jinetes quienes no mataban a los hombres sino que simplemente los herían en puntos estratégicos donde no los mataban pero si los sacaban de combate.

Entre todo el alboroto, el segundo al mando se encontró con uno de los jinetes con quien cruzó espadas pero de una forma rápida el jinete lo desarmó y lo tomó por el cuello.

–Ordena que se detengan.

–Nunca –dijo el hombre soportando el estrangulamiento al que las manos del jinete lo sometían.

–¡Detenlos! –dijo el jinete muy enojado al momento que de entre tanta oscuridad que cubría su rostro centellaron un par de ojos rojos.

–¡Si! –respondió el hombre con voz ahogada, no por asfixia si no por miedo y el jinete dejó de estrangularlo y lo soltó–. Alto –gritó el hombre al momento que se sintió libre de las manos que lo apresaban–. Escuchen –continuó diciendo con voz fallida–. Hagan lo que ellos les ordenen.

–No, tú serás nuestra voz para ellos.

–¿Qué quieren que haga?

–Primero, quiero que aten a Labju a un mástil, aquí en el centro de éste claro. Y también quiero a todos lo hombres de este pueblo reunidos aquí . . .

–Si –el segundo al mando se dio la espalda y se acercó a cinco de los hombres, los cuales iban a preguntarle algo pero él se les adelantó–. Quiero que aten a Labju en un mástil, aquí, en el centro de la plaza.

–¡Pero que dices . . . !

–No cuestiones y obedece . . . ahora yo asumo el puesto de Labju.

–De acuerdo pero . . . ¿De dónde sacamos el mástil? –el hombre demostró superioridad la sentir que los jinetes lo observaban.

–No me importa, ustedes solo obedezcan ordenes –los otros, al verlo enojado solo dieron señal de respeto.

–S-Si señor –los cinco guardias se alejaron y el hombre habló a los demás.

–Escuchen, ahora yo asumo el puesto de Labju y quiero que la mitad de ustedes lleven a los heridos a recuperación y la otra mitad, deberá de reunir a todos lo hombres del pueblo.

–No a todos –interrumpió el jinete y el sujeto lo volteó a ver–. Necesito jóvenes de 18 y hombres no mayores a los 45. Ni más edad ni menos a la que te dije –el hombre se volvió hacia los soldados.

–Ya lo escucharon. Jóvenes de 18 y hombres de 45 . . . Vayan por ellos.

Mientras Labju permanecía bajo el influjo del la perdida de la conciencia, los hombres que antes le habían servido ahora lo ataban a un tranco que estaba enterrado en el suelo, las cuerdas no lo apretaban mucho pero si le imposibilitaban cualquier movimiento. Y para cuando despertó, se encontró sentado en el suelo, con las manos atadas a su espalda y con una cuerda que cubría todo su pecho y lo mantenía sujeto al tronco de madera recién cortada.

–¡Suéltenme! –gritó a algunos hombres que estaban frente a él pero ellos solo se limitaron a verlo con miradas tristes y después caminaron para alejarse de él. De momento, varios hombres más pasaron frente a él y nuevamente les habló, intentó de todas formas pedir que lo desataran; algunas veces trató de imponer su autoridad y otras simplemente pidió de favor y con voz débil pero de nada le sirvió, los hombres solo lo veían y se alejaban lo más rápido que podían de él. Viendo que era inútil soltó completamente su cuerpo y de la misma forma su cabeza cayó brutalmente mirando hacia el suelo, el general cerró los ojos mientras el sudor escurría por su frente y la sed lo invadía–. ¡Malditos! –dijo entre dientes con voz ronca y chupándose los dientes.

–No debes hablar así de tus hombres –una voz y unas botas metálicas resonaron a un costado de él, lentamente levantó la mirada y se encostró con uno de aquellos jinetes, con los cuales había luchado hacia varias horas–. Ellos lucharon valientemente después de que te derrotó mi hermano –continuó diciendo el jinete.

–¿Qué quieren de nosotros? –preguntó volviendo a bajar la mirada–. ¡Ya hemos tenido bastantes penas en la vida!

–Descuida, venimos a ayudar . . . el Norder[28] nos pareció demasiado aburrido y pretendíamos ir al Urder[29] pero . . . –el jinete se arrodilló y quedó frente a Labju–. Esta tierra nos pareció más productiva.

–No saben los problemas con los que se están cargando al tomar el reino.

–¡De eso te equivocas . . . ! Sabemos bien lo de los Halflings.

–¿Cómo es que saben tanto? –Labju alzó la mirada con sus cejas fruncidas y apretando sus dientes–. ¿Quiénes son?

–¿En verdad quieres saberlo? –Labju asintió con la cabeza–. Te lo mostraré –el jinete levantó la mirada y el pecho de la misma forma que lo hace una ardilla para vigilar y después de mirar hacia todas partes tomó la

---

[28] “Norte” en Estigo Antageno

[29] “Sur” en Estigo Antageno

cara de Labju con sus dos manos–. Mírame a los ojos –dijo y Labju fijó su mirada en los ojos café de aquel hombre y de momento, todo lo que estaba tras el jinete pareció desvanecerse en la oscuridad, de la misma forma en que lo hizo la cara de aquel hombre y sus ojos se tornaban de un rojo parecido al fuego, después, cuando Labju estaba en la cúspide del asombro se escucho una voz muy distinta a la de hace unos momentos –Esto es lo que somos . . . –la voz era demasiado ronca y las palabras pocamente se identificaron, pero esa alucinación desapareció de golpe cuando el jinete soltó a Labju y se apartó.

–¡Te dije que no hicieras eso . . . ! –otro de los jinetes se acercó y dio un fuerte golpe a su compañero, el cual fue arrojado lejos cayendo a un costado del muro de una casa y para cuando se levantó, el otro jinete ya estaba a un lado de él.

–Te advertimos de lo que podría pasarte si desobedecías –el jinete agredido lanzó un golpe contra de su compañero pero éste lo tomó del brazo y después por el cuello para impactarlo contra la pared de adobe, al choque con el cuerpo del jinete, parte de la pared se cuarteó y desmoronó un poco. El jinete que lo había golpeado se acercó y desenfundó su espada y la colocó en la garganta del otro jinete.

–Lo vuelves a hacer y te mataré –en ese momento y antes de que alguno de los jinetes digiera algo, el sucesor de Labju se acercó.

–Señores. Ya reuní a todos los hombres de éste pueblo, esperan ordenes, y envié a algunos Heraldos a que informen en Ceron y Andaros.

–Muy bien –el jinete vió a su compañero–. Esto es solo una advertencia. Ya no habrá una segunda oportunidad –los otros dos jinetes se alejaron del tercero, pero éste no quería dejar las cosas así y lanzó un golpe hacia el jinete que le daba la espalda, quien al sentir el peligro, se volvió y tomó la espada por la hoja metálica y el cuello de su compañero para después volverlo a azotar contra el muro, el cual ya no resistió una segunda embestida y se desmoronó completamente cayendo el jinete dentro de la casa–. Deja de ser valiente, ahora tendrás que reparar éste muro y todo lo que se dañó dentro de la casa por tu culpa –estas fueron las últimas palabras del jinete y se alejó para ir hacia donde sus súbditos lo esperaban.

Al jinete ya lo esperaban varias filas de hombres formados y el sustituto de Labju frente a todos.

–¿Cuántos hombres son?

–Trescientos, entre hombres y jóvenes. Éramos más pero estos últimos años hemos tenido problemas con algunos hombres del bosque.

–No importa –el jinete caminó hacia los hombres dejando tras él al sustituto de Labju– Escúchenme, quiero que los guerreros y los campesinos trabajen conjuntamente. Necesito que tomen toda la madera y piedra que tengan a la mano para que construyan una muralla alrededor de toda Andagora, tomaran como limites todo lo que son las praderas. Dejaran cuatro salidas que tendrán como referencia las *Zonas Espectrum*. Trabajaran día y noche, descansaran solamente cuatro horas en la mañana y cuatro en la noche. Quiero que la muralla esté lo mas pronto posible . . . si necesitan más madera y piedra, la naturaleza se los dará y no necesitan preocuparse por la seguridad de sus familias ya que nosotros nos encargaremos de eso. Así que pónganse a trabajar –el jinete se dio la espalda y encontró al sustituto de Labju–. Quiero que vayas a los otros pueblos, uno de ellos te llevará y les digas lo mismo que dije.

–Si señor –el hombre se acercaba al otro jinete.

–Espera . . . ¿Cómo te llamas?

–Mi nombre es Nestort –dijo el hombre haciendo reverencia y después siguió al otro jinete quien se alejaba con destino hacia su caballo. Al tiempo que el otro jinete se acercaba.

–Estos hombres deben reunir piedra y madera, así que vigílalos y si se resisten diles que mataras a una mujer o a un niño, llega hasta los extremos pero no lastimes a nadie . . . –el otro jinete asistió moviendo la cabeza y el que había dado la orden se alejó para montar su caballo y alejarse del lugar.

Mientras los hombres comenzaban a reunir lo necesario, el jinete que había partido sólo llegó hasta la muralla que apartaba al Palacio del pueblo. Antes, ese lugar estaba lleno de vida pero ahora estaba abandonado y es que no había alguna casa cerca, la casa más cerca estaba a 200 metros de distancia, ni los árboles crecían más en ese lugar, parecía maldito; no había ruido alguno, solo se podía oír la corriente del río que pasaba a unos 300 metros de la muralla. El viento corría libremente entre ese llano y producía un poco más de ruido. El jinete bajó de su caballo y se acercó al lugar donde antes se encontraba la entrada, la cual ahora estaba bloqueada con escombro que habían obtenido al derribar la muralla del mercado. El jinete solo se colocó frente a ese montón de escombro y lo golpeó con su puño y el escombro cayo de la misma forma que lo hizo la pared de la casita. Después entró y lo primero que vió fue la hermosa construcción del Palacio, la cual estaba oscurecida por el incendio que había ocurrido hacia tiempo atrás, las ventanas ya no tenían cortinas, ni cristales, incluso los vitrales habían desaparecido. Al jinete no le importó el aspecto y caminando atravesó todo lo que antes fue un patio custodiado por muchos hombres, se acercó a la puerta y con una de sus manos la empujó abriéndose lentamente y produciendo un sonido brusco por lo viejo de las bisagras y después puso sus pies dentro sintiendo el piso liso del Palacio.

De inmediato dirigió sus pasos hacia la derecha adentrándose por los pasillos oscuros y vacíos, mirando las paredes y las ventanas, los restos de ceniza y las pinturas deformadas por el fuego, después cuando dio vuelta hacia su izquierda se encontró con la cocina, ahí el jinete quedó inmóvil, con la vista fija en la mesa donde un hombre lloraba y de momento una niña pasó a su lado caminando lentamente. El jinete dio varios pasos hacia atrás hasta chocar con la pared tras él, bajó la mirada pero después volvió a levantar la cara mostrando unos ojos rojos flamantes y una oscuridad profunda en el lugar que antes ocupaba la cara en el casco; retiró el gorro del capote mostrando que su casco tenía dos cuernos metálicos en la parte frontal.

Después prosiguió con su caminata y después de un largo corredor volvió a encontrarse con otra desviación hacia su izquierda y a pocos pasos se encontró con otro cuarto, era el estudio y ahí vió a otro hombre, el cual cerraba un libro y lo arrojaba lejos para después dejarse descansar en el sillón en el que se encontraba sentado. El jinete volvió a alejarse y continuó por los pasillos, encontrando a su paso cuartos vacíos, sombras y también una escalera de caracol cuando había vuelto a dar una vuelta a su izquierda, volviendo a encontrarse con otro pasillo lleno de ventanales rotos.

Al llegar al final del pasillo se encontró nuevamente con el salón principal. En esta ocasión subió por las escaleras y un ruido llamó su atención mirando a su derecha donde, dentro de un pequeño cuarto, se encontraban dos hombres jugando ajedrez, de momento uno de lo hombres se retiraba y salía del cuarto para después perderse en uno de los pasillos. El jinete desvió su mirada y subió las escaleras hasta llegar al descansó, se detuvo y miró hacia abajo para encontrarse con un una multitud de hombres reunidos frente a la puerta y se volvió solo para ver que varios hombres pasaban a un lado de él, pero al igual que las demás personas, desaparecieron, a pocos metros de él; como si fueran tierra que el viento se lleva. El jinete tomó las escaleras de la izquierda y subió para encontrarse con un corredor más.

Tomó el camino de la izquierda y caminó lentamente hasta que llegó al lugar donde las escaleras del lado derecho se unían a ese pasillo, fue ahí donde sus pasos fueron interrumpidos porque en su camino se encontró con una joven hermosa que al pasar cerca de él lo miró a los ojos, le sonrió y después pasó por un lado de él.

–M-Me . . . Menaria –dijo el jinete al tiempo que se volvía pero la chica ya no estaba, quedando con la mano extendida hacia lo oscuro del otro pasillo, después bajó la mano poco a poco y se volvió nuevamente para proseguir su camino y nuevamente, a una distancia considerable de las escaleras, volvió a detenerse frente a una puerta. Por unos momentos, el jinete permaneció viendo la puerta, después la abrió empujándola simplemente con los dedos, la puerta se abrió completamente dejando a su vista a dos mujeres que, cobijadas y sentadas en la cama, le hablaban alegres y le sonreían. El jinete caminó a paso rápido hacia ellas, pero al acercarse a la cama una imagen de las dos mujeres muertas llego a sus ojos haciendo que se detuviera, esa visión fue por un segundo y después el jinete se encontró nuevamente en una habitación vacía y una cama hecha cenizas. Después levantó un poco la mirada y encontró una escritura que para sus ojos brillaba intensamente pero que para la vista de los hombres ya no estaría visible. Al leerla, muchas imágenes horribles llegaron a la mente del jinete a tal grado que éste se arrodilló y colocó su cabeza sobre la cama, después poco a poco levantó nuevamente la mirada hacia el letrero y encontró la firma del hombre que había sido el culpable de todo.

–¡Zarnik! –dijo el jinete enojado y desenfundando su sable lanzó un golpe hacia el buró semi-carbonizado que tenía cerca de él. Retiró poco a poco la espada del pedazo de madera y encontró que de la hoja metálica colgaba una gargantilla verde.

Momentos después, el jinete regresaba a reunirse con sus compañeros, en ese momento, la luz del sol ya comenzaba a verse a lo lejos y de igual forma veía las carretas de hombres que se alejaban perdiéndose donde se perdía el camino.

–No hubo ninguna complicación.

–No, ni siquiera murmuraron en contra, solo han hablado del porque de la muralla –uno de los jinetes volvió su mirada hacia el jinete recién llegado y lo miró de pies a cabeza, llamándole la atención lo que traía empuñado entre su mano derecha.

–¿Qué es eso? –el jinete levanto la mano y dejó descolgar la gargantilla.

–Es la gargantilla de Neiredy, estaba en el Palacio y ya sé cuál es nuestra relación con éste pueblo y los Halflings.

–¿Y . . . ? –sus dos compañeros volvieron su mirada a verlo.

–Estamos aquí para matar a Zarnik y acabar con sus Halflings.

–¿Por eso debemos construir la muralla?

–No, la muralla es para proteger a estas personas de los enemigos y aquí gobernar, será nuestro refugio.

–Pero . . .

–Yo no quiero volver a estar viajando de un lado a otro –dijo con un tono fuerte–. ¿Y Tú?

–No, yo tampoco . . . –los jinetes miraron a los hombres trabajando y después desviaron un poco su mirada hacia el hombre que tenían atado, el cual los miraba con las cejas fruncidas y flamas que ardían en sus ojos llenos de furia.

Desafío A Zarnik

Cuatro meses han pasado desde la llegada de los jinetes y desde ese tiempo los hombres han comenzado a construir la muralla de 10 metros de alto, tres de grosor en la base y uno y medio en la parte superior, realmente aún más alta y fuerte que la muralla que cubría al Castillo y al mercado en la época de los reyes, estas mismas condiciones hicieron que los hombres solo hubieran construido 2 kilómetros, en la parte cercana al lago, desde aquel entonces. Durante todo éste tiempo, los jinetes han vigilado a los hombres y durante todo éste tiempo, no ha habido problema alguno con los Halflings ni con los *Seres del Bosque*.

–Van retrasados –decía uno de los jinetes a su compañero, el cual solo se limitaba a ver a los Humanos trabajar.

–Lo sé, pero debes recordar que son Humanos.

–Tienes mucha razón. Solo espero que Zarnik no se adelante.

–Y aunque lo haga, aquí estaremos nosotros –los jinetes se alejaron de la muralla y se internaron en el pueblo, sin un rumbo fijo, solo caminando y conversando en un dialecto que ninguna persona en la tierra lo conocía pero que por alguna razón ellos dominaban a la perfección.

Por su parte, en lo profundo del bosque, en algún lugar al Norte de Andagora y siguiendo la trayectoria de un río hasta llegar a una cascada, varios Halflings caminan por una pequeña rampa, de piedra resbalosa, tras una cascada hasta llegar a la entrada de una cueva en donde los espera Zarnik. El lugar era frío y las gotas de agua se hacían presentes a cada momento; el suelo era de roca sólida y la única luz que iluminaba el lugar era la que logra atravesar la pared de agua y un par de antorchas que se encontraban sujetas a la pared interior, delimitando el camino que lleva a más metros dentro de la cueva. En el recinto principal solo hay tres maderos gruesos acomodados en la parte derecha y que forman un semi-rectángulo alrededor de una fogata que ya ha dejado de existir. Todo esto mira hacia la entrada, pero del lado izquierdo solo se encuentran los restos de la comida de la mañana.

Zarnik se encuentra sentado en el madero que se encuentra pegado a la pared del fondo a la derecha, donde la luz del sol no lo toca, solo la luz de las antorchas, cosa que lo hace ver más místico. De momento, varios hombres se acercan y comienzan a sentarse en los troncos laterales, todos viendo a su líder pero Aluder se sienta al lado derecho del líder Halfling. Aluder es el que habla mientras los otros hombres callan.

–Deben prestar mucha atención a lo que Zarnik nos dirá ya que no lo volverá a repetir –Zarnik miró a sus hombres mientras ocultaba su cara tras el gorro del capote.

–Como todos ya lo saben, en nuestras últimas batallas contra los Humanos fuimos derrotados –al escuchar las palabras de su líder, todos ya pensaban que se refería a las batallas que sostuvieron con Andagora y por esa razón se miraron los unos a los otros mientras Zarnik seguía hablando–. Pero esas derrotas no eran porque fueran mejor que nosotros sino que tuvieron ayuda por parte de los Elfos. Sin esa ayuda no podrían habernos derrotado . . . y todo gracias a la reina Hada . . . –Zarnik se inclinó un poco hacia sus hombres y empuñó sus manos– Pero ahora somos lo suficientemente fuertes como para acabar con ellos . . . –la noticia no cayó muy bien para todos los hombres, incluyendo a Aluder quien no se atrevió a cuestionar nada, solo bajó la mirada y permaneció mudo.

–¿No cree que es muy arriesgado volver a intentarlo? –se quejo uno de los hombres más allegados a Aluder, pero a pesar de que era un hombre musculoso y de una estatura mayor a la de Zarnik, sus palabras habían temblado al cuestionar a su líder. Pero Zarnik solo lo miró y volvió a reclinarse en la fría roca.

–No esta vez, ya que enviaremos hombres para que ataquen a los Elfos mientras nosotros atacamos Andagora. Así, ellos se ocupan de defender su territorio y dejan a Andagora desprotegida.

–¿Pero qué hacemos con los nuevos gobernantes de Andagora? –preguntó Aluder y varios hombres tomaron valor para hablar.

–Lo único que sabemos de ellos es por lo que hemos escuchado hablar de las personas y nada más. Además nunca los hemos visto y no conocemos sus intenciones.

–Lo sabremos pronto –dijo Zarnik tranquilo viendo al hombre que había hablado–. Ya envié a varios hombres para que investiguen quiénes son y qué quieren de Andagora.

–¿Qué complicaciones podemos tener?

–Seré sincero. Al igual que ustedes no sé de dónde llegaron esos forasteros y desconozco su fortaleza como su debilidad. Por eso esperaremos a que los misioneros regresen –Zarnik se puso de pie y los demás hombres también–. Por el momento traigan algo para comer –dijo y atravesó el hueco que había entre las filas de hombres siendo seguido muy de cerca por Aluder.

–De inmediato señor –dijeron los hombres al tiempo que hacían una reverencia y salían uno tras otro. Por su parte, Zarnik permaneció muy cerca de la entrada al fondo de la cueva mirando hacia el interior y cuando el último salio, Zarnik se volvió hacia Aluder.

–Aluder –el Halfling miró a su líder–. No quiero que me molesten. En un momento vuelvo.

–Entendido señor Zarnik –Zarnik no miró la reverencia de Aluder y se adentró en lo oscuro de la cueva, entró a una oscuridad que al avanzar de sus pasos fue disipándose poco a poco por más antorchas que ardían vigorosamente en la pared de la cueva y que aluzaban su andar. Al fin se detuvo frente a una puerta de madera y sin volver la mirada, lentamente empujó la puerta hacia adentro, abriéndose esta sin oponer resistencia alguna. Esa puerta y otra que estaba más al fondo eran las únicas que existían dentro de la cueva ya que habían sido colocadas por ordenes de Zarnik, puertas que a los Halflings les había costado nueve meses hacer.

El cuarto en el cual Zarnik entraba estaba lleno de luz tenue, en las paredes se encontraban una hilera de antorchas que de primera vista parecía verse como un cinturón de fuego. Y por algunas grietas del techo se filtraban débiles haces de luz del sol y que al mismo tiempo servían de ventilas. Ahí, en el centro del cuarto, sobre un pilar se encontraba una cesta cuadrada, forrada en piel y en ella contenía una pequeña variedad de cobijas de seda y terciopelo así como una que otra de fibra gruesa; telas que había conseguido al saquear el Palacio Andagora. Zarnik se acercó lentamente a la cesta y se sentó en una pequeña banca que estaba cerca, miró la cesta y lentamente retiró la manta de color verde que sobresalía un poco y al instante las demás cobijas se movieron bruscamente para dejar a la vista a un hermoso niño de aproximadamente ocho meses de nacido; después, tomó todas las cobijas y al cuerpecito que estaba envuelto en ellas, lo tomó entre sus brazos, lo arrulló un poco y después lo contemplo unos instantes.

–¡Hola Lanik! –quien hubiera escuchado la voz de Zarnik en ese momento hubiera pensado que no era la de él puesto que estaba cargada de mucho sentimiento–. Como todos los días, vengo a verte y espero que no sea la última vez, como siempre; tal vez, estos días no pueda verte tan seguido pero haré todo lo posible . . . te lo digo de una vez ya que estaré muy ocupado –las lágrimas del líder Halfling comenzaron a salir de sus ojos lentamente y brillaron con la poca luz que había haciéndolas parecer gotas de cristal en sus mejillas –Espero . . . espero que Aluder sepa cuidar de ti y . . . y que te convierta en un gran líder . . . para . . . para que logres lo que yo . . . lo que yo no podré –la voz de Zarnik comenzaba a flaquear al igual que su tono de voz– Espero que . . . espero que me entiendas y . . . y . . . y puedas recordar que siempre te querré . . . que siempre estaré a tu lado . . . contigo porque . . . porque eres lo más valioso que me queda . . . –Zarnik intentó volver a tomar la calma y recostó nuevamente a Lanik en la cesta y se puso de pie, después volvió a mirar al bebé cuando este reía por razones desconocidas, parecía que el ver a su padre le causaba felicidad excesiva y por eso riera– ¡Te quiero Lanik!

En tanto, por otro lado, cerca de la construcción de la muralla, ocultos entre los árboles y el follaje que crecía en los límites del bosque con la pradera, los sirvientes de Zarnik miraban la construcción de los Humanos. Ya estaban dispuestos a partir cuando escucharon, tras ellos, el trotar de unos caballos. Sin esperar tiempo, los Halflings se volvieron preparando flechas en sus arcos pero frente a ellos no se encontraba nadie pero las pisadas de los animales se escuchaban cada vez más de cerca hasta que se detuvieron, los arqueros seguían mirando hacia el interior del bosque sin ver a nadie.

–¿Buscan a alguien? –una voz tras ellos los hizo volverse nuevamente con mucha rapidez mientras sus flechas permanecían en sus arcos. Frente a ellos tenían a los tres jinetes quienes no empuñaban arma alguna.

–¿Ustedes son los nuevos gobernantes de Andagora? –preguntó uno de los Halflings y los jinetes solo movieron sus cabezas afirmando. Un Halfling no soportó más y atacó a los jinetes con su flecha pero esta fue tomada antes de clavarse en la cara del jinete que se encontraba en medio de los tres. Como respuesta, uno de los jinetes de la orilla hizo aparecer un arco oscuro en su mano y atravesó al Halfling, con una flecha, en el pecho antes de que pudiera hacer algo. Después, el arco se oscureció completamente y se moldeó como si fuera de plástilina para transformarse en una espada.

–¿Qué son ustedes? –preguntó otro de los Halflings mientras destensaba su arco.

–Somos mensajeros y le traemos un mensaje a Zarnik –se escuchó la voz de uno de los jinetes pero los Halflings, a pesar de su buen oído, no pudieron saber cual de todos había hablado pues pareciera que la voz no resonara en sus oídos si no en su cabeza y después de una pausa la voz volvió a hablar–. Necesito que digan a Zarnik que LOS JINETES DE HENXO [30] lo retan a una batalla en los prados del Norte de Andagora. Que traiga a todo su ejército consigo, díganle también que le doy un plazo de dos soles para que esté a nuestra presencia, de lo contrario . . . nosotros iremos por él –de momento la voz pudo ser percibida en el jinete que estaba su derecha.

–Ahora que ya escucharon el mensaje, no todos podrán llevarlo. Tendrán que ganarse el honor.

–Corran o peleen y mueran con honor –sin perder tiempo, los Halflings comenzaron a correr lo más rápido que sus piernas les permitían. Y una vez que los Halflings desaparecieron de la vista de los jinetes, uno de ellos miró a los demás–. Empieza la cacería –. Uno a uno, los Halflings fueron siendo eliminados hasta que solo uno quedó, al cual los Henxo miraban partir.

–Lo elimino –preguntó uno de los Henxo al momento que tensaba la cuerda de su arco.

–No, solo hiérelo –la mortal flecha negra salio del arco para impactarse contra el hombro del Halfling, el cual cayó al suelo a consecuencia del impacto. El Henxo líder miró al del arco–. Él llevará el mensaje. Zarnik vendrá . . .

–Y nosotros lo mataremos –agregó el Henxo que solo había permanecido viendo a los otros. Sin nada más que hacer o decir, los

---

[30] "Henxo", significa sombras en el idioma de Angur.

Henxo dieron vuelta sus caballos y regresaron a Andagora con un trote lento y triunfal.

Varias horas después, el Halfling que había logrado escapar del asedio de los Henxo llegó frente a Zarnik. Quien se encontraba sentado en el mismo lugar que en la mañana, recargado nuevamente sobre la piedra fría y la mirada perdida en la nada. El Halfling se acercó a Zarnik y le cubrió la vista al colocarse frente a él, con las rodillas en el suelo, y haciendo reverencia digna de un rey. Zarnik volvió su vista hacia el recién llegado y éste se adelantó a su líder.

–Señor . . . le he traído un mensaje . . . –Zarnik percató de inmediato la agitación y el miedo de su súbdito, eso hizo que se irguiera impaciente al tiempo que pedía explicaciones.

–¿Qué sucede?

–Los nuevos gobernantes . . . los de Andagora . . . lo desafían señor. Piden que vaya al campo que hay al Norte de Andagora, en las praderas. Que vaya con todos sus hombres. Que le dan un plazo de dos soles para que vaya o de lo contrario ellos vendrán hasta aquí.

–¿Dónde quedaron los otros que te acompañaban? –preguntó Aluder.

–Murieron. Los jinetes los mataron . . . no sé como le hicieron pero infundieron un gran miedo dentro de nosotros . . . como nunca lo habíamos sentido antes. Parecía que estaban jugando con nosotros como si fuéramos marionetas. Caminábamos a su merced . . . y de momento aparecían y desaparecían, como si se los tragara la tierra y después los escupiera a nuestro lado . . .

–¿De que hablas? –preguntó Zarnik un poco más animado que al inicio.

–Si, nos hicieron correr por nuestras vidas y así lo hicimos. Después de correr un poco pensamos que los habíamos dejado atrás pero de momento llegaron por un costado nuestro. Corrimos nuevamente pero sus corceles eran demasiado rápidos. ¡Nunca había visto a un animal correr tan rápido! Pero nuestro asombro no terminó ahí sino que de momento desaparecían, no se veían por ningún lado y de momento, en un parpadeo, aparecían por un costado o detrás de nosotros. ¡Pero lo que más me sorprendió fue que a uno de nosotros lo atravesaron con una lanza . . . pero no fue nada ordinario ya que la lanza de éste jinete atravesó al árbol y a nuestro compañero, después vi como retiro la lanza como si estuviera encajada en algún cuerpo blando . . . ! –el hombre guardó silencio al ver a Zarnik tan pensativo y recargado nuevamente en la piedra donde escondía su cara, entre las sombras que producía el gorro del capote, y al escuchar el silencio, Zarnik levantó la vista nuevamente.

–Gracias . . . puedes retirarte, ve a que te curen esa herida . . .

–Gracias señor . . . –El Halfling arrodillado volvió a hacer algo de reverencia y se puso de pie para salir al exterior, quedando dentro solo Zarnik y Aluder.

–Aluder, reúnelos, necesitamos hablar –Aluder no profirió ninguna palabra solo salió hacia el claro del exterior para volver momentos después acompañado de cuatro hombres. Quienes rápidamente tomaron asiento como en la madrugada, al momento que el último tomó asiento, Zarnik comenzó a hablar.

–Las cosas se han empeorado, más de lo que yo tenía pensado. Al parecer, los nuevos gobernantes de Andagora son una especie de guerreros que poseen las habilidades de manejar las mentes de los hombres o tal vez pueden ser demonios que salieron de las mismas tinieblas para matarnos –los hombres se miraron los unos a los otros.

–¿Qué podemos hacer? –preguntó el Halfling. Que era más allegado a Aluder.

–Esto tal vez nos traiga desventajas por lo fuerte que puedan ser pero también nos puede traer soluciones. En éste caso, solo se puede hacer una cosa. He escuchado que cerca de las aguas del Lago Gorgan, una joven Bruja ronda los alrededores.

–¿En qué nos podrá ayudar ella? –volvió a cuestionar el Halfling.

–Ella puede hacer que los hombres y entes caigan a su poder y mandato, si quisiera . . .

–¿Enviamos por ella? –preguntó Aluder.

–No, quiero que Ustedes en persona vayan por ella. Digan que le daremos lo que ella nos pida.

–Como Usted ordene señor Zarnik –respondió nuevamente el Halfling y se puso de pie seguido de los demás, comenzaban a caminar cuando Zarnik volvió a hablar.

–¡Tú también iras Aluder! –todos los hombres se volvieron hacia Aluder y éste miró a Zarnik. Pero Aluder solo respondió positivamente con un ligero mover se su cabeza. Se puso de pie y al salir fue seguido por los otros.

Cerca del lago, después de haber buscado cerca de una hora y sin obtener resultado alguno, los Halflings se sentaron bajo un árbol. Se refugiaron del frió bajo sus capotes y el gorro, no profirieron ninguna palabra entre ellos, solo se limitaban a verse el uno al otro.

Las sombras ya habían caído sobre ellos y el lago, y su visión era un poco confusa así que se mantuvieron tranquilos en silencio para escuchar cualquier sonido, técnica que les sirvió de mucho pues cuando la luna comenzaba a aluzar con su luz azul; en el lago, se escuchó que alguien había entrado a las aguas. Los Halflings se movieron de inmediato clavando su vista en el lago y pudieron divisar un pequeño bulto que se movía en el agua. Rápidamente se pusieron de pie y se acercaron hacia el bulto con la mayor quietud con la que era posible moverse y cuando estuvieron lo suficiente cerca. Tras el bulto se detuvieron cinco cuerpos con una estatura poco mayor a él. Pero uno de ellos pisó el agua de las orillas produciendo un sonido de chapoteo, cosa que hizo que el bulto se volviera hacia ellos e intentara correr hacia el interior del lago pero de un movimiento rápido lo tomaron por un brazo y lo arrojaron hacia la orilla, cayendo en la poca agua que se acumulaba en las orillas llenándose de lodo y mojando su ropaje. Antes de que el bulto se pudiera poner de pie, la tomaron nuevamente de su ropaje y la arrastraron pocos metros para después depositarla en la tierra seca, en donde la rodearon. Como siempre había estado boca abajo, el bulto se dio la vuelta y la luna la aluzó, dejando a la vista de los Halflings a una hermosa joven de ojos azules y pelo rubio, su cara era blanca pues la luz de la luna la hacía verse azul. Aluder, que era el que estaba frente a ella, fue el que se arrodillo y viéndose mutuamente.

–¿Tú eres Priccila? –preguntó pero la joven permaneció muda y con la vista perdida en los ojos del Halfling, pero de momento, una flecha se clavó en la tierra quedando a pocos milímetros de la unión que había entre sus dedos de la mano–. ¿Tu eres Priccila? –volvió a preguntar Aluder–. Te mataremos si no nos contestas –el otro Halfling ya preparaba una flecha en su arco.

–Si . . . soy yo.

–¡Creí que eras un poco más grande!

–Tengo 18 y también grandes poderes –la Bruja se impulsó con sus manos y piernas logrando saltar sobre Aluder pero el Halfling que estaba de pie, a un lado, la tomó de una forma brusca por los hombros y después la recargó en su pecho sujetándola, con su antebrazo, por el cuello.

–Ahora escúchame –dijo el Halfling que la sujetaba–, necesitamos tu ayuda . . . ¿Tu sabes controlar espectros?

–Si . . . –respondió la Bruja con voz sofocada por la falta de aire y el hombre la soltó pero nuevamente se encontró rodeada.

–Pues nosotros tenemos problemas con tres –dijo Aluder nuevamente–, si tú nos ayudas con ellos. Nosotros te daremos lo que quieras.

–Creo que no podrán darme lo que quiero.

–Lo haremos, es una promesa . . . –la Bruja miró a Aluder con algo de desconfianza.

–¿Creen poder darme una Hada? –de inmediato, los otros Halflings miraron a Aluder quien se mantuvo con la vista en la Bruja y le sonrió.

–Si, nosotros sabemos dónde se encuentra su reino y cómo entrar –al escuchar eso, los labios de la joven Bruja no tardaron en mostrar una hermosa sonrisa de acorde a su belleza.

–¡Ustedes solo díganme lo que tengo que hacer!

–Nosotros no podemos decir nada. Tendrás que acompañarnos a ver a nuestro jefe . . . Almaet, trae los corceles.

–Si Aluder –el Halfling más allegado a Aluder se perdió entre las sombras y momentos después regresó con los caballos. Al tomar la rienda de su caballo, Aluder montó y le extendió la mano a Priccila–. ¿Subes? –la Bruja volvió a sonreír y tomó la mano de Aluder para después montar y acomodarse delante del Halfling–. ¿Estás cómoda?

–Si.

–Listos todos. Vamonos –los jinetes dieron rienda a sus caballos y se perdieron entre la espesura del bosque.

Solo algunos minutos fueron suficientes para que llegaran al claro donde la pequeña cascada caía y varios grupos de Halflings estaban reunidos alrededor de fogatas, los cuales de inmediato se volvieron hacía los caballos, que a paso lento cruzaban entre ellos. El primero en descender fue Aluder y después ayudó a la Bruja para después guiarla hasta la entrada, percatándose de la mirada que todos aquellos Halfling lanzaban hacia Priccila. Al entrar, Zarnik, permanecía en la oscuridad que era disipada poco por las antorchas que ardían con poco vigor dentro de la cueva.

–¿La encontraron? –preguntó en el instante que sus demás hombres entraban, para quedarse estáticos tras de Priccila y Aluder.

–Si señor, ella –respondió Almaet, quien si había podido escuchar el cuestionamiento de su jefe. Zarnik levantó su mano izquierda y la colocó frente a lo que eran los restos de una fogata y esta ardió nuevamente aluzando el lugar con una luz amarillezca de gran intensidad. Zarnik quedó un poco sin palabras al ver la hermosura de la joven Bruja y solo profirió, inicialmente, una pregunta.

–¿Tú eres Priccila? –pero la respuesta de la Bruja fue inmediata y con una sonrisa hacia Zarnik.

–Si señor . . . –Priccila quedó muda al no saber el nombre de Zarnik.

–Mi nombre es Zarnik. Te explicaron por qué estas aquí.

–¡Un poco! Solo me comentaron algo así como que tiene problemas con unos espectros.

–En realidad no sabemos si son espectros . . . el caso es que me han retado, pero yo no poseo habilidades como las de ellos. Ellos pueden manejar la mente se sus enemigos a su gusto.

–¿Y qué tengo que hacer?

–Tú encárgate de esos sujetos.

–Lo haré pero tú me dirás en dónde encuentro Farerin . . . Ahora o cuando concluya mi trabajo.

–¡Farerin . . . ! entrar a ese lugar es muy difícil. Está protegido por una barrera mágica que contiene toda la esencia del poder de las cinco HADAS MAYORES[31]. Muy difícil de penetrar, ni la Bruja o Mago más poderoso podrían traspasarlo. ¿Segura qué quieres saber donde se encuentra Farerin?

–Si, yo me he estado preparando muchos años para poder entrar a ese lugar. Creo poder pasar sus barreras.

---

[31] Hadas que no son más fuertes que la Hada reina pero que si poseen el mayor poder entre todas ellas.

–Farerin . . . ese reino, se encuentra bajo las claras aguas del lago que tanto merodeas.

–¿Está seguro?

–Si –la Bruja sonrió alegremente y se acercó a Zarnik para tomarle la mano y dando un gran “gracias”, besó la mano del Halfling y después se alejó de él corriendo con dirección hacia a salida–. ¿A dónde vas? –preguntó Zarnik deteniendo el rápido andar de Priccila, la Bruja se volvió mostrando una gran felicidad.

–Voy por lo que necesito y regreso mañana cuando el sol despunte en el alba.

–Solo una cosa más –replicó Zarnik en tono serio opacando la risa de la Bruja–. Cuando logres penetrar en Farerin, encárgate de que sea eliminada la Hada Neiredy –la Bruja volvió a sonreír.

–¡Así lo haré! –y volvió a correr hacia el exterior siendo seguida de Aluder.

En las afueras, Priccila tomó uno de los caballos que pastaba y lo montó rápidamente para después alejarse cabalgando a gran velocidad. Uno de los vigilantes nocturnos preparó su arco pero Aluder lo detuvo colocando una mano en el hombro del guerrero quien al volverse vió que Aluder daba una negativa a su acción.

Pero la Bruja no cabalgo directamente hacia su hogar sino que fue directamente hacia el Lago. Recorriendo el sendero que habían hecho los hombres de antaño para encontrar camino, hacia el lago, entre la espesura del bosque. Una vez que estuvo cerca de la orilla y después de haber descendido del caballo, la bruja caminó a paso lento hacia el lago y se colocó en la orilla, evitando que el agua tocara sus pies. Después extendió sus manos hacia el frente, manteniendo unidas las palmas.

–Gauder et covered et rined quinpedd –después de estas palabras separó poco a poco sus palmas y, del mismo modo, una parte de las aguas se separó poco a poco hasta dejar una gran abertura. De la cual una luz blanca resplandeciente se hizo presente. Esta luz provenía de la torre mayor del hermoso Palacio FARNEIN [32], en donde las cinco Hadas

[32] “Farnein” al igual que “Farerin” la obtuve de la palabra Fairy.

Mayores oraban para crear la barrera que, aunque no pudiera verse, protegía el reino de los ataques de extraños y evitaba que las aguas cayeran en el reino. Después del resplandor cegante, la luz se disipó por toda la abertura y la luminosidad disminuyo permitiendo a Priccila contemplar el reino de Farerin.

Lo que pudo ver le sorprendió ya que parecía otro mundo, tenía sus lomas y campos verdes tupidos de vegetación. El Palacio se erguía al parecer en el centro de ese mundo, y frente a la puerta principal del palacio corría un río que era lo único que lo separaba de las casa que cubrían casi completamente el otro lado, casas que estaban separadas por calles tapizadas de pasto; pero no todas las casa se encontraban en ese lugar si no que había algunas otras que se encontraban muy alejadas del Palacio. Tras él, a una distancia considerable comenzaba a crecer un gran bosque de pinos que se perdía hasta donde su vista pudo alcanzar a ver y a la derecha de ese bosque se erguía una gran montaña que por lo alto se perdía entre la barrera de agua que flotaba sobre el reino. Priccila estaba tan sorprendida que por unos momentos no pudo decir nada más, hasta que salió de su asombro pudo proferir solo una palabra, cargada de felicidad e incredulidad.

–¡Farerin!

–No debes hacer eso –al escuchar la voz tras de ella, la Bruja se asustó y se llevó las manos a su boca para tratar de ahogar el gritó que salió de sus labios al tiempo que de un brinco se volvía y las aguas del lago volvían a unirse–. No creíste en lo que dije. ¿Verdad? –era Zarnik que, al igual que Priccila, había contemplado el reino.

–¡D-Disculpa, es que quería verlo personalmente!

–A decir verdad –dijo Zarnik al tiempo que suspiraba–, es la primera vez que lo veo.

–¿Que?

–El Castillo Farnein. Es la primera vez que lo veo . . . ahora, vamos a tu choza.

–S-Si –la Bruja se acercó a Zarnik y éste le colocó una mano en el hombro y ambos caminaron el uno al lado del otro, pero de momento Zarnik se detuvo–. ¿Qué sucede? –preguntó Priccila volviendo su mirada hacia Zarnik quien hizo una señal para que guardara silencio y de momento, la tomo por la cintura e impulsándose brincó hacia las ramas de un árbol cercano.

–Silencio –en eso los tres jinetes se acercaron a las orillas del lago prevenientes del costado izquierdo del árbol en el que se encontraban.

–¿Estas seguro? –preguntó uno de los jinetes a otro, el cual lo miró.

–Si, vi una luz blanca muy resplandeciente que provenían de éste lugar.

–No parece haber nada por éste lugar.

–¡Es muy extraño! –dijo uno de los jinetes al tiempo que hacía un movimiento rápido de brazos y de hombros para decir que estaba confundido y no entendía lo que pasaba.

–Dejémonos de tonterías. Seguramente fue una Hada que salio al exterior.

–Tienes razón.

–Regresemos para pensar como vamos a matar a Zarnik.

Los Henxo desaparecieron entre la espesura y la oscuridad del bosque y cuando Zarnik percibió que ya no había peligro, bajó del árbol saltando hacia el suelo, después miró a Priccila quien se encontraba sentada sobre la rama, abrazándose ella misma.

–Salta.

–¡Son más poderoso de lo que tenia pensado!

–¿De qué hablas?

–Esos jinetes . . . esos espectros . . .

–¿No puedes con ellos?

–Están a otro nivel . . . son sirvientes directos de Angur . . . lo sentí en sus auras y lo vi en su cara . . . –Priccila vió con mirada triste hacia Zarnik– Podré intentarlo . . . lamento que hayas confiado en mi pero . . .

–Descuida. Lo entiendo, yo también tengo pocas esperanzas contra ellos . . . Ahora baja y vamos por tus cosas . . . –la bruja se puso de pie sobre la rama y se lanzó siendo atrapada por los brazos de Zarnik. Pero Zarnik no la soltó de inmediato–. ¿Te encuentras bien?

–No hay problema, creo saber como poder con ellos –Zarnik la depositó en el suelo y la miró por unos momentos. Priccila vió que su estatura era un poco menor a la de él. A diferencia de Aluder que era aún más grande que ella, incluso que el mismo Zarnik.

–Vamonos.

–Si –Zarnik caminó siendo seguido de Priccila hasta llegar nuevamente al lugar donde los árboles los cubrieron, ahí encontraron un caballo, que era el mismo que traía Priccila y que Zarnik lo había ocultado. Montaron el caballo y después de avanzar un poco Zarnik se detuvo.

–¿Hacia dónde es?

–Tenemos que cabalgar toda la noche siguiendo las orillas del lago hasta antes de llegar a los pantanos –Zarnik hizo cabalgar al caballo y este corrió más rápido de lo que Priccila había imaginado llegando a media noche a una zona cercana a los pantanos.

Era un lugar que aún pertenecía al bosque KAREHU pero que ya daba presencia de los pantanos pues los árboles estaban completamente secos, sin ningún rastro de hoja verde, su color ya no era café ni verde si no que se sobreponía un completo color gris. Era una área de gran extensión que estaba repleta de estos árboles y una delgada capa de niebla chocaba de vez en cuando con ellos, además de que por el suelo flotaba una pequeña capa de niebla que evitaba ver el suelo en el que pisaban; suelo que ya comenzaba a sentirse demasiado húmedo y en algunas partes era lodoso ya que el caballo tenia algunas dificultades para caminar. Todo esto sería completamente una trampa mortal para quien no conociera el terreno. Además de que el olor hediondo del pantano impregnaba completamente el lugar. Priccila estaba segura en ese lado pero casi nunca pasaba su tiempo ahí, solo cuando debía dormir, pues en el día se encontraba lejos. El lugar estaba separado completamente de los pantanos por una pared de grandes árboles que se unían estrechamente el uno con el otro. Parecía que los habían colocado a propósito de esa forma.

Ahí, cerca de esta barrera se encontraba la casita de la Bruja. Era una casa sencilla de madera, con ventanas cubiertas de mantas y una puerta de la misma madera que la casa. Era madera traída desde el bosque, no era de la madera de los alrededores pues aún conservaba su color café. El techo estaba tapizado de paja en algunas partes pero en otras estaba cubierto de planchas de madera. El piso de la casa no estaba directamente en el suelo, sino que estaba sobre una base que la sostenía a un metro por encima de la niebla; esta base, de madera de la región, se apoyaba con cuatro árboles que estaban a las esquinas. No hacían una base perfectamente cuadrada sino que estaba un poco inclinada, pero aún así estaba muy bien cimentada y soportaba muy bien el peso de la casa y de todo lo que tenía encima.

Zarnik detuvo el caballo muy cerca de la casa de Priccila.

–¿Aquí es dónde vives?

–Si, pero no por mucho tiempo. Cuando logre tener a alguna Hada viajaré a Alamus para estar más cerca de HUNOX [33] –bajaron del caballo, el cual ya estaba sobre una plancha de palos, para evitar que se hundiera y ellos subieron por una pequeña rampa que había desde el suelo hasta la plancha que soportaba la casa. Cuando la Bruja intento abrir la puerta, esta cayó al suelo rompiendo con el silencio del lugar. Priccila solo miró a Zarnik y le sonrió llena de pena, después entró a la casa y una palabra se escapo de entre sus labios: *"FENO"* y algunas antorchas, que se mantenían sobre un trípode, se encendieron y algunas velas que había en un buró al costado izquierdo de la cama también comenzaron a arder.

–Debo buscar un libro –dijo la Bruja y comenzó a moverse de un lado a otro revisando pilas de libros. Zarnik solo se limitó a sonreírle. Desde la entrada, Zarnik solo miraba a Priccila, que caminaba de un lado a otro chocando con bancos y con la mesa central de la cocina, o eso pensaba él ya que la casa no tenia pared interior alguna, simplemente, ahí había un gran espacio ocupado por una cama, bien arreglada; una mesa redonda con cinco sillas, las cuales estaban completamente ocupadas por grandes pilas de libros, al igual que la mesa. En alguna parte de la pared, se encontraba colgando un estante de dos secciones; teniendo una de las secciones repleta de tarros a los cuales Zarnik no les tomaba mucha importancia, más bien centró su mirada en la otra sección que estaba ocupada por diez platos y diez vasos con sus bocas hacia abajo. El Halfling percibió también que la esquina de la pared, donde estaba colocado el estante, era interrumpida por una chimenea, en la cual había rastros de que a alguna hora, las llamas que se encendieron habían calentado algo sobre la olla, de hierro negro, que colgaba sobre las cenizas siendo sujetada por un soporte de cuatro patas que tomaba todo su apoyo en el piso de la casa.

---

[33] Nombre que recibía el pueblo donde vivía la Bruja Suprema. Pero también se le llamaba Hunox al Castillo de la Líder Bruja.

De momento, Zarnik fue interrumpido por un grito de felicidad por parte de Priccila y el sonido de varios libros que caían al suelo. Zarnik volvió la mirada hacia ella y vió que la Bruja levantaba con sus dos manos un grueso y pesado libro de portada negra.

–¡Lo encontré! –Después, la Bruja, caminó hacia la cama y dejó caer el libro sobre las sabanas, las cuales mostraron lo frágil que era aquel colchón ya que se sumió demasiado. Y Priccila también se arrojó sobre la cama y dejó descolgar sus manos y su cabeza en la orilla contraria a la que tenia los pies, después se puso de pie, difícilmente; y colocó sobre su cabeza un gran gorro negro que apenas estaba hecho a su medida pero que aún se resbalaba y tapaba sus ojos, por tal, Priccila tenia que estar levantando, a cada momento, un poco el gorro para permitirle ver. Tomó nuevamente el libro y sujetándolo solo con su mano izquierda se acercó a Zarnik.

–Creo que es todo lo que necesito . . . –la Bruja levantó un poco el sombrero para percatarse de la extraña mirada que Zarnik tenia puesta sobre ella– ¿Qué? ¿Qué te sucede? –Zarnik no pudo aguantar la risa y se rió levemente.

–N-No es nada . . ., es solo que el gorro –Zarnik le hizo saber, con señas, que la forma puntiaguda del gorro y la gran areola que hacia de cubre luz le parecía muy gracioso y es que Zarnik nunca había visto algo así en su vida, de hecho era la primera vez que tenia conversación con una Bruja. Pero Priccila no lo tomó a mal y también se sonrió.

–No te rías. Me costó mucho trabajo conseguirlo. La prueba era muy difícil.

–¡De acuerdo! –respondió Zarnik aún con un aire de alegría y una sonrisa en sus labios, cosa que a Priccila le pareció algo muy lindo puesto que, según ella, estaba conociendo el interior de un hombre que casi nunca reía de felicidad; sino que mas bien, siempre había reído en pos de la burla y la degradación hacia los demás. Siempre había reído con la cabeza y nunca con el corazón, como en ese momento. Zarnik tomó aliento respirando profundamente y pudo hablar tranquilamente–. ¿Nos vamos ya? –Priccila solo movió ligeramente su cabeza para después salir tras el jefe Halfling.

Ambos montaron el caballo y comenzaron a cabalgar en un trotar lento mientras Zarnik le hacía cuestionamientos a Priccila sobre el entrenamiento de una Bruja.

–La verdad . . . –respondió Priccila callando por un momento y respiró profundo– El entrenamiento de nosotras no es muy difícil, no tanto como el de un Mago. Ellos se gradúan dos años después nuestro y es que ellos obtienen el poder, poco a poco, de la naturaleza y la bendición de las deidades, en cambio, nosotras obtenemos el poder poco a poco de los espectros que rondan en la noche. El primer hechizo que nos enseñan es para capturar almas vagantes o espectros lanzados desde las profundidades de la oscuridad. Una vez que los capturamos utilizamos un conjuro para devorarlos . . . –Priccila guardo silencio por un momento percibiendo el cantar de algunos bichos nocturnos y el crujir de los árboles a causa del viento– Entre más espectros y almas poseamos dentro de nosotras, tendremos la habilidad de hacer invocaciones a seres oscuros más poderosos hasta el punto de llegar a tener la habilidad mental, espiritual y devoción para poder invocar al amo de todas las sombras . . .

–¿Angur? –intervino Zarnik preguntando a Priccila.

–Si. A El mismo.

–¿Cuanto tiempo te llevó ser lo que ahora eres?

–Desde que nací. Mi madre es una de las guardianas protectoras de Hunox. Y casi, por lo general, siempre la hija primera debe de seguir los pasos de su madre.

–¿Y tú eres la primogénita de tu madre?

–No, soy la tercera . . . Los otros, mis hermanos fueron hombres y a ellos no se les puede forzar, así que eligieron el camino del bien y dejaron Hunox cuando tenían 16 años cada uno. Esa es la edad indicada para los hombres, o inicias desde un principio a adentrarte en lo místico o cumples la mayoría de edad y abandonas Hunox. De no hacerlo así servirás de sacrificio para Angur . . .

–¿Tú querías ser una Bruja?

–No, pero como yo era la única mujer de mi madre . . . y para evitar que las demás la vieran como una Bruja que no dejaría legado dentro de Hunox y no comenzara a haber criticas . . . –Priccila guardó silencio, no suspiró ni se quejó de nada, solo quedó muda para escuchar el trotar constante del animal que montaba. Después prosiguió– Mi madre fue mi tutora hasta que ella misma me dio a elegir. Pero el mal semblante en su cara me obligaron a seguir sus pasos . . . –de momento la bruja se sonrió– Pero descuida, con el tiempo te acostumbras.

–¿Cuánto tiempo te lleva para terminar tu entrenamiento?

–Dieciocho años. Desde que eres un bebé, te muestran frete a Angur y éste hace que algo de la sabiduría de tu progenitora pase a ti y esos conocimientos se guardan hasta el momento en el que puedes pensar por ti misma y a entender todo lo que tienes dentro de ti. Después de eso, tu madre se convierte en tu tutora hasta que llegas a los diez años. De ahí en delante, tú te las arreglaras para crecer, solo te proporcionan el hechizo y el conjuro. Cuando los dominas comienzas a crecer por ti sola, ya sea leyendo y comiendo almas cercanas a las llanuras de Hunox o viajando por todo el mundo. Cuando cumples los 18 tienes que regresar a Hunox para que te hagan la prueba final . . .

–¿Fue difícil aprobar?

–Un poco –respondió Priccila pesadamente–. Lo único que tenia que hacer era invocar a Angur y entregármele incondicionalmente. Entregarle tanto mi alma como mi cuerpo. Cosas que pasaran a pertenecerle el día que me muera. Mientras tanto. Podré hacer lo que yo quiera en pos de El y gracias a la gracia de El. Esto es como un pacto firmado con sangre, un juramento de lealtad eterna. Pero si algún día tratara de rechazarlo o lo negara El dispondría de mi ama y mi cuerpo y me atormentaría eternamente.

–¡Eso debe ser horrible!

–Solo para aquellos que lo escuchan, como tú. Pero cuando creces con ello en mente ya no te parece feo, simplemente lo ves como algo normal.

LA ESPERANZA

El Bebé Recién Nacido

El sol salía por el oriente, el frío de la noche aún seguía presente, las sombras del bosque aún no se disipaban. La luz del astro brillante se elevaba por Unkmert y algunas partes aún seguías oscuras pero en los campos abiertos de Andagora y todos los lugares cercanos a los alrededores del Lago Gorgan ya recibían la luz del nuevo día. Con la llegada de la luz, también llegó Zarnik sobre su caballo, el cual se veía excesivamente cansado y sudado. Los Halflings que lo vieron llegar se pusieron de pie y lo recibieron haciendo una reverencia. Cuando estuvo cerca de la cascada y la brisa, que desprendía el choque del agua, golpeo su cara, bajó del caballo y ayudó a Priccila a descender. Después de que Priccila puso los pies sobre el suelo, el caballo comenzó a moverse siendo guiado por uno de los Halflings hasta perderse tras un matorral ubicado a un costado de la roca que hacia las paredes de la cueva.

–Ahora ve a hacer tus cosas. Que Aluder te guíe.

–¡Si! –la bruja se alejó de Zarnik y se internó dentro de la cueva, donde se encontró con Aluder y éste ordenó a otro Halfling a que guiara a la Bruja hacia una de las grietas, que estaban desocupadas, ubicadas hasta el fondo de la cueva. Después, Aluder guió sus pasos hacia el exterior, encontrando a Zarnik en las escaleras de piedra mojada.

–¿Ya estas listo Aluder? –preguntó Zarnik viendo directamente al que podría llamarse, General, con una mirada llena de vacío y sin reflejo alguno de emoción.

–Si señor. Solo esperaremos a que Usted indique lo que tenemos que hacer.

–Solo esperaremos a que Priccila esté lista y atacaremos –Zarnik intentaba alejarse de Aluder pasando a un costado de él pero Aluder volvió a cuestionar a su líder.

–¿No crees que es una trampa? –tal vez fue que en ese momento Zarnik no quería escuchar a nadie o estaba demasiado cansado, que solo pensaba en descansar o tenia su mente ocupada en otras cosas, que no pudo percatarse del tono con el que Aluder le hablaba. Era un tono de voz que mezclaba odio con un poco de preocupación y resentimiento. Pero Zarnik volvió a responderle secamente.

–Lo sé, pero yo seré más listo. ¡Despreocúpate Aluder! –Zarnik volvió a caminar y cuando pisó el interior de la cueva, Aluder se volvió rápidamente cuestionándolo nuevamente, pero en esta ocasión su voz estaba vigorosa y llena de tono.

–¿Crees que Priccila pueda con ellos?

–Confío en que no nos fallará. Solo encárgate que Neiredy muera y si fallezco antes de que termine la batalla . . . retírense si pueden. Confío en ti para que tomes el liderazgo y cuides de Lanik hasta que él pueda guiarlos.

–Si Zarnik –Zarnik entro por completo en la cueva y Aluder quedó un momento pensativo pero después lanzó un golpe con sus manos sobre sus propias piernas y avanzó a paso rápido, dando a conocer que una extraña furia lo invadía pero nadie tuvo el valor de cuestionarlo y permitieron que se perdiera dentro del bosque.

A medio día, mientras que los Humanos de Andagora continuaban la construcción de la muralla, el bosque, las montañas, el desierto hasta inclusive el mismo lago estaban completamente quietos sin movimiento alguno. Parecía que a todos los Seres del Bosque se los hubiera tragado la tierra, todo estaba desolado y silencioso, tan quieto que hasta el mismo viento no se atrevía a perturbar esa quietud. El cielo estaba soleado pero a las lejanías se veían acercarse una gran avalancha de nubes negras listas por dejar desparramar el agua en la tierra sino es que ya lo había estado haciendo en el Este, que era de donde provenían amenazantes pero a paso muy lento.

Esta nube negra ya había cubierto a Zelfor y le pisaba los talones a Gladier, quien había partido de su pueblo hacía un par de horas, su destino era llegar a Remov lo antes posible, vestía normalmente, con su pantalón y su camisa de manta, calzaba un par de botas y brazaletes de cuero en las manos. Bajo su hombro llevaba una aljaba con algunas flechas y su arco, un arco que había estado con él desde que estuvo a las órdenes de los reyes de Andagora, se lo había entregado Ganator en persona. Era un arco hecho de madera de la montaña, que tenia un color café que tendía a oscurecer. En todo lo que tenia de longitud, el arco, se encontraba gravado un dragón, de cola a cabeza y en la parte central, por el costado izquierdo tenía un epitafio que resaltaba el lema de los reyes de antaño:

Deibore bendeitero usds gobernat filedit. [34]

Además de que estaba recubierto con una sustancia extraña que lo hacía lucir hermosamente y evitaba que se levantaran astillas de la madera. La cuerda era delgada pero parecía estar hecha de oro, aunque no lo fuera. Gladier corría a paso moderado ya que con él iba el joven Elfo, que en un futuro tomaría el mando de su clan. El joven Estirfu corría lo más que sus piernas le permitían, era una carrera contra el tiempo ya que estaban retrasados, además de que la nube ya comenzaba a cubrirlo. Pero llegó un momento en el que ya no pudo más y sin fuerza se tropezó con una raíz que salía del suelo y cayó sin oportunidad de cubrir su cara con las manos llevándose un fuerte golpe. Al verlo derribar, Gladier se detuvo y se quedó quieto, de pie, a un lado de Estirfu.

–¿Qué te sucede Estirfu? –el joven Elfo se apoyó sobre sus manos y brazos para poder despegar la cara del suelo y hablar.

–¡Estoy muy agotado! No puedo correr más.

–No podemos detenernos, Estirfu . . . –sus palabras fueron cortadas por un estruendo que resonó por todo el cielo, Gladier volvió su mirada hacia el cielo y después volvió a ver al Elfo– Debemos llegar a Remov. Ya falta poco.

–¿Pero . . . ? –Gladier, no permitió que terminara de hablar y tomó al Elfo montándolo sobre sus hombros. Le cedió el arco y la aljaba.

–Nos están esperando. No podemos llegar más tarde –dijo seriamente y después comenzó a correr.

---

[34] "Dennos la gracia para gobernar con verdad".

La nube negra aún se veía lejos pero ya había sobrepasado a Gladier y se extendía sobre todo el camino en medio del bosque que llevaba a Remov, pero aún le distaba para acercarse al lago. Así que el sol aún brillaba en la cascada de los Halflings pero ya se hacia presente una brisa de aire frío proveniente del Este.

Inesperadamente Priccila salía corriendo, del interior de la oscura cueva, portando una antorcha en mano, llegó hasta la entrada y miró hacia los troncos que usaban como asiento pero no encontró a Zarnik, solo se encontró con Almaet; lentamente se acercó a aquel Halfling de gran tamaño y tocando el fuerte antebrazo del guerrero con la punta de su dedo índice lo hizo volverse hacia ella.

–¿Dónde puedo encontrar a Zarnik? –Almaet miró hacia el interior y señaló a las profundidades de la cueva.

–En la quinta abertura a tu izquierda.

–¡Gracias! –dijo la Bruja en pos de agradecimiento y le sonrió al Halfling para después echarse a correr, al ver esto, el Halfling se hecho a correr tras ella.

–¡Pero no puedes entrar! –Almaet siguió a Priccila hasta que ella llegó a la abertura y se topo con la puerta, lentamente la abrió y viendo un poco con su ojo derecho pudo ver a Zarnik sentado a un lado de la cesta. Pero ya no pudo contemplar más porque Almaet llegó y la tomó por la cintura. Al sentir el tirón, Priccila le gritó a Zarnik y poco tiempo pasó para que se escuchara la voz de éste.

–¡Basta! –solo la voz de Zarnik tras la puerta fue lo que se escuchó, pero no era una voz de mando o fuerte, mas bien era una voz pasiva y en bajo tono–. Ahora retírate –Almaet obedeció y se alejó, sin mirar a Priccila o lanzarle una mirada amenazadora, simplemente la depositó en el suelo y se volvió para caminar hacia el exterior de la cueva mientras que Priccila intentaba ir al interior de la cueva cuando fue detenida por Zarnik–. Tú no Priccila . . . pasa –nuevamente, lentamente Priccila abrió la puerta y entro quedando frente a Zarnik y cerró la puerta al tiempo que permanecía de frente a él, solo sus manos se movieron tras ella para cerrar.

–¿Qué sucede? –cuestionó a Priccila en voz baja.

–¡Solo quería decirte que ya estoy lista! Y . . . –Priccila se había acercado un poco sonriendo, demostrando confianza, al verse segura de que atraparía a los Jinetes de Henxo. Pero sus palabras fueron ahogadas cuando Zarnik le hizo una señal de silencio con su dedo y sus labios.

–No grites. Aún está dormido –Priccila se acercó un poco más y en la cesta se encontró a un bebé de cabello, tan negro como la noche y piel blanca–. El es Lanik, mi hijo –la Bruja lo miró un poco y sus ojos mostraron ternura al ver a aquella criaturita respirar bajo las sabanas que lo cubrían.

–¡Es preciosos! –fue lo único que pudo decir para después volver a observarlo–. Y . . .

–Su madre ha muerto –interrumpió Zarnik con voz tranquila y en bajo tono pero sin demostrar remordimiento alguno–. Yo mismo me encargue de matarla –Priccila no tuvo el valor de decir nada, solo permaneció callada al igual que Zarnik quien veía a Lanik. Pero ella veía a Zarnik y se hacia miles de interrogantes acerca de la forma de ser de aquel hombre, veía el cambio de actitud que había tenido y lo comparaba. Cuando había estado en su choza parecía un hombre feliz, en cambio, ahora; precia un hombre herido, un hombre que parecía ser fuerte a pesar de los embates que la vida le había dado. Priccila dio un paso hacia él y le colocó una mano en el hombro, apretando un poco el hombro del Halfling. Zarnik levantó la mirada y la observó con una mirada profunda y unos ojos negros como la noche que le demostraban un dolor más agudo que el que ella jamás hubiera podido sentir pero, solo por un momento, creyó sentir ese dolor que marchitaba el corazón del Halfling, pero solo fue por un momento ya que Zarnik tomó la mano que Priccila le había puesto en el hombro y después la tomó con sus dos manos.

–Zarnik . . . –dijo con voz tranquila pero el Halfling se puso de pie

–Aún eres una niña y . . . –Zarnik soltó la mano de Priccila y caminando hacia la puerta le dio la espalda, pero antes de cruzar la puerta se detuvo y se recargó con su mano derecha en el marco de la puerta– Yo moriré hoy o mañana . . . además Aluder . . . ¡sabes lo que siente por ti! –Zarnik se silenció un poco–. Ve y enlista tus cosas, mañana será el día.

Por su parte Gladier, había sido alcanzando por la nube pero, esta, no dejaba caer ninguna gota de agua. El jefe Elfo corría por todo un sendero a todo lo que sus piernas le permitían. Un sendero bardeado por dos muros de árboles enormes y verdes, y en lo alto de estos árboles se podía ver el gris oscuro de la masa de nubes que a sus cabezas se acumulaban, nubes enormes que ahora había cubierto todo a su paso hasta casi alcanzar al lago. Pero en el Sur y en el Norte, el sol aún brillaba y la nube oscura solo se veía como una línea en las lejanías de la tierra. El jefe Elfo reducía sus pasos al encontrarse frete a un sendero en un claro lleno de elevaciones de la tierra que formaban pequeñas lomas, depositó al pequeño Elfo en el pasto, que cubría todo el lugar, y después siguió el sendero para cruzar una lomita. Al llegar a la cima de encontró con un llano que tenia gran extensión y que era limitado por paredes de árboles que casi le daban una forma cuadrada al llano. El sendero que seguían, del otro lado de la lomita, era un camino sin pasto ni restos de éste, cortados, simplemente era un camino de tierra seca. Este camino bajaba toda la lomita hasta toparse con una especie de puerta que estaba hecha naturalmente, se trataba de dos árboles pequeños que se elevaban a poca altura y la parte superior, de cada árbol, parecía unirse a propósito para formar un arco. A cada extremo de estos pequeños árboles había una pequeña barda de madera que se extendía hasta chocar con los enormes árboles que hacían de pared a las orillas del llano y que delimitaba todo el territorio de Remov. Tras esa barda y en todo el espacio que había en el llano, se encontraban miles de troncos, de árboles que alguna vez los humanos cortaron sin razón, pero que ahora intentaban revivir ya que algunos de ellos poseían pequeñas ramificaciones que comenzaban a brotar. Estos troncos eran el hogar de los Duendes; pero en ese instante, cuando Gladier y Estirfu veían Remov, no había ningún Duende fuera de su casa, ni siquiera los Duendes de guardia se encontraban vigilando la puerta. Gladier bajó la lomita a paso rápido siendo seguido por el joven Elfo y entró en Remov, caminando entre los troncos y volviendo su mirada hacia todas las esquinas del pueblecito hasta que llegó a un tronco que tenia el doble de tamaño y el doble de angosto que los demás. La puerta era lo suficientemente grade como para que Gladier entrara agazapado. Fue ahí cuando una voz le llamó la atención.

–Has llegado tarde –se volvió y por el costado derecho del tronco se acercaba un Duende viejo. Con sus manos sujetadas por detrás y de vestimenta simple, un pantalón amarillo y una camisa roja, conjunto que era sujetado por un cinto de gran hebilla. Era un Duende de orejas grandes mas no puntiagudas, de bigote largo que se perdía y confundía entre la barba. Zapatos grandes que demostraban lo grande de sus pies, un poco fuera de la proporción normal a su complexión, su complexión era robusta y era poseedor de una gran barriga, tal vez por eso se inclinaba un poco hacia atrás cuando caminaba.

–Lo siento –respondió Gladier–. Lo que sucede es que envíe a que mis hombres revisaran el pantano. Ha estado muy tranquilo todo éste día y de la misma forma el lago y el bosque. Y tardaron en llegar con respuesta.

–Lo sé, nosotros también hemos notado que los animales se comportan fuera de lo normal. Los cazadores se echan a un lado de las presas sin hacerles nada, a pesar de que sea la hora de comer y las aves no cantan como siempre . . . –el Duende fue interrumpido al sentir que en su nariz caía una gota de agua, miró al cielo y después bajó la mirada–. Debemos entrar –el Duende abrió la perta de madera que había en el gran tronco y entró. Gladier, miró hacía Remov y se encontró con Estirfu, el cual se asomaba hacia el interior del pozo que había ahí.

–¡Estirfu! –el joven Elfo volvió su mirada y vió a su jefe que, con la mano, le decía que se acercara, de inmediato el joven Elfo se acercó a su líder–. Entra –Estirfu entró y fue seguido por Gladier. Instantes después cerraron la puerta cuando la lluvia caía fuertemente sobre Remov, tan fuerte que si alguien hubiera estado en la cima de la lomita, en esos momentos, no hubiera podido distinguir el poblado de los Duendes.

Al día siguiente, la lluvia había partido de Remov, pero el sol aún no brillaba. El jefe Duende y el líder Elfo, junto con Estirfu ya se encontraban en camino hacia el lago. Utilizarían el paso de GOUT-ARK que junto con el de HUNUK-ABARET y DEIRET-ANUJ, formaban los pasos del sur para viajar más rápido que los Humanos. En tanto, en la cueva de los Halfling, Priccila era molestada al hacer sonar su puerta, casi dormida y aún sin abrir ningún ojo se encontró rodeada de una gran oscuridad pues la vela que había aluzado la noche anterior ya se encontraba a pagada.

–Señorita. Priccila. El señor Zarnik requiere de su presencia en la afueras de la cueva.

–En un momento salgo –respondió Priccila mientras se sentaba en la cama, después volvió a proferir las palabras que habían encendido el fuego en su choza y la vela que estaba en el suelo se encendió produciendo una luz naranja que cuando menos le ayudó a poder ver un poco.

Cuando Priccila salió al exterior sintió como la brisa del agua fría chocaba con su cara, cosa que la hizo estremecer y quejarse de frío. Al poner sus pies en el pasto del exterior se encontró con una gran horda de Halflings, que veían hacia sus líderes. El viento del Norte era frío y el del Este también, Priccila levantó la mirada y el cielo estaba tapizado con la nube gris y la Bruja lo admiraba raramente hasta que Zarnik habló.

–Este será el último combate, muchos moriremos y puede ser que obtengamos la victoria o la derrota definitiva . . . ¿Están conmigo? –en todo el bosque se escuchó un gran alboroto y rompieron con el silencio al afirmar la pregunta que Zarnik les había hecho a todos. Zarnik, Aluder, Almaet, Unalmo y Fanelo eran los lideres y montaron caballos adornados con cubre cara brillosos. Priccila se acercó al caballo que montaba Zarnik pero éste, al verla por un segundo, volvió su mirada hacia Aluder.

–Aluder, lleva a Priccila contigo –una mueca de tristeza se reflejó en ella, pero no la demostró ante la vista de Aluder quien la ayudó a montar–. Escuchen –volvió a hablar Zarnik–. Nosotros distraeremos a los jinetes para que Priccila haga su trabajo y una vez que estén de nuestro lado . . . los Humanos caerán a nuestros pies . . . Andando –Zarnik hizo galopar a su caballo y tras él todos los demás lo siguieron entrando al bosque.

La nube gris ya había cubierto el reino de Andagora, el lago y sobrepasaba un poco más allá, cubriendo todo el territorio de Andagora, desde los campos de Andaros hasta el pueblo de Ceron, cosa que hizo a los hombres detener el avance de la construcción de la muralla y se les permitió partir a sus casas a descansar. Pero al Noroeste, cerca de los campos de cultivo de Ceron. Los halflings salían de entre lo profundo del bosque llevando el trotar del caballo de Zarnik. Tenían planeado atravesar Ceron y llegar al atardecer a las praderas de Andagora pero ya los estaban esperando.

–Han decidido venir –dijo uno de los jinetes, aunque por la distancia no pudieron precisar cual–. Los Jinetes de Henxo los reciben a Ustedes Halflings.

–Aluder –gritó Zarnik–. Baja a Priccila –Aluder bajó del caballo y después ayudó a la Bruja a descender.

–Aléjate un poco . . . –le dijo Aluder en voz baja a Priccila.

–Desciendan –gritó Zarnik y los Halflings desmontaban de sus caballos para después hacerlos correr hacia un costado quedando todos a pie. Priccila corría hacia el costado derecho de las filas de Halflings cuando uno de los jinetes hizo aparecer su arco e intentó matarla pero la flecha fue detenida por Aluder. Al ver eso, Zarnik empuñó su sable y muchos le siguieron mientras otros colocaban flechas en sus arcos. Por su parte, los Jinetes, solo empuñaban sus sables. Cuando Priccila pudo llegar hasta el pie de un grueso árbol, se escondió tras él y Zarnik dio la orden de avanzar con el movimiento de su mano. Todos los Halflings corrieron hacia los jinetes quienes hicieron trotar a sus caballos. Pero no permanecieron mucho tiempo sobre de ellos ya que varios Halflings derribaron a uno con flechas mientras que otros derribaban a otro con lanzas y al último Zarnik se encargó de derribarlo cuando éste lo atacaba, pero eso no disminuyó la fuerza de los Henxo y rápidamente se vieron superiores a los Halflings ya que estos nunca contaban con el estruendo del choque entre el metal de la hoja de la espada Henxo ni la fuerza que ese golpe llevaba consigo.

Pero en Zelfor, los Elfos de guardia hacían sonar sus cuernos como alarma al ataque que ya tenían dentro de su territorio. Ya que los Halflings habían penetrado, a la zona de las casas colgantes, en el cañón. Cosa que tomó por sorpresa a los Elfos y no les dio tiempo de prepara una ofensiva, así que los atacantes pudieron atravesar rápidamente la parte de bosque que resguardaban estos Seres del Bosque.

Pero mientras que los Halflings de Zelfor no encontraban nada que los pudiera detener en su ataque. Zarnik se veía con un número reducido de guerreros ya que la mayoría habían sido eliminados mientras que algunos otros habían logrado escapar. Zarnik por su parte veía que la derrota era inevitable y hasta se había olvidado de Priccila, quien se había quedado sin palabra alguna la ver el poder que los Henxo poseían.

–¡Priccila! –escuchó que alguien le gritó pero no pudo predecir quien pues frete a ella tenía un gran alboroto de guerreros moviéndose de un lado a otro u otros que salían siendo arrojados por los aires y uno que otro que caía muerto–. ¡Hazlo ahora!

–Si –Priccila abrió el libro que portaba entre sus manos y comenzó a leerlo al tiempo que el cielo comenzó a tronar, los rayos y relámpagos en la lejanía no se hicieron esperar, el cielo mostraba un color azul fuerte y la luz de los rayos del sol casi habían sido opacados por las nubes–. Lo que una vez fue, hoy no lo será y aquello que en esta tierra atrapado ésta . . . –levantó la mirada y vió a uno de los jinetes y señalándolo con el dedo índice formó una estrella de cinco pico y después extendió la palma a todo lo que se le permitían–. Bajo mis ordenes por siempre quedará –terminada la frase, una estrella de cinco picos se formó en el pecho del jinete y brilló de un color rojo intenso, parecía que esta estrella en el pecho le causaba dolor ya que se arrodilló de una forma que mostraba perdida de energía y dolor agudo en las extremidades, después, la estrella dejó de brillar y el jinete cayó al suelo y la cara que mostraba bajo el gorro del capote y el casco desaparecieron, siendo ocupados por una gran oscuridad.

De momento, por la espalda de Priccila apareció otro de los jinetes e intentó matarla pero el filo del sable del jinete pasó a Priccila como si hubiera sido humo, el filo del sable se clavó en la madera del tronco y Priccila se volvió rápidamente extendiendo su mano hacia el jinete.

–Ranolem Ukulanonim –de la misma forma que en el otro jinete, la estrella se hizo presente en el pecho de éste y la lanza que éste portaba en su mano izquierda cayó al suelo y se vió obligado a arrodillarse para después desplomarse completamente chocando con el suelo, provocando el mismo sonido que produce una armadura vacía cuando cae al suelo.

En Zelfor, los Halflings habían logrado llegar hasta la última habitación, la cual se encontraba dentro de la roca, en la orilla contraria por la cual llegaron, irrumpieron dentro de la pequeña habitación amenazando con arcos pero dentro no había nada, era una habitación vacía. Ellos pensaban que ahí podía haber estado Gladier ya que, para ese momento, ya habían revisado todas las casas que colgaban de los árboles gigantes y ya habían matado a todo aquel que habían encontrado. Los Halflings bajaron la guardia y salieron al exterior encontrándose con el puente lleno de Elfos cos sus arcos listos para matarlos, sabían que si hacían cualquier movimiento, serian atravesados por alguna flecha de Elfo.

–¡Esta bien! –dijo el Halfling que los guiaba–. Ustedes ganan –y arrojó su espada y su arco hacia el abismo que tenían bajo sus pies. Los demás también lo hicieron y elevaron sus manos al cielo–. Nos rendimos. Ahora déjennos ir . . . y no volveremos a molestarlos . . . –al Halfling líder se le atoraba la saliva al hablar pues notaban una mirada no muy familiar en los Elfos– Prometemos no molestarlos nunca más.

–No en esta ocasión –los Elfos estiraron un poco más la cuerda de sus arcos–. Adiós Halflings . . .

En Andagora ya quedaban solamente, en el campo de batalla, Aluder, Zarnik, el jinete más fuerte y Priccila. Después de algunos instantes de combatir arduamente, Zarnik cayó al suelo a causa de un golpe propiciado por el Henxo y Aluder ya había sido derrotado y permanecía en el suelo sin sentido y con el cuerpo completamente extendido. Zarnik quedó sentado en el suelo y vió al jinete que se acercaba a él.

–¿Quién eres tú? ¿Por qué me buscabas a mí?

–Como le dije a tus hombres . . . somos mensajeros . . . en las sombras hay alguien a quien no le agradas.

–¡No entiendo!

–Tú sabias que hoy morirías o ese presentimiento tenías hasta éste momento. Hubo muchos antes que tú que cayeron bajo el poder del brazalete. Y todos murieron . . .

–Pero la voz . . . ella me dijo que . . .

–Sé todo lo que te dijo . . . –el Henxo envaino su espada– Te debió haber dicho que eras grande y que tu dominio debería ser grande, que no te conformaras con lo que tienes, que merecías más y todo eso. Pero . . . ¿Qué te prohibió? . . . –Zarnik pareció pensar por unos instantes, e incluso después bajó la mirada.

–Nada . . . –susurro pero después levantó rápidamente su mirada y miró al Jinete– Me dijo que . . . que no me acercara a Neodor o que las sombras cubrirían mis ojos.

–Yo soy esa sombra –el jinete retiró el gorro del capote y el casco quedando un bulto oscuro en vez de cabeza– Ves . . . Angur no miente –de momento el Jinete volvió a colocarse el casco en su lugar y volvió a empuñar el sable y dio varios pasos hacia él y Zarnik se puso de pie pero en vez de enfrentarlo corrió alejándose de lo que ahora veía como su muerte; por su parte, el Jinete montó a su caballo y cabalgo tras Zarnik pero a cierta distancia se perdió de su vista así que detuvo el trotar y permaneció en silencio, ni siquiera el caballo hizo sonido alguno, ni los pájaros cantaron. Todo quedó en un silencio espectral, mientras que Zarnik llegaba hasta las orillas del lago Gorgan cuando la lluvia arreciaba, caía en grandes gotas y muy fuerte. El cabello de Zarnik ya estaba completamente mojado y la capa se pegaba a su ropa la cual se pegaba a su cuerpo y alguna que otra línea de agua mezclada con sudor entraba en sus ojos produciéndole un dolor que él resistía, pero que mostraba al cerrar el ojo y tallárselo un poco. Miro torpemente hacia el interior de los árboles, miró tras la cortina que producía el caer del agua de la lluvia, miró tras él pero no veía a nadie, ni podía escuchar otro sonido mas que el del choque de las gotas de la lluvia con el agua del lago y con los árboles y el pasto. De momento, Zarnik, sintió que algo lo tomaba por la espalda y de una forma rápida y con un gran susto, aguantándose el grito que de su boca quería escapar; se volvió empuñando un pequeño puñal.

–Perdóname Zarnik –le dijo Aluder que se sujetaba en él para mantenerse de pie mientras que la otra mano abrazaba su mismo pecho pues un agudo dolor le recorría todo su costado derecho–. No podemos con él . . . es muy fuerte . . . –Zarnik nunca había visto en tal estado a Aluder y por un momento tuvo miedo y cayó en cuenta que Aluder se había sacrificado mucho y que él no había combatido lo suficiente contra el Jinete lo cual lo hizo pensar y después tomó a Aluder ayudándolo a erguirse, como todo buen Halfling.

–Vamos Aluder . . . no puedes caer tan fácilmente . . . –pero Aluder parecía no escucharlo mas y Zarnik miró hacia todos lados–. Priccila –dijo moviendo bruscamente a Aluder que lo escuchaba débilmente.

–¿Qué dices? –respondió Aluder y esto le dio ánimos a Zarnik para que hablara.

–¡Tenemos que volver con Priccila!

–Pero . . .

–¡Me quiere a mí! Así que lo rodeare y llegaré hasta ella y cuando lo tenga frente a ella, Priccila lo atrapará y así acabaremos con toda esta pesadilla –inesperadamente, el jinete apareció trotando a paso rápido proveniente del interior del bosque y con el sable en mano, el caballo lanzaba humo por las narices a cada respirar y esto lo hacia verse más tétrico. Zarnik tomo valor y también su espada, la empuñó con sus dos manos cuando el jinete se acercaba a él. El Halfling le lanzo la espada clavándose, esta, en el pecho del Jinete derribándolo casi en seguida, momento que aprovechó Zarnik para correr de nueva cuenta hacia el prado cerca al pueblo Andagoriano.

Cuando Zarnik se acercaba al lugar donde Priccila se cubría de la lluvia, bajo el mismo árbol en el cual había permanecido todo el tiempo, una flecha hirió a Zarnik en la pierna y lo hizo caer pero el Halfling, usando su agilidad, rodó y volvió a levantarse para seguir corriendo con menos velocidad. Fue entonces que sintió que otra flecha lo atravesaba, esta vez en la parte alta del talón haciéndolo caer sobre un charco de agua llamando la atención de Priccila quien al verlo se olvido de que llovía, del gorro que la cubría, y corrió hacia él.

–¡Zarnik! ¿Te encuentras bien? –trató de acercarse un poco más pero Zarnik la detuvo con palabras.

–¡Te faltó uno!

–¿Qué? –fue cuando el corcel se acercó a ellos y se detuvo bruscamente. Zarnik intentó ponerse de pie pero una tercera flecha se clavó en su baja espalda, atravesándole la espina dorsal haciéndolo caer nuevamente, ahora con la imposibilidad de mover sus piernas ni voltearse. Zarnik comenzó a ser invadido por una enorme desesperación y comenzó a arrastrase hacia Priccila, el jinete descendió lentamente de su caballo sintiendo poco la lluvia pues esta ya se había tranquilizado, ahora solamente caían gotas a una velocidad lenta y cubrían menos área que hacía unos instantes.

–¡Vamos, síguete arrastrando . . . como el gusano que eres! –poco a poco el arco del jinete se fue moldeando en su manos y formó el sable. Zarnik, por su parte, se arrastraba empapándose de lodo y arrancando pasto con sus manos al hacer fuerza para arrastrase.

–¡Hazlo ahora Priccila! –pero Priccila había olvidado el libro así que tuvo que regresar hasta el árbol por él y después buscar la pagina, el Jinete, por su parte no hacía mucho caso a los movimientos de la Bruja pues se centraba más en dar un discurso, a Zarnik, de lo que vería y lo que sentiría al llegar al mundo de las sombra. Lamentablemente para Priccila y para

Zarnik, el Jinete no tardó mucho en terminar su explicación y colocó una de sus negras botas metálicas sobre Zarnik y elevando su sable al cielo, mirando con la punta hacia el Halfling, la dejó sumirse lentamente en el pecho del Halfling quien aún, antes de sentir que su corazón era partido a la mitad pudo gritar.

–¡Priccila! –la Bruja dejó de leer el libro y miró la escena cuando el Jinete retiraba el sable del cuerpo de Zarnik. Priccila no pudo evitar lanzar un grito, tal vez de dolor, acompañado de lágrimas, cosa que atrajo la atención del Jinete e irguiéndose dio varios pasos hacia la Bruja cuando Aluder llegó corriendo y se interpuso en el camino del Jinete.

–¡No dejaré que la lastimes! –fue lo único que dijo y se lanzó a atacar al jinete pero este lo recibió con un fuerte ataque de su negro sable, cosa que Aluder ya lo esperaba y también los ataques consecutivos del jinete los cuales solo se limitaba a esquivarlos y evitaba usar su sable para detener cualquiera de esos embates o de lo contrario resultaría perdiendo. En eso, cuando el jinete lanzó una tajada vertical, dejó completamente al descubierto su costado izquierdo y Aluder vió la oportunidad lanzando un fuerte contraataque hacia el cuello del jinete pero la mano de hierro del Jinete logró tomar el sable por el filo y al dejar a Aluder desprotegido lo golpeó en el pecho arrojándolo lejos.

–¡Eres patético! –el Jinete no siguió mas a Aluder sino que aventó su capa hacia atrás al tiempo que se volvía hacia la Bruja y moviéndose a paso rápido se acercó a ella alistando un golpe con su espada pero nuevamente fue interrumpido por Aluder, quien lo envistió derribándolo al suelo. El Jinete tomó fuertemente a Aluder y lo arrojó lejos con el simple mover de sus brazos, después se puso de pie y se acercó al herido Halfling, el cual se encontraba tirado boca abajo, y con el pie lo hizo volverse para que lo viera pero Aluder no pudo verlo siquiera cuando lo tomó del cuello para levantarlo hasta hacer que despegara los pies del suelo–. Eres un animal . . . –el Jinete mostró su sable y cortó la mejilla de Aluder–. Y morirás como tal –fueron las palabras finales hacia Aluder cuando una estrella de cinco picos brilló en el pecho del Henxo y éste soltó a Aluder para retroceder torpemente varios pasos viendo la estrella brillante que ahora iluminaba su pecho.

–¿Qué es esto? –nadie le respondió al Henxo, solo un rayo azul procedente de la mano de Priccila, el cual arrojó al jinete más allá del cuerpo de Zarnik. El Henxo se puso de pie mientras la estrella de su pecho se tornaba de un color rojo, pero este Jinete no era tan débil como los otros y, a pesar de los pequeños rayos que de vez en cuando circulaban por su cuerpo y le producían dolor, caminó hacia la bruja lentamente hasta acercarse a ella e igual de lento levantó su mano al cielo, donde apareció una lanza entre su puño–. ¡Morirás maldita Bruja!

–Ranolem Ukulanonim –esas fueron las palabras que de la boca de la Bruja salieron y un nuevo rayo, esta ocasión de color rojo, salió de la mano de Priccila arrojando brutalmente al jinete hasta el otro extremo donde el choque con el tronco de un árbol lo hizo detenerse, el Jinete intentó moverse pero sus intentos fueron en vano.

–¡Morirás Bruja! –dijo el Jinete como última opción–. Aquella criatura que tanto buscas terminará contigo. Una Hada te matará de la misma forma que yo lo hice con Zarnik –lagrimas aparecieron en los ojos de Priccila y su odio hacia aquel arrogante Jinete se hizo presente.

–¡Cállate maldito . . . ! ¡Cállate! –Priccila agotó su aire con ese último grito mientras que el rayo crecía significativamente hasta cubrir completamente la jinete y dejar un resplandor muy brillante que recorría todo el bosque con aquellos rayos que no chocaban con la armadura negra del Henxo. La nueva fuerza del rayo destruyó el ropaje del jinete, la manta y el capote, dejando únicamente la armadura y lo que había debajo de ella. Cuando el rayo dejó de emanar de la mano de la Bruja, la estrella de cinco picos pareció arder como flamas en el pecho del Henxo, flamas que se fueron agotando con el viento y después cayó al suelo sin oponerse al choque contra el suelo.

Aluder se puso de pie y a paso lento se acercó a Priccila, quien ya estaba arrodillada frente al cuerpo de Zarnik, y al estar cerca escuchó un ligero sollozo que salía de los labios de aquella muchacha, de momento miró a Zarnik y su semblante pareció mostrar un sentimiento de celos mezclado con dolor.

–¿Lo querías . . . ? –dijo tranquilizando su voz y evitando explotar en coraje–. ¿Verdad? –pero Priccila no contestó, ni siquiera se movió sino que permaneció ahí sentada y Aluder, en cambio, se acercó al cuerpo de Zarnik para retirar las flechas–. Ahora tenemos a los jinetes. Debemos matar a la Hada –Aluder retiraba la última flecha del cuerpo de Zarnik y levantó la vista encontrando a una Priccila que resistía caer en el llanto pero que no evitaba el derrame de sus lagrimas.

–¡Si . . . ! –respondió limpiándose las lágrimas– Tenemos que matar a la Hada –Aluder se puso de pie y tomó a Zarnik para cargarlo en su hombro.

–Pero primero tenemos que darle un sepulcro.

–Si –Aluder esperó a que Priccila fuera y recogiera sus cosas para después caminar seguido de la Bruja cuando vió que el último jinete se ponía de pie, rápidamente se volvió hacia Priccila–. ¿Priccila?.

–Descuida . . . –le respondió tranquilamente la Bruja y después se volvió hacia el claro– Arriba –dijo y los jinetes se pusieron de pie y permanecieron así hasta que Aluder, un poco más tranquilo, volvió a caminar nuevamente seguido de la Bruja y ahora de los tres jinetes que obedecieron la orden de Priccila de seguirla.

Varias horas después llegaban a la cascada, lugar donde varios Halflings los recibían.

–¿Qué sucedió Aluder? –preguntaban unos.

–¿Zarnik está mal herido? –preguntaban otros.

–¡Zarnik murió!

–¿Qué dices?

–Zarnik ha muerto. Y necesito que traigan las palas y lo sepultemos.

–Si –uno de los Halflings corrió para entrar a la cueva mientras que a Aluder se acercaba otro de los Halflings y le entregaba una banda.

–Señor Aluder . . . Esto es de Almaet –el Halfling le entregó una banda roja que Almaet siempre usaba en el brazo derecho–. Muy pocos escapamos de Zelfor . . . el lider Elfo no se encontraba . . . los que se quedaron . . . fueron rodeados por los Elfos y los mataron –Aluder le colocó una mano en el hombro al Halfling.

–¡Descuida . . . sabíamos que muchos moriríamos! –el Halfling regresó con cuatro palas.

–Fueron las únicas que encontré.

–Está bien –Aluder se volvió hacia tres Halflings–. Ustedes . . .

–No Aluder –lo interrumpió Priccila–. Que los Henxo lo hagan.

–¿Qué dices?

–Si, ellos lo mataron . . . ellos lo enterraran –Priccila vió a los Henxo–. ¡A cavar! –los Henxo tomaron las palas de las manos de los Halflings y comenzaron a hacer un hoyo. Varios minutos después un perfecto hoyo cuadrado estaba hecho y después de una ceremonia que duró toda la noche, llena de fogatas, comida, cerveza y vino robado, cánticos y plegarias, los Halflings enterraron a su líder al despuntar el alba, cuando el primer rayo de sol se asomo por lo alto de las montañas del Este, Aluder lanzó la primera palada de tierra hacia la caja en la cual estaba contenido el cuerpo de su líder y después los demás Halflings, incluso hasta Priccila lanzó una palada de tierra.

Mientras que ahora, Labju era el que gobernaba en Andagora y supervisaba la construcción de la muralla, la cual seguramente se llevaría más años aún. Los Halflings descansaban para después planear el ataque contra el reino de Farerin.

Pero en Farerin, siendo un poco de mañana, dentro del hermoso Palacio y lejos de percibir lo que había sucedido en la superficie la noche anterior, los líderes de *Los Territorios Mágicos* o *Zonas Espectrum*, como les llamaban los Humanos; se encontraban reunidos en una habitación enorme, de paredes blancas y enormes cortinas de seda roja que caían como cascadas al cubrir las dos entradas que tenía la habitación, en sus extremos, y que solo permitían verse pasillos blancos, del otro lado, ya que la habitación no tenia ventanas. Una gran alfombra tapizaba gran parte de la habitación o al menos la parte céntrica limitando se al chocar con los sofás grandes y hermosamente hechos de madera oscura y tapizados con terciopelo rojo, las paredes estaban adornadas con hermosos cuadros de reyes o princesas y castillos que parecían haber salido de la imaginación misma de las diosas y plasmadas con el simple mirar y la imaginación. En sí, no era una habitación hermosa pero el candelabro de oro que colgaba del techo y que tenía forma cónica lo hacía verse hermoso y más hermosos se veía gracias a la luz blanca que ardía en las velas blancas.

En esta habitación se encontraban seis líderes, sentados en los sofás de los lados, mirando hacia la cuadrada mesa de madera que estaba ocupada por una jarra de cristal llena de agua y un frutero lleno de frutas, de todo tipo, y seis vasos de cristal con la boca puesta sobre la mesa.

–¿Cuánto más tenemos que esperar? –replicó el jefe de los Enanos, Gorce. Un Enano gordo y robusto, con una barba tan larga que llegaba hasta su ombligo, sus labios se perdían entre el bigote y su barba, su cabello también era tan largo que llegaba a media espalda, sus ojos no eran muy grandes pero si la nariz. Vestía una camisa roja y un pantalón negro, botas que llegan hasta la mitad del chamorro, en esta ocasión no utiliza guantes, ni utilizaba el casco con enormes cuernos que lo distinguían de los demás Enanos, sino que utilizaba una sencilla corona de cuatro picos que adorna su cabeza–. ¡Ya tengo mucha hambre!

–Tranquilo –responde Rénot–. Vamos a esperar lo que tengamos que esperar.

–Si pero . . .

–Calma jefe Enano –lo interrumpió Gladier–. Por eso trajeron esta fruta, para que pueda calmar el hambre hasta que llegue el momento de comer –el Enano no replicó nada, solamente tomó una manzana y comenzó a devorarla, por su parte Gladier miró a Estirfu, quien estaba sentado a su lado.

–He escuchado en todos los problemas en los que se ha metido Andagora –comentó una hermosa mujer que vestía con un vestido de seda de color azul opaco y encima la cubría una túnica de lino de color azul fuerte. Era una mujer de tes rosa blanca, de mejillas coloradas y de cejas hermosas, labios rojos hermosos y ojos de color azul fuerte, su cabello era ondulado, castaño y excesivamente largo ya que llegaba hasta la mitad de sus piernas. Sus delicadas manos eran del mismo color que su rostro y estaban delicadamente adornadas con pulseras de oro, de uñas hermosamente cuidadas y cubiertas con barniz rojo. Sus pies no se podían ver ya que el vestido era tan largo que arrastraba y los cubría completamente pero por el sonido que había producido al llegar, parecía que traía zapatos de piso de seda con suela de cuero. Sus orejas no se veían ya que el cabello las cubría pero a diferencia de los Elfos, esta Ninfa era más parecida a los Humanos y adornaba sus orejas con sencillos aretes de zafiros–. Dicen que ha estado en conflictos todos estos días.

–Si –respondió Gladier –Andagora se ha vuelto un reino muy conflictivo.

–¡Son Humanos! –respondió otra mujer que al parecer era gemela de la otra pero esta tenia los labios un poco más gruesos y no los pintaba de ningún color, no adornaba sus muñecas con brazaletes pero si sus dedos con anillos que lucían esmeraldas, su vestido era largo y un poco más vistoso que el de la Ninfa, además de que el color que esta usaba era verde. Su vestido era escotado y sin mangas y se ajustaba al hermoso cuerpo del que era portadora esta Ondina. El cabello de ésta era rubio, en capas, era largo y llegaba hasta la cintura. Esta Ondina también adornaba sus orejas con aretes sencillos adornados con esmeraldas pero ella si los lucía ya que recogía su cabello, a tal que sus orejas se pudieran ver. Los ojos de esta mujer eran verse esmeralda y sobre ellos descansaban un par de hermosas cejas de un color café que tendía al rubio.

–¡Aún así no tienes que verlos con desprecio! –replicó otro, un hombre de estatura mediana y complexión delgada, sin barba ni bigote, su cabello era rizado y corto, vestía sencillamente, como si fuera un simple hombre de campo que se arregla para algún evento social de gran importancia–. ¿Crees que no lo noté?

–¿De que estas hablando? –le replicó la Ondina al Genio.

–¿Por qué odias a los Humanos? –la Ondina odiaba a los Humanos y sentía una gran repulsión hacia ellos, pero nunca dijo la razón y siempre que le preguntaban lo mismo, ella se mantenía callada y su decisión era infranqueable. Por más que le preguntaran no contestaba y si llegaran a torturarla prefería mantenerse callada o gritar de dolor pero nunca revelar el secreto que desde hacia siglos acechaba su cabeza y todo su ser . . .

Desde que ella llegó a ser la líder de las Ondinas, hacía ya siglos, siempre había mostrado un afán de odio hacia los Humanos ya que dentro de sí tenia un secreto que nadie de su clan conocía ya que nadie lo había presenciado. Antes, ella era una Ondina tranquila, joven y hermosa. No tenia más de cinco décadas de haber pisado por primera vez la tierra que ahora conocía muy bien y a los ojos de los Humanos parecía una hermosa joven de 16 años, como toda Ondina, le gustaba caminar por el bosque e incluso viajar grandes distancias por los pasos mágicos del sur y del norte hasta llegar a Farerin o Genzor o a Neferin. El caso es que en sus andandas conoció a Neiredy, una Hada con la cual no tuvo una buena relación inicial, se tenían odio, tanto que se atacaban con todo lo que tenían cada vez que se veían pero Neiredy, siendo una Hada; siempre llevaba la delantera. Aunque hubo una que otra vez que HIDERY lograba vencer a la que ella consideraba su Némesis. Pero con el paso de los años Neiredy se cansó de esta rivalidad y habló con Hidery y terminaron haciendo las pases y se volvieron muy amigas. Tanto, que en algunas ocasiones se pasaban años vagando por todo Fanderalm e incluso Hidery acompañaba a Neiredy cuando entraba a algún pueblo de algún reino y platicaban con jóvenes. Hidery notó como su amiga Hada jugaba con los sentimientos de los Humanos, cosa que la Ondina veía con malos ojos, pero después de una larga plática, Neiredy le dio una explicación razonable a sus actos y también le dio una lección muy importante.

"–Hazlos creer que los amas pero no te enamores de ellos . . . ya que los Humanos no enfocan sus sentimientos . . . en vez de eso los reparten con toda mujer bonita que encuentran–".

Fue una lección que Neiredy había obtenido gracias a la amistad con muchas mujeres Humanas, fue una lección que Hidery no tomó en cuenta y se enamoró de un gran general, un hombre alto, guapo y de un buen porte, un hombre al cual esta Ondina le entregó todo; su cuerpo, su alma y su corazón . . . Pero éste hombre la olvidó algunos días después de que se casó con la hija del rey de Utopir . . . Hidery sufrió mucho al ver el coraje y el desprecio en la cara de aquel hombre que ahora la rechazaba. Por su parte, Neiredy no pudo hacer otra cosa más que vengar el dolor de su amiga y usando su habilidad de Hada y faltando a las leyes que la regían; hizo arder la casa de éste hombre, calcinando a todos los que había dentro. Pero ese fue un secreto que tanto la Hada como la Ondina se guardaron . . . pero el sufrimiento de la última se convirtió en odio, un odio que permaneció por siempre . . .

El Geniecillo seguía preguntando a la Ondina acerca de su odio hacia los Humanos cuando una Hada, que vestía una túnica roja, se acercó a ellos. En sus brazos cargaba a un bebé, al cual cubría con una manta roja. Al ver que la Hada atravesaba la cortina roja, todos se pusieron de pie y cuando la Hada se detuvo en el límite de la alfombra, todos se acercaron a ella y la Hada descubrió la cara del bebé.

–En un hombre –dijo la Hada y todos volvieron la mirada viendo tanto a la Hada como entre ellos mismos–. La reina Hada Neiredy . . . les presenta a su heredero . . . Vaudor . . .

El Dormir De Las Hadas

Hacia ya tres meses desde aquel suceso en el cual Zarnik había muerto. Ahora Aluder era el nuevo líder del clan Halfling aunque para muchos no fuera bien visto esto, ya que Aluder seguía las viejas enseñanzas que esta raza guerrera había seguido desde que salieron de Zelfor hacia años atrás. Y eso era respetar la palabra dada y es que Aluder había hecho una promesa a Zarnik y esa era el cuidar de Lanik y educarlo para que fuera un buen líder para el clan. Priccila por su parte había aceptado quedarse con los Halflings ya que Aluder se lo había pedido y además de que Priccila había cuidado la salud de aquellos que habían sido gravemente heridos. Esto hizo que se ganara el respeto de algunos Halflings, la estima de otro e incluso el odio de algunos.

Por su parte, los Humanos seguían sin tener ninguna complicación ni ningún encuentro con sus rivales del bosque así que continuaban la construcción muy tranquilamente y formaban un nuevo régimen de gobierno, en el cual se omitieron los reyes y se optó por tomar una forma de gobierno militar del cual, Labju decidió, por su cuenta, no ser él el gobernante; él prefería que otro tomara su puesto ya que decía que no se sentía con la capacidad de gobernar. Así que, éste lugar de gobernante lo ocupó el segundo al mando después de Labju y éste ocupó el lugar del primero; aún así, se seguía respetando la opinión de Labju y se seguía respetando como si él fuera el gobernante, incluso, algunas ocasiones, el que ahora era el nuevo gobernante se sobajó al nivel de Labju para pedir su consejo.

Era la media noche y en su guarida, los Halflings, se reunían alrededor de los maderos y de la fogata que ardía dentro, la cual opacaba poco el frío que entraba del exterior pero no el ruido de la cascada. Los Halflings habían sanado completamente y ya estaban listos para seguir la última orden bélica que harían antes de que llegara la estación fría. Aluder ahora se sentaba en el mismo lugar donde Zarnik lo hacía y Priccila ocupaba el viejo lugar de Aluder.

–Solo haremos una última cosa –decía Aluder al verlos ya reunidos a todos.

–¿De qué hablas Aluder? –cuestionó un Halfling, al parecer el único Halfling que tenía el valor de cuestionarlo pues los demás no tenían ese valor, ya sea por miedo o por respeto o porque simplemente no conocían el plan que Aluder tenia en mente.

–Lo ultimo que Zarnik quería hacer, después de que ganara la batalla de Andagora, era ver morir a la traidora de Neiredy . . . –Aluder guardó silencio, respiró profundo y después prosiguió– Y como le prometimos a Priccila, le daremos una Hada. Por eso ella usará a los Jinetes para entrar y lograr su cometido y el de nosotros.

–¿Quieres que entremos a Farerin? –volvió a cuestionar el Halfling llamado Ragt.

–No, nosotros solo veremos y detendremos a cualquier Hada que intente salir, sabemos que no podemos matarlas pero si las golpeamos fuerte podemos hacer que pierdan el sentido. Además tenemos que ver que Neiredy muera . . .

–¿Y después qué Aluder? –volvió a interrumpir el mismo Halfling y, esta vez, Aluder lanzó una mirada fría hacia él.

–¡Después, Ragt! –dijo con tono de coraje y desesperación–. Desapareceremos por un largo tiempo. Hasta que Lanik pueda guiarnos a la conquista del mundo.

–¿Por qué no lo haces tú? –le preguntó Priccila–. Yo podría hacer que los Henxo les ayuden.

–¡No puedo Priccila! –Aluder miró a la Bruja y le habló en un tono algo fuerte.

–¿Por qué? –preguntó la Bruja retando la mirada de Aluder.

–Le hice una promesa a Zarnik y cuidaré de Lanik hasta que él pueda guiarnos.

–¿Por qué . . . ? –dijo uno de los Halflings que estaba de pie frente a Aluder– Por qué no . . . –dejó de mirar a Aluder y vió a los demás– Solamente matamos a Lanik y tú nos guías . . . además, Zarnik ya está muerto.

–¡Olvídalo! –dijo Aluder poniéndose de pie y señalando al Halfling, el cual se volvió hacia su líder–. Le debo la vida y no le fallaré . . . –después señaló a los demás– Si alguno de ustedes se opone a lo que yo diga, puede largarse o enfrentarme para ocupar mi lugar.

–Crees que te tenemos miedo –dijo el hombre que había estado frente a Aluder e intentó empuñar su espada, pero fue más lo que tardó en llevar su mano a la empuñadura que el tiempo que utilizó Aluder para clavar un puñal en el vientre del Halfling rebelde.

–No eres rival para mí –le dijo en voz alta y después retiró el puñal y con su brazo derecho lo arrojó contra los demás, los cuales lo tomaron antes de que cayera al suelo–. ¡Ninguno de ustedes es rival para mí. Ahora quiero que maten a este maldito, por traición. Y se hará lo que yo diga.

–¿Cuándo Atacaremos? –preguntó otro ya con un tono más bajo y sin volver la vista hacia Aluder.

–Dentro de dos noches. Ahora traigan algo para cenar –el Halfling se puso de pie e hizo reverencia, al igual que todos los demás.

–Si señor –dijo el Halfling y salio tras la multitud de Halflings que se movían, ya fuese hacia dentro de la cueva o hacia el exterior de la misma.

Aluder volvió a sentarse a un lado de Priccila y comenzó a limpiar su cuchillo con un pañuelo rojo que sacó de debajo del brazalete de cuero de su mano derecha. Priccila se movió y se sentó en el suelo frente a él, percibiendo el calor de la fogata en su espalda. Y al presenciar la sombra que proyectaba Priccila sobre él.

–¿Qué necesitas?

–No es necesario que desquites tu odio en contra de ellos.

–¿De qué hablas? –Aluder levantó la vista y miró seriamente a Priccila.

–Yo también siento mucho la muerte de Zarnik . . . –Aluder bajó la mirada para no ver a la Bruja–. Pero hagas lo que hagas, ya no lo traerás de la muerte. Debes aceptar su muerte –Priccila se acercó a él y le besó los labios y después se alejó. Se puso de pie y caminó hacia la salida.

–¡Priccila . . . ! –ella no le contestó, simplemente detuvo sus pasos frente a la cascada, viendo la oscuridad tras el caer de las frías aguas transparentes. Aluder se puso de pie y se acercó a la Bruja, a paso lento, y se detuvo tras ella; en ese momento, sus labios se trababan y su saliva parecía atorarse en su garganta, su respiración parecía entre cortada y el nerviosismo lo invadió completamente haciéndolo sudar. Pero Priccila no se había dado cuenta de eso y se adelantó a las palabras de Aluder.

–Tú también a mí Aluder –pero Aluder no entendió muy bien lo que la joven Bruja le quiso decir y se animó a hablar.

–Priccila yo . . . –el nerviosismo lo invadía más y su nerviosismo aumentó aún más su fuerza– Te había estado vigilando desde hacía tiempo. Sé todo de ti, sé dónde vives y lo que hacías en la orilla del lago . . . desde antes de que vinieras frente a Zarnik.

–Lo sé –Priccila se volvió hacia él–. Me di cuente de lo que hacías . . .

–El caso es que me gustas –Aluder no soportó más la presión y explotó–, me atraes . . . – guardó silencio y la Bruja le tomó una mano y la apretó entre sus dos delicadas manos.

–Tú también a mí Aluder –el Halfling bajó la mirada, cosa que desconcertó a Priccila, pero ella solo se sonrió y buscó la mirada del Halfling para hablarle tiernamente–. ¡Un Halfling nunca baja la mirada!

–Ese es solo en el orgullo que hay de un Halfling a otro . . . esto es muy diferente. Tú no eres un Halfling y no eres hombre . . . alcontrario, eres una mujer hermosa.

–Soy muy joven Aluder.

–Para lo que sentimos no hay edades.

–No Aluder . . . tú me amas pero yo no te amo. Solo te tengo cariño y podría permitirte besarme y te podría usar, pero mi cariño no pasaría de eso. Nunca llegaría a amarte.

–¿Por qué? –preguntó Aluder un poco intranquilo–. ¿Por qué a mi no puedes amarme y a Zarnik si lo llegaste a amar?

–¡No me preguntes eso Aluder! –Priccila bajó la mirada.

–¿Por qué? –Aluder levantó suavemente la mirada de la Bruja.

–No lo sé –Priccila se movió bruscamente liberándose de la mano de Aluder y volvió a bajar la mirada–. Es algo que siento dentro de mí . . . no puedo explicártelo . . .

–Priccila . . .

–No Aluder . . . –Priccila levantó la mirada llorosa pero con el ceño fruncido– No quiero herirte. No quiero herirme . . . no quiero que vuelvas a decirme nada al respecto y . . . –las cejas de la Bruja volvieron a mostrar tristeza– Solo quiero que seamos amigos y si es posible. Seria mejor que después de que mate a Neiredy, no volvamos a vernos.

–¿Qué dices? –Aluder no daba crédito a lo que escuchaba de la boca de aquella Bruja a la cual él amaba en demasía. La amaba tanto que si ella le hubiera dicho que se quitara la vida lo hubiera hecho.

–Ya lo has oído. Aluder . . . no puedo ser nada tuyo. Ni siquiera tu amiga . . . –Aluder no quiso decir nada mas y viendo a Priccila con ojos serenos, oscuros y profundos se alejó bajando las escaleras de piedra y después caminó al interior del bosque donde iba y desquitaba todo su sentir, ya fuera odio o tristeza, siempre iba al bosque donde nadie sabia lo que hacía pero tardaba mucho tiempo y cuando regresaba, volvía con un nuevo humor. Por su parte, Priccila se alejó de la entrada dirigiéndose hacia el interior de la cueva pero un Halfling, que procedía del interior, caminando sin antorcha alguna y rodeado de sombras llegó hasta la Bruja; donde ya lo aluzaba el fuego de la fogata. Miró fríamente a Priccila

–¿Cuándo se irá?

–En cuanto pueda obtener lo que me prometieron.

–Ese trato no es valido. Además, Usted ya tiene a los Henxo, ¿Para qué nos necesita?

–Bueno, aún no me dan a la Hada que me prometieron y aún no mato a Neiredy. O prefieres que hablemos esto con Aluder –el sujeto la miró furioso y al verse impotente, siguió su camino mientras que Priccila entraba al interior de la cueva para dirigirse al apartado de Lanik, cuando a su camino se encontró a los Henxo.

–¿Ese sujeto la molesta? –Priccila se volvió y miró al hombre que lentamente bajaba las escaleras de piedra.

–Un poco –al oír eso, uno de lo Henxo preparó una flecha en su arco pero fue detenido por la Bruja–. Espera. Aún no. En la batalla de Farerin . . . a fin de cuentas, en un encuentro bélico siempre salen flechas perdidas.

Casi al mismo tiempo, cuando Aluder iniciaba la platica con Priccila. En el reino de Farerin. Hidery, la Ondina, había permanecido más tiempo en el reino de las Hadas y aunque ya había pasado mucho tiempo que todos se habían ido, Hidery se había quedado pues ya tenía mucho tiempo de que no veía a su amiga y el tiempo que usaban para conversar, hacer cosas que para ellas eran divertidas y para recordar viejos tiempos, no les era suficiente. Esa noche, como todas desde hacia tres meses, Hidery vestía una bata de dormir de lino de color verde opaco y Neiredy vestía otra igual pero de color rojo. Se encontraban en la habitación de Neiredy. La cual era muy grande pero no tenía muy bonita decoración. La cama, la cual era enorme y estaba rodeada por una cortina que servia para mantener fuera de la vista lo que pasaba dentro, estaba recubierta con sabanas y colchas tejidas finamente con telas rojas y de oro que representaban imágenes de rosas. La base de la cama era de madera de cedro cortado del mismo bosque de Farerin. La cama estaba en el centro de la habitación, pegada a la pared izquierda, orientada respecto a la puerta; y en la pared frente a la puerta se encontraba un gran ventanal con cristales que ocupaba gran parte de la pared y que daba vista hacia el bosque, las montañas, la parte trasera del Palacio y todo lo que había en la base del Palacio. La habitación estaba bajo la plataforma, base, de la torre blanca donde se encontraban las Hadas Espíritu. Frente a éste gran ventanal se encontraba la cuna de Vaudor, una cuna hecha de madera, finamente tallada y pintada de blanco con cobijas para el bebé de color rojo y un velo de seda roja que la cubría completamente. Frente a la cama se encontraba una mesita que se encontraba de sustento para un espejo rectangular recostado en la pared, la mesita estaba cubierta por un mantel de color rojo que cubría completamente la madera y sobre la mesa se encontraban las joyas que adornaban a Hidery, un peine de oro y varias cajitas de oro que contenían diferentes cosas, desde pinta labios hasta joyas de oro con adornos de rubíes, adornos que Neiredy raramente utilizaba ya que a ella no le gustaba el color rojo, color que representaba a las Hadas. Ella prefería el color verde ya que decía que le combinaba mejor con su piel blanca, su cabello rojo natural y sus verdes ojos. Pero ahora vestía de rojo por fuerza de voluntad.

Esa noche, Hidery y Neiredy, se encontraban sentadas en la cama, riendo, platicando y recordando viejos tiempos. Cuando, de momento, Vaudor las interrumpió con su llanto.

–Discúlpame –le dijo Neiredy, a Hidery, dejando de reír y colocando un pie en el suelo y moviendo a un lado el velo salió de la cama pisando con los pies descalzos ya que el suelo estaba tapizado con una alfombra roja. Hidery la siguió y se detuvo fuera de la cama al ver como Neiredy cargaba a su hijo en brazos, le sonreía y le hacia alguno que otro gesto para que se riera, cosa que la Hada lograba fácilmente.

–¿Cómo puedes soportarlo Edy? –preguntó Hidery sarcásticamente a Neiredy.

–No es muy difícil Hi. –Hi. era la forma como Neiredy le llamaba a Hiredy, al igual que la Ondina llamaba a Neiredy como Edy.–, solo recuerdo que es parte de mi y que yo amaba a su padre.

–¡Un Humano!

–¡Si Hi., un Humano es padre de mi hijo . . . un Humano muerto! –Neiredy levantó la mirada hacia su amiga.

–¿Cómo fue posible eso, qué no recordaste lo que me hicieron? –Hidery se acercó a la Hada.

–Eso pasó hace años Hi., aquel hombre pagó por culpa tuya . . . yo te advertí lo que los hombres podían hacerte y tú no me escuchaste.

–¿Y qué me dices de ti? Te enamoraste de un Humano que estaba casado, tenía una hija apunto de haberse casado, una hija muerta que fue reina, un bebé que aún no nacía, un pasado negro, dos hermanos que lo odiaban y sin olvidar la ambición que lo llevó a ser un rey –Neiredy le sonrió y con una seña le dijo que hablara un poco más bajo ya que Vaudor se estaba quedando dormido.

–Lo sé. Pero al igual que tú, cuando te enamoraste de aquel hombre. ¿Recuerdas lo que sentías? Eso me pasó a mí. Pero por mala fortuna tuvo que suceder esto.

–¿Por qué él? Tenías a tus pies a Zarnik, él te amaba y no decir de lo que Gladier siente por ti, ese Elfo se muere porque le hagas caso.

–Sé bien lo que siente Gladier por mí pero por el puesto que lleva sobre sus hombros no sería una buena pareja y aunque pudiera defenderme de mi destino, dudo mucho que pueda hacerlo en los tiempos de guerra que se avecinan, a demás de que él no ha hecho mucho por conquistarme. Y realmente, yo no tenia ninguna duda de lo que Zarnik sentía por mi pero él mismo fue el que decidió que lo nuestro terminara . . . –Neiredy dejó a su hijo recostado en la cuna y levemente volvió a colocar el velo, después caminó hacia la cama y volvió a entrar siendo seguida por Hider– Yo si estaba enamorada de él y me dolió que lo nuestro terminara. A ese hombre pude haberle entregado todo, mi reino, mi espíritu y mi cuerpo, ya que aunque parecía un hombre malo, su corazón estaba lleno de amor y compasión. Él odiaba matar y no gustaba de ver sufrir a nadie . . . –Neiredy guardó silencio pero su amiga Ondina no dijo nada, esto la orilló a proseguir– Yo sé muy bien que aquello que sucedió pude haberlo evitado. Pero yo no quería evitar nada, solo una conversación me bastó para ver el corazón adolorido y arrepentido de Neodor, y en las conversaciones consecuentes, él me mostró lo que nunca un Humano había hecho. No lo puedo explicar con palabras pero es algo que siento aquí –Neiredy entrelazó sus manos y las llevó hacia su pecho–. Me hizo enamorarme de él, más que ninguno de los otros, incluso más que Zarnik . . . ¡Hi., llegue a amarlo demasiado y desde aquel momento juré que haría todo por él!

–¡Pero ahora arriesgas hasta tu vida! –Neiredy bajó sus manos y deslizó pacíficamente los dedos, de la mano derecha, en el velo de la cama.

–Lo sé. Yo sabia que si permitía que Neodor me hiciera lo que me hizo pasaría todo lo que pasó. Zarnik lo atacaría, ciego de celos, y conociendo a Zarnik no se rendiría hasta ver a Neodor muerto.

–¡Pero Neodor estaba maldito! Al invocar a Angur atrajo la maldición hacia él y hacia su familia –le dijo fríamente la Ondina a Neiredy, quien no sonrió, solo bajó la mirada.

–Eso no es cierto. Lo que Angur hacia por Neodor era prevenirlo de lo que realmente debía de hacer y de lo que no debía. Angur, a pesar de lo malvado que puede ser, respeta los pactos hechos con El y nunca hiere a sus hijos, como El les llama.

–¿Entonces?

–Neodor . . . él no estaba maldito . . . –el semblante de la Hada se vió triste nuevamente frente a los ojos de su amiga– Yo soy la que tengo la maldición. La Bruja que encontré aquel día me maldijo y con ello maldijo a todos a los que llegué a amar . . . Gracias a esa maldición Neodor perdió a su familia y después se suicido, Y gracias a esa maldición murió Zarnik, Neodor lo asesinó hace poco y ahora vendrá a buscarme bajo los influjos de alguien más –la Ondina no quedó satisfecha con las respuestas y volvió a atacar a Neiredy en otro punto más sensible.

–¿Por qué permitiste lo que te hizo? –la Hada quedó con las manos escondidas entre la ropa y sus piernas, con la mirada baja y el corazón lleno de una tristeza, raro en las Hadas.

–Yo estaba dispuesta a entregarme a él en el momento que fuera, pero aquella noche, por mi mente no paso que él fuera a verme. Me tomo por sorpresa y realmente nunca pensé que fuese a ser como fue. Yo me lo imaginaba un poco más dulce pero en ese instante él . . . no era el mismo, parecía otra persona. Pero no me importó y permití que lo hiciera. ¿Creo que tú puedes entender eso mejor que nadie Hi., ya que antes estuviste enamorada de la misma forma en que estoy ahora y también te entregaste a aquel hombre por el amor que le tenías? –estas palabras bastaron para que Hidery entendiera mucho de lo que para ella era un misterio y el hacerle recordar el error de ella, era una muy buena arma con la cual Neiredy la dejaba desarmada. Así que ya no hizo pregunta alguna del por qué un Humano, sino que ahora se basó en lo que pasaría después.

–¿Y ahora qué? ¿Qué pasará después?

–Tú te iras mañana y no regresaras nunca a buscarme. Yo estaré bien, Neodor vendrá a buscarme y no creo pasar de esa noche, pero mi hijo si sobrevivirá.

–¿Por qué no me lo llevo? Si dices que no sobrevivirás cuando Neodor venga por ti. Yo puedo cuidar de Vaudor y . . .

–No Hidery, no puedo dártelo . . . –la vista de la Hada se centró en los ojos de su amiga Ondina– No es que no confíe en ti pero, en Andagora hay una familia. La que me ayudó a recuperarme. Esa familia no ha tenido hijos, la mujer no puede tener hijos y quiero bendecirlos . . .

–¿Se lo darás a los débiles Humanos?

–Tú eres la única que sabrá donde estará Vaudor. Por favor júrame que no se lo dirás a nadie –Neiredy aferró las manos de su amiga con sus dos manos y la hizo jurar que no le diría a nadie.

El amanecer llegaba a Fanderalm, ya la luz roja comenzaba a bañar a las montañas nevadas de la cordillera Sur y poco a la lejana Montaña Drackonis, en donde la luz tomaba un matiz anaranjado rojizo. Y los bosques comenzaban a cambiar la fría sombra de la noche por la tibia luz del sol naciente. La luz comenzaba a dar luz a las chozas de los reinos y a los Palacios y Castillos y comenzaba a dar calor, un calor que los centinelas de cualquier reino aceptaban gustosos después de haber permanecido la noche con su fría armadura encima. Las antorchas de cualquier reino ya comenzaban a apagarse y comenzaba a verse movimiento en todas partes; en los bosques, los lobos, osos, pumas ya salían de sus madrigueras para estirarse y comenzar la búsqueda de su alimento mientras que uno que otro animal se acercaba a la orilla de algún río ya para beber del agua fresca y ducharse en ella y comenzar, después, a buscar su comida. Los Humanos daban la bienvenida al sol y le ofrecían un poco de los alimentos que consumían y después partían a sus respectivos oficios y en Andagora no era distinto, la gran mayoría de los hombres se preparaban para seguir la construcción de la muralla mientras que las mujeres sacaban a pastar a sus ovejas o limpiaban los lugares donde guardaban su ganado o simplemente se retiraban hacia los campos, donde eran vigilados por la guardia Andagoriana. Pero mientras todo esto sucedía en el mundo, Aluder regresaba a la cueva, lugar donde el sol aún no llegaba pero los Halflings ya sentían su presencia.

El caminar de Aluder fue detenido por Priccila quien se marchaba, caminaba tranquilamente hacia el bosque cargando únicamente con su sombrero para protegerse del rocío que pudiera caerle encima o por si el sol lograba alcanzarla antes de llegar a su choza, mientras que uno de sus jinetes cargaba con el libro.

–¿Te vas? –preguntó Aluder deteniéndola.

–Si –se detuvo y señalando hacia el interior de la cueva–. Ahí hay personas que no quieren que me quede. Lanik está bien, dejé una barrera que durará todo el día o hasta que se diga la palabra secreta.

–A ellos no debe importarles si te quedas o no.

–Pero a mi si. Prefiero irme de una buena vez antes de causar problemas.

–Pero . . . ¿A dónde iras?

–A mi casa. Pero no te preocupes, llegaré a la hora para atacar Farerin mañana en la noche –Priccila siguió caminando y Aluder la siguió hasta que llegó a su choza, la cual no había cambiado nada. Pero a diferencia de Zarnik, Aluder no entró a la choza, solo se despidió de la Bruja con un adiós lejano y se alejó lo mas rápido que pudo mientras que Priccila entraba a su choza y comenzaba a mover papeles y libros apilándolos sobre la mesa pero de momento algo pasó y Priccila derramó todos los libros bruscamente sobre el piso y sentándose en una silla se puso a llorar con su cara cubierta entre sus brazos cruzados y recargados sobre la madera de la mesa. Los jinetes solo se limitaron a permanecer quietos viendo a la Bruja.

El día había llegado. La noche reinaba después de que su hermano sol le permitiera adueñarse de la tierra de Fanderalm. Los animales ya habían dejado de hacer sus actividades diarias y se marchaban a dormir. De la misma forma lo hacían los Humanos. El cielo estaba despejado y la luna llena reinaba junto con sus amigas las estrellas, el frío se hacia presente y también las sombras, el viento era casi nulo pero en el aire cerca del Lago Gorgan se sentí una aura maligna y parecía que demonios salían de entre las sombras y se posicionaban frente a la orilla que veía hacia el poblado de Ceron. Un lugar que parecía la orilla de la playa pero cubierta de tierra en vez de arena. Estas sombras que se habían movido eran los Halflings, quienes esperaban ansiosos la llegada de Priccila, la cual ya venia tranquilamente en camino, trotando junto con sus jinetes. Las aguas del Lago se movían poco y con el pasar de las horas, la tensión entre todos los Halflings crecía y la desesperación no se quedaba atrás. Pero en Farerin, la única que sufría la desesperación y el peso de las horas era Neiredy, la reina Hada que no soportó el destino que había elegido y lloraba, sentada en el trono de reina, oculta tras la puerta cerrada de la cámara del trono real.

Priccila, por fin llegó a la misma orilla a la que los Halflings habían llegado, y colocándose frente a la orilla del lago, nuevamente extendió sus brazos e hizo que las aguas se abrieran mostrando nuevamente el reino de Farerin y nuevamente sobresalió el Palacio Farnein.

–Es todo suyo –dos de los Jinetes caminaron hacia el Palacio pisando la tierra mojada pero el otro Jinete quedó junto a Priccila.

–Nos rodean . . . están detrás nuestro. Ocultos en el bosque.

–¿Quién?

–Los Halflings. Nos encargamos primero de ellos.

–No. Nuestro principal objetivo es Farerin y la Hada Neiredy.

–Bien –el Jinete se alejó de Priccila y se acercó hacia sus compañeros, los cuales no habían avanzado ni un paso más–. ¿Qué sucede?

–No podremos cruzar –el jinete golpeo levemente con su espada y un rayo que recorrió la punta del sable, procedente de una barrera invisible, se hizo presente junto con una que otra chispa–. Hay una barrera.

–Con o sin barrera vamos a entrar.

–¿Cómo? –el Henxo desenfundó su sable y los demás se apartaron.

–A la fuerza –elevando el sable al cielo, el Henxo, lo clavó en la barrera penetrando levemente únicamente la punta del negro acero, pero el Henxo cayó de rodillas al sentir la furia de la barrera cuando varios rayos comenzaron a recorrer su cuerpo. El Jinete sintió que sus fuerzas abandonaban su cuerpo cuando escucho las palabras de la Bruja que le decían que si no podía mejor se retirara, eso hizo que el Henxo se pusiera de pie nuevamente y clavara más su espada en la barrera, de momento, la barrera comenzó a separarse poco a poco al mismo tiempo que en el torre del Palacio Farnein, una de las cinco Hadas Espirituales se sintió débil y cayó de rodillas soltando la mano de sus compañeras. Al tiempo que las cinco manos se soltaron, el brillo de la torre del Palacio desapareció y la barrera mostró una brecha que mostraba sus limitaciones con una luminosidad roja. El Henxo se incorporó y miró a sus otros compañeros, parecía fatigado ya que sus hombros se movían como si inhalara grandes bocanadas de aire, pero esto no tenia sentido ya que los Henxo no necesitaban aire ni alimento para vivir.

–Les dije que entraríamos. Ahora debemos matar a la Hada Neiredy y capturar a todas aquellas que podamos, pero si oponen resistencia debemos matarlas . . . Vamos –los Henxo entraron por la brecha y dejaron atrás la tierra lodosa de la orilla y pisaron el pasto verde y frondoso que cubría todo el reino de Farerin; pero sus pasos fueron detenidos por un grupo de unas 20 Hadas que vestían sencillamente, unas botas blancas de piso, una falda roja corta que cubría hasta un poco más arriba de la rodilla, una camisa roja de lana de manga larga, con cuello blanco, sobre la camisa las cubría una cota de plata que daba protección a su pecho. Esa era la única armadura que portaban las Hadas guardianes del reino de Farerin, y su arma era un sable de hoja delgada, ligero y fino, perfecto para que una mujer lo utilizara sin tener que levantar mucho peso ya que estaba hecho de un material creado por los Enanos y los Duendes desde hacia milenios.

–Les advertimos extraños –les dijo la comandante de la guarnición, una Hada que se diferenciaba de las demás porque ella portaba brazales de plata en sus manos con un rubíes rombicos en el centro–, es mejor que se alejen o nos veremos forzadas a eliminarlos. Se encuentran en una zona prohibida –las espadas de los Henxo se oscurecieron y se transformaron en arcos y sin proferir palabra alguna, una flecha hizo que la cuerda se extendiera al máximo en el arco.

Las flechas pasaron rápidamente por el costado de la comandante Hada hiriendo solamente a una de ellas. La Hada más próxima a la herida revisó a su compañera y de su ropa notó que brotaba sangre la cual ahora manchaba su mano.

–¡Esto es imposible! –dijo la Hada preocupada y con un ligero rastro que un par de lagrimas dejaron al salir de sus ojos–. Menay ha fallecido.

–¿Qué dices? –preguntó la líder tratando de no creer lo que había escuchado pero la Hada le confirmó la noticia. Volvió su mirada hacia los Henxo, los cuales ya preparaban sus arcos, y dio varios pasos hacia ellos–. ¿Qué son Ustedes? –pero los Henxo permanecieron en silencio y volvieron a atacar pero en esta ocasión, las flechas se dividieron en cuatro cada una, logrando herir mortalmente a más Hadas. Las Hadas no esperaron más un nuevo ataque igual y se abalanzaron contra los Henxo. Por su parte, los jinetes rompieron con la serenidad que los había diferenciado de todos y se abalanzaron contra las Hadas empuñando sus sables. Al cruce de los sables, las Hadas no eran arrojadas lejos, como los Humanos, al choque de sus sables con los de los jinetes; cosa que realmente impresionó a los guerreros negros pero que no demostraron y se enfrentaron a sus contrincantes dando una demostración de gran habilidad y fuerza en la esgrima.

Aunque se tenía la creencia de que las Hadas eran las mejores esgrimistas del mundo, en esta ocasión, las guerreras se vieron grandemente superadas ante la fuerza y habilidad de los Henxo. La desesperación cayó sobre las Hada al ver que muchas de ellas morían sin poder dañar a sus enemigos así que varias de ellas comenzaron a utilizar sus habilidades, tanto mentales como físicas pero parecía que los jinetes leían sus mentes y supieran lo que tenían en mente; como le sucedió a una de ellas, la cual provocó una luz cegante para obtener algo de ventaja y atacar por sorpresa pero una flecha apareció de entre la luz para clavarse en el cuerpo de la guerrera y causarle la muerte. Y otra que se valió de su poder congelante para tomar la mano del jinete y envolverlo rápidamente en un bloque de hielo; al ver al jinete congelado se dio la espalda para alejarse y atacar a otro pero el jinete usó su fuerza y rompió el bloque de hielo y atacó con una lanza, a la Hada, por la espalda. La comandante de las Hadas se vió superada por solo tres guerreros excepcionales y ordenó la retirada.

–¡Retroceda! –decía mientras agitaba su mano y veía a sus Hadas pasar–. ¡Todas retrocedan! –las Hadas comenzaron a retroceder menos la comandante y sus dos generales, las cuales iban a intentar detener el lento avance de los Henxo, pero estos no se acercaron más a ellas, solo bajaron la guardia.

–Corran.

–¿Qué dices? –preguntó la comandante impresionada.

–Preferimos que corran.

–Pero si Ustedes prefieren morir luchando, eso es cosa suya. Ya que de esta noche no pasaran –las Hadas corrieron tras las demás mientras que los Henxo se veían los unos a los otros–. ¡Me gusta cuando corren!.

–Inicia la cacería –los Henxo levantaron en alto sus grandes lanzas de hierro negro.

–Estoy listo –los Henxo caminaron con paso lento y, de momento, frente a ellos aparecieron portales de fuego que parecían la entrada a cuevas angostas.

Las Hadas que habían corrido se quedaron sorprendidas cuando llegaron a la puerta del Palacio, pues los Henxo las esperaban con los brazos cruzados y con un porte que reflejaba orgullo y fortaleza. De momento, el lugar comenzó a oscurecerse y ni siquiera las antorchas de luz blanca brillante que se encontraban a los costados de la puerta pudieron dar luz, toda la luz del lugar fue consumida por una oscuridad tal que las Hadas no podían verse las unas a las otras, ni sus manos mismas. Aquella oscuridad fue llenada de gritos y quejidos por parte de las Hadas, las cuales cayeron una tras otras hasta que ya ninguna quedó en pie, entonces la luz volvió y la luz blanca de las antorchas volvió a iluminar la entrada mostrando un paraje callado y triste, lleno de cadáveres de hermosas mujeres que ahora pintaban su cuerpo blanco con la sangre que de ellas brotaba mientras que la puerta ya se encontraba abierta y ningún rastro de los Henxo.

En tanto, mientras que los Henxo avanzaban lentamente en busca de Neiredy, entrando a cualquier cuarto con el que se topaban y dañando a cuanta Hada se encontraban; en el salón del trono. Un lugar amplio con un trono sobre varios pedestales y lámparas brillosas en las esquinas y una gran alfombra roja que conectaba al trono con la puerta, era inundado por el ruido de la gran puerta de madera que era abierta por las centinelas Hadas dándole paso a una Hada que vestía con túnicas de seda y lino rojas. La puerta fue cerrada, por dentro, por la Hada que había entrado mientas que las Centinelas habían permanecido en la parte exterior.

–¡Escape mi señora! –le decía la Hada con preocupación mientras se arrojaba a los pies de Neiredy y señalaba la puerta.

–Lo sé y sé que vienes a decirme . . . –la Hada ya no dijo nada al quedar desconcertada por las palabras de su reina– No dejaré el Palacio, ni a mi reino –Neiredy se puso de pie y se arrodillo frente a la Hada y la tomó delicadamente del menton–. Ni a Ustedes.

–Nosotras estaremos bien, Usted debe salvar a Vaudor. Él nos salvará –la Hada se puso de pie y Neiredy también–. Nosotros estaremos bien al saber que él está lejos de peligro.

–No lo ent . . . –las palabras de Neiredy fueron interrumpidas por el ruido que causó el sable del jinete al partir el madero que trababa la puerta por dentro. Después la puerta se abrió de par en par y una Hada fue arrojada, hacia el interior, por uno de los jinetes mientras que los otros simplemente caminaban hacia la habitación deteniéndose cuando se encontraban en el centro de ésta. Al ver a Neiredy, los Henxo prepararon sus arcos y atacaron a Neiredy pero las flechas fueron desviadas por la espada de la guardiana personal de la reina.

–¡Escape señora! –le gritó la guardiana, Neiredy solo la miró con tristeza y corrió hacia la puerta que se encontraba a la izquierda del trono pero un Henxo apareció a un costado de ella atacándola con su sable pero la reina Hada se cubrió con otro sable hecho de oro y de la misma forma que los de las guardianas. Después colocó su mano frente al Henxo y éste fue arrojado con fuerza haciéndolo impactarse contra la pared. Neiredy tomó la percha de la puerta y entró a la habitación contigua donde únicamente se encontraba la cuna de Vaudor, rápidamente alejó el velo y tomó a su hijo y salió por la puerta que estaba de frente a la que había utilizado para entrar. Los Henxo miraban hacia la pared, pudiendo ver a través de ella, mientras en sus manos tenían a la Hada guardiana, tomada por el cuello.

–Va hacia Andagora.

Al poco tiempo, los Henxo volvían con su señora, dejando caer a sus pies a la comandante, las generales y a la Hada guardiana de la reina.

–¿Mataron a Neiredy? –preguntó Priccila al tiempo que las aguas del lago se cerraban.

–No, se escapo, pero va hacia Andagora. Podremos alcanzarla –Priccila iba a recriminar a los Jinetes cuando desvió su mirada y miró las Hadas–. ¡Bien!. –dijo Priccila cambiando de actitud repentinamente, ahora parecía que sus ojos brillaban y una ambición la invadía–. ¡Me trajeron Hadas! –Priccila habló en voz baja, invocando un conjuro y lentamente se acercó a las Hadas para colocar su mano en la frente de ellas haciéndolas desaparecer, después de que un resplandor rojo apareciera alrededor de ellas; una por una fue consumida mientras que Priccila parecía crecer y madurar por cada Hada que consumía. Cuando consumió a la última, una flecha fue tomada en el aire, por un Jinete, antes de que esta tocara a Priccila.

–¡Ataquen ahora! –se escuchó una voz procedente de entre la espesura, y las sombras, que ordenaba a los Halflings atacar, los cuales salieron al encuentro de los Jinetes quienes no empuñaron sus espadas, ni permanecieron de pie sino que corrieron hacia los Halflings, los cuales a pesar de ser más, eran menos fuertes y fácilmente recibían los golpes de sus contrincantes, los golpes eran brutales y con una fuerza enorme pero no causaban daño que les pudiera causar la muerte, sino que eran golpes que los dejaban muy adoloridos y fuera de combate al instante. Por esta razón no pasó mucho tiempo para que los Henxo dejaran un gran número de Halflings heridos en la orilla del lago.

–Vamos por Neiredy –los corceles de los Jinetes aparecieron de entre la profundidad de la sombra y la noche para que sus dueños los montaran. Después, los Henxo se alejaron llevando a Priccila con ellos mientras que las aguas del Lago se separaban formando una estrecha brecha y del interior, salían cautelosamente algunas Hadas, las Hadas que se habían ocultado dentro de sus casas cuando los Henxo habían entrado.

Al ver que los Jinetes no se encontraban, una de las Hadas salió y se acercó al más próximo de los Halflings, se arrodilló frente a él y colocándole su mano en el costado derecho; una luz azul brilló y sanó la herida del Halfling, el cual, al ya no sentir dolor, se sentó nuevamente mirando a la Hada cubriéndose un poco, con la mano, el destello cegante de la luz proveniente del reino de Farerin

–Gracias.

–¿Por qué lo hicieron? ¿Por qué Ustedes arriesgaron la vida por nosotras?

–Por ordenes de nuestro jefe, Aluder . . . Aluder –le gritó el Halfling pero nadie le respondió, se puso de pie y solo pudo ver a las Hadas recuperar a sus amigos–. ¡Aluder! –volvió a gritar, pero en esta ocasión con más fuerza y solo recibió miradas de desconcierto por parte de sus compañeros y uno que otro mover de hombros–. No pudo haberlo hecho . . . –se decía el Halfling al tiempo que bajaba la vista pensativa mirando la tierra– ¡Fue tras ellos . . . !

Por otra parte, Neiredy corría entre la espesura del bosque cuidándose las espaldas hasta que llegó a un lugar donde los árboles ya no continuaban, sino que frente a ella se encontraba un lugar despejado, donde solo el pasto y la tierra reinaban hasta antes de chocar contra el muro que los hombres habían construido, en esa parte, la muralla ya estaba casi terminada ya que aunque tuviera la entrada, faltaba la reja que la protegiera. Así que Neiredy tenía la entrada asegurada. Pero no se arriesgó sino que se detuvo cubriéndose tras un árbol, cubrió completamente a su hijo con el cobertor de lana, abrigándolo del frío viento del Este.

–¡Tú estarás bien Vaudor! ¡Crecerás fuerte y lleno de amor, pero tu momento ya está marcado! –Neiredy volvió su mirada hacia todos lados pero no encontró más que soledad y oscuridad, además de las sombras del bosque y la luz de la luna llena que iluminaba el prado frente a ella– ¡Te amo mi amor! –dijo Neiredy a su hijo mientras lo estrechaba a su pecho y demostraba el cariño que le tenia al sentir la caricia que le hacia a su hijo con la mejilla. Después lo cargó con sus dos brazos dejándolo un poco debajo de su pecho y tomado valor corrió hacia la entrada de Andagora.

–¿La elimino?

–No, hiérela, en el hombro –el Henxo lanzó una flecha, la cual se clavó en el hombro derecho de Neiredy quien al sentir el dolor se detuvo unos instantes, miró cómo de la punta de la flecha caían pequeñas gotas de su sangre, pero esto no le importó y volvió a correr. Priccila dejó de reír y volvió a ordenar–. Mátala –una nueva flecha salio del oscuro arco haciendo sonar la cuerda entre el silencioso bosque y la flecha partió el viento para clavarse en el pecho de Neiredy, a unos cuantos centímetros por encima de Vaudor, nuevamente Neiredy volvió a detenerse; bajó la mirada pero en esta ocasión cerró los ojos demostrando dolor–. ¡Está muerta! –dijo Priccila feliz.

Pero Neiredy no podía darse por vencida y levantó la mirada para ver lo cerca que estaba del pueblo, pero de momento su vista se nubló por las lagrimas y no se preocupó por el cobertor, manchado con sangre, ni de su falta de fuerza y volvió a reiniciar su camino, esta vez con menos fuerza. Con un movimiento de la mano de la Bruja, los Henxo tomaron la rienda de sus caballos e hicieron sonar los cascos de estos en todo ese campo abierto. Neiredy no volvió la mirada sino que aumentó la velocidad de sus pasos, pero de momento, sus pies le fallaron y cayó de rodillas. Pero esto no la vencería ya que su fuerza de voluntad era aún mas grande y se volvió a poner de pie pero los jinetes ya estaban muy cerca de ella así que se dio rápidamente la vuelta mirando a sus atacantes y extendió su mano derecha al tiempo que un par de enormes y hermosas alas emplumadas de blanco salieron de su espalda y un especie de campo trasparente se expandió de ella hacia el interior del bosque arrojando lejos a los jinetes e incluso a Priccila quien intentó poner un escudo alrededor de ella pero no le sirvió, el escudo transparente de Priccila cambió a un color verde opaco y desapareció, siendo de esta forma arrojada a unos cuantos metros. Tras esto, Neiredy quedó muy cansada y lentamente se volvió para caminar el último tramo que le quedaba. Pero los Jinetes no eran enemigos fáciles de vencer y nuevamente tomaron rienda a sus corceles pero para cuando llegaron a donde Neiredy, ésta ya había logrado pasar la puerta de piedra de Andagora, así que los Henxo permanecieron parados fuera, viendo como Neiredy se alejaba a paso muy lento de ellos.

–¿Qué sucede? –preguntó Priccila a los Jinetes mientras se acercaba a ellos muy enojada.

–No podemos entrar.

–¿Qué dices? –Priccila se detuvo frente al Henxo–. ¿Por qué no?

–En éste lugar, hay una ley que nos impide el paso a nosotros como *Seres del Bosque*.

–¿Qué estupideces dices? Ustedes están bajo mis leyes ahora. Y yo les digo que deben entrar.

–No, nosotros estábamos aquí bajo unas leyes, las cuales tú cambiaste en el momento en el que nos hiciste tus esclavos. Y las leyes del bosque dicen que no debemos quebrantar las leyes impuestas respecto a éste reino.

–¡Ahora entiendo! La esperaremos.

Momentos después, Neiredy salía del interior de Andagora, caminando lentamente pero sin las flechas que anteriormente habían traspasado su cuerpo. Aún así sus heridas seguían frescas y sangrando débilmente.

–¡Me doy por vencida! –dijo en voz alta y levantó las manos al cielo. Los Jinetes no hicieron esperar mucho y aparecieron por el costado izquierdo de la Hada para pasar a un lado de ella y tomarla de las manos para arrastrarla hasta el interior del bosque. La dejaron caer y Neiredy no opuso resistencia impactándose contra el suelo, los Jinetes descendieron de sus caballos y desenfundaron sus sables. Teniendo como únicos testigos a la noche y a la luna llena. Los Henxo terminaron con la vida de la reina Hada quien utilizó sus últimas fuerzas para hablar en voz baja sencillas palabras que los Henxo escucharon muy bien.

–¡I levo ut Vaudor, Neodor hinayno![35] –el semblante de Neiredy pareció lleno de paz y no sintió cuando los negros sables se clavaron en su pecho y apagaron las luces de sus ojos para siempre. Y una vez cumplida con su labor, los Henxo y Priccila montaron en los caballos y se alejaron desapareciendo en un portal de fuego.

El primero en acercarse al lugar fue Aluder, quien examinó un poco a Neiredy y vió lo hermosa que se veía bajo la luna llena, cosa que por un momento lo hizo verse como un asesino pero él ya no podía hacer nada mas que arrepentirse toda su vida. El Halfling se arrodilló aún costado de la Hada y después de rezar un poco su semblante demostró sufrimiento y un poco de llanto.

---

[35] "¡Te amo Vaudor, hijo de Neodor!"

–¡Perdón! –dijo el Halfling al tiempo que tragaba saliva–. No sabia lo tanto que amabas a tu hijo. No sabía lo tanto que amabas a Neodor . . . –Aluder se recostó sobre el cuerpo de la Hada para llorarle–. Hasta ahora lo entiendo . . . No sabía nada de ti y te envié a tus verdugos . . . yo estaba ciego y no vi tu corazón . . . hasta ahora . . . hasta ahora comprendo tu dolor . . .

En ese instante, Aluder fue interrumpido por un Halfling, quien le gritaba desde lejos pero Aluder no contestó y esperó la llegada de todos. Al estar frente a Aluder vieron que éste lloraba y al ver a su líder muerta, las Hadas comenzaron a llorar. Esa noche estuvo llena de tristeza y dolor para todas las Hadas y para alguno que otro Halfling, principalmente para Aluder.

La noche había desparecido, el frío comenzaba a desaparecer con los rayos del sol que ahora iluminaban gran parte de Fanderalm. Un nuevo aire parecía aparecer de todas las esquinas del mundo, una paz demasiado extraña se sentía en el lugar, pero también aquella sombría agonía cubría a la mayoría de los *Seres del Bosque*. Pero no a los Humanos, que ahora parecían despertar con un nuevo sol, con un nuevo viento y una nueva vida . . .

Sobre todo en Andagora, en una de las nuevas casas cerca de la muralla, dentro de una humilde choza recién hecha y sencilla; los rayos del sol entran por las pequeñas aberturas del techo y por una pequeña ventana, sin cristal ni cortina que la cubrieran. El sol aluza ahora a una habitación donde un hombre se acerca a una mujer, que permanece sentada sobre la cama y alimenta a un bebé dándole biberón.

–¡Al fin los dioses nos dan un hijo Senk! –dice la mujer llena de dicha y felicidad, Senk por su parte también demuestra felicidad, pero corrige a su mujer.

–No fueron los dioses . . . Fue una Hada.

–Y . . . –Cater mira al bebé con ojos llenos de ternura– ¿Cómo lo llamaremos? –delicadamente, Senk toma al bebé entre sus brazos y, al igual que su mujer, lo mira con ternura.

–Como dijo su madre . . . Se llamará SUFUR y ahora es nuestro hijo . . . ahora es SUFUR GAUDER . . .

FIN